KEN FOLLETT

Ken Follett nasceu a 5 de Junho de 1949, em Cardiff, no País de Gales. Formado em Filosofia, é um autor de grande sucesso, que vê os seus livros darem regularmente origem a filmes ou séries televisivas. A sua primeira obra foi publicada em 1978 sob o título *Eye of the Needle*, um *thriller* que venceu o Edgar Award e deu origem a um filme. O espólio de Ken Follett está armazenado numa coleção exposta na Saginaw Valley State University, nos Estados Unidos e inclui notas, esboços, manuscritos e correspondência. Follett é um grande apreciador de Shakespeare e um músico amador.

O VALE DOS CINCO LEÕES

KEN FOLLETT

O VALE DOS CINCO LEÕES

Tradução de
MANUEL CORDEIRO

Título original: *Lie Down With Lions*
Autor: Ken Follett
© 1991 by Ken Follett

Esta edição segue a grafia do Novo
Acordo Ortográfico da Língua Portuguesa

Todos os direitos para a publicação desta obra reservados por
Bertrand Editora, Lda.
Rua Prof. Jorge da Silva Horta, 1
1500-499 Lisboa
Telefone: 21 762 60 00
Fax: 21 762 61 50
Correio eletrónico: editora@bertrand.pt
www.11x17.pt

Paginação: Fotocompográfica
Revisão: Alexandra Castro
Design da capa: Rui Rodrigues

Execução gráfica: Bloco Gráfico, Lda.
Unidade Industrial da Maia

1.ª edição: agosto de 2011
Reimpresso em abril de 2014
Depósito legal n.º 361 881/13

ISBN: 978-972-25-2331-8

Para a Barbara

Existem várias organizações que enviam médicos voluntários para o Afeganistão, mas a citada nesta obra, Médicos para a Liberdade, é fictícia. Todas as localidades no livro são verdadeiras, com exceção das aldeias de Banda e de Darg, mas todas as personagens são fictícias, excetuando Masud.

Apesar de ter feito o possível para retratar o autêntico ambiente da zona onde se desenrola a ação, esta obra é um trabalho de imaginação e não deve ser tratada como uma infalível fonte de informações sobre o Afeganistão ou qualquer outra coisa. Os leitores interessados em ampliar os seus conhecimentos encontrarão, no fim do livro, uma lista de obras de referência.

PARTE UM

1981

CAPÍTULO

1

Os homens que queriam matar Ahmet Yilmaz eram gente séria. Tratava-se de estudantes turcos exilados em Paris, e já tinham assassinado um adido da Embaixada turca e lançado uma bomba incendiária para a casa de um alto funcionário das Linhas Aéreas Turcas. Yilmaz era agora o próximo alvo e fora escolhido por ser um homem muito rico que apoiava a ditadura militar e que, muito convenientemente, vivia em Paris.

Tanto a sua residência como o escritório encontravam-se permanentemente sob uma forte guarda e deslocava-se num *Mercedes* blindado, mas os estudantes acreditavam que cada homem tem sempre uma fraqueza, em geral o sexo. No caso de Yilmaz, tinham razão. Duas semanas de vigilância esporádica revelaram que Yilmaz saía de casa duas ou três noites por semana, conduzindo a carrinha *Renault* que os criados utilizavam para as compras, e se dirigia a uma rua secundária situada no Décimo Segundo Bairro, para visitar uma jovem e bela turca que estava apaixonada por ele.

Os estudantes decidiram colocar uma bomba no *Renault* quando Yilmaz saísse nele.

Sabiam onde podiam obter os explosivos: por intermédio de Pepe Gozzi, um dos muitos filhos do «padrinho»

13

corso Memé Gozzi. Pepe era um traficante de armas que negociava com quem quer que fosse, mas preferia os clientes políticos, porque — tal como afirmava alegre — «os idealistas pagam melhor». Fora ele quem fornecera o material utilizado pelos estudantes turcos nas duas anteriores ações.

Havia apenas um senão no plano, que previa a colocação de uma bomba no carro. Em geral, Yilmaz saía sozinho de casa da jovem, no *Renault*... mas nem sempre. Por vezes, levava-a a jantar fora, outras vezes, era ela quem saía com o carro, regressando uma hora mais tarde carregada com pão, fruta, queijo e vinho, decerto destinados a uma celebração íntima. Ocasionalmente, Yilmaz regressava a casa de táxi e a rapariga ficava com o carro emprestado durante um ou dois dias. Os estudantes eram românticos, como todos os terroristas, e tinham uma certa relutância em correr o risco de assassinarem uma bela mulher cujo único crime, facilmente perdoável, era o de amar um homem indigno dela.

Discutiram este problema de um modo muito democrático, pois todas as decisões eram tomadas por votação e não reconheciam qualquer espécie de liderança. No entanto, existia entre eles um jovem com uma forte personalidade, atributo que o transformava no elemento dominante. Chamava-se Rahmi Coskun e era bem-encarado e fogoso, com um bigode farfalhudo e uns olhos brilhantes, que pareciam desejosos de glória. Os outros dois projetos anteriores tinham sido levados a cabo graças à sua energia e determinação, apesar dos problemas e dos riscos. Rahmi propôs que consultassem um especialista em explosivos.

Ao início, os outros não gostaram da ideia. Em quem poderiam confiar?, perguntaram. Rahmi sugeriu Ellis Thaler, um americano que se intitulava poeta, mas que, na realidade, vivia de dar explicações e aulas de inglês, e que aprendera tudo sobre explosivos quando fora mobilizado para o Vietname. Rahmi conhecia-o há cerca de um ano: primeiro, trabalharam lado a lado num jornal revolucionário de curta vida, intitulado *Caos;* a seguir, haviam organizado uma sessão de poesia destinada a angariar fundos para a Organização de Libertação da Palestina. O americano parecia compreender a raiva de Rahmi quanto ao que se estava a passar na Turquia, bem como o seu ódio para com os bárbaros que detinham o poder. Alguns dos outros estudantes também conheciam Ellis, mas apenas superficialmente, pois haviam-no encontrado em várias manifestações e pensaram tratar-se de um estudante finalista ou de um jovem professor. Mesmo assim mostraram grande relutância em partilhar os seus segredos com um não-turco, mas Rahmi insistiu e por fim acabaram por concordar.

Ellis descobriu imediatamente uma solução para o problema. A bomba deveria ser ativada por intermédio de um comando-rádio à distância, afirmou. Rahmi poderia sentar-se junto de uma janela, em frente do apartamento da rapariga, ou num automóvel estacionado na rua, vigiando o *Renault,* tendo consigo um pequeno emissor de rádio, do tamanho de um maço de cigarros, semelhante aos utilizados para a abertura automática das portas das garagens. Se Yilmaz entrasse sozinho no carro, Rahmi carregaria no botão do transmissor e o sinal de rádio ativaria um interruptor na bomba, que ficaria armada e explodiria logo que o homem ligasse o motor; porém, se a rapariga entrasse também no carro, Rahmi não carregaria no botão, o que permitiria que se afastassem, numa abençoada ignorância. A bomba seria absolutamente inofensiva enquanto não fosse armada. «Sem se carregar no botão, não faz "bum"», disse Ellis.

Rahmi gostou da ideia e perguntou a Ellis se poderia colaborar com Pepe Gozzi no fabrico da bomba.

— Claro — respondeu o americano.

Contudo, surgiu um outro problema.

— Tenho um amigo — explicou Rahmi — que vos quer conhecer, a ti e ao Pepe. Para dizer a verdade, terão de se encontrar com ele ou o plano não poderá ser executado, pois este é o amigo que nos fornece o dinheiro para explosivos, carros, subornos, armas e tudo o mais.

— Mas porque nos quer conhecer? — quiseram saber Pepe e Ellis.

— Porque pretende verificar o funcionamento da bomba e ter a certeza de que pode confiar em vocês — explicou Rahmi, com ênfase. — Tudo o que necessitam de fazer é levar-lhe a bomba, explicar como funciona, trocar um aperto de mão com ele e deixar que vos veja os olhos. Suponho que não é pedir muito, uma vez que se trata do homem graças a quem tudo isto é possível, não acham?

— Cá por mim estou de acordo — respondeu Ellis.

Pepe hesitou. Queria o dinheiro que lhe adviria daquele negócio — queria sempre dinheiro, tal como um porco gosta de ter a gamela sempre cheia —, mas não lhe agradava encontrar-se com pessoas que não conhecia.

— Escuta — argumentou Ellis, para o convencer —, estes grupos de estudantes aparecem e desaparecem, tal como as mimosas na primavera, e o mesmo acontecerá com Rahmi, muito em breve. Porém, se conheceres esse «amigo», poderás continuar a fazer negócio.

— Tens razão — concordou Pepe, que não era especialmente inteligente, mas que conseguia apreender os problemas, se lhe fossem explicados de maneira muito simples.

Ellis informou Rahmi de que Pepe concordara, e combinaram encontrar-se de novo, os três, no domingo seguinte.

Naquela manhã, Ellis acordou na cama de Jane. Despertou de repente, sentindo-se assustado, como se acabasse de passar por um pesadelo. Instantes depois já se recordava dos motivos que o levavam a sentir-se tão tenso.

Olhou para o relógio. Era ainda muito cedo e, mentalmente, passou em revista o seu plano. Se tudo corresse bem, aquele seria o dia da triunfante conclusão de mais de um ano de trabalho paciente e cauteloso. Além disso, se ainda estivesse vivo ao fim do dia, poderia partilhar o seu triunfo com Jane.

Virou a cabeça e olhou-a, movendo-se com cuidado, para não a acordar. Sentiu um sobressalto no coração, coisa que sempre acontecia quando lhe via o rosto. Estava deitada de costas, o nariz arrebitado apontado para o teto, o cabelo escuro espalhado pela almofada, como se fossem as asas de uma ave, inteiramente abertas. Observou-lhe a boca larga e os lábios cheios, que o beijavam tantas vezes e com tanto desejo. A luz do Sol da primavera punha em destaque a penugem loura que lhe cobria as faces... a «barba», dizia ele, quando a queria provocar.

Era um prazer raro poder observá-la assim, em repouso, com o rosto descontraído e inexpressivo. Por norma, aquele rosto estava sempre em movimento, rindo-se, contraindo-se, fazendo pequenas caretas, exprimindo surpresa, ceticismo ou compaixão. A sua expressão mais habitual era de um ligeiro sorriso alegre, como o de um rapazinho traquinas que acaba de pregar uma partida particularmente divertida. Só se apresentava assim, tal como agora a via, enquanto dormia ou quando imersa em profundos pensamentos. Era nesses momentos que ela mais lhe agradava, ao mostrar-se descuidada e desprevenida, era nessas ocasiões que a sua aparência dava a entender toda a lânguida sensualidade que ardia logo abaixo da superfície, como um lento mas escaldante fogo subterrâneo. Quando a via assim, as suas mãos quase ganhavam uma vida própria, com vontade de lhe tocarem.

O facto surpreendera-o. Ao encontrá-la pela primeira vez, pouco depois de chegar a Paris, considerara-a como uma daquelas personagens típicas que se encontram sempre entre os jovens e os radicais das grandes capitais, participando em comités e organizando campanhas contra o *apartheid* ou a favor do desarmamento nuclear, dirigindo marchas de protesto a propósito de El Salvador ou da poluição das águas, angariando dinheiro para os famintos do Chade ou procurando promover um jovem e talentoso cineasta. As pessoas aproximavam-se dela por causa da sua beleza, eram cativadas pelo seu encanto e contagiadas pelo seu entusiasmo. Marcara-lhe encontros um par de vezes só para ter o prazer de ver a bela rapariga a fazer desaparecer um belo bife, e a seguir descobrira — não conseguia recordar-se de qual o momento exato — que no interior daquela jovem excitável existia uma mulher plena de força. Enfim, acabara por se apaixonar.

Olhou em volta, examinando o pequeno apartamento. Observou com algum prazer os já familiares objetos pessoais que assinalavam aquele local como sendo *dela:* um bonito candeeiro feito de um pequeno jarrão chinês, uma estante com livros sobre economia e a pobreza no mundo, um enorme e fofo sofá onde uma pessoa se poderia afogar, uma fotografia do pai, um homem de aspeto simpático vestido de jaquetão, provavelmente tirada nos anos de 1960, e uma taça de prata que ganhara montada no seu pónei *Dandelion,* em 1971, dez anos antes. *Tinha então treze anos,* pensou Ellis, *e eu vinte e três. Enquanto Jane vencia provas com póneis, em Hampshire, eu encontrava-me no Laos, enterrando minas ao longo da pista de Ho Chi Minh.*

Quando entrara pela primeira vez naquele apartamento, quase um ano antes, a jovem acabara de se mudar para ali, vinda dos subúrbios. Estava ainda tudo muito vazio, uma única sala com uma cozinha embutida numa parede, um cubículo com um duche e uma casa de banho ao lado do pequeno vestíbulo. Jane ganhava um bom salário como intérprete — traduzia francês e russo para inglês —, mas o aluguer era muito caro — o apartamento ficava perto do Boulevard St. Michel —, o que a obrigava a adquirir as coisas aos poucos e com cuidado, poupando o dinheiro para poder comprar a adequada mesa de mogno, a cama antiga ou a carpete de Tabriz. Era aquilo a que o pai de Ellis chamaria «uma mulher com classe». *Vais gostar dela, pai,* pensou Ellis. *Vais ficar encantado.*

Rolou o corpo, virando-se para ela, e o movimento acordou-a, tal como previra. Os seus enormes olhos azuis olharam para o teto durante uma fração de segundo e depois voltaram-se para ele. Sorriu e aproximou-se mais, encaixando-se-lhe nos braços, e Ellis ficou imediatamente excitado.

— Olá — murmurou Jane, e ele beijou-a.

Deixaram-se ficar agarrados durante algum tempo, meio adormecidos, beijando-se de vez em quando. Depois, ela passou-lhe uma perna por cima das ancas e começaram a fazer amor, devagar e sem falarem.

Quando se tinham tornado amantes, faziam amor de manhã, à noite e por vezes, também, a meio da tarde. Ellis pensara que um tal entusiasmo não poderia manter-se durante muito tempo e que depois de alguns dias, ou, talvez, um par de semanas, a novidade daquela relação esgotar-se-ia e passariam então para a média normal de duas ou três vezes por semana, ou lá quantas eram. Mas enganara-se. Um ano depois continuavam como se ainda se encontrassem em lua de mel.

A jovem inclinou-se para cima dele, descansando todo o seu peso sobre o corpo de Ellis. As peles húmidas uniram-se, e ele envolveu-lhe o pequeno corpo com os braços e apertou-a, enquanto a penetrava mais profundamente. Jane sentiu-o aproximar-se do clímax, levantou a cabeça e olhou-o. A seguir beijou-o com a boca toda aberta, enquanto ele se vinha. Segundos depois, foi a sua vez de soltar um gemido baixo e suave e Ellis sentiu-a descontrair-se num longo e suave orgasmo de manhã de domingo. Ainda meia adormecida, deixou-se ficar em cima do corpo do companheiro, que lhe afagava os cabelos.

Momentos depois, a jovem agitou-se.

— Sabes que dia é hoje? — murmurou.

— Domingo.

— É o domingo em que és tu a cozinhar.

— Não estava esquecido.

— Ótimo — comentou, fazendo uma pausa. — Que me vais dar para almoçar?

— Um bife com batatas e ervilhas, queijo de cabra e morangos com chantili.

Jane levantou a cabeça, rindo-se.

— Isso é o que tu fazes sempre!

— Não é! Da outra vez, levou feijão-verde.

— E na semana anterior esqueceste-te de fazer o almoço e fomos comer fora. Que tal variares um pouco os cozinhados?

— Eli, alto aí! O que combinámos foi que cada um de nós trataria do almoço em domingos alternados. Ninguém disse que era obrigatório fazer ementas diferentes, de cada vez.

Jane abateu-se de novo sobre ele, fingindo-se derrotada.

Durante todo aquele tempo, Ellis não deixara de pensar no trabalho que teria de levar a bom termo naquele dia. Iria necessitar da ajuda dela, uma ajuda inconsciente, e chegara o momento de lha pedir.

— Tenho de me encontrar com o Rahmi, hoje de manhã — começou.

— Está bem. Vou ter depois a tua casa.

— Podias fazer-me um favor, se não te importasses de lá chegar um pouco mais cedo.

— O que é?

— Trata do almoço. Não! Não! Estava apenas a brincar! Quero que me ajudes numa pequena conspiração...

— Explica-te — pediu Jane.

— Rahmi faz anos hoje e o irmão está cá na cidade, mas ele ainda não o sabe. — *Se isto resultar,* pensou Ellis, *não voltarei a mentir-te.* — Queria que o irmão, o Mustafá, aparecesse de surpresa no almoço de festa do Rahmi, mas, para isso, preciso de ajuda.

— Conta comigo — respondeu ela, rolando para o lado, saindo de cima dele e sentando-se de pernas cruzadas. Os seios pareciam maçãs, redondos, macios e duros. Os cabelos chegavam-lhe até aos mamilos. — Que queres que faça?

— O caso é simples. Preciso de dizer ao Mustafá onde se deve dirigir, mas Rahmi ainda não se decidiu quanto ao local do almoço. Portanto, tenho de mandar o recado ao Mustafá, mesmo no último minuto. Decerto, Rahmi estará ao meu lado quando eu telefonar.

— E qual é a solução?

— Telefonarei *para ti.* Direi qualquer coisa, não interessa o quê. Ignora tudo aquilo que eu disser, exceto a morada. Telefonas ao Mustafá, dizes-lha e explicas-lhe como lá deve ir ter.

Tudo aquilo lhe parecera lógico quando o planeara, mas agora considerava que a história era um pouco difícil de acreditar, embora Jane parecesse não suspeitar de nada.

— Acho uma coisa simples — comentou.

— Ótimo — retorquiu Ellis rápido, escondendo o seu alívio.

— Depois de telefonares, quanto tempo irás demorar?

— Menos de uma hora. Quero aguardar um pouco para presenciar a surpresa, mas não vou almoçar com eles.

Jane ficou pensativa.

— Convidaram-te a ti, mas não a mim...

Ellis encolheu os ombros.

— Creio que se trata de uma festa só para homens. — Esticou o braço, pegou no livro de apontamentos que se encontrava em cima da mesa de cabeceira e escreveu um número de telefone.

Jane saltou da cama e atravessou o quarto em direção ao cubículo do duche. Abriu a porta e rodou a torneira. Os seus modos tinham-se transformado, já não sorria. Ellis perguntou:

— Porque estás zangada?

— Não estou zangada — replicou. — Por vezes, não gosto da maneira como os teus amigos me tratam.

— Ora, tu sabes o que os turcos pensam das raparigas.

— Exatamente... *raparigas*. Não levantam problemas às mulheres respeitáveis, mas eu sou apenas uma... *rapariga*.

Ellis soltou um suspiro.

— Nem parece teu, sentires-te picada pelas atitudes pré-históricas de meia dúzia de chauvinistas. Que queres, na verdade, dizer com isso?

Jane ficou pensativa durante alguns momentos, nua e de pé junto do duche, tão encantadora que Ellis teve mais uma vez vontade de fazer amor. Por fim, respondeu:

— Suponho que estou a querer dizer que não gosto da situação em que me encontro. Estou ligada a ti, não durmo com mais ninguém, nem sequer saio com outros homens... mas tu não te comprometes comigo. Não vivemos juntos, não sei para onde vais nem o que fazes, não conhecemos os pais um do outro... Toda a gente sabe disto e tratam-me como uma puta.

— Creio que estás a exagerar.

— Dizes sempre o mesmo — retorquiu, metendo-se no duche e batendo com a porta.

Ellis tirou a gilete da gaveta onde guardava as suas coisas e começou a barbear-se no lavatório da cozinha. Já tinham discutido o caso muitas outras vezes, com maior profundidade, e sabia perfeitamente qual era o fundo da questão: Jane queria que vivessem juntos.

Também ele o desejava, claro, queria casar e viver com ela o resto da sua vida, mas tinha de esperar até concluir a sua atual missão. Como não lho podia dizer, respondia coisas como «ainda não me sinto preparado para isso» ou «preciso de tempo para pensar», vagas evasivas que a enfureciam. Jane pensava que um ano de amor, sem obter da parte dele uma qualquer espécie de compromisso, era demais, e, claro, tinha razão. Se tudo corresse bem naquele dia, trataria de corrigir a situação.

Acabou de se barbear, embrulhou a gilete na toalha e meteu tudo na gaveta. Jane saiu do duche e foi a sua vez de lhe ocupar o lugar. *Não conversamos um com o outro*, pensou. *É uma idiotice.*

A jovem preparou café enquanto ele tomava banho. Ellis vestiu-se rapidamente, enfiando uns *jeans* desbotados e uma *T-shirt* preta, e sentou-se na frente dela, do outro lado da pequena mesa de mogno. Jane serviu-lhe café e disse:

— Quero ter uma conversa a sério contigo.

— De acordo — respondeu —, podemos conversar à hora do almoço.

— E porque não agora?

— Não tenho tempo.

— O aniversário de Rahmi é mais importante do que nós dois?

— Claro que não. — Ellis notou um certo tom de irritação na sua própria voz e pensou que tinha de ser gentil com ela, senão podia perdê-la. — Desculpa, mas fiz uma promessa e é importante que a cumpra. Por outro lado, não vejo que faça grande diferença conversarmos agora, ou um pouco mais tarde.

O rosto de Jane ostentou um ar fechado e teimoso, que ele já conhecia muito bem. Mostrava-se sempre assim quando já tomara uma decisão e havia alguém que a procurava contrariar.

— Para mim, é importante conversarmos agora! — anunciou ela.

Por instantes, ficou tentado a contar-lhe toda a verdade naquele mesmo momento, mas não fora assim que planeara as coisas. Restava-lhe pouco tempo, tinha mais em que pensar, e não se sentia preparado para isso. Seria muito melhor fazê-lo mais tarde, quando ambos estivessem mais tranquilos e lhe pudesse dizer que terminara o seu trabalho em Paris. Portanto, respondeu:

— Creio que estás a ser demasiado teimosa e não gosto que me forcem. Por favor, falamos nisso mais tarde. Agora, tenho de ir.

Levantou-se e dirigiu-se para a porta, mas, nesse momento, Jane disse:

— Jean-Pierre convidou-me a ir para o Afeganistão com ele.

Foi algo de tão inesperado que Ellis obrigou-se a refletir por instantes, antes de o poder aceitar.

— Estás a falar a sério?! — perguntou, incrédulo.

— Muito a sério.

Sabia que Jean-Pierre estava apaixonado por ela, tal como meia dúzia de outros homens — com uma mulher daquelas, era uma coisa inevitável —, no entanto, nenhum deles era um sério rival. Pelo menos fora o que pensara até aquele momento. Recuperou a calma e perguntou-lhe:

— Mas porque haverias de ir para uma zona de guerra, com um palerma?

— Não brinques! — exclamou ela violentamente. — Estou a falar acerca da minha vida!

Abanou a cabeça, incrédulo.

— Não podes ir para o Afeganistão — afirmou.

— Então porquê?

— Porque me amas.

— Isso não significa que possas considerar-me às tuas ordens.

Pelo menos, não gritara: «Não, não te amo!» Ellis olhou para o relógio. Tudo aquilo era ridículo, já que dentro de poucas horas iria dizer-lhe tudo o que ela queria ouvir.

— Não posso conversar contigo agora — disse. — Trata-se do nosso futuro e uma discussão desse género não pode ser precipitada.

— Não esperarei eternamente — replicou ela.

— Não te peço tal coisa, mas apenas algumas horas. — Tocou-lhe na face. — Não nos vamos zangar por causa disso.

Jane levantou-se e beijou-o na boca com força.

— Não vais para o Afeganistão, pois não? — perguntou Ellis.

— Não sei — respondeu-lhe ela com voz inexpressiva.

— Não partirás antes da hora do almoço, espero? — perguntou-lhe, tentando sorrir.

Jane devolveu-lhe o sorriso e acenou com a cabeça.

— Não, não irei antes do almoço.

Ficou a olhá-la durante mais alguns momentos e depois saiu.

As largas avenidas dos Campos Elísios encontravam-se repletas de turistas e de parisienses que tinham saído para um passeio matinal, acotovelando-se como carneiros a aquecerem-se ao quente sol da primavera. As esplanadas estavam todas cheias. Ellis parou junto do sítio combinado, carregado com a mochila, que comprara numa lojeca de artigos de viagem dos mais baratos e que o fazia parecer um daqueles americanos que percorrem a Europa à boleia.

Lamentava que Jane escolhesse precisamente aquela manhã para uma discussão. Naquele momento deveria estar muito irritada e, quando regressasse a casa, iria encontrá-la de muito mau humor.

Bom, o remédio seria acarinhá-la durante algum tempo, para a acalmar. Deixou de pensar em Jane e concentrou-se na tarefa que o aguardava.

Existiam duas possibilidades quanto à identidade do «amigo» de Rhami, o tal que financiava o pequeno grupo terrorista. Em primeiro lugar surgia a hipótese de algum rico turco amante da liberdade, que decidira, por razões políticas ou pessoais, que se justificavam todos os atos de violência contra a ditadura militar e seus apoiantes. Se fosse esse o caso, Ellis ficaria muito desapontado.

A segunda possibilidade era... tratar-se de Boris.

Boris era uma figura lendária nos círculos em que Ellis se movia, entre os estudantes revolucionários, os palestinianos exilados, os conferencistas políticos em *part-time,* os editores de jornais extremistas muito mal impressos, os anarquistas, os maoístas, os arménios, e os ecologistas militantes. Dizia-se que se tratava de um russo, um homem do KGB, sempre pronto a financiar qualquer ato de violência esquerdista no Ocidente. Eram muitas as pessoas que duvidavam da sua existência, em especial todas aquelas que tinham tentado arrancar dinheiro aos russos sem o conseguirem, porém, de tempos a tempos, Ellis notara que um grupo que durante meses se queixara de nem sequer conseguir arranjar dinheiro para comprar uma fotocopiadora, deixava de repente de falar no assunto e passava a mostrar-se muito mais preocupado com questões de segurança. Algum tempo depois, ou acontecia um rapto, ou rebentava uma bomba, ou verificava-se uma cena de tiros.

Era quase certo, pensava Ellis, que os russos davam dinheiro a grupos tal como aquele, de dissidentes turcos. Dificilmente poderiam resistir a um método tão barato e envolvendo tão poucos riscos para eles próprios, e tão conveniente para provocar problemas. Além disso, também os Estados Unidos financiavam raptores e assassinos na América Central, e não lhe era possível imaginar que a União Soviética fosse mais escrupulosa do que o seu próprio país. Uma vez que naquela atividade o dinheiro não era guardado em contas bancárias ou enviado de um lado para o outro através do telex, era necessário alguém que entregasse as notas de banco. Daí se concluía que Boris tinha de existir.

Ellis estava muito interessado em encontrar-se com ele.

Rahmi surgiu quando eram dez e meia, com uma camisa *Lacoste* cor-de-rosa e umas calças castanhas imaculadamente passadas a ferro. Parecia nervoso. Lançou um olhar ardente na direção de Ellis e a seguir virou o rosto para outro lado.

O americano seguiu-o a dez ou quinze metros de distância, tal como tinham anteriormente combinado.

Na esplanada seguinte avistou a musculosa e pesada forma de Pepe Gozzi, vestindo um fato de seda preta, como se viesse da missa, o que talvez fosse verdade. Tinha uma mala pousada sobre os joelhos. Levantou-se e começou a caminhar mais ou menos ao lado de Ellis, de tal modo que um observador casual não poderia garantir que seguiam juntos... e também não poderia ter a certeza do contrário.

Rahmi subiu a avenida em direção ao Arco do Triunfo.

Ellis observava Pepe pelo canto do olho. O corso tinha um instinto animal para a autopreservação. Sem dar nas vistas, verificava se estava a ser seguido. Fê-lo uma vez, naturalmente, ao atravessar a rua e enquanto o semáforo não mudava, e outra ao passar por uma loja de esquina, cuja montra em diagonal lhe permitia ver quem o seguia.

Ellis gostava de Rahmi, mas não de Pepe. Rahmi era sincero e cheio de princípios, as pessoas que matava mereciam com certeza a morte, mas o corso era uma pessoa muito diferente: fazia aquilo por dinheiro e por ser demasiado bruto e estúpido para poder sobreviver no mundo dos negócios legais.

Três quarteirões para leste do Arco do Triunfo, Rahmi virou para uma rua lateral e Ellis e Pepe seguiram-no. O turco atravessou a rua e entrou no Hotel Lancaster.

Então, era ali o ponto de encontro. Esperava que a reunião se efetuasse no bar ou no restaurante do hotel, pois sentir-se-ia mais seguro num local público.

Depois do calor da rua, o átrio de mármore era muito frio, e Ellis estremeceu. Um criado de *smoking* lançou-lhe um olhar de desprezo para os *jeans*. Rahmi entrava num pequeno elevador, no extremo mais afastado do átrio. O encontro seria num quarto do hotel. Pois que fosse. Seguiu Rahmi para dentro do elevador e Pepe entrou atrás deles, espremendo-se para poder caber. Ellis sentia os nervos esticados como arames, enquanto subiam. Saíram no quarto andar e Rahmi conduziu-os para o quarto quarenta e um e bateu à porta.

O americano tentou mostrar um rosto calmo e impassível.

A porta abriu-se lentamente.

Ellis teve a certeza de que era Boris logo que pôs os olhos no homem, o que o fez experimentar uma sensação de triunfo e, ao mesmo tempo, sentir um arrepio de medo. O seu aspeto, desde o corte de cabelo feito num barbeiro barato até aos sapatos práticos e sólidos, era o de um moscovita, tal como o inconfundível estilo do KGB se revelava no olhar de apreciação que lhes lançou e na brutal expressão da boca. Este homem não era como Rahmi ou Pepe, não era um idealista emocional nem um porco mafioso. Boris era um terrorista profissional de coração de pedra, que não hesitaria em estoirar a cabeça a qualquer um dos três homens que se encontravam na sua frente.

Há muito tempo que ando à tua procura, pensou Ellis.

Boris conservou a porta apenas entreaberta durante algum tempo, o corpo meio escondido enquanto os observava, mas depois recuou e disse em francês:

— Entrem.

Avançaram para a sala de uma suíte, que ostentava uma decoração requintada, mobilada com cadeiras, algumas pequenas mesas e um armário, tudo com ar de se tratar de antiguidades do século XVIII. Sobre uma delicada mesa de pernas elegantemente encurvadas via-se um maço de cigarros *Marlboro* e uma garrafa de *brandy* de contrabando. No canto oposto, uma porta semiaberta dava para o quarto.

As apresentações de Rahmi foram rápidas e nervosas:

— Pepe, Ellis. Este é o meu amigo.

Boris era um homem de ombros largos, que vestia uma camisa branca com as mangas arregaçadas, mostrando braços robustos e peludos, e umas calças azuis demasiado grossas para o tempo que fazia. Em cima das costas de uma cadeira via-se um casaco aos quadrados pretos e castanhos, que não condizia nada com as calças.

Ellis pousou a mochila no chão e sentou-se.

Boris fez um gesto em direção à garrafa.

— Uma bebida?

O americano não queria *brandy* às onze da manhã e por isso respondeu:

— Sim, se faz favor. Um café.

O russo lançou-lhe um olhar duro e hostil e depois disse:

— Pedirei café para todos.

Dirigiu-se para o telefone.

Está habituado a que toda a gente tenha medo dele, pensou Ellis. *Não gosta que o trate como a um igual.* Rahmi estava nitidamente apavorado por causa de Boris e agitava-se nervoso, apertando e desapertando um dos botões da camisa enquanto o russo ligava para o serviço de quartos.

Boris pousou o auscultador do telefone e dirigiu-se a Pepe.

— Fico muito satisfeito por nos termos encontrado — afirmou em francês. — Poderemos vir a ser úteis um ao outro.

Pepe respondeu com um aceno e não pronunciou uma palavra. Sentara-se numa cadeira estofada a veludo, inclinado para a frente, e o seu enorme corpo envolto no fato preto tinha um aspeto estranhamente vulnerável no meio daquelas belas peças de mobiliário, como se estas o pudessem partir, a ele. *Pepe tem muito em comum com Boris,* pensou Ellis, *são ambos homens fortes e cruéis, impiedosos e sem escrúpulos. Se Pepe fosse russo, pertenceria ao KGB, e, se Boris fosse francês, faria parte da Máfia.*

— Mostra-me a bomba — ordenou Boris.

Pepe abriu a mala. Estava cheia de blocos de uma substância amarela, com cerca de trinta centímetros de comprimento e quatro ou cinco de largura. O russo ajoelhou no tapete ao lado da mala e apalpou um dos blocos com a ponta de um dedo. A substância moldava-se como se fosse massa de vidraceiro. Boris cheirou-a.

— Suponho que se trata de C-3 — afirmou, dirigindo-se a Pepe, que esboçou um aceno de confirmação.

— Onde está o mecanismo?

— Ellis tem-no na mochila — interveio Rahmi.

— Não, não tenho — retorquiu o americano.

A sala ficou silenciosa durante alguns instantes. O simpático e jovem rosto de Rahmi ostentou um ar de pânico.

— Que queres dizer? — inquiriu, com um ar agitado, os olhos cheios de medo a saltarem de Ellis para Boris, sem parar. — Mas tu disseste... Eu disse-te que tinhas de...

— Cala-te — soltou Boris, num tom duro.

Rahmi ficou silencioso e Boris fixou o americano, aguardando uma explicação.

Ellis falou com uma indiferença descuidada, que de maneira nenhuma sentia.

— Receei que se tratasse de uma armadilha e deixei o mecanismo em casa. Podemos tê-lo aqui dentro de poucos minutos, basta que eu telefone à minha rapariga.

Boris ficou a observá-lo durante alguns segundos e o americano devolveu-lhe o olhar do modo mais frio que foi capaz de ostentar. O russo acabou por lhe perguntar:

— Porque pensaste que se poderia tratar de uma armadilha?

Ellis sabia que, se procurasse justificar-se, ficaria numa posição defensiva e, de qualquer modo, tratava-se de uma pergunta estúpida. Olhou para Boris com um ar arrogante, encolheu os ombros e não respondeu.

O russo continuou a observá-lo com atenção, perscrutando-o.

— Eu farei esse telefonema — acabou por dizer.

Ellis teve vontade de protestar, mas conteve-se. Embora não estivesse à espera de que as coisas tomassem aquele caminho, manteve o seu ar descontraído, de quem não se rala com o que se passa à sua volta, enquanto pensava rapidamente. Como reagiria Jane à voz de um estranho? E se ela já tivesse saído, disposta a não cumprir o que tinham combinado? Já estava arrependido de a ter utilizado para aquilo. Agora, porém, era demasiado tarde.

— És um homem cuidadoso — disse, virando-se para Boris.

— Tu também. Qual é o número do telefone?

Ellis disse-lho, o russo escreveu-o no bloco de notas que se encontrava ao lado do telefone e depois começou a marcar.

Em silêncio, os outros aguardavam.

— Está? Daqui fala da parte de Ellis — disse Boris.

Talvez ela não se admire por ouvir a voz de um estranho, pensou Ellis. De qualquer modo, ela deveria estar à espera de um telefonema um pouco estranho. «Ignora tudo menos o endereço», fora o que lhe pedira.

— O quê? — exclamou o russo num tom irritado, enquanto o americano pensava: *Oh, merda, que estará ela a dizer-lhe?* — Sim, sou, mas isso agora não interessa — continuou Boris. — Ellis pede-lhe que traga o mecanismo ao quarto quarenta e um do Hotel Lancaster, na Rue de Berri.

Houve uma nova pausa.

Alinha no jogo, Jane!, pediu Ellis em pensamento.

— Sim, é um belo hotel.

Deixa-te de brincadeiras e diz ao homem que sim... por favor!

— Obrigado — acrescentou Boris, comentando de modo sarcástico: — É muito simpático da sua parte — e desligou.

Ellis procurou manter o ar de uma pessoa que nunca esperara que surgisse qualquer problema. Boris virou-se para ele:

— Ela percebeu que eu era russo. Como o descobriu?

O americano ficou intrigado durante alguns instantes, mas depois compreendeu o que se passara.

— Ela sabe línguas, é tradutora — respondeu. — Reconhece as pronúncias.

Pepe falou pela primeira vez.

— Enquanto esperamos que essa tipa chegue, vamos lá a ver o dinheiro.

— Está bem — retorquiu o russo, dirigindo-se ao quarto.

Na ausência de Boris, Rahmi sussurrou a Ellis, num murmúrio irritado:

— Não sabia que nos ias pregar essa partida!

— Claro que não — respondeu o americano, num fingido tom de aborrecimento. — Se soubesses que eu o iria fazer, não serviria de nada como medida de segurança, pois não?

Boris regressou empunhando um grande sobrescrito castanho, que estendeu a Pepe. Este abriu-o e começou a contar notas de cem francos.

O russo abriu um maço de cigarros, tirou um e acendeu-o.

Ellis pensou: *Espero que Jane não perca tempo, antes de telefonar ao «Mustafá». Devia ter-lhe dito que era muito importante que a mensagem fosse transmitida imediatamente.*

Momentos depois, Pepe afirmava:

— O dinheiro está todo aqui.

Voltou a meter as notas no sobrescrito, lambeu a cola, fechou-o e colocou-o sobre uma mesa lateral.

Os quatro homens permaneceram em silêncio durante alguns minutos, até que Boris perguntou a Ellis:

— A tua casa é muito longe daqui?

— Ela deve levar cerca de quinze minutos a cá chegar, na motoreta.

Ouviu-se uma batida na porta e Ellis ficou tenso.

— Conduziu depressa — comentou Boris, abrindo-a.
— Oh, é o café — continuou, desiludido e regressando
à cadeira onde estivera sentado.

Dois criados de casaco branco empurraram um carrinho para dentro do quarto, entrando de costas. Endireitaram-se e viraram-se subitamente, cada um deles empunhando uma pistola *MAB* modelo D, a arma usada pelos detetives franceses. Um deles disse:

— Que ninguém se mova.

Ellis viu que Boris estava pronto para saltar. Porque só tinham vindo dois detetives? Se Rahmi fizesse qualquer loucura e fosse abatido, poderia provocar uma diversão suficiente para Pepe e Boris poderem dominar os dois homens armados...

A porta do quarto abriu-se de repente e surgiram mais dois homens vestidos com uniformes de criados do hotel, também armados como os colegas.

Boris deixou descair os ombros e surgiu-lhe no rosto um ar de resignação.

Ellis, ao notar que estivera a reter a respiração, deixou o ar sair-lhe dos pulmões, num longo suspiro de alívio.

Tudo terminara.

Um oficial da polícia, uniformizado, entrou na sala.

— Uma armadilha! — exclamou Rahmi. — Era uma armadilha!

— Cala-te — rosnou Boris com a sua voz dura, dirigindo-se a seguir ao oficial da polícia — Protesto veementemente contra este ultraje! — começou. — Queira tomar em atenção que...

O polícia esmurrou-o na boca com a mão enluvada.

Boris tocou nos lábios e olhou para a mancha de sangue que lhe ficara nos dedos e as suas maneiras modificaram-se completamente quando compreendeu que o caso era sério de mais para que conseguisse escapar-se com um *bluff*.

— Fixe bem a minha cara — sibilou para o polícia, numa voz fria como um túmulo. — Tornará a vê-la um dia.

— Mas quem é o traidor? — gritou Rahmi. — Quem foi que nos traiu?

— Ele! — respondeu o russo, apontando para Ellis.

— Ellis?! — exclamou Rahmi, incrédulo.

— O telefonema — explicou Boris. — A direção.

Rahmi ficou a olhar para Ellis, com um ar profundamente magoado, enquanto entrava mais um grupo de polícias uniformizados. O oficial apontou para Pepe:

— É o Gozzi — disse.

Dois polícias colocaram algemas em Pepe e arrastaram-no para o exterior. O oficial olhou para Boris.

— Quem é você?

O russo tomou um ar ofendido.

— Chamo-me Jan Hocht — respondeu. — Sou cidadão argentino...

— Não interessa — retorquiu o oficial, com desprezo. — Levem-no também. — Virou-se para Rahmi. — E tu?

— Nada tenho a declarar! — exclamou o jovem turco, conseguindo que a voz tomasse um tom heroico.

O oficial fez um sinal com a cabeça e Rahmi também foi algemado. Quando o conduziram para fora da sala, lançou a Ellis um olhar de fúria.

Os prisioneiros desceram no elevador, um de cada vez. A mala de Pepe e o sobrescrito cheio de notas de cem francos foram protegidos com plástico, enquanto um fotógrafo da polícia entrava na sala e instalava o tripé.

O oficial voltou-se para Ellis:

— Está um *Citroën DS,* preto, estacionado no exterior do hotel... — hesitante, acrescentou: — ... senhor.

Estou de novo do lado da lei, pensou Ellis. *Só é pena que Rahmi fosse um tipo muito mais simpático do que este polícia.* Desceu no elevador. No átrio do hotel encontrava-se o gerente, de casaco preto e calças de fantasia, e uma expressão de dor no rosto, enquanto entravam mais polícias.

Ellis saiu para o sol. O *Citroën* preto encontrava-se do outro lado da rua, com um condutor ao volante e um passageiro no banco traseiro. Ellis entrou e o carro arrancou rapidamente.

O passageiro virou-se para Ellis e disse:

— Olá, John.

O americano sorriu, pensando que era um pouco estranho ouvir o seu nome verdadeiro depois de mais de um ano. Respondeu:

— Como estás, Bill?

— Aliviado! — respondeu o outro. — Durante treze meses não houve qualquer notícia tua, exceto os pedidos de dinheiro. A seguir recebemos um telefonema perentório dizendo-nos que tínhamos vinte e quatro horas para organizarmos um grupo da polícia local. Imagina o que foi preciso fazer para convencer os franceses a entrarem em ação, sem lhes dizermos porquê! O grupo teria de estar pronto nas proximidades dos Campos Elísios, mas o endereço exato só seria revelado quando uma mulher desconhecida nos telefonasse, perguntando pelo Mustafá. E isto é tudo o que sabemos!

— Era a única maneira — esclareceu Ellis.

— Bom, tivemos de trabalhar muito... e eu agora devo alguns favores, nesta cidade..., mas conseguimos. Agora, diz-me lá se, na verdade, valeu a pena. Quem apanhámos na rede?

— O russo é Boris — respondeu Ellis.

O rosto de Bill iluminou-se num largo sorriso.

— Diabos me levem! — exclamou. — Apanhaste o Boris! Não estás a gozar-me?

— Não.

— Então tenho de o tirar depressa das mãos dos franceses, antes que descubram de quem se trata.

Ellis encolheu os ombros.

— Dele ninguém conseguirá sacar muitas informações, é do tipo dedicado à causa. O mais importante é o facto de o termos retirado da circulação. Vão necessitar de uns anos até conseguirem substituí-lo e até que o novo Boris estabeleça os seus contactos. Entretanto, as operações deles vão sofrer um grande abrandamento.

— Podemos estar certos disso. Sensacional!

— O corso é Pepe Gozzi, um negociante de armas — continuou Ellis. — Foi ele quem forneceu o material para a maior parte das ações terroristas praticadas em França nos últimos dois anos, bem como muitas outras, noutros países. Esse é o homem que deve ser interrogado. Mandem um polícia francês a Marselha para falar com o pai, Memé Gozzi. Aposto que descobrirão que o velho nunca gostou da ideia de ver a família envolvida em crimes políticos. Façam-lhe uma oferta: imunidade para o Pepe, se este testemunhar contra os ativistas políticos a quem vendeu material... e não se preocupem com os criminosos vulgares. Memé aceitará, porque considerará que não se trata de trair os amigos. E, assim, Pepe falará e os franceses terão que fazer durante anos.

— Incrível — Bill parecia atordoado. — Num só dia, agarraste aqueles que são talvez os dois maiores instigadores do terrorismo no mundo.

— Num dia? — Ellis sorriu-se. — Levou-me um ano.

— Mas valeu a pena.

— O rapaz é o Rahmi Coskun — continuou Ellis, que estava com pressa porque havia outra pessoa a quem queria contar tudo aquilo. — Rahmi e o seu grupo são os responsáveis pela bomba incendiária nas Linhas Aéreas Turcas, há uns meses, e foram eles que mataram o adido da Embaixada turca, antes disso. Se agarrarem todo o grupo, de certeza que conseguirão obter provas concretas.

— Ou a polícia francesa acabará por os persuadir a confessarem...

— Sim. Dá-me uma caneta e escrevo-te os nomes e os endereços.

— Não vale a pena — retorquiu Bill. — Vamos para a Embaixada e fazes-me um relatório completo.

— Não vou regressar já à Embaixada.

— John, não comeces a levantar problemas.

— Vou dar-te os nomes, para que tenhas todas as informações essenciais, mesmo que eu seja atropelado por um desses loucos do volante que por aí andam. Se sobreviver, encontro-me contigo amanhã e dar-te-ei então todos os pormenores.

— Mas porquê essa demora?

— Tenho um encontro marcado para o almoço.

— Bom, suponho que o mereces — reconheceu Bill, com um trejeito.

— Foi exatamente o que eu pensei.

— Com quem te vais encontrar?

— Jane Lambert. Foi um dos nomes que me indicaste quando me deste instruções para esta ação.

— Lembro-me disso. Afirmei-te que se conseguisses ganhar o afeto dela poderias vir a ser apresentado a todos os esquerdistas loucos, terroristas árabes, apoiantes do Baader-Meinhof e a todos os poetas *avant-garde* de Paris.

— Foi o que aconteceu... com a diferença de que me apaixonei por ela.

Bill ficou com o ar de um banqueiro do Connecticut que acabasse de ser informado de que o filho ia casar com a filha de um milionário negro. Não sabia se devia ficar satisfeito ou horrorizado.

— Hum.. como é ela?

— Não é maluca, apesar de muitos dos seus amigos o serem. Que mais te posso dizer? É bela como um quadro, tem uma cabeça brilhante e é teimosa como um burro. É maravilhosa, trata-se da mulher que procurei durante toda a minha vida.

— Bom, estou a perceber porque preferes ir celebrar com ela e não comigo. Que vais fazer?

Ellis sorriu.

— Vou abrir uma garrafa de vinho, fritar uns bifes, dizer-lhe que ganho a vida a apanhar terroristas e pedir-lhe que case comigo.

2

Jean-Pierre inclinou-se para a frente, por cima da mesa do refeitório, e fixou a jovem morena com um ar de compaixão.

— Penso que compreendo perfeitamente como te sentes — disse, de modo caloroso. — Lembro-me de ter andado muito deprimido no fim do meu primeiro ano na Faculdade de Medicina. Parece-nos que nos fornecem mais informações do que aquelas que o cérebro pode absorver e não sabemos como dominar toda a matéria a tempo para os exames.

— É mesmo isso — respondeu ela, acenando vigorosamente. Via-se que estava quase a chorar.

— É bom sinal — garantiu-lhe, para a reconfortar. — Isso quer dizer que compreendeste as coisas. Os que não se preocupam são os que irão chumbar.

— Achas que sim, de verdade? — perguntou a jovem, com os olhos húmidos de gratidão.

— Tenho a certeza.

A jovem olhava-o com um ar de adoração. *Preferias comer-me, a mim, em vez de comeres esse almoço, não é?,* pensou ele. A rapariga mudou de posição e a sua blusa abriu-se um pouco, mostrando as rendas do sutiã. Jean-Pierre ficou momentaneamente tentado. Na ala leste do hospital existia uma rouparia que nunca era utilizada depois das nove e meia da manhã. Jean-Pierre já se servira dela mais do que uma vez. Podia-se fechar a porta por dentro. Deitavam-se em cima de um macio monte de lençóis limpos...

A morena suspirou e levou à boca uma garfada de carne, que começou a mastigar. Jean-Pierre perdeu o interesse, pois não gostava de ver as pessoas a comer. De qualquer modo, aquilo fora apenas um pequeno exercício, pois, na verdade, não queria seduzi-la. Era muito bonita, de cabelo encaracolado e ostentando as quentes cores do Mediterrâneo, com um belo corpo, mas ultimamente Jean-Pierre não sentia entusiasmo por conquistas ocasionais. A única rapariga que o conseguia fascinar durante mais do que apenas alguns minutos era Jane Lambert... e ela nem sequer ainda o beijara.

Afastou os olhos da morena e deixou-os vaguear pelo refeitório do hospital. Não viu ninguém conhecido. O local estava quase vazio porque fora almoçar muito cedo, uma vez que entrava de serviço no primeiro turno.

Tinham passado seis meses desde que vira pela primeira vez o belo rosto de Jane, numa sala onde se desenrolava a festa de lançamento de um novo livro sobre ginecologia feminista. Sugerira-lhe que a ginecologia feminista não existia, havia apenas má medicina e boa medicina, mas ela replicara que a matemática cristã também não existia, e não obstante fora necessário um herético como Galileu para provar que a Terra gira em volta do Sol. Jean-Pierre exclamara: «Tens razão!», com os seus modos mais encantadores, e tornam-se amigos.

No entanto, Jane resistia aos seus encantos, era quase inacessível. Gostava dele, mas parecia estar muito ligada ao americano, apesar de Ellis ser bastante mais velho do que ela. Por estranho que parecesse, isso ainda a tornava mais desejável. Se ao menos Ellis desaparecesse, se fosse atropelado por um autocarro, ou algo assim... Ultimamente, a resistência de Jane parecia estar a enfraquecer... ou seria apenas imaginação sua?

— É verdade que vais para o Afeganistão, por dois anos? — perguntou-lhe a morena.

— É verdade.

— Mas porquê?

— Porque acredito na liberdade, julgo. E também porque não me sujeitei a todo este treino apenas para tratar o coração de homens de negócios gordos.

As mentiras subiam-lhe aos lábios automaticamente.

— Mas porquê durante dois anos? As pessoas que fazem isso vão lá por três a seis meses, no máximo um ano. Dois anos é muito tempo.

— Achas? — Jean-Pierre exibiu um sorriso tímido. — Sabes, é difícil conseguir fazer alguma coisa que valha a pena durante um período mais curto. Essa ideia de enviar para lá médicos para visitas curtas é bastante ineficiente. O que os rebeldes necessitam é de uma assistência médica permanente, um hospital que se mantenha sempre no mesmo lugar e onde pelo menos parte do pessoal se conserve de um ano para o outro. Tal como as coisas estão, metade daquela gente não sabe onde levar os seus doentes e feridos, não seguem as recomendações dos médicos porque não chegam a ter tempo suficiente para aprenderem a confiar neles, e não há possibilidade de ministrar educação sanitária. Além disso, o custo do transporte dos voluntários para o país e de regresso a casa faz com que esse serviço «gratuito» seja bastante dispendioso.

Jean-Pierre colocara tanta convicção naquele seu discurso que quase acabara por acreditar nele. Tinha de fazer um esforço para se recordar dos verdadeiros motivos que o levavam ao Afeganistão e das razões que o forçavam a lá ficar durante dois anos.

— Quem vai prestar serviços gratuitos? — perguntou uma voz por detrás dele.

Virou-se para trás e viu outro casal que se aproximava com os seus tabuleiros de comida. Tratava-se de Valérie, interna como ele, e o seu companheiro habitual, um radiologista. Sentaram-se junto de Jean-Pierre e da morena. Foi esta última quem respondeu à pergunta.

— Jean-Pierre vai para o Afeganistão, trabalhar com os rebeldes.

— A sério? — perguntou Valérie, surpreendida. — Mas eu ouvi dizer que te tinham oferecido um trabalho maravilhoso em Houston.

— Recusei-o.

A médica ficou impressionada.

— Mas porquê?

— Porque considero importante salvar a vida de muitos lutadores pela liberdade, enquanto alguns milionários texanos a mais ou a menos não fazem qualquer diferença.

O radiologista não estava tão fascinado com Jean-Pierre como a sua amiga. Engoliu uma garfada de batatas e comentou:

— Conversa. Quando regressares, não terás qualquer dificuldade em conseguir de novo a mesma oferta de trabalho, pois, além de médico, serás um herói.

— Achas que sim? — perguntou Jean-Pierre, friamente, não gostando do rumo que a conversa estava a tomar.

— No ano passado, houve dois médicos deste hospital que foram para o Afeganistão — continuou o radiologista — e ambos conseguiram belos empregos, quando regressaram.

Jean-Pierre fez um sorriso tolerante.

— É bom saber que virei a ter um emprego, se sobreviver.

— Espero que sim! — exclamou a morena, indignada. — Depois de tantos sacrifícios!

— Que pensam os teus pais da ideia? — inquiriu Valérie.

— A minha mãe concorda — afirmou Jean-Pierre.

Claro que concordava, ela amava os heróis, mas Jean-Pierre podia perfeitamente imaginar o que o pai diria sobre jovens médicos idealistas que iam trabalhar para os rebeldes do Afeganistão. «O socialismo não significa que todos possam fazer o que querem!», gritaria, na sua voz rouca e premente, com o rosto a ruborizar-se um pouco. «Que pensas que são esses rebeldes? São bandidos, que vivem à custa dos camponeses cumpridores das leis. As instituições feudais têm de ser varridas antes de o socialismo poder avançar.» Esmurraria a mesa com o seu enorme punho. «Para fazer uma omeleta é preciso partir os ovos... e para fazer o socialismo é preciso partir cabeças!» — «Não te preocupes, paizinho, sei tudo isso muito bem», responderia ele.

— O meu pai já morreu — acrescentou Jean-Pierre —, mas também ele foi um lutador pela liberdade. Combateu na Resistência, durante a guerra.

— E que fez ele? — perguntou o radiologista cético.

Contudo, Jean-Pierre nunca lhe chegou a responder, porque vira Raoul Clermont, o editor de *La Révolte*, a dirigir-se para ele do outro lado do refeitório, a suar no seu fato domingueiro. Que diabo fazia aquele jornalista gordo ali, no refeitório do hospital?

— Preciso de falar contigo — disse Raoul, sem qualquer espécie de preâmbulo e ofegante. Jean-Pierre apontou para uma cadeira.

— Raoul...

— É urgente! — interrompeu-o o jornalista, quase como se não quisesse que os outros ouvissem o seu nome.

— Porque não almoças connosco? A seguir poderíamos falar à vontade.

— Lamento, mas não posso.

Jean-Pierre notou uma nota de pânico na voz daquele homem gordo. Observando-lhe os olhos, viu neles um pedido para que se deixasse de mais rodeios. Surpreendido, Jean-Pierre levantou-se.

— Está bem — declarou, mas, para retirar importância à sua repentina partida, virou-se para os outros e continuou, alegre: — Não me comam o almoço. Volto já.

Agarrou Raoul pelo braço e saíram do refeitório.

Jean-Pierre pretendera parar ao pé da porta, para conversarem, mas o outro continuou ao longo do corredor.

— Foi Leblond quem me enviou aqui — disse.

— Já calculava que fosse algo desse género — comentou Jean-Pierre.

Havia apenas um mês que Raoul o levara a encontrar-se com Leblond, que lhe pedira que fosse para o Afeganistão, ostensivamente para auxiliar os rebeldes, tal como faziam muitos outros jovens médicos franceses, mas na realidade era para espiar para os russos. Jean-Pierre sentira-se orgulhoso, apreensivo, e acima de tudo encantado por vir a poder fazer qualquer coisa realmente espetacular em defesa da causa. O seu único receio estava em que as organizações que enviavam médicos para o Afeganistão o recusassem por ele ser comunista. Não tinham hipóteses de descobrir que era membro do partido, nem lhes diria tal coisa, mas podiam saber da sua simpatia pelos soviéticos. No entanto, existiam muitos comunistas franceses que se opunham à invasão do Afeganistão. De qualquer modo havia a remota possibilidade de uma organização cautelosa vir a sugerir que Jean-Pierre se sentiria mais feliz a trabalhar para um qualquer outro grupo de combatentes pela liberdade... Também enviavam médicos para junto dos rebeldes de El Salvador, por exemplo. Mas nada disso acontecera, fora imediatamente aceite pelos Médicos para a Liberdade. Comunicara essas boas notícias a Raoul, que o informara de que haveria um outro encontro com Leblond. Talvez fosse agora.

— Mas porquê todo este pânico? — perguntou.

— Ele quer ver-te agora mesmo.

— *Agora?* — Jean-Pierre ficou aborrecido. — Estou de serviço. Tenho doentes para tratar...

— Com certeza que haverá outra pessoa qualquer para os assistir.

— Mas qual é a urgência? Só vou partir daqui a dois meses.

— Não se trata do Afeganistão.

— Bom, então o que é?

— Não sei.

Se não sabia, porque estava com tanto medo?, interrogou-se Jean-Pierre.

— Mas não tens ideia do que se trata?

— Sei apenas que Rahmi Coskun foi preso.

— O estudante turco?

— Sim.

— Porquê?

— Isso não sei.

— E que tenho eu a ver com isso? Mal o conheço...

— Leblond esclarecerá tudo.

— Mas eu não posso sair daqui, assim de repente! — exclamou o jovem, lançando as mãos ao ar.

— Que aconteceria se adoecesses? — perguntou Raoul.

— Comunicaria à enfermeira-chefe, que chamaria um substituto. Mas...

— Então fala com ela.

Tinham chegado à entrada do hospital e via-se uma fila de telefones internos ao longo de uma parede.

Isto pode ser um teste, pensou Jean-Pierre. *Um teste de lealdade, para verem se sou responsável o suficiente para me entregarem a missão.* Decidiu-se a enfrentar a ira das autoridades do hospital e pegou num telefone.

— Acabo de ser chamado, por causa de uma emergência familiar — declarou, quando conseguiu a ligação. — Deve entrar de imediato em contacto com o doutor Roche.

— Sim, senhor — respondeu a enfermeira, calma. — Espero que não tenha recebido más notícias.

— Mais tarde informo-a — disse ele apressadamente. — Adeus. Ah, uma coisa... — Tinha a seu cuidado uma doente recém-operada que sofrera uma hemorragia durante a noite. — Como está a senhora Ferier?

— Está bem. Não voltou a ter qualquer hemorragia.

— Ótimo. Mantenham-na sob vigilância constante.

— Muito bem, doutor.

Jean-Pierre desligou.

— Pronto — disse, para Raoul. — Podemos ir.

Encaminharam-se para o parque de estacionamento e meteram-se no *Renault 5* de Raoul. O interior da viatura estava a escaldar do sol do meio-dia. O jornalista conduziu rapidamente, através de ruas secundárias, enquanto o jovem médico se sentia nervoso. Não sabia muito bem quem era Leblond, mas pensava que seria «alguém» no KGB. Perguntava a si próprio se fizera alguma coisa que tivesse ofendido a tão temida organização. Se assim fosse, qual o castigo?

Era impossível que já houvessem tomado conhecimento da proposta que fizera a Jane.

O facto de lhe ter pedido que o acompanhasse ao Afeganistão não era assunto que lhes dissesse respeito. Haveria lá, com certeza, outros membros do partido, talvez uma enfermeira para ajudar no seu trabalho, talvez outros médicos, enviados para diversas regiões do país. Porque não haveria Jane de ir também? Não era enfermeira, mas podia seguir um curso intensivo e tinha a grande vantagem de saber um pouco de parse, e na zona para onde Jean-Pierre se dirigiria falava-se uma variante dessa língua.

Tinha esperanças de que ela se resolvesse a acompanhá-lo, por idealismo, pela emoção da aventura, e desejava também que viesse a esquecer-se de Ellis durante a estada e se apaixonasse pelo europeu mais próximo, que seria Jean-Pierre, claro.

Não lhe interessava que o partido tomasse conhecimento de que a encorajara a acompanhá-lo apenas por motivos pessoais. Não havia necessidade alguma de que o soubessem e não tinham maneira de o descobrir... pelo menos fora o que pensara, mas talvez estivesse enganado...

Estou a ser estúpido, comentou para si próprio. *Não fiz nada de mal e, mesmo que fosse esse o caso, não sofreria qualquer castigo. Este é o KGB real e não aquela mítica organização que enche de pavor os corações dos assinantes do* Reader's Digest.

Raoul estacionou o carro junto de um luxuoso edifício de apartamentos, na Rue de l'Université, o local onde se encontrara com Leblond pela primeira vez. Saíram do carro e entraram.

Atravessaram o vestíbulo sombrio, subiram uma ampla escadaria até ao primeiro andar e tocaram a uma campainha. *O que a minha vida se modificou,* pensou Jean-Pierre, *desde a última vez que esperei em frente desta porta!*

Foi Leblond quem a abriu. Tratava-se de um homem baixo e delgado, já meio calvo, de óculos, vestindo um casaco cinzento-antracite e uma gravata prateada, que o fazia parecer um mordomo. Conduziu-os para a sala das traseiras do apartamento, onde Jean-Pierre fora entrevistado. As altas janelas de umbrais complicados davam a entender que fora outrora uma elegante sala. Agora, porém, ostentava uma alcatifa de *nylon,* uma secretária barata e algumas cadeiras cor de laranja, de plástico moldado.

— Esperem aqui um momento — disse Leblond.

Tinha uma voz calma, concisa e seca como a poeira. Uma ligeira pronúncia sugeria que o seu verdadeiro nome não deveria ser Leblond. Saiu por uma outra porta.

Jean-Pierre sentou-se numa das cadeiras de plástico, mas Raoul manteve-se de pé. Jean-Pierre recordou: *Foi*

nesta sala que aquela voz seca me disse: «Tens sido um membro do
partido leal e tranquilo, desde a infância. O teu caráter e o teu am-
biente familiar sugerem-nos que poderás servir bem o partido numa
missão clandestina.»

Espero não ter arruinado tudo por causa da Jane, pensou.

Leblond regressou com outro homem, pararam os dois
à entrada e Leblond apontou para ele. O segundo indivíduo
olhou para Jean-Pierre com atenção, como se pretendesse
fixar-lhe as feições, e o jovem devolveu-lhe o olhar. Era alto e forte, de largos ombros, como um jogador de basebol;
usava o cabelo comprido nos lados da cabeça, mas que já
começava a escassear no cimo, e tinha um bigode caído;
vestia um casaco de veludo com um rasgão numa manga.
Depois de alguns segundos, fez um aceno e saiu.

Leblond fechou a porta atrás dele e sentou-se à secretária.

— Aconteceu-nos um desastre — disse.

Não se trata de Jane, graças a Deus, pensou Jean-Pierre.

— Há um agente da CIA no meio do teu círculo de
amigos — continuou Leblond.

— Meu Deus! — exclamou o jovem.

— Mas não é isso o pior — prosseguiu Leblond, irritado. — Seria caso para admiração se não existisse um espião
americano entre os teus amigos. E sem dúvida que há também espiões israelitas, sul-africanos e franceses. Que mais
poderia essa gente fazer, se não se infiltrasse nos grupos de
jovens militantes políticos? Também aí temos um espião,
claro.

— Quem?

— Tu.

— Oh!

Jean-Pierre fora apanhado de surpresa, pois nunca se considerara um espião. Mas que mais poderia significar «servir o partido num trabalho clandestino»?

— Quem é o agente da CIA? — perguntou, com uma intensa curiosidade.

— Um tipo chamado Ellis Thaler.

Jean-Pierre ficou tão chocado que se levantou da cadeira.

— Ellis?

— Conhece-lo. Ótimo.

— Ellis é um espião da CIA?

— Senta-te — proferiu Leblond, numa voz sem entoação.

— O nosso problema não está em quem ele é, mas sim no que ele fez.

Jean-Pierre pensava: *Se Jane descobre este facto, deixará Ellis como quem larga uma batata quente. Permitirão que lho diga? Poderá vir a descobrir de outra maneira? Será capaz de acreditar? O Ellis irá negar?*

Leblond estava a falar e o médico fez um esforço para se concentrar naquilo que o outro dizia.

— O desastre de que te falei foi que Ellis montou uma armadilha e apanhou uma pessoa muito importante para nós.

Jean-Pierre lembrou-se de que Raoul dissera que Rahmi Coskun fora preso.

— Rahmi é assim tão importante?

— Não se trata do Rahmi.

— De quem, então?

— Não tens necessidade de o saber.

— Então porque me trouxeram para aqui?

— Cala-te e escuta — atirou-lhe Leblond e, pela primeira vez, Jean-Pierre teve medo dele. — Nunca encontrei esse teu amigo Ellis, claro, e infelizmente Raoul também não. Portanto, nenhum de nós sabe qual é o aspeto dele, mas tu conhece-lo. Foi por isso que te trouxemos aqui. Também sabes onde vive?

— Sim. Tem um quarto por cima de um restaurante na Rue de l'Ancienne Comédie.

— Esse quarto dá para a rua?

Jean-Pierre franziu as sobrancelhas, pensativo. Só lá estivera uma única vez, pois Ellis não convidava muita gente para sua casa.

— Creio que sim.

— Não tens a certeza?

— Deixem-me pensar... — Estivera lá uma noite, com a Jane e todo um grupo, depois de terem ido ver um filme à Sorbonne. Ellis oferecera-lhes café. Era um quarto pequeno e Jane sentara-se no chão, junto à janela... — Sim. Tem uma janela para a rua. É assim tão importante?

— Sim, porque significa que nos podes fazer um sinal.

— Eu? Porquê? A quem?

Leblond lançou-lhe um olhar perigoso.

— Desculpa — disse Jean-Pierre.

Leblond hesitava. Quando falou de novo, fê-lo num tom de voz ligeiramente mais suave, apesar de continuar com um rosto inexpressivo.

— Vais sofrer um batismo de fogo. Lamento muito ter de te utilizar em... ação, numa ação como esta, quando ainda não fizeste nada para nós. Porém, conheces o Ellis, estás aqui, e neste momento não temos mais ninguém que o conheça.

»O que pretendemos fazer perderá o seu impacto se não agirmos imediatamente. Portanto, escuta com atenção porque é muito importante. Vais ao quarto dele e, se o encontrares, entrarás inventando um pretexto qualquer. Diriges-te para a janela, inclinas-te para fora e certificas-te de que Raoul te vê. Estará à espera na rua.

Raoul agitou-se como um cão que ouve pronunciar o seu nome no meio de uma conversação.

— E se o Ellis não estiver lá? — perguntou Jean-Pierre.

— Fala com os vizinhos. Procura saber onde foi e quando volta. Se te parecer que saiu apenas por alguns minutos, espera por ele. Quando Ellis regressar, fazes o que te disse antes, entras no quarto e vais à janela. O teu aparecimento significa que Ellis está em casa. Por isso, aconteça o que acontecer, não vás à janela se ele lá não se encontrar. Compreendeste?

— Compreendi muito bem o que querem que eu faça — respondeu —, mas não percebo qual é a finalidade de tudo isso.

— Identificar Ellis.

— E depois?

Leblond deu-lhe uma resposta que não ousara imaginar, mas que o encheu de satisfação.

— Vamos matá-lo, evidentemente.

CAPÍTULO

3

Jane cobriu a pequena mesa de Ellis com uma toalha branca já manchada e pôs a mesa para duas pessoas, servindo-se de pratos e talheres velhos e desiguais. Abriu uma garrafa de *Fleurie,* que encontrou no armário por debaixo do lavatório, e sentiu-se tentada a prová-lo, mas acabou por decidir aguardar pela chegada de Ellis. Sobre a mesa, colocou também os copos, o sal e a pimenta, mostarda e guardanapos de papel. Perguntou a si mesma se deveria começar a cozinhar. Não, era melhor que fosse ele a fazê-lo.

Não gostava do quarto de Ellis, era desconfortável, apertado, impessoal, e deixara-a chocada quando o vira pela primeira vez. Havia algum tempo que se encontrava com aquele homem caloroso, maduro e descontraído, e pensara que ele vivia num lugar que expressasse a sua personalidade, num apartamento atraente e confortável, repleto de recordações de um passado rico de experiências. No entanto, não era possível imaginar que o homem que ali morava já fora casado, lutara numa guerra, tomara LSD e capaneara a equipa de basebol da sua universidade. As paredes brancas e frias estavam decoradas com alguns *posters* apressadamente escolhidos, as louças provinham de casas de velharias e os tachos e panelas eram dos mais baratos. Não havia dedicatórias nem apontamentos nas edições baratas, de poesia, que se encontravam na estante. Guardava as calças e as camisolas numa mala de plástico, escondida por debaixo da arruinada cama. Onde estavam as recordações da universidade, as fotografias de sobrinhos e sobrinhas, o seu tão apreciado exemplar de *Heartbreak Hotel,* o canivete que era uma recordação de Bolonha ou das cataratas do Niágara ou o recipiente para a salada, de madeira de teca, que toda a gente recebe mais tarde ou mais cedo, como presente dos pais? O quarto não continha nada de realmente importante, nenhuma daquelas coisas que as pessoas conservam não por aquilo que são, mas por aquilo que representam. Não havia ali nada que fizesse parte da sua alma.

Era o quarto de um homem recolhido para dentro de si mesmo, um homem com segredos, um homem que nunca partilharia com alguém os seus pensamentos mais íntimos. Pouco a pouco e com uma terrível tristeza, Jane acabara por concluir que Ellis *era* assim, tal como o quarto, frio e secreto.

Era incrível, por se tratar de um indivíduo tão cheio de confiança em si próprio, que caminhava de cabeça erguida como se, durante toda a sua vida, nunca tivesse sentido medo de ninguém. Na cama, era totalmente desinibido, completamente à vontade com a sua própria sexualidade, capaz de fazer tudo e de dizer tudo sem qualquer espécie de ansiedade, hesitação ou vergonha. Jane nunca conhecera um homem assim. Tinham, no entanto, surgido muitas ocasiões, na cama, nos restaurantes ou apenas quando passeavam na rua, em que ela se rira com ele, ou escutara as suas conversas, ou lhe observara a pele em volta dos olhos a enrugar-se quando se concentrava para pensar, mas em que de súbito descobria que ele como que se... desligara. Quando isso acontecia, deixava de ser encantador, ou divertido, ou respeitoso ou compreensivo. Nessas ocasiões fazia-a sentir-se como que estando de fora, como uma estranha, uma intrusa sem acesso ao seu mundo privado. Era como se o Sol se escondesse por detrás de uma nuvem.

Sabia que ia ter de o deixar, mesmo amando-o até à loucura, pois parecia que ele não podia retribuir da mesma maneira. Tinha já trinta e três anos, e, se não aprendera a arte da intimidade até agora, era provável que nunca a viesse a aprender.

Sentou-se no sofá e começou a ler *The Observer,* que comprara num quiosque do Boulevard Raspail, quando se dirigia para ali. A primeira página trazia um artigo sobre o Afeganistão e pensou que talvez fosse um bom lugar para esquecer Ellis.

A ideia tinha-lhe agradado logo. Apesar de gostar de Paris e de ter um trabalho variado, queria mais do que isso, queria experiência, aventura e a oportunidade de agir em favor da liberdade. Não tinha medo. Jean-Pierre afirmara que os médicos eram considerados demasiado valiosos para serem enviados para as zonas de combate. Havia o risco de se vir a ser apanhado por uma bomba perdida ou por uma escaramuça, mas tratava-se de um risco provavelmente menor do que o de se ser atropelado por um dos motoristas de Paris. Sentia-se muito curiosa quanto ao tipo de vida dos afegãos rebeldes. «Que comem eles?», perguntara a Jean--Pierre. «Que vestem? Vivem em tendas? Têm casas de banho?» — «Não há casas de banho», fora a resposta. «Não há eletricidade, nem estradas, nem vinho, nem carros, nem aquecimento central, nem dentistas, nem carteiros, nem telefones, nem restaurantes. Não há anúncios, nem *Coca-Cola.*

Não há previsões meteorológicas, nem cotações de ações, nem decoradores, nem assistentes sociais, nem batons, nem *Tampax,* nem modas. Não há jantares de festa, nem filas para os táxis ou autocarros...» — «Para!», exclamara, pois ele seria capaz de continuar assim durante horas. «Devem ter autocarros e táxis.» — «Mas não no campo. Vou para uma região chamada Vale dos Cinco Leões, uma zona dominada pelos rebeldes, no sopé dos Himalaias, um lugar primitivo mesmo antes de os russos o terem bombardeado.»

Jane estava certa de que podia perfeitamente viver sem canalizações, ou batom, ou previsões meteorológicas, mas suspeitava de que ele subestimava o perigo, mesmo tratando-se de um local fora das zonas de combate, o que não a deteria. A mãe teria um ataque de histeria, claro; o pai, se ainda estivesse vivo, teria dito: «Boa sorte, Jane.» Ele compreendera a importância de fazer qualquer coisa que valesse a pena. Apesar de ter sido um bom médico, nunca conseguira ganhar muito dinheiro, porque, estivessem onde estivessem — Nassau, Cairo, Singapura ou, durante a maior parte do tempo, na Rodésia —, tratava sempre gratuitamente todos os pobres, o que os fizera surgir em verdadeiras multidões, afastando, por sua vez, os clientes que podiam pagar.

O som de alguém a subir as escadas interrompeu-lhe as meditações. Reparou que lera apenas algumas linhas do jornal. Ergueu a cabeça, escutando. Não se tratava do som dos passos de Ellis, mas bateram à porta.

Jane pousou o jornal e abriu a porta. Deparou-se-lhe Jean-Pierre, que ficou quase tão surpreendido como ela. Olharam um para o outro, em silêncio, durante alguns momentos. Jane disse:

— Ficaste com o ar de quem tem culpas no cartório. Eu também?

— Sim — respondeu ele, com um sorriso.

— Estava agora mesmo a pensar em ti. Entra.

Jean-Pierre avançou e olhou em volta.

— O Ellis não está em casa?

— Deve estar a chegar. Senta-te.

O jovem médico instalou-se no sofá e Jane pensou, não pela primeira vez, que se tratava provavelmente do mais belo homem que jamais vira. Tinha um rosto regular, uma testa alta e um nariz forte e bastante aristocrático, olhos castanhos e líquidos e uma boca sensual, um pouco oculta por uma barba espessa, castanho-escura, com algumas zonas mais claras no bigode. Usava roupas baratas, mas cuidadosamente escolhidas, que vestia com uma elegância descontraída que a própria Jane invejava.

Gostava bastante dele. O seu maior defeito estava no facto de se considerar mais do que na verdade era, mas de um modo tão inocente que desarmava as pessoas, como se fosse apenas uma bazófia de criança. Gostava do seu idealismo e da dedicação que demonstrava pela medicina. Era um homem de enorme encanto e possuía também uma imaginação quase maníaca, que por vezes era divertida: atiçada por um qualquer facto absurdo ou até por um deslize de língua, lançava-se em curiosos monólogos que eram capazes de durar dez ou quinze minutos. Quando alguém se referira a um comentário que Jean-Paul Sartre fizera a respeito do futebol, Jean-Pierre iniciara espontaneamente o relato de um desafio, tal como ele poderia ter sido descrito por um filósofo existencialista, obrigando Jane a rir até lhe doer a barriga. Havia quem dissesse que aquela boa disposição tinha um reverso, que ele por vezes mergulhava em terríveis depressões, mas Jane nunca comprovara que tal facto fosse verdadeiro.

— Bebe um pouco de vinho do Ellis — disse ela, pegando na garrafa que se encontrava em cima da mesa.

— Não, obrigado.

— Estás a treinar-te, para te habituares a viver num país muçulmano?

— Não, não é isso — respondeu, com um ar muito solene.

— Que tens? — perguntou Jane.

— Preciso de conversar muito a sério contigo — respondeu.

— Já o fizemos, há três dias, não te lembras? — retorquiu ela, provocante. — Pediste-me que abandonasse o meu amante e fosse contigo para o Afeganistão... uma proposta a que poucas mulheres seriam capazes de resistir.

— Não brinques.

— Está bem, não brinco. Ainda não me decidi.

— Jane... descobri uma coisa terrível acerca do Ellis.

Observou-o com um ar especulativo. Que iria sair dali? Iria contar uma história, inventar uma mentira, para a convencer a acompanhá-lo? Pensava que não.

— Muito bem, diz lá.

— Ele não é aquilo que pretende ser — afirmou Jean-Pierre.

Estava a ser terrivelmente melodramático.

— Não necessitas de falar com uma voz que parece a de um coveiro. Que queres dizer?

— Não é um pobre poeta. Trabalha para o Governo americano.

— Para o Governo americano? — exclamou Jane, encolhendo os ombros e pensando que Jean-Pierre estava a ser vítima de um mal-entendido. — Dá lições de inglês a alguns franceses que trabalham para o Governo dos Estados Unidos...

— Não me refiro a isso. É um espião, espia os grupos radicais. É um agente que trabalha para a CIA.

— Absurdo! — comentou Jane, rebentando em gargalhadas. — Pensaste que me conseguias afastar dele, contando-me uma história dessas?!

— É verdade, Jane.

— Não pode ser. Ellis não é um espião. Não achas que o conheço bem? Na prática, vivo com ele há um ano.

— Bom, não vives com ele...

— A diferença não é grande. Conheço-o bem.

Enquanto falava, Jane pensava que isso explicaria muita coisa. Na verdade, não o conhecia bem, mas apenas o suficiente para saber que não era um homem brutal, mau ou traiçoeiro.

— Já toda a cidade o sabe — continuou Jean-Pierre. — Rahmi Coskun foi preso esta manhã e dizem que Ellis foi o responsável.

— Porque prenderam o Rahmi?

Jean-Pierre encolheu os ombros.

— Subversão, sem dúvida. De qualquer modo, Raoul Clermont anda a percorrer toda a cidade em busca de Ellis e há alguém que se quer vingar.

— Oh, Jean-Pierre, não sejas ridículo! — respondeu Jane, que, de repente, se sentiu encalorada. Dirigiu-se à janela e abriu-a. Ao olhar de relance para a rua viu a cabeça loira de Ellis a desaparecer na porta da entrada. — Pois bem —

disse —, aí o tens. Agora terás de repetir essa ridícula história, mas na frente dele.

Ouviu os passos de Ellis, na escada.

— É essa a minha intenção — retorquiu Jean-Pierre. — Porque julgas que estou aqui? Vim cá para o avisar de que andam à procura dele.

Subitamente, Jane compreendeu que Jean-Pierre estava a ser sincero, que acreditava no que dizia. Bom, Ellis já iria esclarecer tudo.

Abriu-se a porta e o americano entrou.

Apresentava um ar feliz, como se viesse a transbordar de boas notícias. Quando viu aquele rosto redondo e sorridente, com o nariz um pouco esborrachado, e penetrantes olhos azuis, sentiu-se um pouco perturbada por ter andado a namoriscar com Jean-Pierre.

Ellis parou à entrada, surpreendido com a presença de Jean-Pierre, perdendo um pouco do largo sorriso.

— Ah, olá, para os dois — disse.

Fechou a porta atrás de si e rodou a chave, tal como era seu hábito. Jane sempre pensara que se tratava de uma excentricidade, mas agora ocorria-lhe a ideia de que era isso que um espião faria. Afastou aquela ideia para o fundo do cérebro.

Jean-Pierre foi o primeiro a falar.

— Andam atrás de ti, Ellis. Eles sabem. Querem apanhar-te.

Jane olhou-os. O francês era mais alto do que o americano, mas este tinha os ombros mais largos e um peito mais forte. Os dois homens miravam-se como gatos prontos a arranharem-se.

Jane passou os braços em volta de Ellis, beijou-o, sentindo-se culpada, e declarou:

— Jean-Pierre acaba de me contar uma história absurda, a respeito de seres um agente da CIA.

Jean-Pierre, que estava debruçado da janela, espreitando a rua, virou-se para o encarar.

— Conta-lhe a verdade, Ellis.

— Onde foste buscar essa ideia? — perguntou-lhe o americano.

— Oh, toda a gente fala nisso.

— Mas a *quem* ouviste falar nisso? — insistiu Ellis, numa voz de aço.

— Raoul Clermont.

Ellis fez um sinal de assentimento e, passando a falar em inglês, continuou:

— Jane, importas-te de te sentares?

— Não quero sentar-me — respondeu ela, irritada.

— Tenho uma coisa para te dizer.

Não podia ser verdade! Não podia! Jane sentiu o pânico a subir-lhe à garganta.

— Então diz e deixa de me pedires que me sente! — disse.

— Importas-te de nos deixares sozinhos? — perguntou ele em francês, virando-se para Jean-Pierre.

Jane começava a sentir-se zangada.

— Que me vais contar? Porque não dizes, muito simplesmente, que o Jean-Pierre está enganado? Diz-me que não és um espião, Ellis, antes que eu endoideça!

— Não é assim tão simples — respondeu o americano.

— É simples! — exclamou Jane, já incapaz de esconder as notas de histerismo na sua voz. — Ele afirma que és um espião, que trabalhas para o Governo americano, e que me

tens andado a mentir continuamente, de uma maneira trai-
çoeira e sem vergonha, desde que nos conhecemos. Isso
é verdade? É verdade, ou não? Então?

— Suponho que é verdade — declarou Ellis, com um
suspiro.

— Estupor! — gritou Jane, sentindo que ia explodir.
— Meu grande sacana!

O rosto de Ellis parecia de pedra, quando afirmou:

— Ia explicar-te tudo hoje.

Ouviu-se uma pancada na porta, que ambos ignoraram.

— Tens andado a espiar-me e a todos os meus amigos!
— gritou Jane. — Sinto-me tão... envergonhada!

— O meu trabalho acabou, já não necessito de te mentir.

— Não terás essa possibilidade, porque não quero tornar a ver-te!

Voltaram a bater à porta e Jean-Pierre disse em francês:

— Está alguém a bater à porta.

— Não falas a sério — continuou Ellis — quando dizes que não queres voltar a ver-me, pois não?

— Não consegues compreender o que me fizeste, pelos
vistos! — retorquiu ela.

— Abram essa porta, por amor de Deus! — exclamou
Jean-Pierre.

Jane encaminhou-se para a porta, rodou a chave e abriu-
-a, deparando-se-lhe um homem alto e forte, de ombros largos, com um casaco de veludo verde, rasgado numa manga.
A rapariga, que nunca o vira antes, perguntou:

— Que diabo quer? — e logo reparou que o visitante
empunhava uma arma.

Os segundos seguintes pareceram passar muito lentamente.

Num clarão de lucidez, Jane compreendeu que se Jean-Pierre tivera razão quanto a o americano ser um espião, então também falava verdade quando dizia que alguém procurava vingança, e que no secreto mundo de Ellis «vingança» podia querer dizer um tipo a bater à porta com uma arma na mão. Abriu a boca para gritar.

O homem hesitou apenas durante uma fração de segundo, pareceu surpreendido, como se não esperasse encontrar uma mulher. Os seus olhos saltaram de Jane para Jean-Pierre. Sabia que este não era o alvo, mas sentia-se confuso por não avistar Ellis, que se encontrava tapado pela porta meio aberta.

Em vez de gritar, Jane procurou fechar a porta, mas, quando a atirou de encontro ao pistoleiro, este viu o que ela pretendia e meteu o pé na ombreira, fazendo a porta bater-lhe no sapato e voltar para trás. Porém, no momento em que avançara, o homem abrira os braços, para manter o equilíbrio, e agora a pistola estava apontada para um dos cantos do teto.

Vai matar o Ellis, pensou Jane. *Ele vai matar o Ellis.*

Atirou-se sobre o pistoleiro, batendo-lhe no rosto com os punhos, pois apesar de odiar Ellis não queria que ele morresse. O homem distraiu-se apenas por uma fração de segundo, mas logo, com um dos seus fortes braços, empurrou Jane para um lado. Esta caiu pesadamente, ficando sentada e magoando-se na base da espinha, e foi nessa posição que assistiu, horrorizada, a tudo o que se passou a seguir.

O braço que a empurrara voltou para trás e escancarou a porta. Enquanto o homem descrevia um arco com o braço armado, para cobrir a sala, Ellis atirou-se a ele com a garrafa de vinho bem levantada acima da cabeça. A arma disparou-se quando a garrafa desceu e o estrondo do tiro coincidiu com o barulho do vidro a partir-se.

Espantada, Jane ficou a olhar para os dois homens.

Porém, a seguir, o pistoleiro caiu e Ellis ficou de pé, o que a levou a perceber que o tiro falhara.

O americano baixou-se e arrancou a arma das mãos do agressor, enquanto, com algum esforço, Jane se punha de pé.

— Estás bem? — perguntou-lhe Ellis.

— Estou viva — respondeu.

— Quantos estão na rua? — inquiriu Ellis para Jean-Pierre.

— Nenhum — retorquiu este, depois de espreitar pela janela.

O americano pareceu surpreendido.

— Devem estar escondidos. — Meteu a arma no bolso e dirigiu-se para a estante dos livros. — Afastem-se! — avisou, atirando-a ao chão.

Por detrás, havia uma porta, que Ellis abriu. Olhou para Jane durante um longo instante, como se tivesse alguma coisa para dizer mas não fosse capaz de descobrir as palavras, e a seguir desapareceu.

Momentos depois, Jane caminhou devagar até àquela porta secreta e espreitou para o outro lado. Havia ali um apartamento, escassamente mobilado e cheio de pó, como se não fosse ocupado há muito tempo. Do outro lado via-se mais uma porta aberta e, para lá dela, uma escada.

Voltou atrás e examinou o quarto de Ellis. O pistoleiro jazia no chão, desmaiado, no meio de uma poça de vinho. Tentara matar Ellis, ali mesmo, uma coisa que já lhe parecia irreal. Na verdade, tudo aquilo lhe parecia irreal: Ellis era um espião e Jean-Pierre sabia-o. A prisão de Rahmi, a porta secreta e a fuga de Ellis...

Fora-se embora. «Não quero voltar a ver-te», dissera-lhe poucos segundos antes, e, ao que via, o seu desejo fora satisfeito.

Levantou os olhos do pistoleiro e olhou para Jean-Pierre, que também parecia espantado e confuso. Após um breve instante, o médico atravessou o quarto na direção dela e Jane caiu-lhe nos braços, rebentando em lágrimas.

PARTE DOIS

1982

CAPÍTULO

4

O rio descia desde a linha dos gelos, frio e claro, enchendo o vale com o seu ruído enquanto fervilhava através das ravinas e corria rápido em frente dos campos de trigo, num deslizar apressado para terras longínquas e mais baixas. Havia quase um ano que aquele som era uma constante nos ouvidos de Jane. Por vezes soava mais alto, quando ia tomar banho ou se metia pelas serpenteantes veredas ao longo das falésias que o bordejavam e que eram o único caminho para outras aldeias, outras vezes mais suave, como agora, quando se encontrava bem alto nos flancos da colina e o brilho do rio constituía apenas um cintilar longínquo e um murmúrio. Quando eventualmente abandonava o vale, descobria que o silêncio a enervava, tal como os citadinos que vão passar as férias ao campo e não conseguem dormir por haver demasiada calma. Apurando o ouvido, escutou algo mais. Fora aquele novo som que a tornara consciente do outro, mais antigo e familiar. Sobrepondo-se ao sussurro do rio, ouvia-se o ruído de um avião de hélice.

Jane abriu os olhos. Era um *Antonov,* o lento aparelho de reconhecimento cujo incessante roncar era o usual prelúdio para um ataque à bomba dos mais velozes e mais barulhentos aviões a jato. Sentou-se e olhou ansiosa através do vale.

Encontrava-se no seu refúgio secreto, um terraço largo e achatado, a meio de uma falésia. Por cima dela a rocha fazia uma saliência, tapando-a das vistas, mas sem lhe esconder o Sol, saliência que impediria qualquer pessoa, exceto um montanhista, de tentar a descida. Por baixo o acesso ao seu refúgio era muito inclinado e pedregoso, limpo de vegetação. Ninguém poderia subir sem que Jane visse ou ouvisse, mas de qualquer modo não havia motivo para que alguém ali fosse. Jane só descobrira aquele recanto por se ter posto a vaguear pelo trilho, após ter-se perdido. A privacidade do local era importante, porque era ali que se deitava ao sol; os afegãos eram tão pudicos como freiras e, se a vissem nua, seria linchada.

Para a sua direita, a empoeirada colina descia rapidamente. Perto do sopé, onde o declive era cada vez menos acentuado, junto ao rio, encontrava-se a aldeia de Banda, cinquenta ou sessenta casas implantadas numa faixa de terreno irregular e rochoso que não era cultivável. As casas eram de pedra cinzenta e tijolos de lama e todas apresentavam um telhado achatado e feito de terra calcada, colocada sobre esteiras. Junto da pequena mesquita avistava-se um grupo de habitações destruídas. Um dos bombardeiros russos acertara-lhes em cheio uns meses atrás. Jane via a aldeia com toda a nitidez, apesar de se encontrar a mais de um quilómetro de distância. Esquadrinhou os telhados, os pátios murados e os caminhos lamacentos, em busca de uma qualquer criança perdida, mas felizmente não havia nenhuma. Banda estava deserta sob o quente céu azul.

Para a sua esquerda, o vale alargava-se. Os pequenos campos pedregosos estavam marcados de crateras de bombas e nas mais baixas encostas da montanha viam-se vários muros, que antigamente sustentavam os terraços cultiváveis, e que estavam agora derrubados. O trigo já amadurecera, mas ninguém o ceifava.

Para lá dos campos, no sopé da falésia que formava o outro lado do vale, corria o rio dos Cinco Leões, profundo em alguns sítios, baixo noutros, umas vezes largo e outras estreito, mas sempre veloz e rochoso. Jane examinou-o a todo o comprimento. Não viu mulheres a tomar banho ou a lavar a roupa, não viu crianças a brincarem nas poças, nem homens conduzindo cavalos ou burros, no vau.

Encarou a hipótese de enfiar as roupas e abandonar o seu refúgio para subir a montanha até mais acima, até às grutas. Era aí que os aldeões se encontravam, os homens adormecidos depois de uma noite de trabalho nos campos, as mulheres a cozinhar e a procurar evitar que as crianças se escapassem, as vacas e as cabras nos estábulos, e os cães em luta uns com os outros por causa de restos de comida. Provavelmente, ali estava a salvo, porque os russos bombardeavam as aldeias, mas não as colinas nuas. No entanto havia sempre a hipótese de uma bomba perdida, e uma gruta serviria de proteção contra tudo, exceto um impacto direto.

Antes de conseguir decidir-se, ouviu o rugido dos jatos e virou-se, para os ver. O ruído enchia o vale, abafando o som do rio, quando os aparelhos passaram por cima dela dirigindo-se para nordeste, altos, mas a descerem, um, dois, três, quatro assassinos prateados, o máximo do engenho do homem aplicado ao extermínio de camponeses analfabetos e ao derrube de casas de lama, para depois voltarem para a base a mil e cem quilómetros por hora.

Um minuto depois tinham desaparecido. Banda seria poupada naquele dia. Lentamente, Jane descontraiu-se, pois os jatos aterrorizavam-na. Banda escapara aos bombardeamentos durante o verão passado e todo o vale gozara de tréguas durante o inverno, mas tudo recomeçara na primavera e a aldeia já fora atingida várias vezes, uma delas mesmo no centro. Desde aí, Jane odiava os jatos.

A coragem dos aldeões era espantosa. Cada uma das famílias organizara um segundo lar, lá em cima, nas grutas, e trepavam os montes todas as manhãs, para aí passarem o dia, regressando ao entardecer, porque não havia bombardeamentos noturnos.

Uma vez que não era seguro trabalhar nos campos durante o dia, os homens faziam-no de noite, ou seja, os mais idosos, porque os mais novos estavam quase sempre fora, disparando contra os russos no extremo sul do vale ou ainda mais longe. Naquele verão, os bombardeamentos eram mais intensos do que nunca em todas as áreas rebeldes, isto de acordo com o que Jean-Pierre ouvira dos guerrilheiros. Todos os afegãos, noutras partes do país, eram como estes do vale, capazes de se adaptarem e de sobreviver. Recuperavam alguns objetos mais necessários das ruínas das habitações bombardeadas, replantavam incansavelmente uma horta arruinada, tratavam dos feridos, enterravam os mortos e enviavam rapazes cada vez mais novos para se juntarem aos chefes guerrilheiros. Jane achava que os russos nunca conseguiriam derrotar aquele povo, a não ser que transformassem todo o país num deserto radioativo.

Quanto à hipótese de os rebeldes poderem alguma vez derrotar os russos... essa era outra questão. Eram valentes e indomáveis, controlavam o país... mas as tribos rivais odiavam-se umas às outras quase tanto como odiavam os invasores, e as suas espingardas eram inúteis contra bombardeiros a jato e helicópteros blindados.

Procurou não pensar mais na guerra. O Sol estava a pino, era a hora da sesta, quando gostava de se encontrar sozinha e de se descontrair. Enfiou a mão no saco de pele de cabra, que continha uma espécie de manteiga, e começou a olear a tensa pele do seu enorme ventre, perguntando a si mesma como podia ter sido suficientemente louca para se deixar engravidar em pleno Afeganistão.

Chegara ali com um fornecimento de pílulas contracetivas suficiente para dois anos, um diafragma e uma caixa de gel espermicida. Apesar disso, algumas semanas antes, esquecera-se de voltar a tomar a pílula depois do período e, a seguir, várias vezes de colocar o diafragma. «Como pudeste fazer uma asneira dessas?», gritara Jean-Pierre, e ela não lhe soubera responder.

Agora, porém, jazendo ao sol e alegremente grávida, com os belos seios inchados e uma permanente dor nas costas, apercebia-se de que fora uma asneira deliberada, uma espécie de falha profissional levada a cabo pelo seu inconsciente. Quisera um bebé e, sabendo que Jean-Pierre não o aceitaria, arranjara um por acidente.

Mas porque tinha tanta vontade de ter um filho?, perguntava a si própria. A resposta surgiu-lhe, vinda do nada: *porque se sentia solitária.*

«Será verdade?», perguntou em voz alta, porque isso lhe parecia ridículo. Em Paris, onde vivia sozinha, fazia compras apenas para si e falava para o espelho, mas nunca se sentira solitária. Agora que estava casada, que passava todas as noites com o marido e trabalhava a seu lado quase todo o dia, sentia-se isolada, assustada.

Tinham-se casado em Paris, pouco antes da partida para o Afeganistão, e muito naturalmente esse acontecimento parecera-lhe fazer parte da aventura, ser outro desafio e outro risco, outro ato emocionante. Todos tinham dito que pareciam muito felizes e apaixonados, que eram muito corajosos, o que era verdade.

Sem dúvida acalentara demasiadas esperanças. Olhara para o futuro esperando um amor crescente e uma cada vez maior intimidade com Jean-Pierre. Pensara que viria a saber tudo sobre a namorada que ele tivera na juventude, sobre o que, na verdade, lhe metia medo, e se era ou não verdadeiro que os homens sacudiam as últimas gotas, depois de urinarem. Por sua vez, ela contar-lhe-ia que o pai fora um alcoólico, que uma vez imaginara ter sido violada por um negro e que, às vezes, chuchava no polegar, quando se sentia ansiosa. No entanto, Jean-Pierre parecia pensar que as suas relações depois do casamento deveriam ser iguais às anteriores. Tratava-a bem, fazia-a rir com os seus repentinos discursos, caía desamparado nos seus braços quando se sentia deprimido, discutia política e a guerra, fazia amor com ela, de uma maneira eficiente, uma vez por semana, com o seu esbelto e jovem corpo e as sensíveis mãos de cirurgião. Comportava-se mais como um namorado do que como um marido. Ainda não era capaz de conversar com ele de coisas idiotas e absurdas ou embaraçadoras, de lhe perguntar se o chapéu a fazia ficar com um nariz mais comprido, ou de lhe contar que ainda estava muito zangada com a tareia que levara por causa da tinta vermelha entornada em cima do tapete da sala, quando de facto fora a sua irmã Pauline a culpada. Queria perguntar a alguém: «É assim que as coisas devem ser ou melhorarão com o tempo?», mas todos os seus amigos e familiares encontravam-se muito longe e as mulheres afegãs considerariam as suas expectativas como insultuosas. Resistia à tentação de confrontar Jean-Pierre com o seu desapontamento, em parte pelo facto de as suas queixas serem muito vagas e em parte, também, por ter medo da resposta.

Olhando para o passado, compreendia agora que a ideia do bebé a começara a invadir muito antes, quando ainda se encontrava com Ellis Thaler. Nesse ano voara de Paris para Londres a fim de assistir ao batismo do terceiro filho de Pauline, coisa que normalmente não faria, por lhe desagradarem as reuniões familiares formais. Começara também a tomar conta do bebé de um casal que vivia no mesmo prédio que ela, um histérico negociante de antiguidades e a sua aristocrática mulher, e do que mais gostara fora dos momentos em que a criança chorara e tivera de lhe pegar para a confortar.

E agora, ali, naquele vale, onde uma das obrigações era encorajar as mulheres a fazerem maiores intervalos entre os partos para poderem ter crianças mais saudáveis, descobrira-se a partilhar da alegria com que cada nova gravidez era recebida, mesmo nos lares mais pobres e mais cheios de filhos. A solidão e o instinto maternal tinham conspirado contra o bom senso.

Teria percebido alguma vez — mesmo que fosse apenas um breve instante — que o seu inconsciente queria que ela engravidasse? Teria alguma vez pensado: «Posso vir a ter um bebé», no momento em que Jean-Pierre a penetrara, deslizando lenta e graciosamente como um navio a entrar no porto, enquanto ela lhe apertava o corpo nos braços, ou naquele segundo de hesitação antes de ele atingir o clímax, quando fechava os olhos e parecia esquecer-se dela para mergulhar fundo dentro de si próprio, como uma nave do espaço caindo no coração do Sol? Ou depois, quando deslizava para um sono abençoado, com a sua semente bem quente dentro dela? «Terei compreendido?», perguntou em voz alta. Porém, o facto de ter estado a pensar em sexo excitara-a, e começou a acariciar-se luxuriosamente com as mãos viscosas da manteiga, esquecendo o problema e deixando que a mente se enchesse com vagas e rodopiantes imagens de paixão.

O uivo dos jatos atirou-a de novo para o mundo real. Assustada, viu mais quatro bombardeiros seguirem ao longo do vale e desaparecerem. Quando o ruído se apagou com a distância, começou de novo a tocar-se, mas a disposição já não era a mesma. Deixou-se ficar quieta ao sol, e pensou no bebé.

Jean-Pierre reagira à sua gravidez como se esta tivesse sido premeditada e ficara tão furioso que quisera ele próprio praticar um aborto, de imediato. Jane achara aquele seu desejo como terrivelmente macabro, e de súbito o marido parecera-lhe tornar-se num estranho. No entanto, o mais difícil de suportar era o sentimento de ter sido rejeitada. A ideia de que o marido, o seu marido, não queria o bebé dela, deixara-a desolada, e ele tornara as coisas ainda piores quando se recusara a tocar-lhe. Nunca se sentira tão infeliz, em toda a sua vida. Pela primeira vez, compreendeu as razões que por vezes levam as pessoas a cometer suicídio. A negação do contacto físico era a pior das torturas... francamente, teria preferido que Jean-Pierre lhe batesse, tal era a necessidade que sentia de ser amada. Quando se recordava desses dias ainda se sentia zangada, apesar de ter a consciência de que fora ela a culpada.

Depois, uma manhã, Jean-Pierre passara-lhe um braço em volta do corpo e pedira desculpa pelo seu comportamento. Apesar de parte dela ter vontade de dizer: «Pedir desculpa não é o suficiente, meu grande sacana», a outra parte ansiava pelo seu amor e perdoara-lhe logo. Jean-Pierre explicara então que já estava com receio de a perder e que, se ela viesse a ter um filho, então ficaria absolutamente aterrorizado, com o medo de os perder aos dois. Esta confissão levara-a a ficar banhada em lágrimas e a tomar consciência de que, deixando-se engravidar, se ligara inteiramente a Jean-Pierre. Tomara então a decisão de conseguir que aquele casamento resultasse, acontecesse o que acontecesse.

Depois disso, Jean-Pierre mostrara-se muito mais caloroso, interessara-se pelo crescimento do bebé e preocupava-se com a saúde e o bem-estar de Jane, tal como os pais devem fazer. O casamento seria imperfeito, mas feliz, pensou Jane, imaginando um futuro em que Jean-Pierre viria a ser o ministro francês da Saúde, numa administração socialista, e onde ela seria membro do Parlamento Europeu. Teriam três filhos brilhantes, um na Sorbonne, outro na Universidade de Economia, em Londres, e o terceiro em Nova Iorque, na Escola Superior de Artes.

Nessa sua fantasia, o filho mais velho e mais brilhante era uma rapariga. Jane apalpou o ventre, comprimindo-o um pouco com a ponta dos dedos, sentindo a forma do bebé. De acordo com Rabia Gul, a velha parteira da aldeia, seria uma rapariga, porque estava do seu lado esquerdo, enquanto os rapazes cresciam do lado direito. Assim, Rabia receitara-lhe uma dieta de vegetais, ao passo que, para um rapaz, teria recomendado que comesse muita carne. No

Afeganistão, os machos eram mais bem alimentados ainda antes de terem nascido.

Os pensamentos de Jane foram interrompidos por um enorme estrondo. Ficou confundida durante alguns instantes, associando a explosão com os jatos que tinham passado por cima da sua cabeça minutos antes, a caminho de outra qualquer aldeia, para a bombardearem, mas a seguir escutou, de um ponto bastante perto, o grito agudo e contínuo de uma criança com dores e em pânico.

Compreendeu de imediato o que se passara. Os russos, utilizando táticas aprendidas com os americanos no Vietname, tinham coberto o país de minas antipessoal. Ostensivamente, estas destinavam-se a bloquear as vias de abastecimento dos guerrilheiros, mas como essas «vias» eram os trilhos de montanha diariamente utilizados por velhos, mulheres, crianças e animais, a finalidade real era pura e simplesmente o terror. Aquele grito queria dizer que uma criança detonara uma mina.

Jane levantou-se de um salto. O som parecia vir de algures perto da casa do mulá, que se encontrava a cerca de um quilómetro da aldeia, junto do trilho que subia a colina. Jane via-a dali, um pouco para a sua esquerda, e logo mais abaixo do ponto em que se encontrava. Enfiou os sapatos, agarrou nas roupas e correu para lá. O primeiro longo grito terminara, transformando-se numa série de curtos e aterrorizados guinchos. Jane calculava que a criança tomara consciência do que lhe sucedera e gritava agora de medo. Correndo através do mato rasteiro e áspero, descobriu que ela própria entrava em pânico por causa dos perentórios apelos. *Acalma-te,* disse, ofegante, para si mesma. Se caísse por causa da pressa, passariam a estar duas pessoas em perigo e não haveria ninguém para as ajudar. Além disso, a pior coisa para uma criança assustada era um adulto assustado.

Já se achava perto. A pequena vítima devia estar oculta nos arbustos, não no trilho, porque os adultos limpavam--nos de cada vez que eram minados, mas era impossível fazer o mesmo em todos os declives da montanha.

Parou, à escuta. O ruído da sua respiração ofegante era tão forte que teve de suster a respiração. Os gritos provinham de um maciço de ervas e zimbro. Abriu caminho por entre o mato e avistou um brilhante casaco azul. Devia ser Mousa, o filho de nove anos de Mohammed Khan, um dos chefes guerrilheiros. Momentos depois, chegava junto dele.

O rapaz estava ajoelhado no chão empoeirado, e era evidente que, ao tentar pegar na mina, esta lhe arrancara a mão. Agora gritava de terror e não tirava os olhos do coto sangrento.

Durante um ano, Jane já vira muitos ferimentos, mas aquele provocou nela uma verdadeira compaixão.

— Oh, meu Deus! — exclamou. — Pobre criança.

Ajoelhou na frente dele, abraçou-o, procurando acalmá--lo, e passado um minuto o rapaz parou de gritar. Tinha esperanças de que viesse a chorar, mas o garoto estava ainda demasiado chocado e mergulhou no silêncio. Enquanto o segurava, procurou e encontrou o ponto de pressão por debaixo da axila, detendo o fluxo de sangue.

Ia precisar da ajuda dele. Tinha de o fazer falar.

— Mousa, o que foi? — perguntou, em *dari*.

O rapaz não respondeu e Jane repetiu a pergunta.

— Pensei... — abriu muito os olhos, quando se recordou, e ergueu a voz num grito. — Pensei que era uma bola!

— Hum, hum... — murmurou. — Diz-me o que fizeste.

— Agarrei-a! Agarrei-a!

Apertou-o contra o corpo, acalmando-o.

— E que aconteceu?

— Rebentou! — disse o rapaz, com a voz tremente, mas já não histérica, pois estava a acalmar-se rapidamente.

Pegou-lhe na mão válida e colocou-lha por debaixo do outro braço.

— Carrega aqui, onde eu estou a fazer força — disse, guiando-lhe os dedos até ao ponto correto e retirando depois os seus, mas o sangue começou de novo a correr. — Aperta com força — insistiu e ele obedeceu.

O sangue parou de novo e ela beijou-lhe a testa, húmida e fria. Jane largara as suas roupas no chão, junto de Mousa. Eram as de uma mulher afegã, um vestido em forma de saco por cima de umas calças de algodão. Pegou no vestido e rasgou o fino tecido em tiras, começando a fazer um torniquete. Mousa observara-a, silencioso e de olhos muito abertos. Arrancou depois um tronco seco de um zimbro e terminou o torniquete.

Agora, o rapaz precisava de ligaduras, de um sedativo, de um antibiótico para prevenir infeções, e da mãe, para evitar um trauma.

Jane enfiou as calças e amarrou-as à cintura. Já estava arrependida de ter sido tão apressada ao rasgar o vestido, pois poderia ter deixado o suficiente para lhe cobrir os seios. Agora, restava-lhe a esperança de não encontrar nenhum homem no caminho para as grutas.

E como iria transportar Mousa até lá? Não queria tentar fazê-lo andar e não podia carregá-lo às costas, porque o rapaz não era capaz de se segurar. Suspirou: teria de o levar ao colo. Baixou-se, passou-lhe um braço por debaixo dos ombros e outro por debaixo dos joelhos e ergueu-o. Levantou-se, mais apoiada nos joelhos do que forçando as costas, tal como lhe tinham ensinado na escola feminista, e, transportando a criança nos braços e apoiada no seu ventre, começou a descer a colina lentamente. Só o conseguia fazer porque Mousa passava fome, se fosse uma criança europeia de nove anos seria demasiado pesada para as suas forças.

Deixou os arbustos para trás e encontrou o trilho, mas bastou-lhe percorrer quarenta ou cinquenta metros para ficar exausta. Nas últimas semanas cansava-se muito depressa, o que a deixava furiosa, mas aprendera a não lutar contra o facto. Pousou Mousa no chão e ficou ao lado dele, segurando-o gentilmente enquanto descansava encostada ao muro rochoso que corria ao longo de um dos lados do caminho. A criança mergulhara num silêncio gelado, muito mais preocupante do que os gritos. Assim que se sentiu melhor pegou-lhe de novo e recomeçou a caminhar.

Descansava perto do topo da colina, quinze minutos mais tarde, quando surgiu um homem. Jane reconheceu-o.

— Oh, não! — exclamou, em inglês. — Logo ele... Abdullah...

Era um indivíduo baixo, de cerca de cinquenta e cinco anos, bastante gordo apesar da escassez de alimentos. Além do turbante e das calças flutuantes, usava uma camisola de malha e um casaco de jaquetão às riscas que parecia ter pertencido a um corretor londrino. Tinha a luxuriante barba tinta de vermelho, e, enfim, era o mulá de Banda.

Abdullah desconfiava dos estrangeiros, desprezava as mulheres e odiava em especial os médicos, e por isso Jane, que quase reunia essas três condições, nunca tivera a menor possibilidade de lhe ganhar a amizade. Para tomar as coisas ainda piores, havia já muita gente no vale que compreendera que os antibióticos de Jane eram um tratamento muito mais eficiente para as infeções do que a inalação do fumo de um bocado de papel em que Abdullah escrevera algo com tinta de açafrão, e consequentemente o mulá estava a perder clientela e dinheiro. Reagia referindo-se a Jane como «a puta ocidental», mas não podia fazer mais nada, pois tanto ela como Jean-Pierre encontravam-se sob a proteção de Ahmed Shah Masud, o chefe guerrilheiro, e mesmo até um mulá não ousava defrontar um tão grande herói.

Quando a avistou, o homem parou de repente, com uma expressão de total incredulidade estampada no rosto, transformando numa máscara grotesca a sua cara em geral solene. Não podia ter tido pior encontro. Qualquer dos outros homens da aldeia teria ficado embaraçado e talvez ofendido ao vê-la seminua, mas Abdullah mostrava-se enraivecido.

Jane decidiu-se a enfrentá-lo e cumprimentou-o:

— A paz seja convosco.

Era o início de uma formal troca de saudações que às vezes durava vários minutos, porém, Abdullah não respondeu com o usual «e convosco». Em vez disso, abriu a boca e começou a guinchar, soltando um jato de imprecações que incluíam as palavras *dari* para «prostituta», «perversa» e «sedutora de crianças». Com o rosto vermelho de fúria avançou para ela e levantou o bordão.

Aquilo estava a ir longe demais. Jane apontou para Mousa, que se mantinha silencioso a seu lado, estonteado pela dor e fraco por causa da perda de sangue.

— Olhe! — gritou para Abdullah. — Não vê que...

Mas o homem estava cego de raiva e, antes de Jane conseguir terminar o que estava a procurar dizer, o bordão atingiu-a fortemente na cabeça. A rapariga gritou, de dor e de ira, surpreendida com a intensidade da dor e furiosa por ele ter feito aquilo.

O mulá ainda não vira o ferimento de Mousa, continuava com os olhos fixos no peito de Jane, levando-a de repente a aperceber-se de que a visão, em plena luz do dia, dos seios nus de uma mulher branca e grávida era para ele uma experiência tão carregada das mais diversas emoções que o poderia enlouquecer. O homem não pretendia castigá-la com uma ou duas pancadas, tal como faria à mulher em caso de desobediência... Ele ia matá-la.

De súbito, Jane sentiu-se muito assustada, por ela, por Mousa e pelo bebé que trazia no ventre. Recuou, cambaleando, pondo-se fora do alcance, mas o mulá avançou e levantou mais uma vez o bordão. Numa inspiração súbita, Jane atirou-se para a frente e enfiou-lhe os dedos nos olhos.

O homem rugiu como um touro ferido, não propriamente pela dor, que não podia ser assim tão grande, mas pela indignação. Uma mulher tivera a temeridade de lhe ripostar! Antes que ele voltasse a ver, Jane agarrou-lhe a barba com as duas mãos e puxou-a com força, fazendo-o cambalear para a frente, tropeçar e rolar um par de metros pelo declive da colina, até parar junto de um maciço de arbustos rasteiros.

— Oh, meu Deus, que fiz eu? — exclamou Jane.

Olhando para o pomposo e malevolente sacerdote, agora humilhado, sabia que ele nunca lhe perdoaria o que acabava de fazer. Poderia queixar-se aos «barbas brancas», os velhos da aldeia, poderia ir ter com Masud para lhe exigir que os médicos estrangeiros fossem mandados regressar a casa e poderia até acicatar os homens de Banda, levando-os a apedrejarem-na. No entanto, mal acabara de ter esses pensamentos, lembrou-se de que, se pretendesse queixar-se, teria de contar a sua história com os mais ínfimos pormenores, o que significaria que os aldeões o ridicularizariam para sempre, pois nesse aspeto os afegãos eram muito cruéis. Portanto, talvez não viesse a ter problemas por aquele lado.

Virou-se e deixou de se preocupar com ele, porque tinha coisas mais importantes a tratar. Mousa continuava no sítio onde o colocara, silencioso e sem expressão, demasiado chocado para compreender o que se passava à sua volta. Jane respirou fundo, pegou-lhe e continuou o seu caminho.

Atingiu depressa o topo da colina, um pequeno planalto pedregoso, e passou assim a poder caminhar mais depressa, porque o terreno era quase plano. Sentia-se cansada e doíam-lhe as costas, mas estava quase a chegar, as grutas já não estavam longe, eram do lado oposto da colina. Chegou ao outro extremo do planalto e ouviu vozes de crianças quando começou a descer. Momentos depois viu um grupo de rapazinhos que brincavam ao *céu-e-inferno*, um jogo que consistia em uma criança segurar os dedos dos pés enquanto duas outras a transportavam para o «céu». Se a primeira largasse os dedos dos pés, era atirada para o «inferno», geralmente um monte de lixo ou uma latrina. Mousa nunca mais brincaria àquele jogo, lembrou-se ela, deixando-se dominar pelo peso da tragédia. As crianças avistaram-na e, quando passou por entre elas, deixaram de brincar, ficando a olhar. Uma delas sussurrou: «Mousa», houve outra que repetiu o nome, o feitiço quebrou-se e todas correram à frente de Jane, gritando.

O esconderijo diurno dos aldeões de Banda parecia-se com o acampamento de uma tribo nómada do deserto, com o solo empoeirado, o ardente sol do meio-dia, os restos das fogueiras, as mulheres encapuçadas e as crianças sujas. Jane atravessou o pequeno quadrado de chão plano, em frente das grutas, e viu que as mulheres já estavam todas a convergir em direção à gruta maior, onde o marido tinha instalado o seu posto de socorros. Jean-Pierre apercebeu-se da agitação e surgiu no exterior. Jane estendeu-lhe Mousa, explicando-lhe em francês:

— Foi uma mina, perdeu a mão. Dá-me a tua camisa.

Jean-Pierre transportou Mousa para o interior e pousou-o no tapete que servia de mesa de observações. Antes de prestar assistência à criança, despiu a camisa de caqui manchada e estendeu-a a Jane, que a vestiu.

Sentia-se meia tonta. Pensou em ir descansar, no fundo da gruta, mas depois de dar meia dúzia de passos nessa direção mudou de ideias e sentou-se imediatamente. Jean-Pierre disse-lhe:

— Arranja-me um pano limpo.

Jane ignorou-o e ainda viu Halima, a mãe de Mousa, surgir a correr na gruta e começar a gritar, quando viu o filho. *Deveria ir acalmá-la*, pensou, *para que ela possa confortar o filho. Porque não serei capaz de me levantar? Creio que vou fechar os olhos, apenas por um minuto.*

Ao cair da noite, Jane já sabia que o bebé iria nascer.

Quando voltara a si, depois de ter desmaiado na gruta, sentira o que julgara ser uma dor nas costas, talvez causada pelo transporte de Mousa. Jean-Pierre concordou com o diagnóstico, deu-lhe uma aspirina e disse-lhe que continuasse deitada. Rabia, a parteira, apareceu na gruta para ver Mousa e lançou a Jane um olhar penetrante, mas esta não percebeu qual o seu significado. Jean-Pierre limpou e ligou o coto de Mousa, deu-lhe penicilina e injetou-o contra o tétano. O rapaz não morreria de uma infeção, o que certamente aconteceria sem a medicina ocidental, mas mesmo assim Jane interrogava-se se a vida dele mereceria a pena ser vivida, pois a sobrevivência ali era difícil, mesmo para os mais aptos. As crianças aleijadas em geral morriam cedo.

Quase ao final da tarde, Jean-Pierre preparou-se para partir. Tinha de dar consulta no dia seguinte, numa outra aldeia a vários quilómetros de distância, e por qualquer razão que Jane nunca conseguira compreender, jamais faltava a tais compromissos, mesmo sabendo que nenhum afegão ficaria surpreendido se ele aparecesse com um dia ou mesmo com uma semana de atraso.

Quando o marido lhe deu um beijo de despedida, já ela perguntava a si própria se a dor que sentia não seria o princípio do parto, um parto antecipado por causa de ter transportado Mousa, mas como nunca fora mãe não era capaz de ter a certeza e a hipótese parecia-lhe improvável. Interrogou Jean-Pierre.

— Não te preocupes — respondeu ele, algo brusco. — Ainda tens de esperar mais seis semanas.

Perguntou-lhe também se não seria melhor ficar ali, não fosse dar-se o caso de ser verdade, mas ele considerou tal precaução como desnecessária e Jane começou a sentir que se estava a portar estupidamente. Portanto, deixou-o partir, levando pela arreata um cavalo esquelético, carregado com os sacos de medicamentos, para poder chegar ao seu destino antes da noite e começar a trabalhar logo de manhã.

Quando o Sol principiou a pôr-se por detrás da falésia ocidental e o vale se encheu de sombras, Jane desceu a montanha em direção às casas da aldeia e os homens dirigiram-se aos campos para colherem os cereais enquanto os bombardeiros dormiam.

A casa onde Jean-Pierre e Jane viviam pertencera ao lojista da aldeia, que, perdida a esperança de ganhar dinheiro durante a guerra, porque não havia quase nada para vender, se escapara para o Paquistão com a família. O quarto da frente, que anteriormente fora a loja, servira durante algum tempo como posto de socorros, até que a intensidade dos bombardeamentos de verão levara os aldeões a abrigarem-se nas grutas durante o dia. A casa dispunha de duas divisões nas traseiras, uma destinada aos homens e aos seus hóspedes e a outra às mulheres e crianças, que Jane e Jean-Pierre utilizavam como quarto e sala. Ao lado da casa existia um pátio murado onde se encontrava a lareira para cozinhar e um pequeno tanque para lavagem de roupas, pratos e crianças. O lojista deixara ficar alguma mobília de madeira, de fabrico caseiro, e os aldeões tinham-lhes emprestado belos tapetes para cobrirem o soalho. Jane e Jean-Pierre dormiam num colchão colocado no chão, como os afegãos, mas cobriam-se com um saco-cama, em vez de cobertores. Tal como os aldeões, enrolavam o colchão durante o dia ou colocavam-no sobre o telhado, para arejar, quando o tempo estava bom, e, de verão, toda a gente dormia em cima do telhado.

A caminhada entre a gruta e a casa provocou um efeito peculiar em Jane. As pontadas nas costas tornaram-se muito mais intensas, e quando chegou sentia-se pronta para se atirar para o chão, cheia de dores e exausta. Tinha uma desesperada vontade de urinar, mas estava demasiado cansada para se dirigir à latrina, no exterior, pelo que utilizou o pote de barro das emergências, que se encontrava escondido por detrás de um biombo, no quarto. Foi então que notou um fio de sangue na bifurcação das pernas das calças de algodão.

Não dispunha das energias necessárias para subir a escada exterior até ao telhado e ir buscar o colchão, pelo que se deitou em cima do tapete do quarto. A «dor nas costas» surgia intermitente. Colocou as mãos no ventre, quando a dor lhe surgiu de novo, e sentiu que o volume se deslocava e descia, enquanto a dor aumentava. Não tinha dúvidas de que estava com as contrações.

Ficou assustada. Recordava-se de ter falado com a irmã Pauline sobre o parto. Jane visitara-a depois de ela ter o primeiro filho, levando consigo uma garrafa de champanhe e um pouco de marijuana, e quando ambas estavam já muito descontraídas perguntara-lhe como era a coisa na realidade, ao que Pauline respondera: «É tal e qual como se estivesses a cagar um melão.» Tinham-se rido durante o que lhe parecera serem horas.

Porém, Pauline dera à luz no hospital da universidade, no coração de Londres, não numa casa de adobe no vale dos Cinco Leões.

Jane interrogou-se: *Que vou eu fazer? Não posso entrar em pânico. Tenho de me lavar com água quente e sabão e de procurar uma tesoura afiada e fervê-la durante um quarto de hora. Preciso de encontrar lençóis limpos, para me deitar, beber líquidos e descontrair-me.*

Antes que pudesse começar a fazer fosse o que fosse surgiu outra contração, mas desta vez doía. Fechou os olhos e procurou respirar regularmente, de um modo lento e profundo, tal como Jean-Pierre lhe explicara, mas era difícil controlar-se quando o que desejava era gritar de medo e dor.

Como o espasmo a deixou esgotada, deixou-se ficar deitada, recuperando. Já sabia que não conseguiria fazer todas as coisas que pensara, que nada poderia fazer sozinha. Assim que se sentisse um pouco mais forte levantar-se-ia e caminharia até à casa mais próxima para pedir às mulheres que chamassem a parteira.

A contração seguinte surgiu muito mais cedo do que esperara, após um intervalo que lhe pareceu ser de apenas um ou dois minutos. Quando a tensão atingiu o seu máximo, Jane perguntou, em voz alta: «Porque não nos dizem que dói tanto?»

Logo que a dor abrandou um pouco, obrigou-se a levantar-se, pois o medo que sentia de vir a dar à luz sozinha dava-lhe forças. Cambaleou do quarto para a sala, mas sentia-se um pouco mais forte a cada passo e conseguiu atingir o pátio. De súbito, um jorro de líquido quente brotou-lhe de entre as pernas e as calças ficaram instantaneamente encharcadas: o saco das águas rebentara. *Oh, não*, lamentou-se, encostando-se ao umbral da porta. Não tinha a certeza de poder avançar mais alguns metros, com as calças naquele estado. Sentia-se humilhada. *Tenho de o fazer*, disse, mas iniciou-se nova contração e deixou-se cair no chão, sabendo que teria de tratar de tudo sozinha.

Quando abriu os olhos viu um rosto de homem mesmo junto ao seu. Parecia um xeque árabe: tinha a pele escura, olhos negros, bigode e feições muito aristocráticas com as maçãs-do-rosto bem altas, nariz romano, dentes brancos e queixo saliente. Era Mohammed Khan, o pai de Mousa.

— Graças a Deus — murmurou.

— Vim agradecer-lhe ter salvo a vida do meu único filho — declarou Mohammed, em *dari*. — Sente-se bem?

— Vou ter um bebé.

— Agora? — perguntou ele, espantado.

— Muito em breve. Ajude-me a voltar para casa.

O homem hesitou. Os partos, tal como todas as coisas relativas às mulheres, eram considerados «sujos». Para seu crédito, a hesitação foi apenas momentânea. Ajudou-a a levantar-se e sustentou-a enquanto Jane atravessava de novo a sala, em direção ao quarto, e se deitava no tapete.

— Arranje quem me ajude — pediu-lhe.

O afegão ficou com uma expressão de quem não sabia o que fazer. Parecia muito jovem e bonito.

— Onde está o Jean-Pierre?

— Foi para Khawak. Preciso da Rabia.

— Sim... — respondeu ele. — Vou mandar a minha mulher.

— Antes de sair...

— Sim?

— Dê-me um pouco de água.

Pareceu chocado. Um homem a servir uma mulher, mesmo que fosse um simples copo de água, era uma coisa inaudita. Jane acrescentou:

— Água do jarro especial.

Mantinha sempre à mão um jarro de água fervida e filtrada, para beber, única maneira de evitar os numerosos parasitas intestinais que afetavam quase todos os nativos, durante toda a vida.

Mohammed decidiu-se a ignorar as convenções.

— Está bem — disse, dirigindo-se para o quarto ao lado e regressando momentos depois com uma caneca de água. Jane agradeceu-lhe e beberricou-a, aliviada. — Vou mandar Halima chamar a parteira — prosseguiu ele, referindo-se à mulher.

— Obrigada — respondeu Jane. — Diga-lhe que se apresse.

Mohammed saiu e Jane pensou que fora uma sorte ele ter aparecido, pois qualquer dos outros homens recusar-se-ia a tocar numa mulher naquele estado. Contudo, Mohammed era diferente, era um dos guerrilheiros mais importantes e, na prática, o representante local do chefe rebelde, Masud. Mohammed tinha apenas vinte e quatro anos, mas, naquele país, não podia ser considerado demasiado novo para chefiar guerrilheiros ou para ter um filho com nove anos. Estudara em Cabul, falava pouco o francês e sabia que os costumes do vale não eram a única forma de comportamento existente no mundo. A sua principal responsabilidade consistia na organização das caravanas do e para o Paquistão, com vitais fornecimentos de armas e munições destinados aos rebeldes. Jane e Jean-Pierre tinham chegado ao vale numa dessas caravanas.

Enquanto aguardava a próxima contração, Jane recordou a terrível viagem. Sempre se considerara uma pessoa saudável, ativa e resistente, capaz de caminhar um dia inteiro, porém, não previra a escassez de alimentação, os declives abruptos, os trilhos pedregosos e uma diarreia que a deixara enfraquecida. Parte da viagem fora feita apenas de noite, com receio de que os helicópteros russos os avistassem, e em alguns locais era também necessário lidar com aldeões hostis. Receando que a caravana atraísse os ataques russos, os habitantes recusavam-se a vender comida aos guerrilheiros, escondendo-se por detrás de portas trancadas, ou então dirigiam a caravana para um prado ou para um abrigo a alguns quilómetros de distância, o sítio ideal para acampar, informavam, e depois verificava-se que tal local não existia.

Por causa dos ataques russos, Mohammed alterava constantemente os percursos. Em Paris, Jean-Pierre conseguira obter mapas americanos do Afeganistão, melhores do que aqueles de que os guerrilheiros dispunham, e por isso era frequente que Mohammed fosse lá a casa para os observar antes de organizar uma nova caravana.

Na verdade, ele aparecia mais vezes do que era estritamente necessário, dirigia-se a Jane mais do que o habitual por parte dos outros homens da aldeia, fitava-a nos olhos com um pouco de insistência a mais e olhava-lhe demasiado para o corpo. A rapariga pensava que ele estava apaixonado por ela, ou que pelo menos estivera, até ao momento em que a gravidez se tornara visível.

Por seu turno, Jane sentira-se atraída por ele na altura em que se zangara com Jean-Pierre. Mohammed era elegante e moreno, forte e poderoso, e pela primeira vez na sua vida a rapariga sentira-se atraída por um macho chauvinista.

Poderia ter tido um caso amoroso com ele. Era um muçulmano devoto, como todos os guerrilheiros, mas Jane duvidava de que isso pudesse fazer qualquer diferença. Acreditava firmemente no que o pai lhe costumava dizer: «As convicções religiosas podem reprimir um ligeiro desejo, mas não há nada capaz de travar uma luxúria genuína», citação que enraivecia a mãe. A verdade é que havia tantos casos de adultério, nesta comunidade camponesa e puritana, como em qualquer outro lado, tal como Jane descobrira ao escutar a má-língua das mulheres quando iam buscar água ao rio ou se banhavam. Também sabia como tal era possível.

Uma vez, Mohammed dissera-lhe: «Ao cair da noite, podemos ver os peixes a saltar por debaixo da queda-d'água, a seguir ao último moinho de água. Vou lá algumas noites, para os apanhar.» Ao cair da noite, as mulheres estavam todas a cozinhar e os homens sentavam-se no pátio da mesquita, conversando e fumando. Os amantes não seriam descobertos num local tão distante da aldeia e ninguém daria pela falta de Jane ou de Mohammed.

Ela sentira-se tentada pela ideia de fazer amor junto de uma queda-d'água com aquele belo e primitivo homem tribal, mas a seguir ficara grávida e Jean-Pierre confessara-lhe o medo que tinha de a perder, pelo que decidira devotar todas as suas energias à tarefa de conseguir que o casamento resultasse, independentemente do que acontecesse. Assim, nunca fora à queda-d'água, e depois de a gravidez começar a notar-se Mohammed deixara de lhe olhar para o corpo.

Talvez aquela intimidade latente tivesse dado ao rapaz a ousadia suficiente para entrar em casa e ajudá-la, quando outros homens teriam recusado e até batido em retirada. Ou talvez fosse por causa de Mousa. Mohammed tinha apenas um filho — e três filhas — e possivelmente sentia-se em dívida para com ela. *Hoje fiz um amigo e um inimigo*, pensou Jane, *Mohammed e Abdullah*.

A dor começou de novo e só então reparou que gozara uma trégua maior do que o habitual, as contrações haviam-se tornado irregulares. Porquê? Jean-Pierre nada dissera sobre isso, mas ele já esquecera muita da ginecologia que estudara três ou quatro anos antes.

Esta dor fora a pior de todas até ao momento e deixou-a a tremer e agoniada. Onde estaria a parteira? Mohammed devia ter mandado a mulher buscá-la... era impossível que se esquecesse ou mudasse de opinião. Mas obedeceria ela ao marido? Oh, claro que sim, as mulheres afegãs obedeciam sempre. Era, no entanto, capaz de ir devagarinho, parando aqui e acolá ou até entrando em alguma casa para beber chá.

Se havia adultérios no vale dos Cinco Leões, então também existiam ciúmes e Halima por certo que conhecia, pelo menos adivinhava, quais os sentimentos do marido em relação a Jane... As esposas descobriam sempre essas coisas. Podia, por isso, ficar ressentida por a mandarem apressar-se para prestar auxílio à sua rival, a estrangeira exótica, de pele branca e com estudos, que tanto fascinava o marido. De repente, Jane sentiu-se zangada com Mohammed e também com Halima. *Não fiz nada de mal*, pensou. *Porque me abandonam? Porque não está o meu marido aqui?*

Quando se iniciou a contração seguinte, rebentou em lágrimas. «Não posso mais», disse, em voz alta. Estava a tremer descontroladamente, queria morrer antes que a dor se tornasse pior. «Mãe, ajuda-me, mãe», soluçou.

De súbito sentiu um braço forte a rodear-lhe os ombros e uma voz de mulher a falar-lhe ao ouvido, murmurando qualquer coisa incompreensível, mas calmante. Sem abrir os olhos, agarrou-se à outra mulher, chorando e gritando enquanto a dor se tornava mais intensa, até que acabou por abrandar, demasiado lentamente mas com uma certa sensação de finalidade, como se pudesse ser a última ou, pelo menos, a última má dor.

Olhou para cima e avistou os serenos olhos castanhos e as faces bronzeadas da velha Rabia, a parteira.

— Que Deus esteja contigo, Jane Debout.

Jane sentiu um alívio enorme, como se alguém tivesse retirado de cima dela um fardo que a esmagava.

— E contigo, Rabia Gul — sussurrou, cheia de gratidão.

— As dores surgem muito depressa?

— De dois em dois minutos, mais ou menos.

— O bebé vai nascer depressa — pronunciou a voz de outra mulher.

Jane virou a cabeça e viu Zahara Gul, a nora de Rabia, uma voluptuosa jovem da idade de Jane, com um cabelo ondulado quase preto e uma grande boca sorridente. Entre todas as mulheres da aldeia, Zahara era aquela com quem Jane se entendia melhor.

— Ainda bem que estás aqui — disse Jane.

— O parto vai ser mais cedo por teres carregado com o Mousa pela montanha — afirmou Rabia.

— Só por isso? — perguntou Jane.

— E não é pouco.

Portanto não sabem da luta com o Abdullah, pensou. *O homem decidiu não contar a história.* Rabia continuou:

— Queres que prepare tudo para o bebé?

— Sim, por favor.

Deus sabe em que espécie de primitiva ginecologia me estou a meter, pensou Jane, *mas não posso fazer isto sozinha, não posso.*

— Queres que Zahara te faça chá? — inquiriu a parteira.

— Sim, por favor.

Aquilo, pelo menos, não tinha nada de superstição...

As duas mulheres afadigaram-se e bastava a sua presença para que Jane se sentisse melhor. Fora uma atitude simpática a que Rabia tomara, quando pedira autorização para a ajudar. Um médico ocidental entraria por ali dentro e tomaria conta de tudo como se fosse o proprietário. Rabia procedeu ao ritual da lavagem das mãos, implorando aos profetas que lhe deixassem a «cara vermelha» — o que era o mesmo que pedir que tudo corresse com êxito —, e depois tornou a lavá-las com grande cuidado, com imensa água e sabão. Zahara trouxe um recipiente com arruda-brava e a parteira pegou fogo a um punhado de pequenas sementes escuras, com a ajuda do carvão. Jane recordou-se então de que os aldeões diziam que os espíritos maus eram afugentados pelo cheiro da arruda a arder e consolou-se com a ideia de que o fumo acre serviria, pelo menos, para manter as moscas afastadas.

Rabia era algo mais do que uma simples parteira. Assistir ao nascimento dos bebés era o seu trabalho principal, mas também dispunha de tratamentos mágicos e de infusões de ervas para aumentar a fertilidade das mulheres que tinham dificuldade em ficar grávidas. Conhecia também métodos de prevenção da gravidez e de interrupção da mesma, mas estes últimos eram muito pouco procurados, pois as mulheres afegãs em geral queriam ter muitos filhos. Rabia era ainda consultada para todos os casos de doenças «femininas» e, além disso, era ela quem, em geral, lavava os mortos, tarefa que era, tal como os partos, considerada «suja».

Jane observou-a a andar de um lado para o outro, no quarto. Tratava-se, provavelmente, da mulher mais velha de toda a aldeia, devia ter cerca de sessenta anos. Era baixa, com pouco mais de metro e meio, como quase toda a gente dali, e a face escura e enrugada surgia de entre a mancha do cabelo branco. Movia-se com calma, com as mãos ossudas agitando-se com precisão e eficiência.

As relações entre Jane e ela tinham-se iniciado num ambiente de desconfiança e hostilidade. Quando lhe perguntara a quem recorria ela no caso de um parto difícil, Rabia retorquira com brusquidão: «Que o diabo seja surdo, nunca tive um caso difícil e nunca perdi nenhuma criança nem nenhuma mãe.» Mais tarde, quando as mulheres recorriam a Jane para procurarem a solução de pequenos problemas menstruais ou para gravidezes rotineiras, Jane enviava-as para Rabia, em vez de lhes receitar fosse o que fosse, iniciando-se assim uma relação de trabalho. Rabia consultara Jane a respeito de uma mulher que dera à luz recentemente e sofria de uma infeção vaginal, e esta entregara-lhe várias embalagens de penicilina e explicara-lhe como a receitar. O prestígio de Rabia atingira então o máximo quando se tornou conhecido que lhe fora dado acesso à medicina ocidental. A seguir, Jane pudera dizer-lhe, sem a ofender, que a própria Rabia fora com certeza a responsável pela infeção, por causa do seu hábito de lubrificar manualmente o canal de nascimento, durante o parto.

A partir daí Rabia passara a aparecer na clínica uma ou duas vezes por semana, para conversar com Jane e para a ver trabalhar, e esta aproveitava a oportunidade para explicar, de modo muito casual, quais os motivos que a levavam a lavar as mãos tantas vezes, por que fervia todos os instrumentos depois de os utilizar e por que dava tantos líquidos às crianças com diarreia.

Por seu turno, Rabia confiou-lhe alguns dos seus segredos, pois Jane estava interessada em saber qual a composição de certas poções da parteira e compreendia mais ou menos por que razão algumas delas davam resultado. Os remédios para incentivar a gravidez continham miolos de coelho ou baços de gato, os quais eram capazes de fornecer as hormonas que faltavam no metabolismo das pacientes. Por outro lado, a hortelã-pimenta e a erva-dos-gatos utilizadas em muitas preparações desempenhavam possivelmente em efeito positivo contras as afeções que impediam a conceção. Rabia dispunha também de um medicamento para as mulheres darem aos maridos impotentes, e era óbvio como atuava, porque continha ópio.

A desconfiança dera lugar a um cauteloso respeito mútuo, mas Jane nunca consultara Rabia a propósito da sua própria gravidez. Uma coisa era aceitar que a mistura de folclore e feitiçaria usada por Rabia pudesse resultar nas mulheres afegãs, outra coisa seria sujeitar-se a ela. Além disso, Jane partira do princípio de que seria Jean-Pierre a assistir ao parto. Assim, quando a parteira lhe perguntara qual a posição do feto e lhe prescrevera uma dieta de vegetais, Jane deixara bem claro que a sua gravidez ia ser tratada à maneira ocidental. Rabia parecera magoada, mas aceitara com dignidade. No entanto, Jean-Pierre encontrava-se agora em Khawak e era Rabia quem estava ali, fazendo-a sentir-se grata pela ajuda daquela mulher de idade que ajudara a nascer centenas de crianças e dera à luz onze.

Havia já algum tempo que não sentia dores, mas durante os últimos minutos, enquanto observava a parteira a andar de um lado para o outro, começara a sentir novas sensações no abdómen, uma nítida sensação de pressão acompanhada por uma crescente necessidade de *empurrar*. Essa necessidade tornou-se imperiosa e quando fez força teve de gemer, não por causa da dor, mas pelo simples esforço.

— Está a começar, é ótimo — ouviu Rabia a dizer numa voz que parecia vir de muito longe.

Passado um bocado, deixou de sentir a necessidade de fazer força. Zahara levou-lhe uma caneca de chá verde e Jane, sentando-se, bebeu-o, satisfeita. Era quente e muito doce. *Zahara tem a mesma idade que eu*, pensou, *e já teve quatro filhos, isto não contando os abortos e os nados-mortos.* Era, no entanto, uma daquelas mulheres que parecem sempre cheias de vitalidade, como uma jovem leoa saudável. Possivelmente iria ter ainda muitos mais filhos. Recebera Jane na aldeia com uma declarada curiosidade, quando a maior parte das mulheres se mostrara desconfiada e hostil, pelo menos nos primeiros dias, e aquela acabara por descobrir que Zahara se sentia impaciente com os costumes e tradições do vale, que considerava idiotas, e que estava interessada em aprender o que lhe fosse possível junto da estrangeira, a respeito de saúde, cuidados infantis e nutrição. Por consequência, Zahara passara a ser não apenas uma amiga de Jane, mas também a ponta-de-lança do seu programa de educação sanitária.

Hoje, contudo, era Jane quem aprendia os métodos do Afeganistão. Viu Rabia estender uma folha de plástico no chão (que utilizariam, antes de haver tanto desperdício de plástico por ali?) e cobri-lo depois com uma camada de terra arenosa, que Zahara fora buscar ao exterior, num balde. A parteira colocara alguns objetos no chão, em cima de um pano, e Jane ficou muito satisfeita ao ver panos de algodão limpos e uma lâmina de barbear nova, ainda dentro da embalagem.

Surgiu-lhe de novo a necessidade de fazer força e fechou os olhos para se concentrar. O que sentia não era bem uma dor, era mais como se estivesse com uma incrível, uma impossível obstrução intestinal. Descobriu que lhe era mais fácil esforçar-se quando gemia e queria explicar a Rabia que o fazia não por causa das dores, mas o esforço era demasiado intenso para poder falar.

Durante a pausa seguinte, Rabia ajoelhou-se e desapertou-lhe a fita que lhe segurava as calças e depois tirou-lhas.

— Queres urinar antes de eu te lavar? — perguntou a parteira.

— Sim.

Ajudou Jane a levantar-se e a caminhar para detrás do biombo e segurou-lhe nos ombros enquanto ela se sentava.

Zahara trouxe uma panela com água quente e levou consigo o recipiente onde ela urinara. Rabia lavou-lhe a barriga, as coxas e as partes íntimas, ostentando pela primeira vez um ar um pouco rude. A seguir, Jane deitou-se de novo, enquanto Rabia lavava as próprias mãos e as secava. Mostrou a Jane um frasco com um pó azul — sulfato de cobre, calculou Jane — e disse:

— Esta cor assusta os maus espíritos.

— Que queres fazer com isso?

— Pôr-te um pouco na fronte.

— Está bem — respondeu Jane, acrescentando depois: — Muito obrigada.

A parteira espalhou um pouco de pó na testa de Jane. *Não me vou importar com as feitiçarias enquanto forem inofensivas*, pensou. *Mas que farei, se surgir um verdadeiro problema médico? E o bebé é prematuro exatamente de quantas semanas?*

Ainda se preocupava com o assunto quando começou a contração seguinte e, como não se encontrava preparada para dominar a onda de pressão, esta foi muito dolorosa. *Não devo preocupar-me*, pensou, *devo tentar descontrair-me*.

A seguir, exausta e muito sonolenta, fechou os olhos. Sentiu que lhe desabotoavam a camisa, a que pedira a Jean-Pierre naquela tarde, havia quase cem anos. Rabia começou a olear-lhe o ventre com um óleo qualquer, provavelmente manteiga clarificada, e penetrou-a com os dedos. Jane abriu os olhos e disse:

— Não tentes mover o bebé.

A parteira fez um aceno, mas continuou a sondar, uma das mãos sobre o ventre inchado e a outra em baixo.

— A cabeça está para baixo — acabou finalmente por declarar. — Tudo corre bem. O bebé deve estar para sair, é preciso levantares-te.

Zahara e Rabia ajudaram-na a erguer-se e a caminhar dois passos para o plástico coberto de terra. A parteira colocou-se por detrás dela e ordenou-lhe:

— Põe-te em cima dos meus pés.

Jane fez o que lhe disseram, mas sem compreender qual a lógica daquilo, e Rabia fê-la abaixar-se, colocando-se por debaixo dela. Então era aquela a posição que ali utilizavam!

— Senta-te em cima de mim — continuou Rabia. — Posso aguentar-te.

Deixou que o seu peso descansasse sobre as coxas da mulher mais velha. A posição era surpreendentemente confortável e reconfortante. Então sentiu que os músculos começavam de novo a endurecer. Cerrou os dentes, fez força, gemendo, e Zahara baixou-se, na sua frente. Durante momentos Jane não conseguiu pensar noutra coisa que não fosse a pressão, mas esta abrandou por fim e ela deixou-se abater, exausta e meia a dormir, deixando que Rabia suportasse todo o seu peso.

Quando tudo começou de novo, sentiu um novo tipo de dor e uma espécie de queimadura entre as pernas. Subitamente, Zahara exclamou:

— Vai sair!

— Agora não faças força — ordenou Rabia. — Deixa-o sair sozinho.

A pressão abrandou. Rabia e Zahara trocaram de lugares e agora era a parteira quem espreitava entre as pernas de Jane, observando com atenção. A pressão começou de novo e mais uma vez Jane cerrou os dentes. Rabia interveio:

— Não faças força, acalma-te. — A jovem tentou descontrair-se. A parteira olhou para ela e levantou-se para lhe tocar no rosto, dizendo: — Não mordas, abre a boca — e Jane assim fez, descobrindo que era mais fácil descontrair-se.

A sensação de queimadura surgiu de novo, pior do que nunca, o bebé devia estar quase a sair, sentia a cabeça dele a passar, abrindo-a até dimensões impossíveis. Gritou de dor, esta de súbito abrandou e deixou de sentir fosse o que fosse. Olhou para baixo e viu Rabia estender as mãos por entre as coxas dela, dizendo os nomes dos profetas. Através das lágrimas distinguiu qualquer coisa redonda e escura nas mãos da parteira.

— Não puxes — exclamou Jane —, não puxes a cabeça!

— Não — respondeu Rabia.

Começou de novo a sentir a pressão e Rabia disse-lhe:

— Um pequeno empurrão, para o ombro.

Fechou o olhos e fez força, com cuidado, e momentos depois Rabia voltou a dizer:

— Agora, o outro ombro.

Esforçou-se mais uma vez e, de súbito, sentiu um enorme alívio da tensão. Soube que o bebé já nascera. Olhou para baixo e avistou uma pequena forma aninhada nos braços da parteira. Tinha a pele enrugada e molhada e a cabeça coberta por um cabelo escuro e húmido. O cordão umbilical parecia uma coisa estranha, uma grossa corda azul a pulsar como uma veia.

— Ele está bem? — perguntou.

Rabia não respondeu. Esticou os lábios e soprou no rosto imóvel do bebé.

Oh, Deus, está morto, pensou Jane.

— Ele está bem? — insistiu outra vez.

Rabia voltou a soprar e o bebé abriu a minúscula boca e chorou. Jane exclamou:

— Graças a Deus, está vivo!

A parteira pegou num pano limpo e passou-o pela cara do bebé.

— É normal? — quis Jane saber.

Rabia decidiu-se por fim a falar. Olhou-lhe para os olhos, sorriu e disse-lhe:

— Sim, ela é normal.

Ela é normal. Ela. *Fiz uma menina*, pensou Jane. *Uma rapariga.*

De súbito sentiu-se completamente esgotada, não era capaz de se manter naquela posição nem mais um minuto.

— Quero deitar-me — pediu.

Zahara ajudou-a a voltar para o colchão e colocou-lhe almofadas por detrás, de modo a ficar meio sentada, enquanto a parteira segurava no bebé, ainda ligado a ela pelo cordão. Quando Jane se instalou, Rabia começou a secar o recém-nascido com os panos de algodão.

Jane verificou que o cordão umbilical deixava de pulsar, se encolhia e se tornava branco.

— Podes cortar o cordão — disse, dirigindo-se a Rabia.

— Nós esperamos sempre pelas secundinas.

— Não, não, corta-o agora.

A parteira ficou com um ar duvidoso, mas obedeceu. Pegou num bocado de fio branco que se encontrava em cima da mesa e deu um nó em volta do cordão umbilical, a alguns centímetros de distância do bebé. Jane achava que deveria ser mais perto, mas não tinha importância. Rabia desembrulhou a nova lâmina de barbear.

— Em nome de Alá — proclamou, cortando o cordão.

— Dá-ma — pediu Jane.

A parteira estendeu-lhe o recém-nascido, dizendo-lhe:

— Não a deixes mamar.

Quanto a isso, a jovem sabia que a velha estava enganada.

— Ajuda a expulsar a placenta — afirmou, e Rabia encolheu os ombros.

Jane levou a cara do bebé até junto do peito. Tinha os mamilos erguidos, deliciosamente sensíveis, tal como quando Jean-Pierre lhos beijava, e quando um deles tocou no rosto do bebé, este virou a cabeça num ato reflexo e abriu a boca, começando a mamar de imediato. A jovem sentiu-se espantada por achar que a sensação era... sensual. Ficou chocada e embaraçada por instantes, mas acabou por pensar: *Que diabo!*

Tinha novos movimentos dentro do abdómen. Obedeceu a um impulso, esforçou-se e sentiu a placenta a sair, como um outro parto, pequeno e escorregadio. Rabia embrulhou-a com cuidado num pano. O bebé deixou de mamar e pareceu adormecer.

Zahara estendeu-lhe uma caneca com água, que Jane bebeu toda de uma vez. Tinha um gosto estupendo e pediu mais.

Estava dorida, exausta e abençoadamente feliz. Olhou para a rapariguinha, que dormia pacificamente junto dos seus seios, e sentiu-se prestes a adormecer também. Rabia interrompeu-lhe os pensamentos:

— Temos de embrulhar a pequenina.

Jane ergueu o bebé, que era leve como uma boneca, e estendeu-o à mulher mais velha.

— Chantal — afirmou, quando Rabia lhe pegou. — Ela chama-se Chantal.

Fechou os olhos e adormeceu.

CAPÍTULO

5

Ellis Thaler apanhou o avião da Eastern Airlines de Washington para Nova Iorque. No Aeroporto de La Guardia meteu-se num táxi para o Hotel Plaza, no centro da cidade. O motorista deixou-o junto da porta do hotel, na Quinta Avenida. Ellis atravessou o átrio e dirigiu-se para os elevadores que davam para a 58th Street. Entrou acompanhado por um homem bem-vestido e por uma mulher com um saco de compras. O homem saiu no sétimo andar, Ellis no oitavo e a mulher continuou a subida. Caminhou ao longo dos compridos corredores do hotel, sempre sozinho, até chegar aos elevadores que davam para a 59th Street. Desceu até ao rés do chão e saiu. Satisfeito por não estar a ser seguido, fez sinal a um táxi em Central Park, mandou-o seguir para a estação de Penn e meteu-se no comboio para Douglaston, Queens.

Mentalmente, enquanto o comboio avançava, repetia quase sempre algumas estrofes da *Canção de Embalar* de Auden:

Time and fevers burn away
Individual beauty from

Thoughtful children, and the grave
Proves the child ephemeral[1]

Já passara mais de um ano desde que fingira ser um poeta americano, em Paris, mas ainda continuava a gostar de versos. Continuou a verificar se estava a ser seguido porque ia para um local que os seus inimigos não deveriam jamais descobrir. Saiu do comboio em Flushing e esperou, no cais, pelo seguinte. Mais ninguém o imitou.

Por causa de todas aquelas complicadas precauções, eram quase cinco horas quando chegou a Douglaston. Abandonou a estação e caminhou durante cerca de meia hora, planeando o que iria fazer, quais as palavras que utilizaria e quais as reações que poderia vir a esperar.

Atingiu uma rua suburbana, à vista da baía de Long Island, e parou no exterior de uma pequena e agradável residência, com coruchéus a imitar o estilo Tudor e uma janela espelhada numa das paredes. No caminho de acesso via-se um pequeno carro japonês. Quando se aproximou da porta esta abriu-se e surgiu uma rapariga loura, que poderia ter entre treze e catorze anos.

— Olá, Petal — disse Ellis.

— Olá, papá — respondeu ela.

Baixou-se para a beijar e, tal como sempre acontecia, sentiu uma onda de orgulho e uma guinada de culpa.

Mirou-a de alto a baixo. Por debaixo da camisola de algodão com o Michael Jackson usava um sutiã. Ali estava uma novidade! *Está a fazer-se mulher*, pensou. *Diabos me levem!*

---

[1] *O tempo e as febres queimam/a beleza individual das/crianças pensativas, e o túmulo/demonstra-nos que a criança é efémera. (N. do T.)*

— Queres entrar? — perguntou ela, muito educada.

— Claro.

Seguiu-a para o interior da casa. Vista por detrás, ainda parecia mais mulher e fê-lo recordar-se da sua primeira namorada. Teria quinze anos, não muito mais velha do que Petal... *Não, espera*, pensou, *era ainda mais nova, tinha doze anos, eu costumava pousar-lhe a mão em cima da camisola. Que o Senhor proteja a minha filha dos rapazinhos de quinze anos!*

Entraram numa pequena sala, limpa e arrumada.

— Não queres sentar-te? — perguntou Petal, e Ellis sentou-se. — Queres tomar alguma coisa? — continuou ela.

— Descansa — disse-lhe Ellis —, não precisas de ser tão cerimoniosa. Sou o teu pai.

A rapariguinha ficou com um ar intrigado e inseguro, como se tivessem ralhado com ela por causa de qualquer coisa que julgava estar a fazer bem. Depois de uns instantes, declarou-lhe:

— Tenho de escovar o cabelo, depois poderemos sair. Desculpa-me.

— Está bem — respondeu Ellis e Petal saiu.

Toda aquela cortesia era dolorosa, era sinal de que ainda era um estranho, de que ainda não conseguira ser um membro normal da família.

Durante o último ano, desde que regressara, encontrava-se com ela pelo menos de mês a mês. Por vezes, passavam todo o dia juntos, mas o mais frequente era levá-la a jantar fora, tal como ia fazer naquele dia. Para estar com a filha, necessitava de viajar durante cinco horas, tomando o máximo de precauções, mas claro que ela não sabia de nada disso.

As suas ambições eram modestas, queria ocupar um pequeno mas permanente lugar na vida da sua filha, sem causar agitações ou dramas, o que o obrigara a mudar de atividade e a abandonar as missões de campo. Os seus superiores não tinham ficado nada satisfeitos com essa decisão (os bons agentes clandestinos eram muito poucos e os maus eram às centenas), e também ele se sentira relutante, sentindo que era seu dever servir-se dos seus talentos, mas era impossível ganhar a afeição da filha se tivesse de desaparecer todos os anos, num qualquer remoto ponto do mundo, sem lhe poder dizer para onde ia, nem porquê, nem por quanto tempo. Além disso, não queria arriscar-se a ser morto, agora que ela aprendia a amá-lo.

Sentia falta da excitação, do perigo, da emoção da caça, bem como da sensação de estar a realizar um trabalho importante que ninguém seria capaz de fazer tão bem. Por outro lado, as suas últimas ligações emocionais tinham sido do tipo passageiro, o que já acontecia há demasiado tempo. Depois de perder Jane, sentira a necessidade de ter pelo menos uma pessoa a quem se pudesse ligar permanentemente.

Enquanto esperava, Gill surgiu na sala e Ellis levantou-se. A sua ex-mulher apresentava-se fresca e bem arranjada, com um vestido branco de verão.

— Como estás? — perguntou, quando Ellis a beijou na face.

— O costume. E tu?

— Estou «incrivelmente» ocupada.

Começou a contar-lhe, com todos os pormenores, as suas tarefas e obrigações e, como de costume, Ellis deixou de a ouvir. Gostava dela, mas Gill aborrecia-o até mais não e era estranho pensar que já fora sua mulher. Tinha sido a mais bela rapariga da universidade e ele o mais esperto, e além disso estava-se em 1967, quando toda a gente se drogava e tudo podia acontecer, especialmente na Califórnia. Haviam-se casado de branco e alguém tocara a *Marcha Nupcial* numa cítara, e a seguir Ellis chumbara nos exames e fora expulso da universidade, o que fizera com que fosse mobilizado. Em vez de se escapar para o Canadá ou para a Suécia, apresentara-se nos serviços de mobilização, como um carneiro a caminho do matadouro, surpreendendo toda a gente menos Gill, que na altura já percebera que o casamento não iria resultar e que estava à espera de saber como se iria ele descartar dela.

Ellis encontrava-se em Saigão, no hospital, com uma bala metida na barriga de uma perna, o ferimento mais vulgar para os pilotos dos helicópteros, porque o assento era blindado, mas o pavimento não, quando o divórcio se tornara definitivo. Alguém largara a notificação em cima da sua cama numa altura em que ele lá não estava, mas encontrou-a quando regressou, juntamente com mais umas folhas de louros, a sua vigésima quinta medalha (naqueles dias andavam sempre a entregar medalhas). «Acabei de me divorciar», anunciou, e o soldado da cama ao lado respondera: «Que merda. Que tal um joguinho de cartas?»

Porém, ela não lhe falara na criança, só a descobrira alguns anos mais tarde, depois de passar a ser espião e ter começado a seguir Gill, apenas para praticar. Soubera então que tinha uma filha com um nome característico do fim dos anos de 1960, Petal, e que a ex-mulher se casara com um tal Bernard, que andava em consultas junto de um especialista por causa de esterilidade. Não lhe ter falado de

Petal fora a única coisa realmente ruim que Gill lhe fizera, pensou, apesar de ela afirmar que fora para seu bem.

Insistira em encontrar-se com a filha de tempos a tempos e conseguira que ela deixasse de chamar «pai» ao tal Bernard, mas só começara a tentar ser considerado como membro da família muito mais tarde, durante o último ano.

— Queres levar o meu carro? — perguntou Gill.

— Se não te importares.

— Claro que não.

— Obrigado.

Era embaraçoso ter de servir-se de um carro emprestado, mas a viagem desde Washington era demasiado longa e não podia andar constantemente a alugar automóveis naquela área, porque um dia os seus inimigos acabariam por descobrir esse facto através dos registos das agências de aluguer ou pelas companhias de cartões de crédito, o que os colocaria na pista de Petal. A alternativa seria utilizar uma identidade diferente de cada vez que alugasse um, mas as identidades eram dispendiosas e a CIA não as fornecia aos homens que tinham trabalho de secretária. Portanto, ou levava o *Honda* de Gill ou servia-se de um táxi.

Petal regressou com o cabelo transformado numa nuvem flutuante que lhe descia até aos ombros. Ellis levantou-se e disse-lhe:

— Salta para o carro, que eu já lá vou ter contigo. — A filha saiu e ele virou-se para Gill: — Gostava de a convidar a ir passar um fim de semana comigo, em Washington.

— Se ela estiver disposta a ir, muito bem, mas se não quiser, não a obrigarei — retorquiu Gill, num tom agradável, mas firme.

— É justo. Até logo — respondeu Ellis, com um aceno de cabeça.

Levou a filha a um restaurante chinês em Little Neck, pois sabia que ela apreciava aquele tipo de comida, e Petal mostrou-se mais à vontade depois de se afastarem da casa. Agradeceu ao pai ter-lhe enviado um poema no dia do aniversário e acrescentou:

— Não conheço ninguém que recebesse um poema no dia de anos!

Ellis ficou sem saber se o facto lhe agradava ou a desgostava.

— É capaz de ser melhor do que um postal colorido com a fotografia de um gato, suponho — comentou.

— Sim — respondeu ela, rindo-se. — Todas as minhas amigas pensam que és muito romântico. A professora de inglês perguntou-me se já publicaste alguma coisa.

— Nunca escrevi nada suficientemente bom para poder ser publicado — explicou Ellis. — Ainda gostas de estudar inglês?

— Muito mais do que matemática. Sou péssima nos números.

— Que estudas? Alguma peça de teatro?

— Não, mas por vezes lemos poesia.

— Gostaste de alguma em especial?

— Daquela que fala dos narcisos — respondeu Petal, depois de pensar durante alguns instantes.

— Também eu gosto — concordou Ellis, acenando com a cabeça.

— Esqueci-me do nome do autor.

— William Wordsworth.

— Ah, sim!

— Gostas de mais algum?

— Não em especial. Aprecio mais música. Gostas do Michael Jackson?

— Não sei, não tenho a certeza de já ter ouvido alguma coisa dele.

— É lindo! — exclamou Petal, soltando um risinho. — Todas as minhas amigas estão loucas por ele.

Era a segunda vez que citava as amigas, o que significava que naquela altura o seu círculo de amizades era a coisa mais importante da sua vida.

— Um dia gostava de conhecer as tuas amigas — afirmou Ellis.

— Oh, pai! — retorquiu, trocista. — São ainda muito novas!

Sentindo-se um pouco humilhado, Ellis concentrou-se na comida durante algum tempo. Bebeu vinho branco, para acompanhar, pois os hábitos franceses não o largavam.

Quando terminaram, voltou a dirigir-se à filha:

— Escuta, tenho andado a pensar numa coisa. Porque não vais a Washington durante um fim de semana e ficas em minha casa? É apenas uma hora de avião e podíamos divertir-nos.

— Que há em Washington? — perguntou ela, bastante surpreendida.

— Bom, podemos ir visitar a Casa Branca, onde vive o presidente. Além disso, Washington tem alguns dos melhores museus de todo o mundo. Também nunca viste a minha casa. Tenho um quarto a mais e... — interrompeu-se, porque via que ela não estava interessada.

— Oh, pai, não sei... — respondeu. — Tenho tanto que fazer nos fins de semana... os trabalhos da escola, festas, as compras, as lições de dança e tudo o resto...

— Não te preocupes — declarou o pai. — Talvez um dia lá possas ir, quando não estiveres tão ocupada.

— Oh, está bem! — retorquiu Petal, visivelmente aliviada.

— Entretanto, posso ir preparando o quarto que está vago, para lá ires quando quiseres.

— Está bem.

— De que cor gostarias que eu o pintasse?

— Não sei.

— Qual é a tua cor preferida?

— Bom... talvez o cor-de-rosa.

— Então vou pintá-lo de cor-de-rosa — respondeu Ellis, forçando um sorriso. — Vamos embora?

Já no carro, quando seguiam a caminho de casa, Petal perguntou-lhe se se importava de que ela furasse as orelhas.

— Bem... não sei. Que pensa a tua mãe disso?

— Ela diz que está bem, se tu concordares.

Estaria Gill apenas a procurar que ele compartilhasse a decisão ou quereria livrar-se da responsabilidade?

— Não sei se a ideia me agrada — respondeu Ellis. — Acho que ainda és demasiado nova para andares a fazer buracos no corpo apenas por motivos decorativos.

— Julgas que sou demasiado nova para ter um namorado?

Ellis desejaria responder que sim, mas não podia impedi-la de crescer.

— Penso que já és suficientemente crescida para te encontrares com rapazes, mas ainda não o suficiente para um namorado a sério — disse, observando-a para ver qual a reação.

Parecia divertida e Ellis pensou que talvez eles já não falassem em ter namorados a sério.

Quando chegaram à casa, o *Ford* de Bernard estava estacionado à entrada. Ellis parou o *Honda* atrás dele e seguiu

Petal para o interior. Bernard instalara-se na sala, um homem baixo, com cabelo muito curto, de bom caráter e sem nenhuma imaginação. Petal saudou-o entusiástica, abraçando-o e beijando-o, deixando-o aparentemente embaraçado.

— O Governo continua a funcionar bem, lá em Washington? — perguntou ele a Ellis, dando-lhe um firme aperto de mão.

— Ora, continua na mesma — respondeu Ellis.

Todos pensavam que trabalhava para o Departamento de Estado e que a sua atividade era ler jornais e revistas francesas para depois preparar um relatório diário para os responsáveis pelos assuntos desse país.

— Vai uma cerveja?

Ellis não tinha vontade de a beber, mas aceitou, apenas para ser amável, e Bernard dirigiu-se à cozinha para ir procurar a cerveja. Era o diretor dos serviços de crédito de um grande banco de Nova Iorque, e Petal parecia gostar dele e respeitá-lo. Gill e ele não tinham filhos, o tal especialista de esterilidade não lhe resolvera o problema.

Regressou com dois copos de cerveja e estendeu um a Ellis.

— Olha, é melhor ires fazer os trabalhos de casa — disse para Petal. — O teu pai não se irá embora sem se despedir de ti. — Petal beijou-o e desapareceu a correr. Quando ela já não o podia ouvir, continuou: — Normalmente, não se mostra tão afetuosa, parece-me que exagera quando estás cá. Não compreendo.

Ellis compreendia demasiado bem, mas ainda não queria ter de pensar no assunto.

— Não te preocupes com isso — respondeu. — Que tal vão os negócios?

— Não vão mal de todo. As altas taxas de juro não nos atingiram tanto como ao princípio receávamos. Ao que parece, as pessoas ainda estão interessadas em pedir dinheiro emprestado para comprar coisas... pelo menos em Nova Iorque — afirmou, sentando-se e beberricando a cerveja.

Ellis tivera sempre a sensação de que Bernard o receava, fisicamente. Isso via-se na maneira como o homem se movimentava, como se fosse um cãozinho que não tivesse autorização para entrar em casa dos donos e se mantinha sempre a uma distância respeitável, para não levar um pontapé.

Falaram de assuntos económicos durante alguns minutos. Ellis bebeu a cerveja o mais depressa que lhe foi possível e levantou-se para sair. Dirigiu-se para junto das escadas e gritou lá para cima:

— Adeus, Petal.

A filha surgiu no alto das escadas.

— Então e as minhas orelhas? Posso furá-las?

— Posso pensar um pouco nisso? — perguntou.

— Está bem. Adeus.

Gill, que apareceu também no alto da escada, desceu logo.

— Vou levar-te ao aeroporto — disse.

— Bem, obrigado — agradeceu Ellis, surpreendido.

Quando já se encontravam no exterior, Gill continuou:

— Petal disse-me que não queria ir passar um fim de semana contigo.

— Está bem.

— Ficaste aborrecido, não é verdade?

— Nota-se assim tanto?

— Para mim, nota-se. Não te esqueças de que estive casada contigo. — Fez uma pausa. — Desculpa, John.

— A culpa foi minha, não pensei bem no assunto. Antes de eu aparecer ela tinha uma mãe e um pai, um lar... tudo o que é necessário para uma criança. Agora, eu não sou apenas supérfluo, sou também uma ameaça para a sua felicidade, um intruso, um elemento desestabilizador. É por isso que ela abraça o Bernard, na minha frente. Não o faz para me magoar, mas porque tem medo de o perder. Sou eu quem lhe mete esse medo.

— Acabará por se adaptar — comentou Gill. — A América está cheia de garotos com dois pais.

— Isso não é desculpa. Fui eu o responsável pela sua existência, tenho de enfrentar os factos.

Gill surpreendeu-o de novo, dando-lhe umas palmadinhas no joelho.

— Não te responsabilizes demasiado — afirmou. — Não foste feito para isto. Um mês depois de termos casado, já eu sabia que aquela vida não era para ti. Não queres ter um lar, um trabalho, uma casa nos subúrbios e filhos. És diferente, és um pouco estranho, e foi por isso que me apaixonei por ti e me deixei agarrar tão depressa. Amei-te por seres diferente, louco, original e excitante, nunca se sabia o que eras capaz de fazer. Porém, não és um chefe de família.

Ellis deixou-se ficar sentado, em silêncio, pensando no que Gill acabara de lhe dizer. Dissera-o com boa intenção e sentia-se grato por isso... mas seria verdade? Pensava que não. *Não quero uma casa nos subúrbios*, pensou, *mas gostava de ter um lar... talvez uma vivenda em Marrocos, ou um sótão em Greenwich Village ou uma* penthouse *em Roma. Não quero uma mulher que me sirva de mulher-a-dias, limpando o pó, cozinhando, arrumando... mas gostava de uma companheira, alguém com quem pudesse partilhar os livros, os filmes e a poesia. Até gostaria de ter filhos, para os educar e lhes ensinar que existem mais coisas do que apenas o Michael Jackson.*

Não comunicou a Gill nada daquilo que pensara. Quando ela estacionou o carro, Ellis descobriu que estava em frente do aeroporto. Olhou para o relógio e verificou que eram oito e cinquenta. Se se apressasse ainda poderia apanhar o avião das nove horas.

— Obrigado pela boleia — disse.

— O que tu precisas é de uma mulher como tu, uma da tua espécie — continuou Gill.

— Encontrei uma, há tempos — respondeu Ellis, lembrando-se de Jane.

— Que lhe aconteceu?

— Casou-se com um médico.

— Tão louco como tu?

— Creio que não.

— Então esse casamento não vai resistir. Quando se casou ela?

— Há cerca de um ano.

— Ah! — Gill estava provavelmente a pensar que fora nessa altura que ele procurara entrar na vida de Petal, mas não fez comentários. — Escuta um conselho... vai ver o que se passa com ela.

— Voltarei a entrar em contacto contigo em breve — disse Ellis, saindo do carro.

— Adeus — despediu-se Gill, fechando a porta e afastando-se.

Ellis encaminhou-se rapidamente para o edifício e conseguiu apanhar o avião um ou dois minutos antes de ele partir. Quando descolaram, tirou uma revista da bolsa que se encontrava nas costas do assento da frente e procurou notícias sobre o Afeganistão. Iniciou a leitura com desconfiança, porque sabia que muitos daqueles artigos emanavam da CIA. Um jornalista qualquer julgava conseguir uma entrevista em exclusivo sobre determinada situação, mas estava de facto a ser, inconscientemente, um canal para a publicação de contrainformações destinadas aos agentes secretos de outro país. O que o jornalista escrevesse teria tanto a ver com a verdade como um artigo do *Pravda*.

Contudo, aquele artigo parecia refletir a realidade. As tropas russas continuavam a concentrar pessoal e armamento, aparentemente preparando-se para uma violenta ofensiva de verão, e Moscovo encarava-a como decisiva: tinham de esmagar a resistência ou seriam forçados a chegar a um acordo com os rebeldes. Fazia sentido. Ellis iria verificar o que diziam os homens da CIA em Moscovo, mas o artigo era capaz de estar correto. O jornalista incluíra, entre as áreas consideradas como cruciais, um vale denominado Panisher.

Lembrava-se de Jean-Pierre ter falado num vale dos Cinco Leões e o artigo também mencionava Masud, o líder rebelde, também citado pelo médico.

Espreitou pela janela do avião, vendo o Sol a pôr-se. *Não havia dúvida*, pensou, com uma vaga de receio, *de que Jane iria estar em grande perigo naquele verão.*

No entanto, o assunto não lhe dizia respeito; ela casara com outro, e, de qualquer modo, nada podia fazer. Voltou a prestar atenção à revista, virou a página e começou a ler sobre a situação em El Salvador. O avião continuou o voo em direção a Washington, enquanto, a oeste, o Sol se punha e a escuridão caía.

Allen Winderman convidou Ellis Thaler para almoçar num restaurante com vista para o rio Potomac, aonde chegou com meia hora de atraso. Era um típico funcionário governamental: fato cinzento, camisa branca, gravata às risquinhas... e suave como um tubarão. Como era a Casa Branca que pagava a conta, Ellis pediu lagosta e vinho branco, enquanto Winderman preferia *Perrier* e uma salada. Allen era demasiado perfeito em tudo, no fato, na gravata, nos sapatos, no autodomínio e nos seus ares simpáticos, e Ellis encontrava-se de pé atrás. Não podia recusar o convite de um dos conselheiros do presidente, mas não apreciava almoços discretos não oficiais e não gostava de Allen Winderman.

Este foi direito ao assunto.

— Preciso do teu conselho — começou.

— Primeiro que tudo — interrompeu-o Ellis —, necessito de saber se a Agência Central foi informada deste nosso encontro.

Se a Casa Branca pretendia fazer qualquer coisa clandestina sem informar a CIA, não queria envolver-se no assunto.

— Claro que foi — respondeu Winderman. — Que sabes a respeito do Afeganistão?

Subitamente, Ellis sentiu-se gelado. *Mais tarde ou mais cedo isto vai envolver a Jane*, pensou. *Conhecem tudo a respeito dela, claro, não fiz segredo sobre o assunto. Em Paris, disse ao Bill que a ia pedir em casamento, mais tarde telefonei-lhe para saber se ela, na realidade, partira para o Afeganistão. Tudo isso está anotado na minha ficha e este estupor vai aproveitar-se disso.*

— Sei qualquer coisa — afirmou cautelosamente.

De repente lembrou-se de um verso de Kipling e recitou-o:

When you're wounded an'left on Afghanistan's plains,
An'the women come out to cut up your remains,
Just roll to your rifle an'blow out your brains,
An' go to your Gawd like a soldier[1].

Pela primeira vez, Winderman pareceu pouco à vontade.

— Depois de dois anos a fingir de poeta, deves saber montes dessas coisas.

— Também os afegãos — disse Ellis. — São todos poetas, tal como todos os franceses são *gourmets* e todos os italianos cantam ópera.

— Ah, sim?

— A explicação é simples, não sabem ler nem escrever e a poesia é uma arte falada. — Winderman estava a ficar visivelmente impaciente, o seu programa não previra poesia. Ellis continuou: — Os afegãos são homens das montanhas, selvagens, violentos e orgulhosos, muitíssimo corteses, bravos como leões e incrivelmente cruéis. O país é árido e estéril. E que sabes tu a respeito deles?

---

[1] *Quando te encontrares ferido e abandonado nas planícies do Afeganistão/ e surgirem as mulheres para te cortarem em bocados/ arrasta-te até à espingarda e dá um tiro na cabeça/ apresenta-te ante o teu Deus como um verdadeiro soldado. (N. do T.)*

— Sei que «afegãos» é uma coisa que não existe — respondeu Winderman. — Existem seis milhões de pachtun a sul, três milhões de tajiques a oeste, um milhão de usbeques a norte e mais cerca de uma dúzia de nacionalidades com menos de um milhão de membros. Para essa gente, as fronteiras modernas não têm qualquer significado, existem tajiques na União Soviética e pachtun no Paquistão. Alguns desses grupos estão, ainda por cima, divididos em tribos. São como os peles-vermelhas, que nunca se consideraram americanos mas sim apaches, ou *crows*, ou *sioux*. Além disso, lutam uns com os outros, tal como contra os russos. O nosso problema é conseguir que os apaches e os *sioux* se unam contra os caras-pálidas.

— Estou a ver... — afirmou Ellis, mas interrogando-se: *Nisto tudo, onde entra a Jane?*, acrescentou: — E quem vai ser o grande chefe?

— Ah, isso é fácil. Ahmed Shah Masud é, até este momento, o mais prometedor dos chefes de guerrilheiros, no vale Panisher.

Tratava-se do vale dos Cinco Leões. *Que estás tu a preparar, meu grande sacana?*, interrogou-se Ellis estudando o rosto bem barbeado de Winderman. O homem continuava imperturbável e Ellis perguntou:

— Que tem esse Masud de especial?

— A maior parte dos chefes rebeldes contenta-se em controlar as suas tribos, cobrar impostos e impedir que o governo tenha acesso ao seu território. Masud faz muito mais do que isso. Desce dos seus esconderijos na montanha e ataca. Tem três pontos estratégicos ao seu alcance: a capital, Cabul, o túnel de Salang, na única autoestrada que liga Cabul à União Soviética, e Bagram, a principal base aérea militar. Está numa boa posição para causar grandes desgastes ao inimigo e fá-lo. Leu Mao, estudou a arte da guerrilha e é, de certeza, o melhor cérebro militar do país. Dispõe de fundos, há uma mina de esmeraldas no seu vale e ele vende-as no Paquistão. Masud cobra uma taxa de dez por cento sobre todas as vendas e usa esse dinheiro para manter o seu exército. Tem vinte e oito anos e é uma figura carismática, o seu povo adora-o. Para terminar, é um tajique. O grupo maior é o dos pachtun e todos os outros os odeiam, pelo que o grande chefe não poderá ser um deles. Os tajiques constituem a segunda maior nação e talvez haja alguma possibilidade de se unirem sob o comando de um tajique.

— E nós queremos facilitar essa união?

— Exatamente. Quanto mais fortes forem os rebeldes, mais os russos sofrerão estragos. Além disso, seria muito mais útil que os nossos serviços secretos conseguissem um triunfo, durante este ano.

Para Winderman e os da sua laia, o facto de os afegãos lutarem pela sua liberdade contra um invasor brutal era irrelevante, pensou Ellis. A moralidade era uma coisa fora de moda em Washington, tudo o que interessava era o jogo do poder. Se Winderman tivesse nascido em Leninegrado em vez de Los Angeles, sentir-se-ia do mesmo modo feliz, cheio de êxito e poderoso, e usaria as mesmas táticas... lutando pelo outro lado.

— E que querem de mim? — perguntou-lhe Ellis.

— Apenas os teus conhecimentos. Um agente clandestino terá alguma maneira de promover uma aliança entre as diferentes tribos afegãs?

— É provável que sim — respondeu. Veio a comida que haviam pedido, interrompendo-os e dando-lhe algum tempo para pensar. Quando o criado se foi embora, continuou: — Talvez fosse possível, desde que tenhamos algo que eles desejem... Posso imaginar que se trata de armas.

— Exato — confirmou Winderman, começando a comer de um modo hesitante, como um homem que sofre de uma úlcera. Entre duas pequenas garfadas, prosseguiu: — De momento compram as armas do outro lado da fronteira, no Paquistão, e tudo o que conseguem arranjar são cópias de espingardas britânicas do tempo da rainha Vitória... ou até mesmo o artigo genuíno, com mais de cem anos e ainda a disparar. Também roubam as *Kalashnikov* aos soldados russos mortos. Têm no entanto uma necessidade desesperada de artilharia ligeira, de armas antiaéreas e de mísseis terra-ar de lançamento manual, para que possam abater aviões e helicópteros.

— E nós estamos dispostos a dar-lhes esse armamento?

— Sim. Não diretamente, claro. Ocultaríamos o nosso envolvimento enviando-as através de intermediários. Isso não é problema, podemos utilizar a Arábia Saudita.

— Muito bem — concordou Ellis, engolindo um pedaço de lagosta, que era boa. — Vou dizer-te qual penso que deve ser o primeiro passo. É necessário que exista, em cada grupo de guerrilheiros, um núcleo de homens que conheça, compreenda e confie em Masud. Esse núcleo tornar-se-á mais tarde no grupo de ligação com ele e começará gradualmente a aumentar a sua importância: troca de informações em primeiro lugar, seguida de cooperação mútua e terminando em planos de batalha coordenados.

— Uma ideia prometedora — comentou Winderman. — Como se pode conseguir isso?

— Eu faria com que Masud organizasse cursos de treino no vale dos Cinco Leões. Cada grupo rebelde enviaria alguns jovens para combaterem ao lado de Masud durante algum tempo, e assim aprenderem os métodos que lhe garantem tanto êxito. Começariam também a respeitá-lo e a confiar nele, se na verdade se trata de um líder tão bom como dizes.

— É o tipo de proposta que pode vir a ser aceite por chefes tribais que, de outro modo, rejeitariam qualquer plano que os colocasse diretamente às ordens de Masud — concordou Winderman, pensativo.

— Existe mais algum chefe rival cuja cooperação fosse em especial essencial para qualquer aliança?

— Sim, na verdade há dois, Jahan Kamil e Amal Azizi, ambos pachtun.

— Então, eu enviaria um agente com o objetivo de conseguir sentar esses dois homens a uma mesa com Masud e, quando ele regressasse com as três assinaturas num pedaço de papel, enviaríamos a primeira remessa de mísseis terra--ar. As seguintes dependeriam do caminho que o programa de treino estivesse a levar...

Winderman pousou o garfo, acendeu um cigarro, confirmando a suposição de Ellis de que tinha uma úlcera e afirmou:

— É exatamente o tipo de coisa que tinha em mente...

Era visível que o homem já estava a procurar uma maneira de ganhar todos os créditos pela ideia. No dia seguinte começaria por afirmar: «Desenrascámos um plano durante o almoço», e no seu relatório escrito incluiria que «um especialista em ações clandestinas confirmou que o meu plano é viável».

— Agora vejamos: quais são os riscos? — perguntou Winderman, o que fez Ellis ficar pensativo durante alguns momentos.

— Se os russos apanharem o agente obterão daí um grande trunfo propagandístico, pois, de momento, enfrentam aquilo a que a Casa Branca chamaria «um problema de imagem», graças ao Afeganistão. Os aliados de que dispõem no Terceiro Mundo não gostam nada de os ver a invadir e destruir um pequeno país primitivo e os seus amigos muçulmanos, muito em particular, tendem a simpatizar com os revoltosos. O ponto de vista dos russos é o de que os chamados «rebeldes» não são mais do que bandidos, financiados e armados pela CIA, e adorariam poder provar tal afirmação capturando um verdadeiro agente da CIA, vivo a atuar dentro do país. Em termos de política global, creio que isso nos provocaria grandes prejuízos.

— E quais são as possibilidades de que os russos capturem o nosso homem?

— Fracas. Se não conseguem apanhar Masud, porque iriam apanhar um agente enviado ao encontro dele?

— Ótimo! — Winderman esmagou a ponta do cigarro — Queremos que sejas esse agente.

Ellis foi apanhado de surpresa. *Devia ter previsto isto*, pensou, mas estivera demasiado concentrado na solução do problema.

— Eu já não me encarrego de ações desse género — disse, mas a sua voz não soou convincente, pois lembrou-se de que podia encontrar Jane, podia vê-la!

— Falei com o teu chefe ao telefone — retorquiu Winderman — e ele é de opinião que uma tarefa no Afeganistão seria capaz de te levar a regressar ao trabalho clandestino.

Portanto, fora tudo combinado! A Casa Branca pretendia conseguir resultados concretos no Afeganistão e tinha pedido à CIA que arranjasse um agente. A Agência Central queria que Ellis voltasse ao trabalho de campo, e, portanto, dissera à Casa Branca que lhe oferecesse a missão, sabendo, ou suspeitando, que a perspetiva de voltar a encontrar Jane seria quase irresistível. Ellis odiava ser manipulado... mas queria ir ao vale dos Cinco Leões.

O silêncio já ia demasiado longo e Winderman acabou por perguntar, impaciente:

— Então? Aceitas?

— Vou pensar nisso — respondeu.

O pai de Ellis arrotou discretamente, pediu desculpa e acrescentou:

— Isto estava bom.

Ellis afastou o seu prato de tarte de cerejas com natas. Pela primeira vez na vida tinha necessidade de controlar o peso.

— Está muito bom, mãe, mas não posso comer mais — disse, desculpando-se.

— Já ninguém come como antes — disse ela, começando a levantar a mesa. — Deve ser por andarem sempre de automóvel.

— Tenho para ali uns números para verificar — declarou o pai, empurrando a cadeira para trás.

— Ainda não tens um contabilista?! — admirou-se Ellis.

— Ninguém toma conta do nosso dinheiro tão bem como nós próprios — foi a resposta. — Descobrirás isso um dia, se alguma vez conseguires juntar dinheiro. — Deixou a sala de jantar, dirigindo-se para o seu «buraco».

Ellis ajudou a mãe a levantar a mesa. A família mudara-se para aquela casa com quatro quartos de dormir, em Teaneck, Nova Jérsia, tinha ele apenas treze anos, mas ainda se lembrava da mudança como se tivesse sido ontem, pois falaram no assunto durante anos. Fora o pai quem construíra a casa, primeiro sozinho e mais tarde com empregados da sua empresa de construções, mas só quando escasseava o trabalho; se havia muito parava a construção. Ao mudarem-se, a casa ainda não estava de facto acabada: o aquecimento não funcionava, não havia armários na cozinha e ainda nada fora pintado. Tiveram água quente no dia seguinte só porque a mãe ameaçara divorciar-se se não a instalassem. Finalmente tudo acabara por ficar pronto e tanto Ellis como os seus irmãos e irmãs tinham espaço para crescer. Agora era grande de mais só para os pais, mas estava esperançado em que eles a conservassem. Sentia-se ali bem.

Depois de ligarem a máquina de lavar louça, Ellis perguntou:

— Mãe, lembras-te daquela mala que eu cá deixei quando regressei do Vietname?

— Claro que sim. Está no armário do quarto pequeno.

— Obrigado. Quero dar-lhe uma vista de olhos.

— Então vai que eu arrumo o resto.

Ellis subiu ao andar superior e dirigiu-se para o quarto mais pequeno, no extremo da casa, o qual raramente era usado. Em volta de uma cama pequena via-se um par de cadeiras partidas, um velho sofá e quatro ou cinco caixas de cartão contendo livros e brinquedos de criança. Abriu o armário, tirou uma pequena mala de plástico preto, pousou-a sobre a cama, acionou os fechos de segredo e levantou a tampa. Cheirava a bafio, pois não era aberta havia mais de dez anos, mas estava ali tudo: as medalhas, as duas balas que lhe tinham tirado do corpo, o manual do Exército, FM 5-31, com o título *Armadilhas,* uma fotografia de Ellis de pé junto de um helicóptero, o seu primeiro *Huey.* A fotografia mostrava-o sorridente, jovem e (oh, merda) magro. Havia um bilhete de Frankie Amalfi, que dizia: «Para o cabrão que me roubou a perna», uma piada corajosa, porque Ellis tinha-lhe desabotoado os atacadores com todo o cuidado, depois puxara a bota... e arrancara-lhe o pé com metade da perna agarrada, cortada pelo joelho pela pá de um helicóptero. Lá estava também o relógio de Jimmy Jones, parado para sempre nas cinco e meia... «Fica com ele, filho», dissera o pai de Jimmy, no meio dos vapores do álcool, «porque eras amigo dele e isso é mais do que eu alguma vez fui». Ah, ali estava o diário.

Passou os olhos pelas páginas. Bastava-lhe ler duas ou três palavras para se lembrar de todo o dia, de uma semana, de uma batalha. O diário começava de um modo alegre, com um sentimento de aventura, muito autoconsciente. Depois tornava-se progressivamente mais desencantado, sombrio, desesperado e até suicida. Aquelas frases negras faziam-no recordar-se de vívidas cenas: «O maldito Arvins não quis sair do helicóptero. Se eles estão tão ansiosos por serem salvos do comunismo, porque não lutam?» Mais adiante leu: «O capitão Johnson sempre foi um patife, mas que raio de maneira de morrer, com uma granada dos seus próprios homens.» Mais algumas páginas: «As mulheres têm espingardas por debaixo das saias e os garotos trazem granadas debaixo das camisas. Que diabo querem que façamos, que nos rendamos?» Saltou para as últimas linhas: «Nós somos os tipos maus, é por isso que a malta foge à mobilização e que os vietnamitas não querem combater. É por isso que matamos mulheres e crianças. É por isso que os generais mentem aos políticos, que os políticos mentem aos jornalistas e que os jornalistas mentem ao público.» A partir dali, os seus pensamentos haviam-se tornado demasiado subversivos para serem confiados ao papel, a sua culpa era demasiado grande para ser expiada apenas com palavras. Estava convencido de que teria de passar o resto da vida a corrigir as coisas más que fizera durante a guerra, e depois de tantos anos ainda pensava assim. Quando contava os assassinos que prendera desde essa altura, os raptores, os bombistas e terroristas que apanhara, todos juntos pareciam muito pouco em comparação com as toneladas de explosivos que lançara e os milhares de balas que disparara no Vietname, no Laos e no Camboja.

Sabia que estava a ser irracional. Compreendera-o quando regressara de Paris e refletira no modo como o seu trabalho lhe arruinara a vida. Decidira-se a tentar redimir os pecados da América... mas isto era diferente. Tinha a oportunidade de lutar pelos humildes, contra os generais mentirosos, contra os negociantes do poder, contra os jornalistas que não queriam ver. Tinha oportunidade não só de lutar, não só de pagar uma pequena contribuição, mas também de mudar o curso de uma guerra, de modificar a sorte de um país e de dar um golpe a favor da liberdade, mas em grande escala.

E havia também Jane...

A mera possibilidade de a ver de novo reacendera a sua paixão. Ainda não havia muito tempo, alguns dias apenas, fora capaz de pensar nela e no perigo que corria, para depois abandonar o assunto e virar uma página de revista. Agora, no entanto, não conseguia deixar de a recordar. Perguntava a si mesmo se Jane usaria o cabelo comprido ou curto, se estaria mais gorda ou mais magra, se se sentia satisfeita com o que fazia, se os afegãos gostavam dela e, acima de tudo, se ainda estaria apaixonada pelo Jean-Pierre. «Escuta um conselho», dissera Gill, «*vai* ver o que se passa com ela.» Esperta, aquela Gill.

Os pensamentos fugiram-lhe para Petal. «Tentei», murmurou para si mesmo, «de verdade que tentei e não creio que me tenha saído muito mal... mas era um projeto condenado de antemão. Gill e Bernard dão-lhe tudo o que ela necessita, na sua vida não há espaço para mim. Sente-se feliz assim.»

Fechou o diário e voltou a debruçar-se sobre a mala. Pegou num estojo de ourivesaria, pequeno e barato. Lá dentro encontrava-se um par de brincos de ouro, cada um deles com uma pérola no centro. A mulher para quem ele comprara aquilo, uma rapariga de olhos em bico e seios pequenos, que lhe ensinara que nada é tabu, morrera, assassinada por um soldado bêbedo, num bar de Saigão, antes de ele lhos poder oferecer. Não a amara, mas gostara dela e estava-lhe grato. Os brincos seriam um presente de despedida.

Tirou do bolso um cartão de visita e uma caneta. Pensou durante alguns instantes e escreveu:

Para a Petal,
Sim, podes furar as orelhas.
Com todo o amor do teu pai.

CAPÍTULO

6

A água no rio dos Cinco Leões nunca era quente, mas parecia agora um pouco menos fria no perfumado ar da tarde, ao findar de mais um dia empoeirado, quando as mulheres desciam para a faixa de rio que lhes estava reservada em exclusivo para se banharem. Jane cerrou os dentes para aguentar o frio e entrou na água com as outras, levantando o vestido polegada a polegada à medida que o rio se tornava mais fundo, até ter água pela cintura. Começou então a lavar-se. Depois de uma longa prática conseguia já dominar a peculiar perícia afegã, que permitia lavar todo o corpo sem se despir.

Quando terminou, saiu da água a tremer com frio e instalou-se junto de Zahara, que lavava o cabelo num charco, numa grande chapinhada, espirrando água para todos os lados e mantendo simultaneamente uma alegre conversação. Zahara mergulhou mais uma vez a cabeça na água e a seguir procurou a toalha. Remexeu num buraco aberto na terra arenosa, mas a toalha não se encontrava lá.

— Onde está a minha toalha? — gritou. — Meti-a aqui neste buraco! Quem ma roubou?

Jane agarrou na toalha, que se encontrava por detrás de Zahara, e disse:

— Aqui a tens. Meteste-a no buraco errado.

— Isso foi o que disse a mulher do mulá! — gritou a jovem afegã, e todas as suas companheiras soltaram guinchos e gargalhadas.

As mulheres da aldeia já consideravam Jane como sendo uma delas, os últimos vestígios de reserva ou desconfiança tinham desaparecido depois do nascimento de Chantal, que parecera confirmar que ela era igual a todas as outras. As conversas que se desenrolavam à beira do rio eram surpreendentemente francas, talvez porque as crianças haviam ficado ao cuidado das irmãs mais velhas, ou das avós, mas o mais provável era que fosse por causa de Zahara. O ambiente era dominado pela sua voz sonante, pelos seus olhos brilhantes e pelas suas permanentes gargalhadas. Não havia qualquer dúvida de que ela ali se comportava de um modo mais extrovertido, porque tinha de reprimir a sua personalidade durante todo o resto do dia. Possuía um sentido de humor invulgar, que Jane não encontrara em nenhum outro afegão, homem ou mulher, e muito frequentemente as suas piadas picantes ou frases com duplo sentido acabavam por abrir o caminho para discussões mais sérias. Assim, Jane tinha por vezes a possibilidade de transformar os banhos da tarde numa improvisada aula de educação sanitária. O controlo da natalidade era um dos tópicos mais populares, apesar de as mulheres de Banda se mostrarem mais interessadas em modos de garantir a gravidez do que em técnicas para a evitar. No entanto, tinham demonstrado alguma simpatia pela ideia que Jane procurava implantar, a de que elas poderiam alimentar melhor e tratar melhor dos seus filhos se estes nascessem com dois anos de intervalo em vez de todos os doze ou quinze meses. No dia anterior a conversa girara em volta do ciclo menstrual, e ela descobrira que as afegãs pensavam que o tempo de fertilidade era logo antes e depois do período. Jane esclarecera-as de que era entre o décimo segundo e o décimo sexto dia e pareciam aceitar a sua opinião. Porém, tinha a desconcertante suspeita de que as afegãs pensavam que era *ela* quem estava errada, sendo, no entanto, demasiado corteses para lho dizerem.

Hoje, pairava no ar uma certa excitação; aguardava-se o regresso da caravana vinda do Paquistão. Os homens trariam pequenos luxos, um xaile, algumas laranjas, pulseiras de plástico, bem como armas, munições e explosivos para a guerra.

O chefe da caravana era Ahmed Gul, marido de Zahara e um dos filhos da parteira, Rabia. Zahara mostrava-se visivelmente excitada ante a perspetiva de o ver de novo. Quando estavam juntos, comportavam-se como qualquer outro casal afegão: ela silenciosa e subserviente e ele por vezes imperioso. Porém, Jane era capaz de afirmar que os dois jovens se encontravam apaixonados, bastava ver a maneira como olhavam um para o outro, e era óbvio, por aquilo que Zahara dizia, que se tratava de um amor fundamentalmente físico. Hoje, a afegã mostrava-se quase fora de si de desejo, esfregando o cabelo com grande energia e vivacidade. Jane compreendia-a muito bem, pois ela própria já experimentara aquelas emoções. Sem dúvida que se tinham feito amigas porque cada uma delas descobrira na outra uma alma gémea.

Exposta ao ar quente e poeirento, a pele de Jane secou de imediato. Estava-se no pino do verão e os dias eram longos, secos e quentes. O bom tempo manter-se-ia ainda mais um ou dois meses, a seguir surgiria um frio intenso, que duraria o resto do ano.

Zahara ainda se mostrava interessada na conversação do dia anterior. Deixou de esfregar os cabelos durante alguns instantes, para afirmar:

— Digam lá o que disserem, o modo mais seguro de ficar grávida é fazê-lo todos os dias.

Houve um trejeito de acordo por parte da habitualmente silenciosa mulher de Mohammed Khan.

— E a única maneira de não ficar é não o *fazer* — acrescentou esta.

Tinha quatro filhos, mas apenas um rapaz — Mousa —, e ficara desapontada quando soube que Jane não conhecia nenhum modo de aumentar as possibilidades de dar à luz rapazes.

— Mas então que dizemos ao marido quando ele regressa, depois de seis semanas numa caravana? — perguntou Zahara.

— Faz como a mulher do mulá e mete-o no buraco errado — respondeu Jane.

Zahara rebentou em gargalhadas e Jane limitou-se a sorrir. Aí estava uma técnica de controlo de natalidade que não fora mencionada no curso intensivo por que passara em Paris, mas era claro que os métodos modernos não chegariam tão depressa ao vale dos Cinco Leões, pelo que os tradicionais tinham de servir... talvez auxiliados por um pouco de educação.

A conversa virou-se para as colheitas. O vale era um mar de trigo dourado e de cevada, mas muito daquele cereal acabaria por apodrecer nos campos, porque os homens mais jovens se encontravam longe dali durante a maior parte do tempo, envolvidos nos combates, e os mais velhos não conseguiam concluir as ceifas trabalhando apenas à luz do luar. Lá mais para o fim do verão, todas as famílias juntariam os seus sacos de farinha, os cestos com frutos secos, contariam as galinhas e cabras, verificariam o dinheiro disponível e a seguir calculariam as faltas de ovos e de carne que iriam enfrentar, arriscando uma estimativa dos preços de inverno para o arroz e o iogurte. Depois disso, alguns deles juntariam os seus parcos haveres e iniciariam o longo caminho através das montanhas até aos campos de refugiados do Paquistão, tal como fizera o lojista e milhões de outros afegãos.

Jane receava que os russos estimulassem aquela política de evacuações, que, ao sentirem-se incapazes de derrotar os guerrilheiros, tentassem destruir as comunidades onde eles viviam, tal como os americanos haviam feito no Vietname, largando tapetes de bombas sobre grandes zonas do território. O vale dos Cinco Leões transformar-se-ia numa terra deserta e desabitada, Mohammed, Zahara e Rabia juntar-se-iam aos ocupantes dos campos, sem lares, sem pátria e sem nada que fazer. Na realidade, os rebeldes não poderiam resistir a repetidos bombardeamentos, porque não dispunham de armas antiaéreas.

Estava a escurecer e as mulheres começavam a regressar à aldeia. Jane acompanhou Zahara, meia atenta à sua conversa e a pensar em Chantal. Os seus sentimentos a respeito da bebé tinham já passado por diferentes fases. Imediatamente após o parto ficara aliviada, triunfante e alegre por ter conseguido gerar uma bebé viva e perfeita, mas quando essa reação se esvaíra, sentira-se completamente desgraçada. Não sabia como cuidar de um bebé e, ao contrário do que as pessoas diziam, não dispunha de qualquer conhecimento instintivo sobre como o fazer. Tivera medo dele,

139

não sentira qualquer onda de amor maternal, pelo contrário, passara por estranhos e aterrorizadores sonhos em que o bebé morria, afogado no rio ou na explosão de uma bomba, ou era levado durante a noite pelo tigre das neves, mas ainda não falara nisso a Jean-Pierre, para que ele não a considerasse louca.

Tivera conflitos com a parteira, Rabia Gul. Esta dissera que não deveria amamentar a bebé durante os três primeiros dias, porque o que saía não era leite, mas Jane decidiu que era ridículo acreditar que a natureza permitisse que os seios das mulheres produzissem qualquer coisa prejudicial para os recém-nascidos e ignorara o conselho da velha. Rabia afirmara também que a bebé não deveria ser lavada durante os primeiros quarenta dias, mas Chantal tomara banho diariamente, tal como qualquer bebé ocidental. A seguir, Jane apanhara Rabia a alimentar Chantal com uma mistura de manteiga e açúcar, dando a mistura à criança na ponta de um dos seus enrugados dedos, e ficara zangadíssima. No dia seguinte, Rabia fora prestar assistência a um outro parto e enviara uma das suas muitas netas, uma rapariga de treze anos chamada Fara, para ajudar Jane. Assim era muito melhor, porque esta pouco sabia de bebés e fazia apenas o que lhe mandavam. Não necessitava de salário, trabalhava pela comida — que era muito melhor em casa de Jane do que na casa dos pais — e pelo privilégio de aprender como tratar de crianças, preparando-se para o seu próprio casamento, que provavelmente ocorreria dentro de um ou dois anos. Jane desconfiava de que Rabia estava também a treinar Fara para ser parteira e nesse caso a rapariga ganharia muito prestígio por ter ajudado a enfermeira ocidental a tratar do bebé.

Com Rabia fora do caminho, Jean-Pierre aproximara-se mais, mostrando-se delicado e confiante para com Chantal, respeitoso e apaixonado para com Jane. Foi ele quem sugeriu, com muita firmeza, que Chantal podia beber leite de cabra quando acordava durante a noite, e até improvisara um biberão com um dos seus frascos de remédio, de modo a poder ele próprio levantar-se e alimentar a bebé. Claro que Jane acordava sempre que a filha chorava e ficava desperta até Jean-Pierre acabar de lhe dar o biberão, mas assim era menos cansativo e conseguiu por fim ver-se livre daquela sensação de completa e desesperante exaustão, que fora tão deprimente.

Finalmente, apesar de ainda se sentir ansiosa e pouco confiante, encontrara dentro de si uma dose de paciência de que nunca antes dispusera. Tal facto, apesar de não se tratar de um profundo conhecimento instintivo nem da confiança que esperara vir a sentir, permitiu-lhe, no entanto, defrontar as crises diárias com tranquilidade. Mesmo agora, pensou, estava longe de Chantal havia quase uma hora e não se sentira preocupada.

O grupo de mulheres atingiu o amontoado de habitações que constituía o núcleo da aldeia e, uma a uma, desapareceram por detrás dos muros dos pátios. Jane afugentou um bando de galinhas e empurrou uma vaca escanzelada, para poder entrar em casa. Lá dentro, descobriu que Fara cantava para a bebé, à luz do candeeiro, e Chantal, de olhos bem abertos, estava aparentemente fascinada com o som. Era uma canção de embalar com palavras muito simples e uma música oriental, muito complexa. *É uma bebé tão bonita*, pensou Jane, *com aquelas faces gordinhas, o nariz pequenino e os olhos tão, tão azuis.*

Pediu a Fara que fosse fazer chá. A rapariga era terrivelmente tímida, aparecera cheia de medo e a tremer por ir trabalhar para os estrangeiros, mas esses receios estavam a desaparecer e a desconfiança inicial que demonstrara para com Jane transformava-se pouco a pouco numa lealdade adoradora.

Jean-Pierre entrou alguns minutos depois, com as largas calças de algodão e a camisa encardidas e manchadas de sangue, o cabelo e a barba cobertos de poeira, com um ar cansado. Estivera em Khenj, uma aldeia a quase vinte quilómetros de distância ao longo do vale, para tratar dos sobreviventes de um bombardeamento. Jane pôs-se nas pontas dos pés e beijou-o.

— Que tal foi isso? — perguntou, em francês.

— Mau — respondeu Jean-Pierre, apertando-a e debruçando-se a seguir sobre Chantal. — Olá, pequenina! — sorriu, e Chantal respondeu com uns ruídos.

— Que aconteceu? — insistiu Jane.

— Era uma família cuja casa ficava a uma certa distância do resto da aldeia e por isso pensavam que estavam a salvo — explicou Jean-Pierre, encolhendo os ombros. — A seguir levaram para lá alguns guerrilheiros, feridos numa escaramuça mais para o sul. Foi por isso que cheguei tão tarde. — Sentou-se numa pilha de almofadas. — Não há por aí um pouco de chá?

— Vem já — respondeu Jane. — Que espécie de escaramuça foi essa?

— O costume — respondeu, fechando os olhos. — O exército apareceu em helicópteros e ocupou a aldeia, por um motivo qualquer só deles conhecido. Os aldeões fugiram, reagruparam-se, arranjaram reforços e começaram a disparar contra os russos, do alto das colinas. Vítimas dos dois lados. Os guerrilheiros acabaram por ficar sem munições e desapareceram.

Jane fez um gesto de compreensão. Tinha pena de Jean-Pierre, era deprimente ter de tratar as vítimas de uma batalha sem finalidade. Banda nunca fora assaltada, mas ela vivia no constante receio de que isso viesse a acontecer. Tinha pesadelos em que se via a correr, a correr, com Chantal agarrada a si, enquanto as pás dos helicópteros batiam o ar por cima dela e as balas das metralhadoras atingiam o chão poeirento à sua volta.

Fara surgiu com chá verde quente, bocados de um pão achatado, a que os afegãos chamam *nan,* e um recipiente de louça com manteiga fresca. Jane e Jean-Pierre começaram a comer com gosto, pois a manteiga era um produto raro, o *nan* da noite era em geral molhado em iogurte, leite coalhado ou óleo. Ao meio-dia a refeição constava de arroz com um molho a saber a carne, que podia ou não ter carne e uma vez por semana havia galinha ou cabra. Jane, por causa da bebé, dava-se ainda ao luxo de comer um ovo todos os dias. Naquela altura do ano existia muita fruta fresca — alperces, ameixas, maçãs e amoras — para a sobremesa e a rapariga sentia-se muito saudável com aquela dieta, apesar de qualquer inglês a poder considerar «um regime de fome» e de, provavelmente, a maioria dos franceses achar que era motivo suficiente para o suicídio. Sorriu para o marido.

— Queres um pouco mais de molho bearnês para o teu bife?

— Não, obrigado — respondeu ele, estendendo a caneca. — Mas talvez beba mais deste *Chateau Cheval-Blanc.*

Jane serviu-lhe mais chá, que ele provou, fingindo que se tratava de vinho, saboreando-o e fazendo passar o líquido de um lado para o outro da boca, e iniciando um dos seus discursos:

— Esta colheita de 1982 é de inferior qualidade, comparando-a com a inesquecível colheita de 1961, mas sempre fui da opinião de que a sua relativa afabilidade e impecáveis boas maneiras dão quase tanto prazer como a perfeita elegância que constituía a marca austera da sua predecessora.

Jane sorriu; o marido estava a voltar a ser o que tinha sido.

Chantal chorou e ela sentiu logo uma pontada de resposta nos seios. Pegou no bebé e começou a dar-lhe de mamar, enquanto Jean-Pierre continuava a comer.

— Deixa um pouco de manteiga para a Fara — disse-lhe Jane.

— Está bem.

Jean-Pierre levou os restos da comida para o exterior e voltou com uma taça cheia de amoras, que Jane comeu enquanto Chantal mamava. A bebé adormeceu rapidamente, mas ela sabia que dentro de poucos minutos viria de novo a acordar e quereria mais.

Jean-Pierre afastou a taça da fruta para o lado e disse:

— Recebi mais uma queixa a teu respeito, hoje.

— De quem? — inquiriu Jane friamente.

Jean-Pierre tinha um aspeto de quem se encontrava na defensiva, mas parecia determinado.

— Mohammed Khan.

— Não devia mandar falar em seu nome.

— Talvez não.

— Que disse ele?

— Que estás a ensinar as mulheres da aldeia a serem infecundas.

Jane suspirou. O que a aborrecia não era apenas a estupidez dos homens da aldeia, mas também a atitude acomodatícia de Jean-Pierre em relação às queixas; queria que a defendesse e que não cedesse aos acusadores.

— É o Abdullah Karim quem está por detrás disso, claro — disse ela.

A mulher do mulá ia frequentemente ao rio e sem dúvida que informava o marido de tudo o que ouvia.

— Podes vir a ter de desistir — afirmou Jean-Pierre.

— Desistir de quê? — Jane notou um tom perigoso na sua própria voz.

— De lhes ensinares como evitar a gravidez.

Não era uma descrição correta daquilo que ensinara às mulheres, mas não estava com vontade de se defender ou de pedir desculpas.

— E porque tenho de desistir?

— Estás a criar dificuldades — respondeu Jean-Pierre com um ar paciente que irritava Jane. — Se ofendermos com gravidade o mulá, poderemos ser forçados a abandonar o Afeganistão e o pior é que daria má fama aos Médicos para a Liberdade, levando os rebeldes a recusar outros médicos. Esta é uma guerra santa, sabes... a saúde espiritual é considerada mais importante do que a física. Podem decidir-se a viver sem nós.

Havia outras organizações que também enviavam médicos franceses, jovens e idealistas, para o Afeganistão, mas Jane não o disse, limitando-se a responder com frieza:

— Teremos de correr esse risco.

— Achas que sim?! — exclamou ele, começando a ficar zangado. — E porquê?

— Porque de tudo aquilo que podemos oferecer à gente deste vale só uma coisa tem um valor permanente: informações. Tudo isto é muito bonito, tratar-lhes das feridas e dar-lhes medicamentos para matar os micróbios, mas eles nunca terão médicos e medicamentos suficientes. Podemos melhorar-lhes a saúde de um modo permanente se lhes ensinarmos nutrição, higiene e os cuidados de saúde básicos. É melhor ofender Abdullah do que deixar de o fazer.

— De qualquer modo preferia que não tivesses feito desse homem um inimigo.

— Bateu-me com um pau! — gritou Jane, furiosa.

Chantal começou de novo a chorar e Jane procurou acalmar-se. Embalou a bebé durante alguns instantes e depois começou a alimentá-la. Porque não compreendia Jean-Pierre que estava a tomar uma atitude cobarde? Como se deixava intimidar pela ameaça de expulsão daquele país esquecido por Deus e pelos homens? Jane suspirou. Chantal afastou a boca do seu seio e fez ruídos de descontentamento. Antes de poderem recomeçar a discussão, ouviram tiros ao longe.

Jean-Pierre franziu a testa, escutando, e levantou-se. Do pátio da casa, a voz de um homem chamou-os. Jean-Pierre pegou num xaile e lançou-o sobre os ombros de Jane, que o apertou na frente. Tratava-se de um compromisso: não era o suficiente para a tapar, segundo o ponto de vista dos afegãos, mas ela recusava-se terminantemente a abandonar a sala, como uma pessoa de classe inferior, de cada vez que um homem lá entrava quando estava a amamentar o bebé. Declarara com firmeza que se alguém tivesse objeções a pôr, então seria melhor não ir procurar o médico.

— Entre! — gritou Jean-Pierre em *dari*.

Era Mohammed Khan. Irritada, Jane estava pronta a dizer-lhe tudo o que pensava dele e do resto dos homens da aldeia, mas hesitou ao ver-lhe o rosto preocupado. Pela primeira vez o homem quase nem olhou para ela.

— A caravana caiu numa emboscada — declarou Mohammed sem qualquer preâmbulo. — Perdemos vinte e sete homens e todos os abastecimentos.

Jane fechou os olhos. Viajara numa daquelas caravanas até ao vale dos Cinco Leões e podia imaginar a cena da emboscada: a fileira de homens trigueiros e cavalos escanzelados iluminada pela Lua numa linha irregular ao longo de uma pista pedregosa, através de um vale estreito e sombrio: o batimento das pás dos rotores, num súbito crescendo; os foguetes de iluminação, as granadas, o fogo das metralhadoras; o pânico, com os homens a tentarem encontrar um abrigo nas colinas nuas e escalvadas; os disparos inúteis contra os helicópteros invulneráveis e, finalmente, os apelos dos feridos e os gritos dos moribundos.

De repente, lembrou-se de Zahara, cujo marido vinha na caravana.

— Que... que se passou com Ahmed Gul? — perguntou.

— Voltou...

— Oh, graças a Deus! — murmurou Jane.

— ... mas está ferido.

— Quem morreu, da aldeia?

— Ninguém. Banda teve sorte. O meu irmão Matullah está bem, tal como Alishan Karim, o irmão do mulá. Há três outros sobreviventes, dois deles feridos.

— Vou já — disse Jean-Pierre, passando para a divisão da frente da casa, que outrora fora uma loja, a seguir posto de socorros e era agora o armazém dos medicamentos.

Jane colocou Chantal no seu berço improvisado, ao canto da sala, e arranjou-se apressada. Era provável que Jean-Pierre necessitasse da sua ajuda, e mesmo que tal não acontecesse Zahara precisava de algum apoio.

— Já quase não temos munições — afirmou Mohammed.

Jane não se sentiu muito entristecida com aquela declaração. A guerra revoltava-a e não derramaria uma lágrima se os rebeldes fossem forçados, durante algum tempo, a deixar de matar os pobres e miseráveis soldados russos, rapazes de dezassete anos cheios de saudades de casa.

— Perdemos quatro caravanas num ano. Só três conseguiram passar — continuou Mohammed.

— Como conseguem os russos localizá-las? — perguntou Jane.

— Devem ter intensificado a vigilância das passagens, com a ajuda dos helicópteros — interveio Jean-Pierre do outro quarto, de onde escutara a conversa. — Ou talvez estejam a utilizar fotos tiradas pelos satélites.

— São os pachtun que nos estão a atraiçoar — afirmou Mohammed, abanando a cabeça.

Jane pensou que era possível. Nas aldeias por onde passavam, as caravanas eram por vezes encaradas como uma maneira de atrair os ataques russos e parecia admissível que alguns aldeões comprassem a sua segurança dizendo aos russos onde se encontravam as caravanas... apesar de ela não perceber muito bem como conseguiam passar essas informações.

Pensou no que aguardara que a caravana lhe trouxesse. Pedira mais antibióticos, algumas agulhas hipodérmicas, uma grande quantidade de ligaduras esterilizadas, e Jean-Pierre encomendara uma longa lista de medicamentos. A organização Médicos para Liberdade dispunha de um agente de ligação em Peshawar, a cidade do Nordeste do Paquistão onde os guerrilheiros compravam as armas, e talvez fosse possível arranjar as coisas básicas no local, mas os medicamentos tinham de vir de avião da Europa Ocidental, e podia demorar meses até que chegassem mais. Do ponto de vista de Jane, essa perda era muito maior do que as munições.

Jean-Pierre regressou com o seu saco e saíram os três para o pátio. Já era noite. Jane deu algumas instruções a Fara quanto à mudança de fraldas e correu atrás dos dois homens, alcançando-os quando já se aproximavam da mesquita. Não era um edifício impressionante, não ostentava as maravilhosas cores nem a requintada decoração que se costumavam ver nos livros sobre arte islâmica, tratava-se apenas de uma construção aberta de um dos lados, com um telhado plano e sujo apoiado em colunas de pedra. Jane pensava que se parecia com um abrigo de uma paragem de autocarros, em ponto maior, ou talvez com a varanda de uma mansão colonial arruinada. Um arco, a meio do edifício, dava passagem para um pátio murado. Os aldeões tratavam a mesquita com pouca reverência: oravam ali, mas também se serviam dela como local para reuniões, mercado, escola e casa de hóspedes. Naquela noite, ia ser hospital.

Os candeeiros a petróleo suspensos de ganchos presos nas colunas de pedra iluminavam agora a mesquita, mostrando os aldeões amontoados à esquerda do arco interior. Pareciam abatidos, viam-se várias mulheres a chorar silenciosamente e ouviam-se as vozes de dois homens, um a fazer perguntas e o outro a responder. Afastaram-se para deixar passar Jean-Pierre, Mohammed e Jane.

Os seis sobreviventes da emboscada formavam um grupo no chão de terra batida. Os três homens ilesos mantinham-se acocorados, desiludidos e exaustos, ainda usando os seus turbantes sujos. Jane reconheceu Matullah Khan, uma versão mais jovem do seu irmão Mohammed, e Alishan Karim, mais magro do que o seu irmão mulá, mas com o mesmo mau aspeto. Dois dos feridos estavam sentados no chão, com as costas encostadas à parede, um deles com uma ligadura suja e cheia de sangue em volta da cabeça e o outro com um braço ao peito. Jane não os conhecia, mas considerou, à primeira vista, que se tratava de ferimentos ligeiros.

O terceiro ferido, Ahmed Gul, jazia no chão, numa maca feita com dois paus e um cobertor, de olhos fechados e pele acinzentada. A mulher, Zahara, acocorada a seu lado, mantinha-lhe a cabeça apoiada no colo, afagando-lhe o cabelo e chorando em silêncio. Jane não lhe via os ferimentos, mas adivinhava que deviam ser graves.

Jean-Pierre pediu uma mesa, água quente e toalhas e depois ajoelhou-se junto de Ahmed. Alguns segundos depois olhou para um dos guerrilheiros e perguntou:

— Foi uma explosão?

— Os helicópteros lançaram foguetes — disse um dos homens ilesos — e um deles rebentou junto de Ahmed.

— Está muito mal — disse Jean-Pierre em francês, dirigindo-se a Jane. — Ter sobrevivido à viagem foi um verdadeiro milagre.

Jane via as manchas de sangue no queixo de Ahmed: tossira sangue, sinal de que sofrera ferimentos internos.

— Como está ele? — perguntou Zahara, olhando implora para Jane.

— Lamento muito, minha querida — respondeu esta com a maior gentileza que lhe foi possível —, mas os ferimentos são graves.

A jovem afegã fez um aceno resignado. Já o pressentira, mas a confirmação provocou-lhe novas lágrimas.

— Assiste aos outros — ordenou Jean-Pierre para Jane. — Não quero perder um minuto.

Jane examinou os outros dois feridos.

— O ferimento na cabeça é apenas um arranhão — informou, momentos depois.

— Trata disso — respondeu Jean-Pierre, que dirigia a colocação de Ahmed em cima da mesa.

Jane foi examinar o homem com o braço ao peito. Tratava-se de um ferimento mais sério, parecia que a bala esmagara um osso.

— Isso deve ter doído — comentou ela para o guerrilheiro, que fez uma careta e acenou que sim. Aqueles homens eram feitos de ferro.

— A bala partiu o osso.

Jean-Pierre não levantou os olhos de Ahmed.

— Dá-lhe um anestésico local, limpa a ferida, tira os bocados de osso e coloca-lhe uma ligadura limpa. Ajustaremos o osso mais tarde.

Começou a preparar a injeção. Sabia que o marido a chamaria, se precisasse de ajuda. Ia ser uma longa noite.

Ahmed morreu alguns minutos depois da meia-noite e Jean-Pierre teve vontade de chorar, não de tristeza, pois mal conhecia o homem, mas de pura frustração, pois sabia que lhe poderia ter salvo a vida se dispusesse de um anestesista, de eletricidade e de uma sala de operações.

Cobriu a cara do morto e olhou para Zahara, que estava ali de pé, imóvel, havia horas.

— Lamento muito — disse-lhe.

Respondeu-lhe com um aceno de cabeça. Ainda bem que se mantinha calma. Por vezes acusavam-no de não tentar tudo, pareciam pensar que ele sabia tantas coisas que não havia nada que não pudesse curar. Dava-lhe então vontade de gritar: «Não sou Deus!», mas esta mulher parecia compreender.

Virou as costas ao cadáver. Estava cansado até aos ossos, passara todo o dia a trabalhar em corpos destroçados, mas este era o primeiro paciente que perdia. As pessoas que o tinham observado durante tanto tempo, na sua maioria parentes do morto, avançaram para tratar do corpo. A viúva começou a chorar e Jane levou-a dali para fora.

Jean-Pierre sentiu uma mão a pousar-lhe no ombro, virou-se e, ao encarar com Mohammed, o guerrilheiro que organizava as caravanas, sentiu uma guinada de culpa.

— É a vontade de Alá — disse-lhe Mohammed.

Jean-Pierre confirmou com um aceno. O afegão puxou por um maço de cigarros paquistaneses e acendeu um. O médico começou a reunir os seus instrumentos e a arrumá-los no saco. Sem olhar para Mohammed, perguntou-lhe:

— Que vais fazer agora?

— Enviar imediatamente outra caravana — respondeu o afegão. — Precisamos de munições.

— Queres ver os mapas? — inquiriu Jean-Pierre, de súbito alerta apesar da fadiga.

— Sim.

Jean-Pierre fechou o saco e os dois homens afastaram-se da mesquita. As estrelas iluminaram-lhes o caminho através

da aldeia, até à antiga casa do lojista. Na sala, Fara adormecera em cima de um tapete, ao lado do berço de Chantal.
Acordou instantaneamente e levantou-se.

— Já podes ir para casa — disse-lhe Jean-Pierre, e a rapariga saiu sem pronunciar uma palavra.

O jovem médico pousou o saco no chão, pegou no
berço com muito cuidado e transportou-o para o quarto.
Chantal manteve-se a dormir enquanto era transportada
e começou a chorar mal o pai largou o berço.

— Que temos agora? — perguntou-lhe. Olhou para
o relógio de pulso e verificou que ela devia querer comer.

— A mamã vem já — disse, mas sem qualquer resultado,
e então retirou-a do berço, começando a embalá-la. Chantal
calou-se e ele levou-a de novo para a sala.

Mohammed estava de pé, à espera.

— Sabes onde estão os mapas — disse-lhe Jean-Pierre.

Mohammed fez um sinal de assentimento e abriu uma
arca de madeira pintada, de onde retirou um espesso maço
de mapas dobrados. Escolheu alguns e espalhou-os pelo
chão, enquanto o médico embalava Chantal e espreitava
por cima do ombro do afegão.

— Onde foi a emboscada? — perguntou.

Mohammed apontou um local perto da cidade de Jalalabade. Os trilhos seguidos pelas caravanas não constavam
em quaisquer mapas, no entanto, os de Jean-Pierre mostravam alguns dos vales, planaltos e cursos de água sazonais
onde poderiam existir caminhos viáveis. Por vezes Mohammed sabia, de memória, o que lá havia, outras vezes tinha
de adivinhar e discutia com Jean-Pierre a interpretação das
linhas de contorno ou características um pouco mais obs-
curas do terreno.

Jean-Pierre sugeriu:

— Poderias talvez deslocar-te mais para o norte, em volta de Jalalabade.

A norte da planície onde se situava a cidade existia um labirinto de vales que parecia uma teia de aranha, entre os rios Konar e Nuristão.

Mohammed acendeu outro cigarro — tal como a maior parte dos guerrilheiros, era um grande fumador — e abanou a cabeça com um ar de dúvida, enquanto exalava o fumo.

— Já sofremos demasiadas emboscadas nessa área — afirmou. — Se nessa zona não nos estão já a trair, em breve o farão. Não, a próxima caravana passará a sul de Jalalabade.

— Não vejo como isso possa ser possível — comentou o francês, franzindo a testa. — Para sul o terreno é todo aberto, desde a passagem do Khyber. Serão avistados.

— Não usaremos a passagem do Khyber — explicou Mohammed, pousando um dedo sobre o mapa e seguindo a linha da fronteira entre o Afeganistão e o Paquistão, em direção ao Sul. — Passaremos a fronteira em Teremengal.

Apontou a localidade que citara e depois traçou um caminho até ao vale dos Cinco Leões, enquanto Jean-Pierre fazia um aceno de cabeça, escondendo a sua satisfação.

— Faz sentido. Quando parte a nova caravana?

— Depois de amanhã — respondeu Mohammed, dobrando os mapas. — Não temos tempo a perder. — Voltou a guardá-los na arca de madeira e dirigiu-se para a porta. Jane entrou quando ele ia a sair. — Boa noite — cumprimentou-a, com um ar distraído.

Jean-Pierre estava satisfeito com o facto de o jovem guerrilheiro ter deixado de se interessar por Jane, desde a gravidez.

Na sua opinião, ela preocupava-se demasiado com o sexo e era capaz de se deixar seduzir. Se viesse a surgir um caso amoroso com um afegão, meter-se-iam em graves sarilhos.

O saco com os instrumentos médicos encontrava-se no chão, onde ele o largara, e Jane baixou-se para o apanhar. Jean-Pierre sentiu um baque no coração e tirou-lho rapidamente das mãos. Ela olhou-o, surpreendida.

— Eu arrumo-o — disse ele. — Trata da Chantal, está com fome — continuou, entregando-lhe a bebé.

Pegou no saco e num candeeiro e dirigiu-se para o quarto da frente, enquanto Jane se instalava para dar de mamar à filha. Havia caixas com medicamentos amontoadas no chão sujo e as já encetadas encontravam-se nas toscas prateleiras de madeira da antiga loja. Jean-Pierre pousou o saco sobre o balcão, retirou do seu interior um objeto de plástico preto, mais ou menos do tamanho de um telefone portátil, e meteu-o no bolso.

A seguir, esvaziou-o, colocando nas prateleiras os instrumentos que não utilizara e pondo de lado aqueles que iriam necessitar de esterilização.

— Vou até ao rio tomar banho — disse, regressando à sala e dirigindo-se a Jane. — Estou demasiado sujo para me ir deitar assim.

— Despacha-te — respondeu ela, lançando-lhe o sorriso sonhador e satisfeito que frequentemente ostentava, quando dava de mamar ao bebé.

Jean-Pierre saiu. As gentes da aldeia iam por fim adormecer. Ainda se viam candeeiros acesos em algumas casas, e numa delas ouvia-se um choro de mulher, mas quase tudo estava já tranquilo e silencioso. Ao passar pela última casa da aldeia ouviu uma outra voz de mulher soltando agudos sons de lamento, que lhe fez sentir o esmagador peso das mortes que causara. Afastou o pensamento para o fundo da mente.

Seguiu um caminho pedregoso por entre dois campos de cevada, sempre a olhar em volta e escutando atentamente, pois os homens da aldeia deveriam estar agora a trabalhar. De um dos campos, veio-lhe o som das foices e, num estreito terraço, viu dois homens a mondar, à luz de um candeeiro, mas não lhes falou.

Atingiu o rio, atravessou o vau e trepou o caminho serpenteante no declive oposto. Sabia que estava a salvo, mas sentia-se sujeito a uma tensão cada vez maior à medida que subia o íngreme terreno, sob a fraca luz.

Ao fim de dez minutos, atingiu o ponto alto que procurava, tirou o rádio do bolso e puxou a antena telescópica. Era o mais recente e mais sofisticado emissor-recetor miniatura do KGB, mas mesmo assim o terreno era tão impróprio para transmissões de rádio que os russos tinham sido forçados a instalar uma antena especial no alto de um monte, dentro do território que controlavam, para poderem captar os seus sinais. Carregou no botão de emissão e falou em inglês e em código.

— Aqui *Simplex*. Responda, por favor.

Esperou um pouco e depois chamou de novo. Ao fim da terceira tentativa obteve uma resposta, no meio de interferências e dada por uma voz com uma pesada pronúncia.

— Aqui *Mordomo*. Prossiga, *Simplex*.

— A vossa festa teve um grande êxito.

— Repito: a festa foi um grande êxito — foi a resposta.

— Vinte e sete convidados e mais um que chegou atrasado.

— Repito: vinte e sete convidados e mais um atrasado.

— Para preparar a próxima, necessito de três camelos.

Em código, aquilo queria dizer que marcava um encontro para dali a três dias.

— Repito: necessita de três camelos.

— Encontramo-nos na mesquita.

Também aquilo era código, a «mesquita» era a designação de um lugar a alguns quilómetros, no ponto de confluência de três vales.

— Repito: encontramo-nos na mesquita.

— Hoje é domingo.

Isto já não era código, apenas uma precaução contra a possibilidade de o simplório que estava a tomar nota de tudo aquilo não reparar que já passava da meia-noite, o que faria com que o contacto de Jean-Pierre chegasse ao local um dia mais cedo.

— Repito: hoje é domingo.

— Terminado.

Jean-Pierre recolheu a antena, guardou o rádio no bolso e voltou a descer o declive, em direção ao rio.

Do bolso da camisa, retirou uma escova de unhas e um bocado de sabão, que, ali, era um bem precioso, mas o médico tinha prioridade. Libertou-se rapidamente das roupas, entrou nas águas do rio dos Cinco Leões, ajoelhou-se e começou a lavar-se com a água gelada. Ensaboou o corpo e o cabelo, pegou na escova e começou a esfregar-se, as pernas, o ventre, o peito, o rosto, os braços e as mãos, estas com uma insistência especial, ensaboando-as várias vezes. Ajoelhado dentro de água, nu e a tremer por debaixo das estrelas, esfregou-se e voltou a esfregar-se, como se não quisesse ou não pudesse parar.

— Esta criança tem sarampo, gastroenterite e lombrigas — disse Jean-Pierre. — Além disso está suja e subnutrida.

— Todas elas estão — respondeu Jane.

Falavam em francês, língua que por norma utilizavam entre eles, e a mãe da criança olhava de um para o outro, perguntando a si mesma o que estariam a dizer. Jean-Pierre notou a sua ansiedade e falou-lhe na língua local.

— O teu filho em breve estará bom — disse, sem entrar em pormenores.

Dirigiu-se à outra extremidade da gruta e abriu uma caixa dos remédios. Todas as crianças que surgiam no posto eram automaticamente vacinadas contra a tuberculose. Enquanto preparava a injeção de BCG, observou Jane pelo canto do olho. Esta fazia o rapaz beber pequenos goles de uma bebida para combater a desidratação — uma mistura de glucose, sal, soda e cloreto de potássio, dissolvidos em água fervida — e limpava-lhe o rosto sujo. Tinha movimentos rápidos e graciosos, como os de um artesão... talvez como os de um oleiro, ou os de um pedreiro com a sua trolha. Observou-lhe as mãos finas tocando na criança assustada com gestos acariciadores e reconfortantes. Gostava das mãos dela.

Virou-se de costas quando pegou na agulha, para que a criança não a visse, escondeu-a atrás da sua própria manga e voltou-se de novo, esperando que Jane terminasse. Estudou-lhe o rosto enquanto ela limpava o ombro direito do rapazinho e lhe passava um algodão com álcool. Era travesso, com grandes olhos, um nariz arrebitado e uma boca larga, quase sempre a sorrir, mas agora tinha uma expressão séria e deslocava o maxilar de um lado para o outro, como que a ranger os dentes, sinal de que se estava a concentrar. Jean-Pierre conhecia-lhe todas as expressões, embora não conhecesse os pensamentos.

Especulava com frequência, na verdade quase continuamente, sobre aquilo em que ela estaria a pensar, mas tinha medo de lho perguntar, porque essas conversações poderiam muito facilmente encaminhar-se para terrenos proibidos. Tinha de se manter sempre em guarda, como um marido infiel, sempre com medo de que qualquer coisa que viesse a dizer, ou até uma simples expressão facial, o pudesse trair. Todas as conversas sobre verdade e mentira, confiança ou traição, liberdade ou tirania, eram tabu, tal como todos os assuntos que as pudessem vir a originar, como o amor, a guerra ou a política. Mantinha-se atento mesmo quando falava de tópicos aparentemente inofensivos e, por tudo isso, havia uma grande falta de intimidade no seu casamento. Até o ato sexual era uma coisa estranha; descobrira que não lhe era possível atingir o clímax, a não ser que fechasse os olhos e imaginasse que se encontrava em qualquer outro lugar. Assim, sentira-se muito aliviado por não ter de fazer amor nas últimas semanas por causa do nascimento de Chantal.

— Estou pronta — afirmou Jane, interrompendo-lhe os pensamentos e levando-o a notar que sorria para ele.

Pegou no braço da criança e perguntou-lhe:

— Quantos anos tens tu?

— Cinco.

Quando o rapazinho falou, Jean-Pierre espetou-lhe a agulha, fazendo-o começar imediatamente a chorar, e o som fê-lo recordar-se dos seus próprios cinco anos, quando montara a sua primeira bicicleta, caíra e chorara assim, um choro agudo de protesto contra a dor inesperada. Ficou a olhar para o rosto contraído do seu doente de cinco anos, recordando-se de que doera muito e de que se sentira muito zangado. A seguir interrogou-se: como vim para *aqui*, desde essa altura?

Largou a criança, que correu para a mãe. Contou trinta cápsulas de griseofulvina e entregou-as à mulher.

— Dê-lhe uma todos os dias, até que se acabem — explicou, numa linguagem simples. — Não as dê a mais ninguém, ele necessita delas todas. — Aquilo trataria das lombrigas, o sarampo e gastroenterite seguiriam o seu próprio curso. — Faça-o ficar na cama até as manchas desaparecerem e certifique-se de que bebe muita água.

A mulher fez um aceno de confirmação.

— Ele tem mais irmãos ou irmãs? — perguntou Jean-Pierre.

— Cinco irmãos e duas irmãs — respondeu a mulher, orgulhosa.

— O rapaz deve dormir sozinho, ou todos ficarão doentes — recomendou, mas a mulher ficou com um ar duvidoso; possivelmente tinha uma única cama para todos os filhos, e quanto a isso Jean-Pierre nada podia fazer. Continuou: — Se não estiver melhor quando se acabarem as cápsulas, volte a trazê-lo aqui.

Do que o rapazinho na verdade necessitava era de uma coisa que nem Jean-Pierre nem a mãe lhe poderiam dar: muita comida, boa e nutritiva.

Saíram os dois da gruta, a criança magra e doente e a mãe, frágil e cansada. Tinham por certo caminhado muitos quilómetros para chegarem ali e com certeza a mãe carregara com o rapaz durante a maior parte do tempo. Agora, precisavam de regressar, e o rapaz poderia vir a morrer... mas não de tuberculose.

Tinha mais um doente à sua espera, o *malang,* o homem santo de Banda. Meio louco e quase sempre seminu, vagueava pelo vale dos Cinco Leões desde Comar, quarenta e cinco quilómetros a montante de Banda, até Charikar, na planície controlada pelos russos, a mais de cem quilómetros para sudoeste. Os afegãos consideravam que os *malang* davam sorte e não só toleravam o seu comportamento como também lhes forneciam comida, bebida e roupas.

O homem entrou com uns farrapos enrolados em volta dos rins e o boné de um oficial russo na cabeça. Levou as mãos ao estômago e dobrou-se, mostrando que tinha dores. Jean-Pierre pegou numa mão-cheia de comprimidos de diamorfina e deu-lhos. O louco fugiu a correr, agarrado aos seus comprimidos de heroína sintética.

— Já deve estar viciado naquilo — disse Jane, com um nítido tom desaprovador.

— E está — admitiu Jean-Pierre.

— Então porque lhos dás?

— O homem tem uma úlcera. Que queres que faça, que o opere?

— Tu é que sabes, és o médico.

Jean-Pierre começou a preparar o seu saco. De manhã, tinha de estar em Cobak, a cerca de doze quilómetros de

161

distância através das montanhas... e necessitava de comparecer a um encontro, pelo caminho.

O choro do rapazinho de cinco anos enchera a gruta com um perfume do passado, tal como o cheiro de velhos brinquedos ou uma estranha luz que nos faz esfregar os olhos. Jean-Pierre ficara um bocado desorientado, continuava a ver gente que o rodeara na infância, com os rostos sobrepostos às coisas que o cercavam, como cenas de um filme projetado nas costas dos espetadores e não no ecrã, por deficiência da aparelhagem. Viu a sua primeira professora, *Mademoiselle* Médecin, com os seus óculos de aros de aço; viu Jacques Lafontaine, que lhe pusera o nariz a sangrar quando lhe chamara cabrão; viu a mãe, magra, mal vestida e sempre preocupada; e viu principalmente o pai, um homem grande, gordo e zangado, do outro lado de uma divisória de grades de ferro.

Fez um esforço para se concentrar na escolha dos instrumentos e medicamentos de que poderia vir a necessitar em Cobak, e encheu também uma garrafa com água fervida para beber enquanto estivesse fora. Quanto à comida, os aldeões tratariam disso.

Agarrou nos sacos e levou-os para o exterior, colocando-os em cima da velha e mal-humorada égua que utilizava para aquelas viagens. Era um animal estranho, capaz de caminhar o dia inteiro em linha reta, mas que mostrava grande relutância em virar esquinas, o que levara Jane a batizá-la de *Maggie,* diminutivo do nome da primeira-ministra britânica, Margaret Thatcher.

Jean-Pierre estava pronto para a partida. Regressou à gruta, beijou a boca macia de Jane e, quando se virou para sair, surgiu Fara com Chantal. O bebé vinha a chorar e Jane desabotoou a blusa, colocando-a imediatamente no peito. Jean-Pierre tocou no rosto rosado da filha, desejou-lhe *bom apetite* e depois saiu.

Conduziu *Maggie* montanha abaixo, em direção à aldeia, e dirigiu-se para sudoeste, seguindo a margem do rio. Caminhar depressa, sob o sol escaldante, era uma coisa a que estava habituado.

Quando deixou para trás a sua personalidade de médico e começou a pensar no encontro que o aguardava, sentiu-se ansioso. Anatoly estaria lá? Podia ter-se atrasado, podia até ter sido capturado. Nesse caso, falaria? Teria traído Jean-Pierre, sob tortura? Não iria encontrar um grupo de guerrilheiros à sua espera, impiedosos e sádicos, prontos para a vingança?

Apesar de uma grande queda para a poesia e da religiosidade que demonstravam, aqueles afegãos eram bárbaros. O seu desporto nacional era o *buzkashi,* um jogo perigoso e sangrento. Colocavam uma vitela decapitada no centro de um campo, espetada num pau, e as duas equipas adversárias, montadas a cavalo, alinhavam no extremo oposto do campo. Então, a um tiro de espingarda, todos se precipitavam para a carcaça. A finalidade do jogo estava em agarrar a vitela, levá-la até um ponto predeterminado a cerca de dois quilómetros de distância, voltar para trás e colocá-la de novo no mesmo sítio, sem deixar que fosse roubada por um membro da outra equipa. Quando o macabro objeto se despedaçava, o que acontecia frequentemente, um árbitro decidia qual a equipa que ficara com o bocado maior. Durante o inverno anterior, Jean-Pierre assistira a um jogo desses, junto à aldeia de Rokha, observando a cena durante alguns minutos antes de compreender que não utilizavam uma vitela, mas um homem... e que este ainda estava vivo. Cheio de repulsa, tentara suspender o jogo, mas alguém lhe explicara que se tratava de um oficial russo, como se tal facto fosse justificação suficiente. Os jogadores tinham-no ignorado e Jean-Pierre não dispunha de qualquer modo de conseguir chamar a atenção daqueles cinquenta cavaleiros bastante excitados, concentrados no jogo. Não permanecera junto deles para ver o homem morrer, mas talvez o devesse ter feito, porque a imagem que conservava na mente e de que se recordava de cada vez que receava ser apanhado era a daquele russo indefeso e a sangrar, a ser despedaçado, vivo.

A sensação de ter voltado ao passado ainda o acompanhava, e quando olhou para as paredes de rocha amarelada do desfiladeiro que atravessava reviu cenas da sua infância alternando-se com pesadelos sobre o poder vir a ser capturado pelos guerrilheiros. Uma das suas mais antigas recordações era a do julgamento e da dominadora sensação de ultraje e de injustiça que sentira quando o pai fora condenado à prisão. Mal conseguia ler, mas pudera soletrar o nome do pai nos cabeçalhos dos jornais. Naquela idade — tinha quatro anos — não sabia ainda que era um herói da resistência, sabia que o pai era comunista, tal como os amigos — o padre, o sapateiro e o homem por detrás do balcão dos correios —, mas pensava que lhe chamavam *Roland Vermelho* por causa da sua cara avermelhada. Quando o pai foi considerado culpado de traição e condenado a cinco anos de prisão, alguém lhe disse que tudo aquilo fora por causa do tio Abdul, um homem de pele escura e assustado que estivera lá em casa durante algumas semanas, que era da FLN, mas Jean-Pierre não sabia o que era a FLN e pensava que estavam a falar do elefante do jardim zoológico. A única coisa que compreendera claramente e em que sempre acreditara foi que a polícia era cruel, os juízes desonestos, e que o público tinha sido enganado pelos jornais.

Os anos haviam-se passado e Jean-Pierre compreendera mais e sofrera mais, sentindo-se cada vez mais ultrajado. Quando foi para a escola, os outros rapazes diziam que o pai dele era um traidor. Contara-lhes que não era verdade, que o pai lutara com coragem e arriscara a vida na guerra, mas ninguém acreditara. Ele e a mãe tinham ido viver para outra localidade durante algum tempo, mas os vizinhos acabaram por descobrir quem eles eram e disseram aos filhos que não brincassem com Jean-Pierre. No entanto, o pior de tudo era visitar a prisão. O pai transformava-se, cada vez mais magro, pálido e com um ar adoentado, vestido com um uniforme pardo, submisso e assustado, tratando por «senhor» aqueles patifes dos guardas armados de cassetetes. Passado algum tempo, o cheiro da prisão enchia-o de náuseas, Jean-Pierre vomitava mal lá entrava e a mãe deixou de o levar.

Após o pai sair da prisão, Jean-Pierre teve então a possibilidade de conversar longamente com ele e compreendeu por fim tudo, verificando que a injustiça do que acontecera fora ainda maior do que pensara. Depois de os alemães terem invadido a França, os comunistas franceses, já organizados em células, desempenharam um papel determinante na resistência, e quando a guerra terminou o pai continuara a luta contra a tirania da direita. Nessa altura, a Argélia era uma colónia francesa, com um povo oprimido e explorado, mas lutando corajosamente pela liberdade. Os jovens franceses eram mobilizados e obrigados a combater contra os argelinos numa guerra cruel, onde as atrocidades cometidas

cito francês faziam com que muita gente se recor
das ações dos nazis. A FLN, que Jean-Pierre par:
sempre associaria à imagem de um elefante num jardin
zoológico provinciano, era a Frente de Libertação Nacio
nal, a organização de luta do povo argelino.

O pai de Jean-Pierre era uma das bem conhecidas cento
e vinte pessoas que tinham assinado uma petição a favor d:
liberdade para os argelinos, mas como a França estava en
guerra a atitude foi considerada uma traição, pois poderi:
contribuir para encorajar os soldados franceses a deserta
rem. Contudo, o pai fizera uma coisa ainda pior do que es
sa: pegara numa mala cheia de dinheiro resultante de un
peditório entre o povo francês para a FLN, e transportara-:
para o outro lado da fronteira, para a Suíça, onde deposita
ra o dinheiro num banco. Dera também abrigo ao tio Ab
dul, que não era nenhum «tio», mas apenas um argelino
procurado pela DST, a polícia secreta.

Fizera o mesmo tipo de coisas durante a guerra contr:
os nazis, explicara a Jean-Pierre, e continuava na mesma lu
ta. Os inimigos não tinham sido os alemães, tal como não
era agora o povo francês; o inimigo eram os capitalistas, o:
donos da propriedade, os ricos e privilegiados, a classe do
minante, capaz de utilizar todos os meios, por piores que
fossem, para protegerem as suas posições. Eram tão pode
rosos que controlavam metade do mundo, mas no entanto
havia esperança para os pobres, os indefesos e oprimidos
porque em Moscovo era o povo quem mandava e no resto
do mundo as classes operárias olhavam para a União Sovié
tica em busca de auxílio, diretivas e inspiração, naquela ba
talha pela liberdade.

Jean-Pierre crescera e aquela imagem surgira cada vez mais manchada, pois ·fora descobrindo que a União Soviética não era um paraíso dos trabalhadores. No entanto, não aprendera nada que o levasse a alterar a sua convicção básica de que o movimento comunista, guiado por Moscovo, era a única solução para os povos oprimidos de todo o mundo, bem como a única maneira de destruir os juízes, a polícia e os jornais que tão brutalmente tinham traído o pai.

O pai conseguira passar a «chama» ao filho e, tal como se o soubesse, entrara em declínio. Nunca mais recuperara o avermelhado do rosto, deixara de ir a manifestações, limitava-se a organizar bailes para a recolha de fundos ou escrevia cartas para os jornais locais. Passou por uma série de empregos administrativos pouco exigentes, e embora pertencesse ao partido, claro, e a um sindicato, abandonara toda a militância. Ainda jogava xadrez e bebia anis com o padre, o sapateiro e o chefe dos correios locais, mas as suas discussões políticas, outrora apaixonadas e vivas, eram agora tranquilas como se a revolução por que tanto havia lutado tivesse sido adiada indefinidamente. Poucos anos depois, o pai morreu e Jean-Pierre descobrira então que ele contraíra tuberculose na cadeia, da qual nunca conseguira recuperar. Tinham-lhe levado a liberdade, quebrado o espírito e arruinado a saúde... depois de o acusarem de traição. Fora um herói que arriscara a vida pelos outros, mas morrera marcado pela traição.

Agora eram capazes de se arrepender, pai, se soubessem qual a vingança que estou a preparar, pensou, conduzindo a esquelética égua por aquela montanha do Afeganistão. *Por causa das informações que tenho dado, os comunistas conseguiram estrangular as linhas de fornecimento de Masud. No inverno passado, não conseguiu armazenar armas e munições e este verão, em vez de lançar ataques contra a base aérea, as centrais elétricas e os camiões de abastecimentos que passam na autoestrada, procura defender-se dos ataques do Governo, no seu território. Sozinho, pai, quase destruí este bárbaro que quer levar o seu país de regresso às idades negras da selvajaria subdesenvolvimento e superstição islâmica.*

Claro que não bastava cortar as linhas de abastecimento de Masud, pois o homem era já uma figura nacional e, o que era pior, tinha cérebro e força de caráter para conseguir guindar-se da posição de chefe rebelde até à de presidente legítimo. Era um Tito, um De Gaulle, um Mugabe, não podia ser apenas neutralizado, tinha de ser destruído, era necessário que os russos o capturassem, morto ou vivo — tarefa difícil, porque Masud deslocava-se de um lado para o outro veloz e silencioso como um veado na floresta, surgindo de súbito de entre o mato e desaparecendo do mesmo modo abrupto. No entanto Jean-Pierre era paciente, tal como os russos, e um dia, mais cedo ou mais tarde, viria a saber em que ponto exato Masud se iria encontrar nas vinte e quatro horas seguintes... talvez quando fosse ferido ou quisesse assistir a um funeral. Nessa altura, Jean-Pierre utilizaria o rádio para transmitir um código especial e o falcão precipitar-se-ia do céu para o atacar.

Desejava poder informar Jane de qual era o seu verdadeiro trabalho ali e talvez até a pudesse convencer das suas razões. Salientaria que a atividade médica que ali desenvolviam era inútil, porque o auxílio aos rebeldes servia apenas para perpetuar a miséria e a ignorância em que aquela gente vivia e para retardar o dia em que a União Soviética agarraria naquele país pelo pescoço e o atiraria, a espernear e a gritar, para o século XX. Talvez ela pudesse compreender, mas instintivamente sabia que Jane nunca lhe perdoaria por a ter enganado. Ficaria enraivecida, era capaz de a imaginar impiedosa, implacável, orgulhosa, e abandoná-lo-ia de imediato, tal como fizera com Ellis Thaler. Ficaria duplamente furiosa por ter sido enganada por dois homens, da mesma maneira.

Assim, com medo de a perder, continuava a enganá-la, tal como um homem que se encontra à beira de um precipício, paralisado pelo terror e incapaz de se mover.

Claro que Jane sentia que algo não estava bem, isso por vezes notava-se no modo como o olhava, mas devia pensar que se tratava de um problema de relacionamento entre eles, não lhe passaria pela cabeça que toda a sua vida era um monumental fingimento.

Não era possível conseguir uma segurança total, mas tomava todas as precauções contra a hipótese de ela ou alguém o virem a desmascarar. Falava em código quando usava o rádio, não com receio de que os rebeldes o escutassem, porque não possuíam rádios, mas sim por causa do exército afegão, tão infiltrado por traidores que não tinha segredos para Masud. O aparelho de Jean-Pierre era pequeno o suficiente para ficar escondido no fundo falso do seu saco, ou para ser transportado no bolso, mas apresentava uma desvantagem: era pouco potente, só permitia comunicações muito curtas, e seria preciso uma emissão muito longa para transmitir todos os pormenores sobre caravanas, horários e percursos, em especial em código — para isso, seria necessário um rádio maior, com baterias mais fortes.

Jean-Pierre e Leblond haviam assim optado por um rádio pequeno, mas agora necessitava de se encontrar com alguém para transmitir as informações.

Chegando ao alto da subida, encontrou-se na extremidade de um pequeno vale, junto da entrada para outro, aberto em ângulo reto com o primeiro, por onde corria um ribeiro que brilhava ao sol. Do outro lado existia um terceiro vale que seguia em direção a Cobak, o seu destino final. No ponto de encontro dos três vales, junto do rio, via-se uma pequena casa de pedra — aliás, toda a região estava salpicada por velhos edifícios como aquele e Jean-Pierre supunha que tinham sido construídos pelos nómadas e pelos mercadores, que os utilizavam para passarem a noite.

Iniciou a descida, conduzindo *Maggie* e pensando se Anatoly já lá se encontraria, o que era provável. Jean-Pierre não sabia qual o seu verdadeiro nome ou posto, mas partia do princípio de que era um homem do KGB e admitia, por causa de algo que ele uma vez dissera a respeito dos generais, que se tratava de um coronel. Fosse qual fosse o posto, não era por certo um soldado de secretária, pois dali a Bagram eram noventa quilómetros de terreno montanhoso, que Anatoly percorria a pé, sozinho, levando dia e meio. Era um russo oriental com maçãs-do-rosto salientes e pele amarelada, e vestido com roupas afegãs passava por um usbeque, grupo mongol do Norte do Afeganistão. Isso explicaria, aliás, o seu *dari* hesitante, pois os usbeques dispunham da sua própria língua. No entanto, como Anatoly não falava usbeque, havia sempre a possibilidade de vir a ser desmascarado, e também ele sabia que os guerrilheiros jogavam o *buzkashi* com os oficiais russos capturados.

O risco que Jean-Pierre corria durante aqueles encontros era bastante menor, pois as suas constantes deslocações às aldeias em redor não levantavam grandes suspeitas. Contudo, poderia ser perigoso se alguém notasse que se encontrava mais do que uma vez com o mesmo usbeque, e o mesmo aconteceria se, por acaso, algum afegão que falasse francês ouvisse a conversa entre os dois. Nesse caso, Jean-Pierre tinha a esperança de morrer rapidamente.

As suas sandálias não faziam qualquer ruído no trilho e os cascos de *Maggie* afundavam-se silenciosos na poeira do chão, pelo que, quando se aproximou da casa de pedra, começou a assobiar, não fosse dar-se o caso de lá estar alguém que não Anatoly. Tinha sempre grande cuidado em não surpreender os afegãos, que andavam todos armados e nervosos. Baixou a cabeça e entrou, mas, para sua surpresa, o fresco interior estava vazio. Sentou-se encostado à parede de pedra e preparou-se para esperar, embora demasiado tenso para adormecer, pois esta era a pior parte do seu trabalho, a combinação de medo e aborrecimento que surgia durante aquelas longas esperas. Aprendera a aceitar os atrasos, naquele país sem relógios de pulso, mas nunca adquirira a imperturbável paciência dos afegãos e não podia impedir-se de imaginar os vários desastres que poderiam ter acontecido a Anatoly. Que irónico seria se ele pisasse uma mina russa e ficasse sem um pé! Na realidade, essas minas causavam mais prejuízo ao gado do que aos homens, mas não era isso o que as tornava menos eficientes, pois a perda de uma vaca poderia matar uma família afegã tão facilmente como uma bomba que lhes caísse em cima da casa, com todos à volta. Jean-Pierre já não se ria quando via uma vaca ou uma cabra com uma perna de pau improvisada.

No meio daquela sua meditação pressentiu a presença de alguém e abriu os olhos, avistando o rosto oriental de Anatoly a poucas dezenas de centímetros do seu.

— Podia ter-te roubado — afirmou ele, num francês fluente.

— Não estava a dormir.

Anatoly sentou-se no chão sujo, as pernas cruzadas por debaixo do corpo. Era um homem baixo e musculoso, com umas calças e uma camisa largas como sacos, um turbante, um lenço aos quadrados e um cobertor de lã cor de lama, denominado *pattu,* passado em volta dos ombros. Baixou o lenço que lhe cobria a cara e sorriu, mostrando os dentes manchados de tabaco.

— Como estás, meu amigo?

— Bem.

— E a tua mulher?

Havia algo de sinistro no modo como Anatoly perguntava sempre por Jane. Os russos tinham sido contra a ideia de ela o acompanhar ao Afeganistão, argumentando que interferiria com o seu trabalho, mas Jean-Pierre salientara que, de qualquer modo, necessitaria de levar uma enfermeira — a política dos Médicos para a Liberdade era a de enviar sempre pares — e que decerto acabaria por dormir com quem fosse com ele, a não ser que a mulher fosse demasiado parecida com o *King Kong.* Os russos haviam por fim concordado, mas com relutância.

— Jane está ótima — respondeu. — Teve o bebé há seis semanas. Uma rapariga.

— Parabéns! — Anatoly parecia de facto satisfeito. — Não terá nascido um pouco cedo de mais?

— Sim, mas felizmente não surgiu qualquer complicação, a parteira da aldeia assistiu ao parto.

— Não foste tu?

— Não, porque estava aqui contigo.

— Meu Deus! — Anatoly pareceu ficar horrorizado. — Só de pensar que te impedi de assistir a uma coisa tão importante...

Jean-Pierre sentiu-se satisfeito com as preocupações de Anatoly, mas não o deu a entender.

— Ninguém o poderia adivinhar — disse. — Além disso, valeu a pena, vocês destruíram a caravana que vos indiquei...

— Sim, a tua informação foi muito boa. Parabéns, mais uma vez.

— O nosso sistema parece estar a funcionar bem — comentou Jean-Pierre com um ar modesto, apesar de se sentir invadido por uma onda de orgulho.

— Qual foi a reação à emboscada? — perguntou Anatoly, depois de um aceno de confirmação.

— Um desespero cada vez maior — Jean-Pierre apercebeu-se, enquanto falava, de que outra vantagem destes encontros pessoais era a de poder dar este tipo de informações e impressões gerais, que não podiam ser transmitidas em código pelo rádio. — Agora, estão quase sem munições.

— Quando vai partir a próxima caravana?

— Partiu ontem.

— Estão mesmo desesperados! Ótimo!

Anatoly meteu a mão no bolso e puxou por um mapa, que abriu e pousou no chão. Mostrava a região entre o vale dos Cinco Leões e o Paquistão.

Jean-Pierre concentrou-se furiosamente, procurando recordar-se de todos os pormenores que decorara durante a sua conversa com Mohammed, e começou a traçar o caminho que a caravana seguiria até ao Paquistão. Não sabia quando esta iniciaria a viagem de regresso, porque Mohammed também ignorava quanto tempo teriam de ficar em Peshawar, comprando o que era necessário, mas Anatoly tinha agentes em Peshawar que o avisariam da partida da caravana do vale dos Cinco Leões.

Anatoly não tomava notas, decorava tudo o que Jean-Pierre dizia. Quando terminaram, repetiram tudo, mas desta vez era o russo quem falava e o francês confirmava.

Anatoly voltou a dobrar e guardar o mapa.

— E quanto a Masud? — perguntou, calmamente.

— Nada sei acerca dele, desde a última vez que aqui vim — disse Jean-Pierre. — Vi apenas o Mohammed... e este nunca tem a certeza do local onde Masud se encontra ou quando vai aparecer...

— Masud é uma raposa — comentou Anatoly, num raro impulso de emoção.

— Ora, acabaremos por o apanhar — respondeu o francês.

— Com certeza, Masud sabe que a caçada já começou e portanto cobre os rastos, mas os cães já lhe apanharam o cheiro e não poderá enganar-nos durante muito tempo... Somos tantos, tão fortes e de sangue tão quente que... — De súbito, tomou consciência de que revelava as suas emoções e calou-se. Sorriu e voltou ao tom habitual: — Baterias novas — disse, tirando-as de dentro da camisa.

Jean-Pierre pegou no pequeno emissor-recetor de rádio do compartimento oculto no fundo do seu saco, extraiu-lhe as baterias velhas e trocou-as pelas novas. Faziam isto sempre que se encontravam, para terem a certeza de que Jean-Pierre não perderia o contacto apenas por falta de energia.

Anatoly levaria as velhas para Bagram, pois era melhor não correr o risco de as deixar ali, num local onde não existiam aparelhos elétricos.

Quando Jean-Pierre guardava de novo o rádio no saco, Anatoly perguntou-lhe:

— Tens aí alguma coisa para as bolhas? Os meus pés... — Calou-se de repente, franziu a testa e inclinou a cabeça, à escuta.

Jean-Pierre ficou tenso. Até ali nunca ninguém os vira juntos, mas era uma coisa que acabaria por acontecer mais cedo ou mais tarde e já tinham combinado o que fazer: agiriam como estranhos que partilhavam um abrigo e continuariam a conversa quando o intruso se fosse embora ou, se este desse sinais de se demorar, sairiam juntos como se por acaso se dirigissem para o mesmo destino. Tudo aquilo fora previamente acordado, o que não impedia que Jean-Pierre sentisse que o seu rosto apresentava uma expressão culpada.

No instante seguinte ouviram passos lá fora e o som de alguém a respirar, ofegante. Uma sombra obscureceu a porta iluminada pelo sol e Jane entrou.

— Jane! — exclamou ele.

Os dois homens levantaram-se num salto.

— Que se passa? Porque estás aqui? — perguntou Jean--Pierre.

— Graças a Deus que te consegui apanhar! — exclamou ela, ofegante.

Pelo canto do olho, Jean-Pierre viu Anatoly a virar-se de costas, tal como faria um afegão, ante uma mulher impudente, e o gesto ajudou Jean-Pierre a recompor-se do choque de ver a mulher. Olhou então em volta: felizmente,

Anatoly guardara os mapas alguns minutos antes, mas o rádio... o rádio sobressaía alguns centímetros do seu saco.

— Que se passa?

— Um problema médico que não consigo resolver.

A tensão de Jean-Pierre abrandou um pouco, pois receara que ela o tivesse seguido por suspeitar de alguma coisa.

— Bebe um pouco de água — disse-lhe.

Meteu uma das mãos dentro do saco e, com a outra, empurrou o rádio lá para dentro. Quando o aparelho ficou escondido, puxou da garrafa com água purificada e estendeu-lha. O seu coração começava de novo a bater de maneira normal, recuperava a presença de espírito. As provas já não estavam à vista, que mais lhe poderia levantar suspeitas? Havia a hipótese de ter ouvido Anatoly a falar francês... mas isso não era invulgar, se um afegão sabia uma outra língua, era com frequência esta e um usbeque podia perfeitamente falar melhor o francês do que o *dari*. Que dissera o Anatoly quando ela chegara? Jean-Pierre lembrava-se: pedira qualquer coisa para tratar das bolhas dos pés. Perfeito. Os afegãos pediam sempre remédios quando encontravam um médico, mesmo que estivessem de perfeita saúde.

Jane bebeu um gole de água da garrafa e começou a falar:

— Alguns minutos depois de partires, levaram-me lá um rapaz de dezoito anos com uma ferida grave numa coxa. — Bebeu outro gole de água, ignorando a presença de Anatoly, e Jean-Pierre compreendeu que a mulher estava tão preocupada com aquela emergência médica que mal notara a presença do outro. — Foi ferido num combate perto de Rokha e o pai carregou com ele todo o caminho até ao vale... Levou-lhe dois dias, a ferida estava muito gangrenada quando lá chegaram. Dei-lhe seiscentos miligramas de penicilina, injetados na nádega, limpei a ferida...

— Procedeste corretamente... — aprovou Jean-Pierre.

— Minutos depois ele começou a sentir suores frios e a delirar. Medi-lhe a pulsação, era rápida mas fraca...

— Ficou pálido, com dificuldade em respirar?

— Sim.

— Que fizeste a seguir?

— Tratei-o de choque... levantei-lhe os pés, cobri-o com um cobertor, dei-lhe chá... e vim à tua procura. — Estava quase em lágrimas. — O pai carregou-o durante dois dias... não o posso deixar morrer.

— Talvez não morra — disse Jean-Pierre. — O choque alérgico é raro, mas é uma reação à penicilina que por vezes acontece. O tratamento é meio mililitro de adrenalina, injetada num músculo, seguida por um anti-histamínico... digamos, seis mililitros de difenidramina. Queres que volte para trás contigo?

Quando fez aquela oferta olhou de esguelha para Anatoly, mas o russo não reagiu.

— Não — disse Jane, suspirando. — Provavelmente também há alguém a morrer no outro lado da colina. Segue para Cobak.

— Se tens a certeza...

— Sim, vai.

Brilhou um fósforo quando Anatoly acendeu um cigarro.

Jane olhou-o de relance e voltou-se de novo para Jean-Pierre:

— Meio mililitro de adrenalina e depois seis mililitros de difenidramina... — repetiu, levantando-se.

— Sim — confirmou Jean-Pierre, erguendo-se também e beijando-a. — Tens a certeza de que consegues tratar disso?

— Claro que sim.

— Tens de te apressar.

— Sim.

— Queres levar a *Maggie?*

— Creio que não — respondeu Jane, depois de pensar um instante. — Por aquele trilho vai-se mais depressa a pé.

— Como quiseres.

— Adeus.

— Adeus, Jane.

Jean-Pierre viu-a afastar-se e deixou-se ficar imóvel por momentos. Nem ele nem Anatoly pronunciaram qualquer palavra.

Passado um minuto ou dois, dirigiu-se à porta e espreitou para o exterior. Avistou Jane a duzentos ou trezentos metros de distância, uma figura pequena e delgada num fino vestido de algodão, caminhando com determinação pelo vale, uma figura solitária naquela paisagem castanha e empoeirada. Observou-a até ela desaparecer por detrás de um monte.

Voltou para dentro, sentou-se de costas para a parede e ele e Anatoly olharam um para o outro:

— Meu Deus — exclamou Jean-Pierre. — Foi por pouco!

CAPÍTULO

8

O jovem morreu.

Estava morto havia quase uma hora quando Jane chegou, afogueada, suja e exausta, quase a atingir o ponto do colapso. O pai do rapaz aguardava-a à entrada da gruta, estarrecido e reprovador, e mal o avistou apercebeu-se, pela sua posição resignada e calmos olhos castanhos, de que tudo terminara. O homem não disse nada. Jane entrou na gruta e foi observar o rapaz. Demasiado cansada para se zangar consigo própria, sentiu-se apenas dominada por um grande desapontamento. Jean-Pierre estava longe. Zahara chorava a perda do marido, pelo que não tinha ninguém com quem partilhar o seu desgosto.

Chorou muito mais tarde, no telhado da casa do lojista, com Chantal num pequeno colchão a seu lado, murmurando qualquer coisa de tempos a tempos, num sono de ignorância feliz. Chorou tanto pelo pai como pelo rapaz que morrera, pois, tal como ela, o homem ultrapassara todos os limites da exaustão para tentar salvar aquele jovem, o que fazia com que a sua tristeza fosse ainda maior. As lágrimas ocultaram-lhe as estrelas, antes de cair no sono.

Sonhou que Mohammed ia até à cama dela e faziam amor com toda a aldeia a assistir. A seguir, Mohammed contava-lhe que Jean-Pierre andava envolvido com Simone, a mulher do jornalista gordo, Raoul Clermont, e que os dois amantes se encontravam em Cobak, onde Jean-Pierre deveria tratar dos doentes.

No dia seguinte sentia-se toda dorida, por ter corrido durante quase todo o caminho até à cabana de pedra. Fora uma sorte, pensou, que Jean-Pierre ali parasse, provavelmente para descansar, dando-lhe assim a oportunidade de o alcançar. Ficara tão aliviada quando vira *Maggie* presa no exterior e ao encontrar Jean-Pierre com aquele usbeque tão cómico. Tinham os dois dado um salto quando ela entrara... Fora tão engraçado... Fora também a primeira vez que vira um afegão levantar-se quando da entrada de uma mulher.

Encaminhou-se para a encosta da montanha, em direção à gruta, levando a maleta dos medicamentos, a fim de abrir o posto. Enquanto tratava dos habituais casos de subnutrição, malária, feridas infetadas e parasitas intestinais, recordava a crise do dia anterior. Nunca antes ouvira falar de choque alérgico. Sem dúvida que todos os que tinham de dar injeções de penicilina com regularidade deviam saber tudo a esse respeito... mas o seu treino fora tão apressado que muita coisa ficara por aprender. Na verdade saltaram por cima de muitos pormenores clínicos, na convicção de que Jean-Pierre era um médico qualificado e estaria por perto para lhe dizer o que fazer.

Fora uma época de tão grande ansiedade, aquela em que frequentara as aulas, com outras alunas de enfermagem ou sozinha, tentando fixar as regras e procedimentos da medicina e da educação sanitária, e interrogando-se a si mesma sobre o que a esperava no Afeganistão. Algumas das lições não tinham sido nada tranquilizadoras, como aquela em que lhe explicaram que a sua primeira tarefa seria construir uma fossa para lhe servir de retrete. Porquê? Porque a maneira mais rápida de melhorar a saúde das pessoas, nos países subdesenvolvidos, era convencê-las a deixarem de usar os cursos de água e os lagos para as suas necessidades, o que podia ser conseguido dando o exemplo. A professora, Stephanie, uma mulher de tipo maternal, de quarenta anos, sempre vestida com um macacão de algodão e de sandálias, pusera também grande ênfase nos perigos que poderiam advir de uma prescrição demasiado generosa dos medicamentos. A maior parte das doenças e pequenos ferimentos podiam curar-se sozinhos, sem ajuda médica, mas os povos primitivos — e não apenas eles — queriam sempre que lhes receitassem pílulas e poções. Jane recordava-se de ter ouvido o pequeno usbeque a pedir um remédio para as bolhas dos pés. Deve ter caminhado grandes distâncias durante toda a sua vida, no entanto assim que encontrou um médico afirmou que lhe doíam os pés... O problema com o excesso de medicamentos, além de constituir um desperdício, estava em que um produto prescrito para um mal trivial podia causar uma habituação. Depois, quando o paciente estivesse realmente doente, o tratamento não o curaria. Stephanie aconselhara-a também a tentar colaborar com os curandeiros locais, em vez de lutar contra eles, o que conseguira com Rabia, mas não com Abdullah, o mulá.

Aprender a língua fora o mais simples. Já em Paris, ainda muito antes de pensar vir um dia a encontrar-se no Afeganistão, estudara parse, com a intenção de melhorar a sua posição como intérprete. O parse e o *dari* não passavam de dialetos de uma mesma língua, e a outra mais falada no

Afeganistão era o *pashtu*, usado pelos pachtun, mas os tajiques e os habitantes do vale dos Cinco Leões falavam *dari*. Os poucos afegãos que viajavam, como por exemplo os nómadas, sabiam em geral essas duas línguas, e se, por acaso, conheciam um idioma europeu, tratava-se do francês e do inglês. O usbeque da cabana de pedra falara em francês com Jean-Pierre, mas a sua pronúncia era parecida com a dos russos.

Passou todo aquele dia a pensar no usbeque. Havia qualquer coisa que a preocupava, algo que não estava bem, uma sensação que por vezes lhe surgia quando tinha um assunto importante para tratar e não conseguia recordar-se do que era. Que diabo vira ela naquele homem?

Fechou o posto ao meio-dia, tratou de Chantal, deu-lhe de mamar e mudou-lhe as fraldas. A seguir, cozinhou arroz com molho de carne e partilhou o almoço com Fara. A rapariga era-lhe cada vez mais dedicada, sempre pronta a fazer tudo o que lhe agradasse e mostrando-se relutante em ir para casa à noite. Jane procurava tratá-la como a uma igual, o que parecia apenas servir para aumentar aquela adoração.

Quando o calor atingiu o seu máximo, Jane deixou Chantal com Fara e dirigiu-se para o recanto secreto, a plataforma ensolarada por debaixo do rebordo da falésia, na vertente da montanha. Fez aí os seus exercícios pós-natais, pois estava decidida a recuperar a sua anterior figura. Enquanto exercitava os músculos abdominais, continuava a recordar-se da figura daquele usbeque a pôr-se de pé na pequena cabana de pedra e da expressão de espanto no seu rosto oriental. Por qualquer razão, sentia que pairava sobre ela uma nuvem de tragédia.

Quando compreendeu a verdade, esta surgiu-lhe mais como uma avalancha mental do que como um clarão repentino. Apareceu lentamente, rolou e aumentou até a dominar por completo.

Nenhum afegão falaria de bolhas nos pés, mesmo a fingir, porque eles não sabiam o que isso era, tal como seria muito improvável ouvir um agricultor do Gloucester, em Inglaterra, a queixar-se de beribéri, e nenhum afegão, por muito surpreendido que estivesse, se levantaria ao ver entrar uma mulher. Então, se não era um afegão, quem era? Foi o sotaque do homem que lhe revelou a verdade, apesar de muito poucas pessoas o poderem ter reconhecido. Porém, ela era uma intérprete, conhecia tanto o russo como o francês... e compreendia agora que o homem falava francês com um sotaque russo.

Assim, Jean-Pierre encontrara-se com um russo disfarçado de usbeque numa cabana de pedra, num local isolado.

Teria sido por acaso? Era uma possibilidade, uma vaga possibilidade. Lembrou-se então do rosto do marido quando ela aparecera de repente e via agora o que na altura não fora capaz de entender: era uma expressão de culpabilidade, de alguém apanhado em flagrante.

Não, não fora um encontro acidental, mas sim preparado, e talvez não fosse o primeiro. Jean-Pierre deslocava-se constantemente às outras aldeias para tratar os doentes e mostrava-se demasiado escrupuloso no cumprimento dos seus horários, uma coisa idiota num país sem calendários nem relógios, mas que já não seria tão idiota se existisse um outro programa, uma série de encontros secretos e clandestinos.

E porque se encontrava ele com o russo? Também isso era óbvio e as lágrimas subiram-lhe aos olhos quando compreendeu que se tratava de traição. Fornecia-lhes informações, claro, falava-lhes das caravanas. Tinha sempre conhecimento do percurso que estas iriam seguir porque Mohammed se servia dos seus mapas e sabia os horários porque assistia à partida dos homens de Banda e de outras aldeias do vale. Era óbvio que dava essas informações aos russos e era por isso, que estes obtinham tanto êxito nas emboscadas, especialmente desde que Jean-Pierre ali se encontrava. Por isso havia agora tantas mulheres a lamentarem a viuvez e tantos órfãos tristes, no vale dos Cinco Leões.

Mas que mal fiz eu?, pensou, numa súbita vaga de autocomiseração, que levou novas lágrimas a escorrerem-lhe pelas faces. *Primeiro o Ellis e agora o Jean-Pierre... Porque só escolho patifes destes? Será que me sinto atraída pelos homens com segredos? Ou será o desafio que constituem, a vontade de lhes deitar abaixo as barreiras defensivas que me seduz? Estarei louca?*

Lembrava-se de ter ouvido Jean-Pierre a argumentar que a invasão soviética do Afeganistão fora uma coisa justificada, mas a certa altura mudara de opinião e Jane pensara que o conseguira convencer de que estava errado. Era agora óbvio que se tratara de uma mudança de opinião fingida. Quando se decidira a ir para o Afeganistão, para servir de espião aos russos, adotara uma posição antissoviética que lhe servia de cobertura.

O seu amor por ela também seria falso?

Só a hipótese era bastante para lhe destroçar o coração. Afundou o rosto entre as mãos, era uma coisa impensável.

Apaixonara-se por ele, casara com ele, beijara o rosto amargo da mãe dele, habituara-se à sua maneira de fazer amor, sobrevivera às primeiras zangas, lutara para conseguir que a relação resultasse, dera à luz a sua filha no meio de dores e medo... Teria feito tudo aquilo apenas por causa de uma ilusão, por um falso marido, por um homem que não se preocupava com ela? Era quase como caminhar e correr muitos quilómetros para perguntar como curar um rapaz de dezoito anos e depois regressar e descobrir que ele já morrera. Era até pior do que isso. Sentia-se agora tal como o pai do rapaz... carregara-o durante dois dias apenas para o ver morrer.

Teve a sensação de que os seios estavam demasiado cheios e recordou-se de que deviam ser horas de dar a mamada a Chantal. Vestiu-se, limpou o rosto na manga da blusa e começou a descer a montanha. À medida que o choque e o desgosto se atenuavam, pensava mais claramente. Agora, parecia-lhe que sempre sentira uma vaga insatisfação durante aquele ano de casamento, como se pressentisse desde o início que havia algo de falso no comportamento de Jean-Pierre. Nunca tinham conseguido ser verdadeiramente íntimos por causa dessa barreira existente entre eles.

Quando chegou à gruta, Chantal protestava com vigor e Fara embalava-a. Jane pegou no bebé e levou-o ao peito. Chantal começou a mamar, fazendo-a experimentar um desconforto inicial, como uma cãibra no estômago, logo seguida por uma sensação que era agradável e até erótica.

Queria estar sozinha e disse a Fara que saísse para ir dormir a sesta.

Dar de mamar a Chantal funcionava como um calmante e a traição de Jean-Pierre já não lhe parecia tão cataclísmica. Tinha a certeza de que ele a amava, que não se limitava a fingir. Para que serviria isso? Porque a queria ali? Não podia auxiliá-lo no seu trabalho de espionagem, e se pretendera que ela para ali fosse, era porque a amava.

Então, se isso era verdade, todos os outros problemas poderiam ser solucionados. Era evidente que Jean-Pierre teria de deixar de trabalhar para os russos. De momento não sabia como o iria enfrentar — dir-lhe-ia «Descobri tudo!», por exemplo? Não. As palavras acabariam por surgir quando viessem a ser necessárias. A seguir ele teria de a levar, e a Chantal, de regresso à Europa...

Regresso à Europa... Quando compreendeu que seriam obrigados a voltar para casa, sentiu-se inundada por um imenso alívio, que a apanhou de surpresa. Se, dias atrás, alguém lhe perguntasse se gostava do Afeganistão, responderia que a sua atividade era fascinante e muito útil, que se sentia ali muito bem e até gostava de lá estar. Agora, no entanto, tinha na sua frente a perspetiva de voltar para a civilização e admitia para si mesma que aquela paisagem inóspita, o duro clima do inverno, o povo estranho, os bombardeamentos e a infindável torrente de homens e rapazes feridos e mutilados lhe punham os nervos quase em ponto de rutura.

A verdade, pensou, *é esta: isto aqui é horrível.*

Chantal deixou de mamar e adormeceu. Jane pousou-a, mudou-lhe as fraldas e transportou-a para o colchão, sem a acordar. Era uma bênção, aquela imperturbável tranquilidade da filha. As crises não a afetavam, passava o tempo a dormir... nenhum barulho ou movimento a acordavam, desde que estivesse de barriga cheia e confortável. Era, no entanto, muito sensível ao estado de espírito de Jane, e acordava frequentemente quando esta se sentia preocupada, mesmo que não houvesse muito barulho.

Jane sentou-se no seu colchão, de pernas cruzadas, vendo Chantal adormecida e pensando em Jean-Pierre. Gostaria de o ter ali naquele momento, para que pudessem conversar. Perguntava a si mesma porque já não se sentia zangada — para não dizer ultrajada — pelo facto de ele estar a trair os guerrilheiros. Seria por se haver reconciliado com a noção de que todos os homens eram mentirosos? Teria chegado à conclusão de que, naquela guerra, as únicas pessoas inocentes eram as mães, as viúvas e as filhas, de ambos os lados da barricada? Ser esposa e mãe ter-lhe-iam provocado tais transformações na personalidade que já não se sentia chocada com as traições? Ou seria apenas por amar Jean-Pierre? Na realidade, não sabia.

De qualquer modo, chegara a altura de pensar no futuro e não no passado. Regressariam a Paris, onde existiam correios, livrarias e água corrente. Viveriam num pequeno apartamento, no meio de uma vizinhança interessante, onde o único perigo real para a vida humana seriam os motoristas de táxis. Jane e Jean-Pierre recomeçariam tudo de novo, mas desta vez iriam realmente conhecer-se. Trabalhariam para transformar o mundo num sítio melhor para viver, de uma maneira gradual e por intermédio de meios legítimos, sem intrigas nem traições. A sua experiência no Afeganistão poderia ajudá-los a conseguir trabalho em qualquer organização de desenvolvimento do Terceiro Mundo, talvez junto da Organização Mundial de Saúde. A vida de casados seria então como ela a imaginara, com os três a fazerem o bem, felizes e a sentirem-se seguros.

Fara entrou na gruta, a hora da sesta terminara. Cumprimentou Jane respeitosa, olhou para Chantal, verificou que o bebé estava a dormir e sentou-se no chão, aguardando instruções. Era a filha do filho mais velho de Rabia, Ismael Gul, que estava agora na caravana...

Jane soltou uma exclamação abafada e Fara olhou-a interrogativamente. Jane fez um gesto com a mão, indicando-lhe que não era nada de importância, e a rapariga olhou para outro lado. O pai dela estava na caravana, pensou Jane.

Jean-Pierre traíra os guerrilheiros, informara os russos. O pai de Fara ia morrer na emboscada... a não ser que pudesse fazer alguma coisa para o evitar. Mas... o quê? Um mensageiro... Podiam enviar um mensageiro à passagem do Khyber, para que a caravana tomasse um caminho diferente, Mohammed seria capaz de tratar disso, mas teria de lhe dizer que sabia que ia haver uma emboscada... Sem dúvida que Mohammed mataria Jean-Pierre, com as próprias mãos.

Se um deles tem de morrer, então que seja o Ismael e não o Jean-Pierre, pensou.

A seguir lembrou-se dos outros homens do vale, cerca de trinta, que acompanhavam a caravana. Foi assaltada por um novo pensamento: terão todos de morrer para salvar o meu marido? Kahmir Khan, com a sua grande barba; o velho e medroso Shahazai Gul; Yussuf Gul, que canta tão maravilhosamente; Sher Kador, o cabreiro; Abdur Mohammed, o que não tem dentes à frente; Ali Ghanim, que tem catorze filhos... Têm todos de morrer?

Por certo que existia outra solução.

Encaminhou-se para a entrada da gruta e parou, olhando o exterior. Agora que terminara a hora da sesta, as crianças já haviam saído das grutas e retomavam as brincadeiras entre as rochas e os arbustos espinhosos. Ali estava Mousa, de nove anos, o único filho de Mohammed, ainda mais mimado agora que só tinha uma mão, brincando com a faca nova que o pai lhe oferecera; viu a mãe de Fara, trepando o declive com um molho de lenha à cabeça; lá estava a mulher do mulá, que lavava a camisa do marido. Contudo, não avistou Mohammed nem a mulher, Halima, embora soubesse que ele se encontrava ali em Banda, porque o vira na parte da manhã. Devia ter almoçado com a mulher e os filhos na sua gruta, pois a maior parte das famílias dispunha de uma, embora pequena, e era provável que lá estivesse agora, mas Jane sentia muita relutância em procurá-lo assim, abertamente, pois isso escandalizaria a comunidade e ela necessitava de se comportar com discrição.

Mas que lhe vou dizer?, interrogou-se.

Examinou a hipótese de um pedido direto: «Faz isto e isto, porque te peço», mas isso, que resultaria com um ocidental apaixonado por ela, seria ineficaz com um muçulmano, pois estes não pareciam ter ideias românticas a respeito do amor... O que Mohammed sentia por ela deveria assemelhar-se mais a uma terna luxúria, o que não bastava para lhe fazer as vontades. De qualquer modo não estava segura de que ele ainda a desejasse. Então, como agir? O homem não tinha qualquer espécie de dívida para com ela, nunca o tratara de qualquer doença ou ferimento, nem à mulher. De súbito lembrou-se de Mousa e de que salvara a vida do rapaz!

«Faz isto por mim, porque tratei do teu filho», talvez desse resultado, mas Mohammed iria perguntar porquê.

Já havia mais mulheres à vista, carregando água e varrendo o exterior das grutas, tratando dos animais e preparando comida. Jane sabia que o guerrilheiro apareceria dentro de pouco tempo.

Que lhe vou dizer?

«Os russos conhecem o caminho seguido pela caravana.» — «Como o descobriram?» — «Não sei, Mohammed.» — «Então como sabes que o conhecem?» — «Não to posso dizer. Ouvi uma conversa. Recebi uma mensagem dos Serviços Secretos Britânicos. Tenho um palpite. Tive um sonho.»

Era isso! Um sonho!

Avistou-o a sair da gruta, alto e simpático, com roupas de viagem: o turbante redondo, como o de Masud, e que era usado por quase todos os guerrilheiros; o *pattu* cor de lama, que servia de capa, de toalha, de cobertor e de camuflagem; as botas altas de couro que tirara a um soldado russo morto. Caminhou através da pequena clareira com o andar de um homem que ainda tem de marchar muito até ao pôr do Sol e meteu pelo trilho que dava para a aldeia deserta, ao longo da vertente da montanha.

Jane viu-o afastar-se e desaparecer. *É agora ou nunca,* pensou, decidindo-se a segui-lo. Começou por caminhar devagar e de um modo despreocupado, para que não se tornasse óbvio que ia atrás de Mohammed, mas quando ficou fora da vista das grutas começou a correr. Escorregou e cambaleou ao longo do caminho pedregoso, perguntando a si mesma o que provocaria aquela corrida dentro do seu corpo. Ao avistar Mohammed, chamou-o e o homem parou, virou-se e esperou por ela.

— Deus esteja contigo, Mohammed Khan — disse, quando o alcançou.

— E contigo, Jane Debout — respondeu ele educadamente.

Jane deteve-se, recuperando da corrida, enquanto o afegão a observava com uma expressão de divertida tolerância.

— Como está Mousa? — perguntou Jane.

— Está bem e feliz, aprende a usar a mão esquerda. Ainda um dia virá a matar russos com ela.

Tratava-se de uma pequena brincadeira: a mão esquerda era tradicionalmente utilizada para os trabalhos «sujos», enquanto a direita servia para comer. Jane sorriu, dando a entender que o compreendera, e depois disse:

— Sinto-me feliz por termos podido salvar-lhe a vida.

— Estou em dívida para sempre — respondeu ele, e se pensou que a frase dela fora pouco cortês, não o disse.

Era o que Jane pretendia e, assim, resolveu aproveitar e continuar:

— Talvez te possa pedir uma coisa...

— Se estiver dentro das minhas possibilidades... — retorquiu Mohammed, com uma expressão impenetrável.

Jane olhou em volta, procurando um lugar onde se pudesse sentar. Encontravam-se perto de uma casa bombardeada, as pedras e os tijolos da parede principal tinham abatido para cima do trilho, pelo que era possível avistar o interior, onde tudo o que restava era uma vasilha de barro partida e, coisa absurda, um cartaz, com a fotografia colorida de um *Cadillac,* pregado numa parede. Jane sentou-se numa das pedras e, depois de um momento de hesitação, Mohammed instalou-se a seu lado.

— Está dentro das tuas possibilidades — disse ela —, mas poderá causar-te um pequeno incómodo.

— De que se trata?

— Vais pensar que é um capricho de mulher tonta.

— Talvez.

— Tentarás enganar-me, concordando com o meu pedido e «esquecendo-te» de o levares a cabo.

— Não.

— Peço-te que sejas franco comigo, quer recuses quer não.

— Assim farei.

— Quero que mandes um mensageiro à caravana — continuou Jane, achando que o prólogo já ia demasiado longo — e lhes digas que alterem o caminho do regresso.

Mohammed fora apanhado desprevenido, esperara provavelmente um pedido trivial e doméstico.

— Mas porquê?! — perguntou.

— Acreditas em sonhos, Mohammed Khan?

— Sonhos são sonhos — respondeu o afegão evasivamente, franzindo a testa.

Talvez não seja esta a melhor maneira, pensou Jane. *Talvez tivesse sido melhor falar numa visão.*

— Quando estava sozinha na minha gruta, com o Sol bem no alto, pareceu-me ter visto um pombo branco.

Mohammed mostrou-se de súbito atento e Jane percebeu que dissera a frase mais indicada: os afegãos acreditavam que os pombos brancos eram por vezes habitados por espíritos. Por isso continuou:

— Devo ter estado a sonhar, porque o pombo tentou falar comigo.

— Ah!

Mohammed tomara aquilo como um sinal de que ela tivera uma visão e não um sonho.

— Não consegui perceber o que ele dizia, apesar de me esforçar muito. Creio que falava *pashtu...*

— Um mensageiro do território dos pachtun... — murmurou o afegão, de olhos muito abertos.

— A seguir vi Ismael Gul, o filho de Rabia, o pai de Fara, de pé por detrás do pombo.

Pousou a mão no braço de Mohammed e olhou-o nos olhos, pensando para si: *Era capaz de te acender toda a tua chama, como quem liga uma lâmpada elétrica, idiota.*

Depois continuou:

— Tinha uma faca espetada no coração, chorava lágrimas de sangue e apontou para o punho da faca, coberto de joias, como se quisesse que eu lha arrancasse do peito. — Algures no fundo da sua mente, Jane perguntava a si mesma onde tinha ido buscar tudo aquilo. — Levantei-me da cama receosa, mas caminhei para ele, pois era preciso salvar-lhe a vida. Então, quando estendi a mão para pegar na faca...

— Que aconteceu?

— Desapareceu de repente e creio que acordei.

Mohammed fechou a boca, que mantivera aberta de espanto, recuperou a sua pose e franziu a testa de um modo importante, como se estivesse a analisar com cuidado as interpretações para aquele sonho. Chegara a altura de lhe dar mais um empurrão, pensou Jane.

— Tudo isto pode ser uma parvoíce — continuou, arvorando uma expressão de menina pequenina pronta a aceitar as superiores decisões masculinas —, mas é por isso que te peço que o faças por mim, pela pessoa que salvou a vida do teu filho, para me dares paz de espírito.

— Não há necessidade de invocar uma dívida de honra — declarou Mohammed, tomando um ar orgulhoso.

— Isso quer dizer que o farás?

Mohammed respondeu-lhe com uma nova pergunta:

— Que espécie de joias viste no punho da faca?

Oh, Deus, pensou Jane, *qual será a resposta mais correta? Esmeraldas? Não, as esmeraldas estão associadas ao vale dos Cinco Leões, o que poderia querer dizer que Ismael foi morto por um traidor daqui do vale.*

— Rubis — respondeu.

— Ismael falou contigo? — perguntou ainda Mohammed, depois de um aceno de compreensão.

— Pareceu querer falar, mas sem o conseguir.

Novo gesto de assentimento. Jane sentia-se ansiosa, mas Mohammed acabou finalmente por declarar:

— O sinal é claro. A caravana deverá ser desviada.

Graças a Deus!, pensou Jane.

— Sinto-me tão aliviada! — exclamou ela, dizendo a verdade. — Não sabia o que fazer, mas agora tenho a certeza de que Ahmed será salvo.

Perguntou a si mesma que mais poderia dizer para lhe tornar impossível uma mudança de opinião, mas não o podia obrigar a prestar um juramento. Talvez apertar-lhe a mão? Por fim decidiu selar aquela promessa com um gesto ainda mais antigo: inclinou-se para a frente e beijou-o na boca rápida e suavemente, não lhe dando oportunidade nem de recusar nem de corresponder.

— Obrigado! — disse. — Sei que és um homem de palavra.

Levantou-se, deixando-o sentado e confuso, virou-se e correu pelo trilho em direção às grutas.

No alto do declive, parou e olhou para trás. Mohammed continuava a descer a vertente, já a alguma distância da casa bombardeada, de cabeça erguida e braços bamboleantes. *Aquele beijo foi demais,* pensou Jane. *Eu devia ter vergonha.*

Joguei com as suas superstições, com a sua vaidade e com a sua sexua-
lidade. Como feminista, não fui correta ao explorar os seus preconcei-
tos... mostrei-me uma mulher submissa e coquete... para o manipular.
Mas resultou! Resultou!

Virou-se e continuou o seu caminho. A seguir, teria de lidar com Jean-Pierre, que chegaria a casa ao fim da tarde, pois deveria esperar que o calor abrandasse um pouco antes de iniciar a jornada, tal como Mohammed fizera. Jean--Pierre era capaz de ser mais fácil de convencer do que o afegão: por um lado podia dizer-lhe a verdade e, por outro, era ele quem procedia mal.

Quando chegou às grutas, o pequeno acampamento já se mostrava muito ativo. Uma esquadrilha de jatos russos rugiu no céu e toda a gente parou para os observar, apesar de seguirem demasiado alto e longe para os bombardearem. Quando desapareceram, os rapazinhos abriram os braços e correram em volta imitando o ruído dos motores a jato. Quem seria que eles alvejavam durante aqueles voos imaginários?

Dirigiu-se para a gruta, verificou se Chantal se encontrava bem, sorriu para Fara e pegou no diário. Ela e Jean--Pierre tomavam apontamentos quase todos os dias. Tratava-se, principalmente, de um registo médico que levariam com eles para a Europa, para auxiliar outros que os viessem a substituir no Afeganistão. Tinham também sido encorajados a descrever os seus sentimentos pessoais, bem como os problemas enfrentados, para que os outros pudessem vir a saber o que os aguardava, e Jane fizera comentários bastante completos acerca da sua gravidez e do parto.

Sentou-se com as costas encostadas à parede da gruta, pousou o livro sobre os joelhos e escreveu a história do rapaz de dezoito anos que morrera de choque alérgico. O relato fê-la sentir-se triste, mas não deprimida... Uma reação saudável, disse para si mesma.

Acrescentou alguns breves pormenores sobre os pequenos casos daquele dia e a seguir, sem nada mais para fazer, começou a folhear o diário, lendo os registos anteriores. Os que haviam sido feitos por Jean-Pierre eram muito abreviados e consistiam quase inteiramente de sintomas, diagnósticos, tratamentos e resultados: «lombrigas», registava, ou «malária», e depois à frente acrescentava «curado», ou «estável» ou ainda «morto». Jane tinha tendência para usar frases como «sentiu-se melhor esta manhã» ou «mãe tem tuberculose». Leu o que escrevera sobre os seus primeiros dias de gravidez, os mamilos inchados, as pernas a engrossar, os enjoos matinais, e ficou interessada quando viu que, quase um ano antes, escrevera «tenho medo de Abdullah», pois já não se recordava de o ter feito.

Arrumou o diário e tanto ela como Fara passaram as horas seguintes a arrumar e a limpar a gruta que servia de clínica. A seguir chegou a altura de descer até à aldeia, a fim de se preparar para a noite, e, enquanto descia a vertente da montanha e, depois, se ocupava com o arranjo da casa do lojista, pensava na sua confrontação com Jean-Pierre. Sabia o que tinha a fazer — levava-o a dar um passeio —, mas não que palavras iria utilizar.

Ainda não se decidira quando o marido chegou, alguns minutos mais tarde. Limpou-lhe a poeira do rosto com uma toalha húmida e serviu-lhe chá verde numa chávena de porcelana. Jean-Pierre estava um pouco cansado, mas não exausto, era capaz de caminhar distâncias muito maiores. Sentou-se junto dele, vendo-o a beber o chá e procurando não o fitar nos olhos. *Mentiste-me,* pensou. Depois de o deixar descansar um pouco, disse-lhe:

— Vamos dar um passeio, tal como fazíamos dantes.

— Aonde queres ir? — perguntou ele, parecendo surpreendido.

— A qualquer lado. Não te recordas de como, no verão passado, costumávamos sair só para gozar o fresco da noite?

— Recordo-me, sim — respondeu ele com um sorriso. Gostava de o ver sorrir assim. — Levamos a Chantal?

— Não. — Jane não queria ser perturbada. — Fica bem aqui, com a Fara.

— Está bem — concordou Jean-Pierre, um pouco admirado.

Jane disse a Fara que preparasse a refeição da noite — chá, pão e iogurte — e depois saiu da gruta com o marido. A luz do dia estava já a desaparecer e o ar era perfumado e suave. Aquela era a melhor hora do dia, durante o verão. Caminhando através dos campos cultivados em direção ao rio, recordava-se dos seus sentimentos, naquele mesmo caminho, no verão anterior: confusa, excitada, ansiosa e decidida a ter êxito. Sentia-se orgulhosa por se ter comportado tão bem e satisfeita por aquela aventura estar prestes a terminar.

Começou a sentir-se tensa ante a cada vez mais próxima confrontação, mesmo apesar de continuar a dizer para si própria que não tinha nada nem a esconder nem a recear, nada que a fizesse sentir-se culpada. Atravessaram o rio a vau, dirigiram-se para um trilho serpenteante e muito íngreme na falésia do outro lado e, chegados ao cimo, sentaram-se no chão, com as pernas pendentes para o precipício. O rio dos Cinco Leões corria tumultuoso trinta metros abaixo deles, atacando as rochas e espumando nos rápidos. Jane olhou para o vale: os terrenos cultiváveis eram cruzados por inúmeros canais de irrigação, por terraços de pedras, e os brilhantes verdes e dourados dos cereais a amadurecer pareciam pedaços de vidro colorido. O quadro era perturbado aqui e acolá pelas destruições das bombas, uma casa em ruínas, um dique arruinado e crateras de lama no meio dos campos. De vez em quando avistava-se um turbante no meio das searas, o que significava que alguns dos homens já trabalhavam, tratando das colheitas, enquanto os russos davam descanso aos aviões e se esqueciam das bombas, para pensarem na noite. Viam-se também cabeças enroladas em lenços e figuras mais pequenas, as mulheres e as crianças mais velhas que davam uma ajuda enquanto durasse a luz. Do outro lado do vale, as terras aráveis procuravam trepar as vertentes mais baixas da montanha, dando rapidamente lugar às rochas empoeiradas. Do amontoado de casas, à esquerda, erguiam-se colunas de fumo de algumas fogueiras onde já se cozinhava. O fumo subia, direito como um risco branco, até que uma brisa ligeira o fazia desaparecer, e a mesma brisa levava-lhes de vez em quando fragmentos das conversas das mulheres que tomavam banho para lá de uma curva do rio. Eram vozes abafadas e já não se ouvia a de Zahara, ainda de luto pela morte do marido. E tudo por causa de Jean-Pierre... Aquele pensamento deu-lhe coragem.

— Quero que me leves para casa — afirmou abruptamente.

— Mas acabámos de chegar aqui — retorquiu ele, que a interpretara mal. A seguir olhou-a e compreendeu: — Oh! — exclamou, com uma nota de tranquilidade que irritou Jane e a levou a compreender que talvez não viesse a conseguir o que queria sem uma violenta discussão.

— Sim — confirmou —, para casa.

— De vez em quando, este país deita-nos a baixo — comentou Jean-Pierre, passando-lhe o braço em volta dos ombros. Não olhava para ela, mas sim para o rio que corria lá em baixo. — Neste momento, depois de teres dado à luz, estás especialmente vulnerável às depressões. Dentro de algumas semanas descobrirás que...

— Não tentes convencer-me! — atirou-lhe Jane, que não queria deixá-lo prosseguir. — Guarda essa conversa fiada para os teus doentes!

— Bom, está bem — respondeu ele, retirando o braço. — Antes de virmos para aqui decidimos que a estada seria de dois anos. Concordámos em que as permanências curtas são ineficientes, por causa do tempo e do dinheiro gastos em treino, viagens e instalação. Estávamos decididos a conseguir resultados, portanto comprometemo-nos a uma estada de dois anos...

— Mas depois tivemos um bebé.

— A ideia não foi minha!

— De qualquer modo, mudei de opinião.

— Não tens esse direito!

— Não sou propriedade tua! — retorquiu ela, zangada.

— Está fora de questão, não vale a pena discutir mais.

— Ainda agora começámos — respondeu Jane.

A atitude do marido enfurecia-a, a conversa transforma-ra-se numa disputa acerca dos seus direitos como ser humano e preferia não ganhar a discussão dizendo-lhe que sabia do seu trabalho de espionagem. Pelo menos não o queria fazer já, preferia que Jean-Pierre admitisse que ela era livre para tomar as suas próprias decisões.

— Não tens o direito de ignorar as minhas opiniões nem de contrariar os meus desejos — continuou. — Quero sair daqui ainda neste verão.

— A resposta é não.

— Estamos aqui há um ano — prosseguiu, tentando convencê-lo pela razão. — Já provocámos um impacto cultural e fizemos sacrifícios consideráveis, muito maiores do que prevíamos. Não achas que é o bastante?

— Concordámos em cá ficar dois anos — repetiu Jean-Pierre teimoso.

— Isso foi há muito tempo e ainda não tínhamos a Chantal.

— Então, partirão vocês as duas. Eu fico.

Jane considerou a hipótese durante algum tempo. Viajar numa caravana para o Paquistão, levando um bebé, era difícil e perigoso, mas, sem um marido, seria um verdadeiro pesadelo, embora não fosse impossível. Contudo, tal hipótese significava deixar Jean-Pierre para trás e assim ele poderia continuar a trair as caravanas, fazendo com que morressem mais maridos e filhos das famílias do vale. Existia ainda uma outra razão para não o deixar ali: o casamento ficaria destruído.

— Não, não posso ir sozinha. Tens de vir comigo.

— Não irei! — gritou ele. — Não irei!

Agora, ia mesmo dizer-lhe o que sabia. Respirou profundamente e preparou-se.

— Terás de o fazer — começou.

— Não, não tenho — interrompeu-a, apontando-lhe um dedo. Jane olhou-o nos olhos e viu aí algo assustador. — Não podes forçar-me. Nem sequer o tentes!

— Mas posso...

— Aconselho-te a que não o faças — retorquiu Jean-Pierre, numa voz terrivelmente fria.

De repente, aquele homem era um estranho, alguém a quem ela não reconhecia. Deixou-se ficar silenciosa por momentos, pensando enquanto via um pombo levantar voo da aldeia, voar na sua direção e pousar na falésia, um pouco abaixo dos pés deles. *Não reconheço este homem!,* pensou, em pânico. *Depois de um ano de vida em comum, ainda não o conheço!*

— Será que me amas? — perguntou-lhe Jane.

— O facto de te amar não significa que tenha de fazer tudo o que queres.

— Isso quer dizer que sim?

Jean-Pierre olhou-a e ela enfrentou-o sem pestanejar. Devagar, o brilho louco que lhe vira no fundo do olhar foi desaparecendo. Sentiu-o descontrair-se e viu-o sorrir.

— Quer, sim — respondeu ele, e Jane inclinou-se para o marido, que lhe voltou a colocar o braço em volta dos ombros. — Sim, amo-te — repetiu suavemente, beijando-lhe o alto da cabeça.

Pousou a face no peito dele e olhou para baixo. O pombo que vira anteriormente voou de novo — um pombo branco, tal como o da visão que inventara — e afastou-se planando sem esforço em direção à outra margem do rio. Meu Deus, que ia fazer agora?

Foi Mousa, o filho de Mohammed — agora conhecido por *Mão Esquerda* —, quem primeiro avistou a caravana. Surgiu a correr na clareira em frente às grutas, gritando com toda a força da sua voz:

— Vêm aí! Vêm aí! — e ninguém necessitou de perguntar quem vinha aí.

Era quase meio-dia e Jane e Jean-Pierre encontravam-se na gruta que servia de clínica. Ela observou-o e viu-lhe um leve traço de surpresa no rosto: devia perguntar a si mesmo por que não se tinham os russos servido das suas informações para emboscarem a caravana. Virou então a cara para o outro lado, a fim de que o marido não se apercebesse da sua expressão de triunfo. Ela, Jane, salvara muitas vidas! Yussuf cantaria naquela noite, Sher Kador contaria as cabras e Ali Ghanim beijaria os catorze filhos. Para mais, Yussuf era um dos filhos de Rabia, salvar-lhe a vida recompensava-a por ter ajudado Chantal a nascer.

Que sentiria Jean-Pierre? Estaria zangado, ou frustrado, ou desapontado? Era difícil imaginar que alguém pudesse ficar desapontado por algumas pessoas não terem morrido. Olhou-o de relance e viu-lhe um rosto impassível. *Gostava de saber o que se passa naquela cabeça,* pensou Jane.

Os doentes desapareceram passados poucos minutos, pois toda a gente queria descer à aldeia para receber a caravana.

— Vamos lá abaixo? — perguntou Jane.

— Vai tu — respondeu Jean-Pierre. — Eu preciso de acabar umas coisas e depois vou ter contigo.

— Está bem.

O marido deveria necessitar de algum tempo para se recompor e para poder mostrar-se satisfeito pelo regresso dos homens, quando se encontrasse com eles.

Pegou em Chantal e desceu pelo íngreme trilho que levava à aldeia, sentindo o calor das rochas através das finas solas das sandálias.

Ainda não tivera a coragem de enfrentar Jean-Pierre, mas as coisas não podiam continuar assim indefinidamente. Mais tarde ou mais cedo ele acabaria por saber que Mohammed enviara um mensageiro para modificar o percurso da caravana, era natural que perguntasse porque o tinha feito, Mohammed falaria na «visão»... e Jean-Pierre sabia que ela não acreditava em visões...

Porque tenho medo?, perguntou a si mesma. Não sou culpada... e ele é. Sinto-me como se me devesse envergonhar do segredo dele. Devia ter-lhe falado imediatamente no assunto, naquela noite em que fomos passear até ao alto da falésia. Este segredo está comigo há tanto tempo que também eu já me transformei numa traidora. Talvez seja isso o que receio... ou será aquele estranho brilho nos olhos dele, de vez em quando?

Ainda não desistira de conseguir voltar para casa, mas não descobrira maneira de convencer o marido. Imaginara uma dúzia de planos bizarros, tais como falsificar uma mensagem a dizer que a mãe dele estava a morrer ou envenenar--lhe iogurte com qualquer coisa que lhe provocasse os sintomas de uma doença grave e o forçasse a regressar à Europa para tratamento, mas o plano mais simples era ameaçá-lo de contar a Mohammed a sua traição. Contudo, nunca o faria, claro, pois seria o mesmo que matá-lo. Poderia ele ser capaz de pensar que ela tinha a coragem de cumprir a ameaça? Talvez não. Era preciso um homem duro, impiedoso e de coração de pedra para a julgar capaz de provocar a morte do marido... e se Jean-Pierre fosse tão duro e impiedoso, então era ele quem a poderia matar.

Arrepiou-se, apesar do calor. Aqueles seus pensamentos eram grotescos. Quando duas pessoas tiravam tanto prazer do corpo uma da outra, como era possível pensar em atos de violência?

Quando chegou à aldeia começou a ouvir o tiroteio irregular e exuberante que significava que ia haver uma festa afegã. Encaminhou-se para a mesquita, pois era aí que tudo se passava. A caravana estava no pátio, homens, cavalos e bagagens rodeados por mulheres sorridentes e por crianças aos gritos. Jane conservou-se nos limites exteriores da multidão, observando a cena. Valera a pena! As preocupações, o medo, a manipulação de Mohammed de uma maneira tão indigna tinham valido a pena, pois podia agora assistir àquilo, os homens que regressavam em segurança e se reuniam às mulheres e aos filhos.

O que se passou a seguir foi provavelmente o maior choque da sua vida. No meio da multidão, por entre os turbantes, surgiu uma cabeça de cabelos loiros e encaracolados. Ao princípio não o reconheceu, apesar de lhe notar qualquer coisa de familiar, mas o dono da cabeça emergiu do meio da multidão e ela avistou então o rosto de Ellis Thaler, escondido por debaixo de uma barba loura incrivelmente densa.

Jane sentiu que os joelhos se lhe dobravam. Ellis? Ali? Era impossível.

O homem avançou na sua direção. Vestia as larguíssimas roupas de algodão dos afegãos, com um cobertor sujo em volta dos ombros. O pouco de pele que se via surgir por debaixo da barba tinha um tom profundamente bronzeado e isso fazia com que os olhos azuis sobressaíssem ainda mais do que de costume, como girassóis no meio de um campo de trigo.

Jane ficou como que paralisada.

— Olá, Jane — disse Ellis, parando na sua frente, com um rosto solene.

Descobriu que já não o odiava. Um mês antes amaldiçoá-lo-ia por a ter enganado e por lhe andar a espiar os amigos, mas agora toda a ira se esfumara. Nunca mais gostaria dele, mas era capaz de o tolerar. Além disso, era um prazer ouvir alguém falar inglês, ao fim de mais de um ano.

— Ellis — respondeu ela fracamente —, que estás tu a fazer aqui?!

— O mesmo que tu.

Que queria aquilo dizer? A espiar? Não, Ellis não sabia que Jean-Pierre era um espião.

— Vim ajudar os rebeldes — esclareceu ele, ao ver-lhe a expressão de incompreensão.

Iria descobrir que Jean-Pierre era um traidor? De súbito, Jane receou pelo marido. Ellis era capaz de o matar...

— De quem é o bebé? — perguntou Ellis.

— Meu e do Jean-Pierre. Chama-se Chantal.

Jane viu Ellis ficar com um súbito ar triste, terrivelmente triste, talvez esperasse encontrá-la infeliz com o marido, pensou. *Oh, Deus, creio que ainda está apaixonado por mim.* Tentou mudar de assunto:

— Mas como vais ajudar os rebeldes?

Ellis apontou para o seu saco, uma coisa grande e comprida, parecida com uma enorme salsicha, como os antigos sacos dos marinheiros e dos soldados.

— Vou ensinar-lhes a fazerem explodir pontes e estradas — explicou. — Como vês, nesta guerra estou do mesmo lado que tu.

Mas não do mesmo lado de Jean-Pierre. *Que irá acontecer agora?*, interrogou-se. Os afegãos não tinham quaisquer suspeitas de Jean-Pierre, mas Ellis era um homem treinado naqueles assuntos, mais tarde ou mais cedo descobriria o que se passava.

— Quanto tempo vais ficar aqui? — perguntou, pois se a estada fosse curta poderia não ter tempo para vir a suspeitar...

— Todo o verão — respondeu, de modo impreciso.

Talvez não permanecesse junto de Jean-Pierre durante muito tempo.

— Onde vais viver?

— Nesta aldeia.

— Oh!

Ellis notou o tom de desapontamento que lhe surgiu na voz e esboçou um sorriso tímido.

— Devia calcular que não terias grande prazer em ver-me... — lamentou-se ele.

A mente de Jane examinava qual seria o futuro imediato. Se conseguisse que Jean-Pierre partisse, não haveria perigo. Subitamente, sentiu-se com forças para o enfrentar. *Porquê?*, interrogou-se. *Porque já não tenho medo dele. E porque perdi o medo? Porque Ellis está aqui.* Nunca antes se apercebera de que sentia medo do marido.

— Pelo contrário — disse, dirigindo-se a Ellis e admirando-se da sua própria calma. — Estou muito contente por te ver aqui.

Ficaram ambos silenciosos e era óbvio que o americano não sabia como interpretar as reações de Jane. Depois de alguns momentos declarou:

— Bom, tenho uma montanha de explosivos e de outras coisas no meio desta balbúrdia. É melhor ir buscá-los.

— Está bem — respondeu Jane, com um aceno.

Ellis virou-se e desapareceu no meio da confusão, enquanto Jane se afastava lentamente do pátio, ainda meio espantada. Ellis estava ali, no vale dos Cinco Leões, e aparentemente ainda a amava.

Jean-Pierre ia a sair quando ela chegou junto da casa do lojista, devia ter ido arrumar o saco dos instrumentos médicos. Jane não sabia bem o que lhe dizer.

— A caravana trouxe uma pessoa que nós conhecemos — começou.

— Um europeu?

— Sim.

— Bom, quem é?

— Vais ver. Ficarás surpreendido.

Jean-Pierre afastou-se rapidamente e Jane entrou em casa. *Que faria ele quanto ao Ellis?,* interrogou-se. *Avisaria os russos... e estes tentariam matar o americano.*

Aquele pensamento encheu-a de ira.

— Não haverá mais mortes! — exclamou em voz alta. — Não o permitirei!

Ouvindo-a, Chantal começou a chorar, mas ela embalou-a e o bebé calou-se de novo.

Que posso eu fazer? Tenho de evitar que Jean-Pierre comunique com os russos, mas como? O seu contacto não pode vir aqui à aldeia, por isso é preciso impedir que Jean-Pierre saia daqui. Vou dizer-lhe: «Tens de me prometer que não deixas a aldeia. Se recusares, contarei ao Ellis que és um espião e ele tratará de te impedir de saíres daqui.» E se o Jean-Pierre fizer essa promessa, mas não a cumprir? Bom, eu viria a saber que ele se encontrara com o seu contacto e podia então avisar o Ellis. Será que tem outra maneira de comunicar com os russos? Deve ter, para o caso de uma emergência. Aqui não há telefones, não há correios, não há pombos-correios... Deve ser com um rádio. Se assim é, não posso impedi-lo de entrar em contacto com os russos.

Quanto mais pensava naquela hipótese mais se convencia de que o marido devia possuir um rádio, pois necessitava de combinar aqueles encontros na cabana de pedra. Em teoria, podiam ter sido marcados ainda antes de haverem saído de Paris, mas na prática isso era quase impossível. Que aconteceria se tivesse de faltar a um encontro, ou chegasse atrasado, ou precisasse de enviar uma comunicação urgente? *É um rádio, com certeza, e posso tirar-lho!*

Pousou Chantal no berço, olhou em redor e dirigiu-se à sala da frente. Ali, em cima do balcão do que fora uma loja, estava o saco de Jean-Pierre. Era o sítio óbvio, ninguém podia abrir aquele saco exceto ela, que não tinha razão alguma para o fazer.

Correu o fecho e verificou o conteúdo, peça a peça, mas não havia nenhum rádio. Não iria ser assim tão fácil. *Deve ter um e é forçoso que o encontre. Se não, ou ele mata o Ellis ou o Ellis o mata a ele.*

Decidiu-se a revistar toda a casa. Verificou as embalagens de medicamentos cujos selos haviam já sido abertos e espreitou em todas as caixas, à pressa, pois o marido poderia chegar a qualquer momento, mas nada encontrou.

Dirigiu-se depois para o quarto e revistou-lhe as roupas, incluindo as que usavam na cama durante o inverno, e que se encontravam arrumadas a um canto. Nada. Movendo-se ainda mais rapidamente, encaminhou-se para a sala e procurou esconderijos possíveis. A caixa dos mapas! Abriu-a, mas encontrou apenas mapas. Fechou-a com força. Chantal agitou-se mas não chorou, apesar de estar na hora da mamada. *És um bom bebé, graças a Deus,* pensou Jane. Espreitou por detrás do armário da comida e levantou os tapetes, pois talvez existisse um buraco no chão. Nada.

Tinha de estar em qualquer lado! Não poderia sequer imaginar que Jean-Pierre o escondesse no exterior da casa, pois corria o terrível perigo de alguém o encontrar por acaso.

Regressou à loja. Se conseguisse achar aquele rádio, tudo acabaria em bem... Jean-Pierre teria de desistir.

O saco era realmente o sítio mais óbvio, levava-o sempre com ele para onde quer que fosse. Pegou-lhe de novo, era pesado, e apalpou-o por dentro, sentindo um fundo espesso.

De súbito, teve uma ideia: o saco podia ter um fundo falso! Apalpou-o com os dedos. *Tem de estar aqui,* pensou, *tem de estar!*

Enfiou os dedos na parte lateral do fundo, puxou... e o pano cedeu facilmente. Com o coração aos saltos, espreitou lá para dentro. Ali, naquele compartimento secreto, estava uma caixa de plástico preto. Puxou-a para fora.

Aqui está, ele chama-os com este pequeno rádio. Mas porque vai depois ao encontro deles? Talvez porque não lhes possa contar os segredos, com medo que alguém mais os ouça. Talvez o rádio sirva apenas para marcar os encontros e para emergências, tal como informar que não pode abandonar a aldeia.

Ouviu a porta das traseiras a abrir-se e, aterrorizada, deixou cair o aparelho e girou sobre si mesma, olhando para a sala. Era Fara, que entrara com uma vassoura.

— Oh, meu Deus! — exclamou, virando-se de novo, mal refeita do susto.

Precisava de se ver livre do rádio antes de Jean-Pierre voltar. Mas como? Não o podia deitar fora, encontrá-lo-iam, era preciso destruí-lo. Com quê? Não tinha nenhum martelo. Lembrou-se então; usaria uma pedra.

Atravessou a sala a correr e dirigiu-se ao pátio, cujo muro fora construído com pedras unidas por uma massa muito arenosa. Esticou-se e abanou uma, mas parecia bem segura. Tentou outra e mais outra, até encontrar a que lhe servia, pois oscilava um pouco. Esticou-se ainda mais, puxou-a e sentiu-a mover-se ligeiramente.

— Vamos, vamos! — gritou, fazendo mais força.

A pedra áspera cortou-lhe a pele das mãos, mas deu novo puxão violento e ela soltou-se por fim, caindo no chão e obrigando-a a dar um salto para trás, a fim de não ser atingida. Era mais ou menos do tamanho de uma grande laranja. Segurou-a com as duas mãos e correu para casa, dirigindo-se para a sala da frente. Pegou na caixa plástica do emissor de rádio, pousou-a sobre o balcão, levantou a pedra bem alto sobre a cabeça e desceu-a com todas as suas forças.

A caixa apenas estalou, teria de lhe bater com muito mais força. Voltou a erguer a pedra, bateu de novo e, desta vez, o revestimento de plástico partiu-se, revelando o interior. Viu um circuito impresso, um altifalante e um par de baterias com algo escrito em russo. Arrancou-as, atirou-as ao chão e começou a esmagar os circuitos eletrónicos.

Sentiu-se de repente agarrada pelas costas e ouviu Jean-Pierre a gritar:

— Que estás a fazer?

Lutou para se libertar, conseguiu-o por instantes e desferiu nova pancada contra o pequeno emissor.

Jean-Pierre agarrou-a pelos ombros e atirou-a para o lado, fazendo-a cambalear e cair no chão, torcendo um pulso, enquanto ele olhava o aparelho com um ar de incredulidade.

— Está destruído! — exclamou, agarrando-a pela camisa e forçando-a a pôr-se de pé. — Não sabes o que fizeste! — gritou, com o desespero e a fúria estampados nos olhos.

— Larga-me! — gritou-lhe ela. Não tinha o direito de a tratar assim, quando fora ele que lhe mentira. — Como ousas bater-me?

— Como... ouso?!

Jean-Pierre largou-lhe a camisa, recuou o braço e esmurrou-a com força, atingindo-a no ventre. O choque paralisou-a durante uma fração de segundo, mas depois surgiu a dor, lá do fundo, onde ainda se sentia magoada por causa do nascimento de Chantal. Gritou e dobrou-se com as mãos agarradas à barriga. Tinha os olhos fechados, não viu que ia ser atingida por um segundo murro.

O punho acertou-lhe em cheio na boca. Gritou de novo, não conseguia acreditar que ele lhe estava a fazer aquilo. Abriu os olhos e olhou-o, receosa de que lhe batesse de novo.

— Como ouso? — repetiu Jean-Pierre. — Como ouso?! — Jane caiu de joelhos no chão sujo, soluçando do choque, da dor e de infelicidade. A boca doía-lhe tanto que mal podia falar.

— Por favor, não me batas — conseguiu dizer. — Não me batas de novo — pediu, colocando uma mão em frente do rosto, num gesto de defesa.

Jean-Pierre ajoelhou-se, empurrou-lhe a mão para o lado e aproximou o rosto do dela.

— Há quanto tempo sabes? — rugiu.

Jane lambeu os lábios, que já estavam a inchar, e limpou-os na manga da camisa, que ficou suja de sangue.

— Desde que te vi naquela cabana... a caminho de Cobak — explicou.

— Mas tu não viste nada!

— Aquele homem falava com um sotaque russo... e queixou-se de bolhas nos pés. Adivinhei tudo a partir daí.

Fez-se um silêncio enquanto ele digeria aquilo.

— E porquê agora? — perguntou. — Porque não destruíste o rádio mais cedo?

— Não tive coragem.

— E agora tiveste?

— O Ellis está cá.

— E então?

Jane apelou para os poucos restos de energia que ainda lhe restavam.

— Se não acabares com essa... espionagem... direi ao Ellis e ele obrigar-te-á a parar.

Jean-Pierre agarrou-a pela garganta.

— E se eu te estrangular, minha grande puta?

— Se me acontecer alguma coisa, Ellis quererá saber porquê. Ainda está apaixonado por mim — declarou Jane, olhando para o marido e vendo o ódio a brilhar-lhe nos olhos.

— Agora, nunca o conseguirei apanhar! — exclamou Jean-Pierre.

De quem estava ele a falar? De Ellis? Não, não podia ser. De Masud? Seria essa a sua verdadeira missão, matar Masud? As mãos que lhe seguravam o pescoço começaram a apertar.

Nesse momento, Chantal rompeu num alto choro.

A expressão de Jean-Pierre alterou-se de um modo dramático. Os olhos perderam a hostilidade, a ira apagou-se-lhe do rosto e, com grande espanto de Jane, levou as mãos aos olhos e começou a chorar.

Ficou a olhá-lo, incrédula, sentindo já pena dele, mas pensou: *Não sejas parva, este sacana acabou de te espancar.* Apesar disso, aquelas lágrimas comoveram-na.

— Não chores — disse-lhe baixinho, numa voz surpreendentemente gentil, estendendo a mão e tocando-lhe na face.

— Desculpa — murmurou Jean-Pierre. — Desculpa o que te fiz. O trabalho de uma vida... tudo para nada...

Com espanto e algum desgosto, descobriu que já não estava zangada com ele, apesar dos lábios inchados e da contínua dor na barriga. Deixou-se dominar pelos sentimentos e passou-lhe os braços em volta do corpo, dando-lhe palmadinhas como se estivesse a reconfortar uma criança.

— Tudo por causa do sotaque de Anatoly... — sussurrou ele. — Tudo por causa disso...

— Esquece o Anatoly — respondeu ela. — Saímos do Afeganistão e voltamos para a Europa. Iremos com a próxima caravana.

Jean-Pierre retirou as mãos do rosto e fixou-a.

— Quando estivermos em Paris... — começou.

— Sim?

— Quando chegarmos a casa... queria que continuássemos juntos. Poderás perdoar-me? Amo-te, de verdade, sempre te amei. Casámo-nos e agora temos a Chantal. Por favor, não me deixes.

Para sua própria surpresa, Jane não teve qualquer hesitação.

Aquele era o homem que ela amava, o seu marido, o pai da sua filha, cheio de problemas e apelando à sua ajuda.

— Não irei para lado nenhum — respondeu.

— Promete — insistiu ele —, promete que não me deixas.

Jane sorriu-lhe com os lábios a sangrar.

— Amo-te — disse. — Juro que não te abandonarei.

CAPÍTULO

9

Ellis sentia-se frustrado, impaciente e zangado. Frustrado, porque chegara ao vale dos Cinco Leões há já sete dias e ainda não encontrara Masud; impaciente, porque ver Jean-Pierre e Jane a viver juntos, trabalhando e partilhando a felicidade e o prazer que lhes dava o bebé, era um purgatório diário; zangado, porque fora ele e mais ninguém o único responsável pela desagradável situação em que se encontrava.

Tinham-lhe dito finalmente que se encontraria com Masud, mas o grande homem ainda não aparecera. Ellis caminhara todo o dia anterior para conseguir chegar ali, e estava agora na extremidade sudoeste do vale dos Cinco Leões, já em território russo. Partira de Banda acompanhado por três guerrilheiros — Ali Ghanim, Matullah Khan e Yussuf Gul —, mas o grupo fora aumentando com mais dois ou três elementos em cada aldeia por onde haviam passado e agora já eram trinta, sentados em círculo por debaixo de uma figueira no alto de uma colina, comendo figos e esperando.

No sopé da colina o terreno alterava-se e transformava-se numa planície que se estendia até Cabul, mas não lhes era possível ver a cidade, porque esta se encontrava a mais de cinquenta quilómetros de distância. Na mesma direção, embora muito mais perto, era a base aérea de Bagram, apenas a dezoito quilómetros. Os edifícios não eram visíveis, mas de vez em quando avistavam um jato a levantar voo. A planície era um fértil mosaico de campos e pomares cruzados por riachos que desaguavam todos no rio dos Cinco Leões, agora mais largo e mais fundo, correndo rapidamente em direção à capital. Aos pés da colina passava uma estrada irregular, que seguia ao longo do vale até Rokha, cidade que constituía o limite norte do território russo. Tinha muito pouco trânsito, algumas carroças de camponeses, um ou outro carro blindado, e no ponto em que atravessava o rio via-se uma nova ponte construída pelos russos.

Ellis ia destruir aquela ponte.

As lições sobre explosivos que começara a dar para mascarar durante o máximo de tempo possível a sua verdadeira missão eram extremamente concorridas e vira-se forçado a limitar o número de participantes, isto apesar de o seu *dari* ser muito hesitante. Sabia algum parse, devido à sua estada em Teerão, e aprendera um pouco da língua local durante a viagem na caravana, pelo que já era capaz de falar da paisagem, de comida, de cavalos e de armas, embora ainda não lhe fosse fácil explicar como se deviam utilizar os explosivos. No entanto, a simples ideia de rebentar com as coisas era tão atraente para o machismo afegão que Ellis estava sempre rodeado por uma assistência muito atenta, embora não lhes pudesse ensinar as fórmulas para o cálculo da quantidade de TNT necessária para determinado trabalho, nem sequer o funcionamento da régua de cálculo do exército americano, considerada à prova de idiotas, porque nenhum daqueles homens conhecia a aritmética elementar e, na sua maioria, não sabiam ler. Contudo, mostrara-lhes como destruir coisas de uma maneira mais eficiente e com menos gasto de material, o que era muito importante para eles, pois os explosivos eram poucos. Tentara também incutir-lhes as noções de segurança consideradas básicas, mas falhara, uma vez que, para aqueles homens, tomar precauções era uma cobardia.

Entretanto, Jane torturava-o.

Ficava ciumento quando a via tocar em Jean-Pierre e invejoso quando os via aos dois na gruta que lhes servia de hospital, trabalhando juntos de uma maneira eficiente e harmoniosa. Sentia-se invadido pelo desejo quando ela dava de mamar ao bebé e lhe via os seios intumescidos, e ficava acordado, durante toda a noite, dentro do saco-cama instalado em casa de Ismael Gul, revirando-se constantemente, ora a suar ora a tremer, incapaz de se sentir confortável no chão de terra batida e tentando não ouvir os sons abafados emitidos por Ismael e pela mulher, enquanto faziam amor a poucos metros de distância, do outro lado da parede. As palmas das suas mãos pareciam arder, tal o desejo que sentia de tocar em Jane.

Não podia censurar ninguém, tinha-se apresentado voluntário para aquela missão, na vã esperança de a conseguir recuperar. Fora um gesto pouco profissional e imaturo, agora tudo o que podia fazer era tentar sair dali o mais depressa possível, mas primeiro necessitava de se encontrar com Masud.

Levantou-se e começou a andar de um lado para o outro, nervoso, tendo, no entanto, o cuidado de se manter na sombra da árvore, para que não o pudessem avistar lá de baixo, da estrada. A alguns metros de distância via-se uma massa de metais contorcidos, restos de um helicóptero abatido pelos guerrilheiros. Avistou uma fina chapa de aço mais ou menos do tamanho de um prato e teve uma ideia: perguntara a si próprio como demonstrar o efeito de cargas modeladas e ali estava uma maneira.

Tirou do saco um pequeno pedaço de TNT, uma barra achatada, e puxou pelo canivete. Os guerrilheiros amontoaram-se à sua volta. Entre eles encontrava-se Ali Ghanim, um homem pequeno e disforme, com o nariz torcido, dentes irregulares e algo marreco, que, segundo se dizia, tinha catorze filhos. Ellis gravou o nome de Ali no TNT, em letras persas, e mostrou a todos a barra explosiva.

— Ali! — exclamou o homenzinho, sorrindo e mostrando os horrorosos dentes.

Ellis colocou a placa de aço no chão e pousou-lhe o explosivo em cima, com as letras gravadas viradas para baixo.

— Espero que isto resulte — declarou com um sorriso.

Todos corresponderam, apesar de nenhum deles falar inglês e de não o terem entendido. Retirou uma bobina de cordão detonante do enorme saco e cortou cerca de um metro. Depois, foi à caixa dos detonadores, tirou um e inseriu a ponta do cordão dentro de detonador cilíndrico, que enfiou no TNT.

Olhou para baixo, para a estrada. Não havia trânsito. Transportou então a pequena bomba para o outro lado da colina, pousou-a a cerca de cinquenta metros de distância, acendeu o cordão com um fósforo e regressou para debaixo da figueira.

O cordão detonante era de combustão lenta, e enquanto esperava Ellis perguntava a si mesmo se Masud não o estaria a vigiar de longe e se não teria enviado alguns daqueles guerrilheiros que ali se encontravam para o avaliar, para se certificarem se poderiam ou não confiar nele. Quereria ele ter a certeza de que Ellis era um homem sério, a quem os guerrilheiros pudessem respeitar? A disciplina era sempre muito importante num exército, mesmo que se tratasse de um exército revolucionário. Mas não podia permanecer ali sem fazer nada durante muito mais tempo e se Masud não aparecesse naquele dia deixava-se de disfarces com os explosivos, confessava ser um enviado da Casa Branca e exigiria encontrar-se de imediato com o chefe guerrilheiro.

Ouviu-se um estoiro muito pouco impressionante e surgiu uma pequena nuvem de pó. Os guerrilheiros ficaram com um ar desapontado, o rebentamento fora demasiado fraco. Ellis recuperou a chapa de aço, servindo-se do lenço para lhe segurar, pois podia estar quente. Via-se o nome *Ali* recortado na chapa, em letras persas de rebordos irregulares. Mostrou-a aos guerrilheiros e estes começaram todos a falar uns com os outros, numa excitada balbúrdia, o que deixou Ellis satisfeito. Era uma clara demonstração de que os explosivos produziam mais efeito nos sítios recortados, contrariamente àquilo que o senso comum dava a entender.

Subitamente, os guerrilheiros ficaram silenciosos e Ellis, olhando em volta, viu que se aproximava um outro grupo de sete ou oito homens. As espingardas e os turbantes identificavam-nos como combatentes e, quando se aproximaram, Ali endireitou-se quase como se fosse fazer a continência.

— Quem é? — perguntou Ellis.

— Masud — respondeu Ali.

— Qual deles?

— O do centro.

O americano estudou a personagem central. À primeira vista, Masud era igual a todos os outros, um homem magro, de altura normal, vestido com roupas de caqui e calçando umas botas russas. Observou-lhe o rosto com atenção: tinha pele clara, bigode ralo e barba de um adolescente; o nariz era comprido e encurvado na extremidade, no meio de uns olhos escuros e muito vivos, rodeados por pronunciadas rugas que o faziam parecer pelo menos cinco anos mais velho do que os seus vinte e oito. Não era um rosto agradável, mas emanava dele um ar de viva inteligência e calma autoridade, que o distinguia dos homens que o rodeavam.

Dirigiu-se diretamente a Ellis, com a mão estendida.

— Sou Masud — disse.

— Ellis Thaler — respondeu o americano, apertando-lhe a mão.

— Vamos então estoirar aquela ponte — continuou Masud em francês.

— Queres que o faça já?

— Sim.

Ellis empacotou o seu equipamento no saco, enquanto Masud se misturava com o grupo de guerrilheiros, apertando as mãos de alguns, acenando para outros, conversando com todos eles. Momentos depois desceram a colina num grupo disperso, na esperança — pensava Ellis — de que, se fossem avistados, os tomassem por um grupo de camponeses e não por uma unidade rebelde. Quando chegaram à base da colina deixaram de ser visíveis da estrada, mas seriam avistados com facilidade por um helicóptero que ali aparecesse. Ellis calculava que todos se abrigariam se isso acontecesse. Ao dirigirem-se para o rio, através de uma vereda que atravessava os campos cultivados, passaram por várias pequenas casas e foram avistados por pessoas que trabalhavam nos campos. Algumas ignoraram-nos e outras acenaram e gritaram saudações. Os guerrilheiros chegaram ao rio e caminharam ao longo da margem, aproveitando ao máximo, para se ocultarem, a vegetação e os rochedos que se encontravam junto da água. A cerca de trezentos metros da ponte, todos se esconderam, enquanto um pequeno comboio de veículos militares a atravessava, dirigindo-se para Rokha. Ellis ocultou-se por debaixo de uma árvore e descobriu Masud a seu lado.

— Se destruirmos a ponte — afirmou Masud —, cortaremos a linha de abastecimentos de Rokha.

Depois de os camiões terem passado, ainda aguardaram mais alguns minutos e a seguir percorreram o resto do caminho até à ponte, amontoando-se por debaixo dela, invisíveis da estrada.

No seu ponto central, a ponte ficava cerca de seis metros acima do rio, que naquele local deveria ter uns três de profundidade. Ellis verificou que se tratava de uma ponte muito simples, composta por duas compridas e fortes barras de aço apoiando uma via de rodagem de placas de cimento e estendendo-se de uma à outra margem sem qualquer pilar intermédio. As placas de cimento eram peso morto, o esforço era suportado apenas pelas barras. Se as quebrasse, a ponte estaria arruinada.

Ellis iniciou os preparativos. Como o seu TNT era em blocos de uma libra de peso, empilhou dez deles e uniu-os uns aos outros com fita-adesiva; montou a seguir mais três conjuntos iguais, usando quase todo o seu explosivo. Utilizava TNT porque essa era a substância mais frequentemente encontrada nas bombas, granadas de artilharia, minas e granadas de mão, e os guerrilheiros obtinham a maior parte dos seus abastecimentos de material russo que não chegava a deflagrar. O explosivo plástico serviria muito melhor para as necessidades daqueles homens, porque podia ser enfiado em buracos, enrolado em volta das barras de aço e moldado de qualquer forma que se desejasse... mas tinham de trabalhar com o que encontravam ou roubavam. Ocasionalmente, conseguiam obter um pouco de plástico dos russos, trocando-o por marijuana cultivada no vale, mas essas transações, que envolviam intermediários do exército regular afegão, eram muito perigosas e os fornecimentos bastante limitados. Ellis obtivera todas aquelas informações do homem da CIA em Peshawar e verificara que eram verdadeiras.

As barras por cima da sua cabeça tinham a forma de um I, a cerca de dois metros e meio uma da outra.

— Arranjem-me um pau daquele tamanho — pediu ele na língua local, indicando a distância entre as barras. Um dos guerrilheiros caminhou ao longo do rio e arrancou uma árvore jovem. — Preciso de outro do mesmo tamanho — continuou Ellis.

Colocou um dos montes de TNT na face interna da barra e pediu a um guerrilheiro que a segurasse. Passou para a outra barra, instalou mais TNT na mesma posição e a seguir forçou a árvore jovem entre os dois blocos, para os manter em posição. Meteu-se à água, atravessou o rio e repetiu a operação na outra extremidade da ponte, descrevendo tudo o que fazia numa mistura de *dari,* francês e inglês, para que compreendessem o que pudessem. O mais importante era que vissem como se fazia e quais os resultados. Armou as cargas com *Primacord,* o cordão detonador de grande velocidade de combustão, e ligou os quatro montes de TNT uns aos outros, para que rebentassem ao mesmo tempo. A seguir fez um grande arco com o cordão detonante, prendendo a outra ponta aos explosivos. Assim, explicou a Masud, em francês, o cordão arderia até ao TNT a partir das duas pontas e este rebentaria mesmo que as ligações fossem cortadas em qualquer lado. Recomendou-lhe que procedesse assim, como medida de precaução.

Sentia-se estranhamente feliz, enquanto trabalhava, havia qualquer coisa de calmante naquelas tarefas executadas de forma mecânica nos cálculos sobre a potência dos explosivos. Além disso, agora que Masud por fim surgira, poderia prosseguir a sua missão.

Estendeu o cordão detonador por debaixo de água, para se tornar menos visível, sabendo que ele arderia perfeitamente, e levou a ponta para a margem do rio. Ligou-lhe uma cápsula detonante e a seguir um outro pedaço de cordão vulgar, mais lento, que arderia durante quatro minutos.

— Pronto? — perguntou, dirigindo-se a Masud.

— Sim — respondeu o guerrilheiro.

Ellis acendeu o cordão e afastaram-se todos em passo vivo, caminhando ao longo da margem. O americano sentia uma secreta satisfação antecipada ante o enorme estoiro que estava prestes a ocorrer e os outros também pareciam excitados, o que o levou a perguntar a si próprio se também ele esconderia tão mal as suas emoções. Foi enquanto os observava que viu as suas expressões alterarem-se de um modo dramático. Ficaram todos alerta, como aves prestes a apanharem uma minhoca na terra, e, de súbito, Ellis ouviu-o... o ruído distante de lagartas de tanques.

A estrada não era visível do ponto em que se encontravam, mas um dos guerrilheiros trepou rapidamente a uma árvore.

— São dois — comunicou.

— Podes destruir a ponte quando os tanques estiverem em cima dela? — perguntou Masud, segurando no braço de Ellis.

— Sim — respondeu com rapidez, pensando: *Oh merda, isto é um teste!*

— Ótimo! — exclamou Masud com um aceno e mostrando um fraco sorriso.

Ellis trepou à árvore onde se encontrava o guerrilheiro e olhou através dos campos: dois pesados tanques negros avançavam lentamente ao longo da pedregosa estrada de Cabul. Sentiu-se muito tenso, era a primeira vez que avistava o inimigo, o qual, com toda aquela blindagem e os enormes canhões, parecia invulnerável, em especial quando em contraste com os guerrilheiros esfarrapados e as suas espingardas. No entanto, o vale estava cheio de destroços de tanques que os afegãos tinham destruído com minas de fabrico caseiro, granadas bem lançadas e foguetes roubados aos russos.

Não se viam mais veículos além dos tanques, portanto, não se tratava nem de uma patrulha nem de um grupo de ataque. Aqueles tanques iam provavelmente ser entregues em Rokha, depois de reparados em Bagram, ou talvez tivessem acabado de chegar da União Soviética.

Começou a fazer cálculos. Os blindados avançavam a cerca de vinte quilómetros por hora, pelo que atingiriam a ponte dentro de minuto e meio. O cordão ardia havia menos de um minuto, tinha ainda pelos menos mais três minutos. Se continuasse assim, os tanques já teriam passado a ponte e encontrar-se-iam a uma distância segura quando se desse a explosão. Tinha de encurtar o cordão detonante.

Deixou-se cair da árvore e começou a correr, perguntando a si mesmo quantos anos teriam passado desde que se encontrara numa zona de combate.

Ouviu passos atrás dele e olhou para trás. Ali corria perto dele, ostentando um sorriso horrível, logo seguido por dois outros homens, enquanto os restantes se abrigavam ao longo da margem do rio. Chegou à ponte instantes depois e ajoelhou-se junto do cordão, pousando o saco no chão, a seu lado. Continuou a fazer cálculos enquanto o abria e procurava a faca. Os tanques estavam agora a um minuto de distância e o cordão ardia à razão de trinta centímetros cada trinta a quarenta e cinco segundos. Aquela bobina tinha cordão lento, médio ou rápido? Parecia-lhe que era rápido e, nesse caso, levava meio minuto para queimar trinta centímetros. Em trinta segundos, poderia correr cerca de cento e cinquenta metros... o suficiente para ficar quase a salvo.

Abriu o canivete, agarrou o cordão a cerca de trinta centímetros do detonador e estendeu-o a Ali, que ajoelhara a seu lado, para que o cortasse. Segurou a ponta cortada com a mão esquerda e o cordão ainda a arder na direita. Não tinha a certeza de já ter chegado a melhor altura para acender a ponta ligada ao detonador, precisava de ver os tanques.

Trepou o aterro da ponte, sempre a segurar os dois pedaços de cordão. Atrás dele, o *Primacord* serpenteava dentro de água. Espreitou por cima do parapeito da ponte. Os tanques continuavam a sua aproximação. Quanto tempo? Fazia cálculos como um louco, contou segundos e mediu o seu avanço. A seguir, já sem calcular e na esperança de que tudo corresse bem, juntou a ponta do cordão que ardia à ponta cortada, ainda ligada aos explosivos.

Pousou o cordão no chão e começou a correr, seguido por Ali e pelos dois outros guerrilheiros.

Ao princípio continuaram escondidos, por causa da margem do rio, mas quando os blindados se aproximaram os quatro homens ficaram visíveis. Ellis contava segundos enquanto o ruído dos tanques se transformava num rugido.

Os artilheiros só hesitaram por instantes: afegãos a fugir só podiam ser guerrilheiros e eram ótimos para uma prática de tiro ao alvo. Ouviu-se um duplo estrondo e duas granadas voaram por cima da cabeça de Ellis. Mudou de direção, correndo para o lado, afastando-se da margem do rio, pensando: *O artilheiro está a regular a distância... agora vira o cano para mim... aponta... agora!* Alterou de novo a direção da corrida, dirigindo-se outra vez para o rio, e segundos depois ouviu novo estrondo. A granada caiu suficientemente perto para o salpicar de terra e pedras. *A próxima vai acertar-me,* pensou, *a não ser que a maldita ponte rebente primeiro. Merda! Que me levou a querer mostrar que sou tão valente?* Ouviu uma metralhadora a abrir fogo. *É difícil fazer pontaria a bordo de um tanque em movimento. Talvez eles parem.* Visualizou a chuva de balas da metralhadora a aproximar-se dele e começou a correr em ziguezague. Sabia o que os russos iriam fazer a seguir: paravam os tanques no sítio onde tivessem melhor campo de tiro e isso era no meio da ponte. O explosivo rebentaria antes de eles lhes acertarem? Correu ainda com mais velocidade, o coração a querer saltar-lhe para fora do peito e de respiração ofegante. *Não quero morrer, mesmo que ela o ame*, pensou. Viu as balas a atingirem um rochedo mesmo na sua frente. Desviou-se de repente, mas a chuva de balas seguiu-o, estava indefeso, era um alvo perfeito. Atrás dele, um dos guerrilheiros soltou um grito e nesse mesmo instante foi atingido por duas balas seguidas, uma na anca, que lhe provocou uma dor que parecia uma queimadura, logo seguida por um impacto, semelhante a uma grande pancada, na nádega direita. A segunda bala paralisou-lhe momentaneamente a perna, cambaleou e caiu, magoando o peito, rolando e ficando de costas. Sentou-se e tentou mover-se, ignorando as dores. Os dois tanques estavam parados na ponte. Ali, que corria logo atrás dele, passou-lhe os braços por debaixo das axilas e procurou levantá-lo. Era um alvo perfeito, os artilheiros dos tanques não podiam falhar.

Foi então que os explosivos rebentaram, com um ruído atroador.

As quatro explosões simultâneas quebraram as extremidades da ponte, deixando a secção central — com os tanques em cima — sem qualquer espécie de apoio. Começou por aluir devagar, rangendo, mas depois libertou-se e caiu espetacularmente no rio, num monstruoso chapão. As águas abriram-se, deixaram o seu leito visível durante alguns instantes e depois fecharam-se de novo, com uma espécie de trovão.

Quando o barulho terminou, Ellis ouviu então os gritos de alegria dos guerrilheiros, que haviam abandonado os abrigos improvisados e corrido para os tanques meio submersos. Ali ajudou-o a levantar-se e voltou a sentir as pernas, que lhe doíam bastante.

— Não sei se vou conseguir andar — disse para Ali. Deu um passo e teria caído se o afegão não o segurasse. — Oh, merda! Devo ter uma bala metida no traseiro!

Ouviu tiros e, olhando para cima, verificou que os russos sobreviventes tentavam sair dos tanques e que os guerrilheiros os abatiam um a um. *Têm sangue-frio, estes sacanas*, pensou. Olhando de novo para baixo, viu que a calça da perna direita estava encharcada em sangue. Devia ser do ferimento superficial, a outra ferida ainda estava fechada pela bala.

Masud aproximou-se dele com um largo sorriso no rosto.

— O rebentamento da ponte foi muito bem feito — afirmou, num francês carregado de sotaque. — Magnífico!

— Obrigado! — respondeu Ellis. — Mas eu não vim aqui para estoirar pontes. — Sentia-se fraco e tonto, mas chegara a altura de dizer o que queria. — Vim aqui para fazer um acordo.

— De onde és? — perguntou Masud, olhando-o com curiosidade.

— De Washington, da Casa Branca. Represento o presidente dos Estados Unidos.

— Ótimo, sinto-me satisfeito — declarou Masud, sem mostrar grande surpresa.

Nesse momento, Ellis desmaiou.

Nessa mesma noite explicou a Masud qual a sua missão.

Os guerrilheiros improvisaram uma maca e transportaram-no ao longo do vale, até Astana, onde chegaram ao anoitecer. Masud já enviara um mensageiro a Banda, em busca de Jean-Pierre, que chegaria ali no dia seguinte para extrair a bala da nádega de Ellis, e entretanto todos se instalaram no pátio de uma quinta. As dores eram agora muito menores, mas a viagem e a perda de sangue deixaram-no muito fraco, apesar de os guerrilheiros lhe terem posto uma espécie de ligaduras sobre as feridas.

Depois serviram-lhe chá verde, quente e doce, que o reanimou um pouco, e, passado algum tempo, amoras e iogurte. Era quase sempre assim com os guerrilheiros, verificara-o quando viajara com a caravana desde o Paquistão até ao vale. Uma hora ou duas depois de chegarem a uma aldeia, surgia a comida, não sabia se a compravam, se a roubavam ou se a recebiam de presente. Pensava, no entanto, que a recebiam de graça, algumas vezes de boa vontade e outras com relutância.

Depois de comerem, Masud sentou-se junto de Ellis, e a maior parte dos guerrilheiros afastou-se, deixando o americano sozinho com Masud e dois dos seus ajudantes. Ellis sabia que tinha de conversar com Masud naquele momento, pois poderia não vir a ter essa oportunidade tão depressa, mas sentia-se fraco e exausto para uma tarefa tão delicada.

— Há muitos, muitos anos — disse Masud —, um rei amigo pediu ao rei do Afeganistão que lhe enviasse quinhentos guerreiros para o ajudarem na guerra. O rei afegão mandou-lhe cinco homens do nosso vale, com uma mensagem dizendo que era melhor ter cinco leões do que quinhentas raposas. Foi assim que o nosso vale passou a ser chamado dos Cinco Leões. — Sorriu para o americano. — Foste um leão, hoje.

— Também ouvi uma lenda — respondeu Ellis — que falava em cinco grandes guerreiros, conhecidos pelos Cinco

229

Leões, cada um dos quais guardava uma das entradas do vale. Também ouvi dizer que é por isso que te chamam o Sexto Leão.

— Chega de lendas — retorquiu Masud, com um sorriso. — Que tens para me dizer?

Ellis ensaiara aquela conversa, mas não previra que a mesma começasse de um modo tão abrupto. O estilo de Masud não incluía os rodeios típicos dos orientais.

— Primeiro, tenho de saber qual o teu ponto de vista sobre esta guerra — disse.

Masud fez um aceno de concordância, pensou durante alguns segundos e começou:

— Os russos têm doze mil homens na cidade de Rokha, a entrada para o vale, e mantêm o dispositivo habitual: primeiro os campos de minas, depois as tropas afegãs e a seguir os russos, para impedir que estas fujam. Estão à espera de mais mil e duzentos homens, como reforço, e planeiam lançar uma grande ofensiva ao longo do vale, dentro de duas semanas, com a finalidade de destruir as nossas forças.

Ellis perguntava a si mesmo como conseguira Masud informações tão concretas, mas seria falta de tato perguntar-lhe como as obtivera.

— A ofensiva terá êxito? — perguntou.

— Não — respondeu Masud, com tranquila confiança. — Quando atacarem, desapareceremos nas montanhas, pelo que não terão com quem lutar. Quando pararem, será a nossa vez de os atacarmos dos terrenos altos e de cortarmos as suas linhas de comunicação. Gradualmente, começarão a ficar cansados, descobrirão que têm de gastar enormes recursos para ocupar um território que não lhes traz vantagens militares e, por fim, retirarão. É sempre assim.

Aquela descrição parecia um texto tirado de um livro sobre táticas de guerrilha. Não havia dúvida de que Masud poderia ensinar muitas coisas aos outros chefes tribais.

— Por quanto tempo pensas que os russos poderão continuar a fazer ataques tão inúteis? — inquiriu.

— Isso está nas mãos de Deus — respondeu Masud, encolhendo os ombros.

— Achas que serás capaz de os expulsar do teu país?

— Os vietnamitas expulsaram os americanos — retorquiu Masud com um sorriso.

— Eu sei... estava lá — disse Ellis. — E sabes como o conseguiram?

— Na minha opinião, um dos fatores mais importantes foi o de os vietnamitas receberem fornecimentos russos dos mais modernos armamentos, especialmente mísseis terra-ar portáteis. É a única maneira de uma força de guerrilhas combater contra aviões e helicópteros.

— Concordo — declarou Ellis —, e o mais importante é o facto de o Governo dos Estados Unidos também concordar. Gostaríamos de vos ajudar e de vos fornecer melhores armas, mas precisamos de confirmar que vocês, com essas armas, conseguem progressos reais na luta contra o inimigo. O povo americano gosta de saber o que se faz com o seu dinheiro. Quando pensas que a resistência afegã conseguirá lançar ataques unificados e à escala nacional contra os russos, tal como fizeram os vietnamitas, perto do fim da guerra?

— A unificação da resistência ainda está numa fase muito primitiva — respondeu Masud, sacudindo a cabeça com um ar duvidoso.

— Quais são os principais obstáculos?

Ellis susteve a respiração, rezando para que Masud lhe desse a resposta que ele aguardava.

— O principal é a desconfiança entre os vários grupos de combatentes. — Ellis soltou um inaudível suspiro de alívio e Masud continuou: — Temos muitas tribos, raças diferentes e diversos chefes. Os outros grupos de guerrilheiros fazem emboscadas às minhas caravanas e roubam-me os abastecimentos.

— Desconfiança — repetiu Ellis. — E que mais?

— Comunicações, precisamos de manter ligações regulares, por meio de mensageiros, e acabaremos por necessitar de comunicações por rádio, mas num futuro mais distante.

Desconfiança e comunicações inadequadas era isso exatamente que Ellis queria confirmar.

— Vamos conversar sobre outra coisa. — Sentia-se terrivelmente cansado, perdera muito sangue, e teve de lutar contra o desejo de fechar os olhos. — Aqui neste vale vocês desenvolveram a arte da guerrilha com muito maior êxito do que em qualquer local do Afeganistão. Os outros chefes ainda desbaratam recursos defendendo terras baixas e atacando posições fortificadas. Gostaríamos que treinasses homens das várias zonas do país e lhes ensinasses as táticas da guerrilha moderna. Serias capaz de aceitar uma tal proposta?

— Sim... e creio que compreendo o que pretendes — disse Masud. — Dentro de um ano, ou algo assim, em cada zona da resistência existiria um pequeno grupo de homens treinados no vale dos Cinco Leões, que constituiriam a base para uma rede de comunicações. Compreender-se-iam uns aos outros e confiariam em mim... — Masud calou-se, mas continuava a examinar as implicações daquele plano.

— Muito bem — prosseguiu Ellis, esgotado, mas com a perceção de que o seu papel estava a chegar ao fim. — Eis a nossa proposta: se conseguires o acordo dos outros chefes e organizares esse programa de treinos, os Estados Unidos poderão fornecer-te lança-foguetes *RPG-7*, mísseis terra-ar e equipamentos de rádio. Existem, no entanto, dois chefes que, muito em especial, devem estar incluídos no acordo. São Jahan Kamil, do vale Pich, e Amal Azizi, de Faizabad.

— Escolheste os mais duros! — exclamou Masud, rindo-se alegremente.

— Eu sei — respondeu Ellis. — Conseguirás fazê-lo?

— Deixa-me pensar no assunto.

— Está bem.

Exausto, Ellis deitou-se no chão frio, fechou os olhos e momentos depois já estava a dormir.

Jean-Pierre caminhava de um lado para o outro, sem destino, através dos campos inundados de luar, mergulhado numa profunda depressão. Uma semana antes sentira-se realizado e feliz, senhor da situação, fazendo um trabalho útil, enquanto aguardava a sua grande oportunidade, mas agora tudo acabara, sentia-se inútil, um falhado.

Não havia saída para a sua situação, já verificara inúmeras vezes todas as possibilidades e chegara sempre à mesma conclusão: tinha de abandonar o Afeganistão.

A sua utilidade como espião já chegara ao fim. Não dispunha de meios para contactar Anatoly, e mesmo que Jane não tivesse esmagado o rádio não podia sair da aldeia para se encontrar com o russo, porque Jane perceberia imediatamente o que ele ia fazer e informaria Ellis. Poderia arranjar maneira de silenciar Jane (*Nem penses nisso, nem penses nisso!*), mas se lhe acontecesse alguma coisa Ellis quereria saber porquê. Ia tudo dar ao Ellis. *Gostava de o matar*, pensou, *se tivesse coragem para isso. Como? Não tenho sequer uma arma. Que posso fazer — cortar-lhe a garganta com um bisturi? É muito mais forte do que eu, nunca o conseguiria dominar.*

Tudo acontecera porque ele e Anatoly se haviam tornado descuidados, deveriam ter-se encontrado num ponto com uma boa visão de todos os caminhos de acesso, para se prevenirem quanto à chegada de estranhos. Mas quem iria pensar que Jane o seguiria? Fora vítima de uma terrível má sorte e de uma série de pequenos acontecimentos fortuitos: o rapaz ferido era alérgico à penicilina; Jane ouvira Anatoly a falar e reconhecera-lhe o sotaque russo e... surgira Ellis para lhe dar coragem. Era mesmo má sorte. No entanto, os livros de história nunca referiam os homens que quase alcançavam o êxito. *Fiz o que pude, pai*, pensou. Quase lhe era possível escutar a resposta do pai: «Não estou interessado em saber se fizeste o possível, o que quero é saber se foste bem-sucedido ou falhaste.»

Aproximava-se da aldeia e resolveu voltar para casa. Andava a dormir mal, mas não podia fazer mais nada a não ser ir para a cama.

O facto de ainda ter Jane não lhe servia de consolação. Ela descobrira-lhe os segredos e isso tornara-os menos íntimos, havia maior distância entre eles, apesar de continuarem a planear o regresso a casa e de até falarem sobre uma nova vida na Europa.

Pelo menos ainda se podiam abraçar um ao outro durante a noite, já era alguma coisa.

Entrou na casa do lojista, esperando encontrar Jane já deitada, mas, para surpresa sua, ela ainda andava a pé. Dirigiu-se-lhe mal ele entrou.

— Chegou um mensageiro de Masud. Tens de ir a Astana, Ellis está ferido.

Ellis ferido! Jean-Pierre sentiu o coração bater mais depressa.

— É grave?

— Nada de gravidade. Parece que levou um tiro no traseiro.

— Partirei logo de manhã.

— O mensageiro irá contigo, poderás estar de volta ao cair da noite — concordou Jane.

— Compreendo — comentou Jean-Pierre.

Jane certificava-se de que ele não disporia de qualquer oportunidade de contactar Anatoly, mas era uma precaução desnecessária, pois Jean-Pierre não tinha maneira de marcar o encontro. Além disso, Jane estava a precaver-se contra um perigo menor e a esquecer-se do maior. Ellis estava ferido e isso tornava-o vulnerável. A situação modificara-se. Ali estava a oportunidade para o matar.

Permaneceu acordado durante toda a noite, pensando no assunto. Imaginava Ellis jazendo num colchão por debaixo de uma figueira, cerrando os dentes para resistir à dor de um osso partido, ou talvez pálido e fraco por causa da perda de sangue. Viu-se a preparar uma injeção. «Um antibiótico para evitar uma infeção da ferida», diria, e injetava--lhe uma dose excessiva de digitalina, que lhe provocaria a paragem do coração. Um ataque cardíaco era improvável, mas não impossível, num homem de trinta e quatro anos, especialmente depois de esforços demasiado intensos na sequência de um período de trabalho sedentário. De qualquer modo, não haveria qualquer inquérito, nem autópsia, nem razão para suspeitas. No Ocidente, acreditariam que Ellis fora ferido em combate e morrera dos ferimentos; aqui no vale ninguém duvidaria do seu diagnóstico, confiavam nele tal como nos ajudantes de Masud, o que era natural, porque deviam pensar que sacrificara tanto ou mais da sua vida para lutar por aquela causa. Jane era a única que poderia duvidar. Que faria ela?

Não tinha a certeza. Jane era adversária de respeito quando sentia o apoio de Ellis, sozinha não representava qualquer perigo e talvez conseguisse convencê-la a permanecer no vale durante mais um ano. Prometeria não trair as caravanas, procuraria restabelecer o contacto com Anatoly e esperaria pela oportunidade de assinalar Masud aos russos.

Deu o biberão das duas da manhã a Chantal e voltou para a cama, mas nem sequer tentou adormecer, pois estava demasiado ansioso, excitado e assustado. Continuou deitado, à espera de que nascesse o Sol, pensando em todas as coisas que poderiam correr mal: Ellis recusar o tratamento; ele, Jean-Pierre, enganar-se na dose; Ellis ter sofrido apenas um arranhão e poder já deslocar-se normalmente; Ellis e Masud já terem abandonado Astana.

O sono de Jane era perturbado por sonhos, agitava-se e virava-se a seu lado, murmurando de vez em quando algumas sílabas incompreensíveis. Chantal era a única que dormia bem.

Jean-Pierre levantou-se pouco antes da madrugada, acendeu o lume e dirigiu-se ao rio para tomar banho. Quando voltou, o mensageiro já se encontrava no pátio, bebendo chá feito por Fara e comendo os restos do pão do dia anterior. Jean-Pierre bebeu um pouco de chá, mas não foi capaz de comer.

Viu Jane instalada no telhado, a dar de mamar a Chantal, e subiu para um beijo de despedida. Cada vez que tocava em Jane lembrava-se de como lhe havia batido e sentia-se tremer de vergonha. Ela parecia ter-lhe perdoado, mas Jean-Pierre não conseguia perdoar-se a si próprio.

Conduziu a sua velha égua através da aldeia, em direção ao rio, e, com o mensageiro a seu lado, encaminhou-se para jusante. Dali até Astana existia uma estrada, ou o que passava por o ser, através do vale dos Cinco Leões. Era uma faixa de terra rochosa com cerca de três metros de largura e mais ou menos plana, aceitável para carroças ou para viaturas militares, mas que destruiria um carro vulgar em poucos quilómetros. O vale era formado por uma série de desfiladeiros rochosos que alargavam aqui e acolá, dando lugar a pequenas planícies cultiváveis, com um ou dois quilómetros de comprimento e menos de um de largura, onde os aldeões conseguiam sobreviver através de muito trabalho e de uma inteligente irrigação. A estrada era suficientemente boa para Jean-Pierre poder montar a égua quando fosse a descer, uma vez que, nas subidas, o animal não aguentava com ele.

Outrora aquele vale deveria ter sido um lugar idílico, pensou Jean-Pierre, caminhando para sul sob o brilhante sol da manhã. Irrigado pelo rio dos Cinco Leões, abrigado pelas altas falésias que o rodeavam, organizado de acordo com as antigas tradições, perturbado por um ocasional vendedor de manteiga vindo do Nuristão ou por um vendedor de fitas proveniente de Cabul, deveria viver-se ali como em plena Idade Média. Agora, porém, o século XX caíra-lhe em cima. Quase todas as aldeias mostravam destruições provocadas pelos bombardeamentos: um moinho de água arruinado, um prado cheio de crateras, um velho aqueduto de madeira destruído, uma ponte de pedra reduzida a umas quantas pedras. Era evidente, para a cuidadosa análise de Jean-Pierre, qual fora o efeito de tudo aquilo na economia do vale. Aquela casa era de um talhante, mas o balcão de madeira em frente da porta estava vazio; aquela zona coberta de ervas fora uma horta, mas o dono fugira para o Paquistão; ali estava um pomar com os frutos a apodrecerem no chão, quando deveriam secar no telhado, para serem depois armazenados e consumidos durante o longo e frio inverno, mas a mulher e a criança que costumavam tomar conta do pomar tinham morrido e o marido juntara-se aos guerrilheiros; o monte de pedras e lama fora uma mesquita que os aldeões haviam decidido não reconstruir porque provavelmente seria bombardeada de novo. Todo aquele desperdício e destruição aconteciam porque homens como Masud tentavam resistir à maré da história e convenciam os camponeses ignorantes a apoiá-los. Com Masud fora do caminho, tudo terminaria, e com Ellis morto Jean-Pierre poderia ocupar-se de Masud.

Perguntava a si mesmo, quando já se aproximavam de Astana, cerca do meio-dia, se iria ter grandes dificuldades em espetar a agulha. A ideia de matar um paciente era tão grotesca que não sabia como iria reagir. Já assistira à morte de doentes, claro, mas mesmo nesses casos ficava cheio de remorsos por os não ter podido salvar. Quando Ellis se encontrasse indefeso na sua frente, e ele já tivesse a agulha na mão, seria perturbado por dúvidas, como Macbeth, ou vacilaria, tal como Raskolnikov em *Crime e Castigo*?

Atravessaram Sangana, com o seu cemitério e a pequena praia, e seguiram ainda pela estrada, contornando a curva do rio. À sua frente avistou terrenos de cultura e um grupo de casas na vertente de uma colina. Um minuto ou dois depois, um rapaz de cerca de onze anos atravessou os campos e aproximou-se deles, para os conduzir não para as casas na colina, mas para uma habitação maior, junto dos terrenos cultivados.

Jean-Pierre continuava a não sentir nem dúvidas nem hesitações, apenas uma espécie de ansiosa apreensão, tal como momentos antes de um exame importante.

Tirou o seu saco de cima da égua, deu as rédeas ao rapaz e penetrou no pátio da quinta.

Depararam-se-lhe trinta guerrilheiros espalhados pelo recinto, acocorados e mirando o vazio, aguardando qualquer coisa com uma paciência de aborígenes. Olhou em volta e verificou que Masud não se encontrava ali, apenas dois dos seus ajudantes mais próximos. Ellis jazia num cobertor, num canto sombrio.

Ajoelhou-se ao lado dele, e era evidente que o americano sentia dores provocadas pela bala, pois tinha o rosto tenso e os dentes cerrados, a pele pálida e suor na testa. A respiração era áspera e um pouco irregular.

— Dói, hein? — perguntou Jean-Pierre em inglês.

— Dói como o diabo! — respondeu Ellis, entredentes.

Jean-Pierre destapou-o. Os guerrilheiros tinham-lhe cortado a roupa e colocado um penso improvisado sobre a ferida. Removeu-o e verificou que o ferimento não era grave. Ellis sangrara bastante, a bala ainda alojada no músculo devia realmente doer, mas estava bastante afastada dos ossos ou de vasos sanguíneos importantes. Aquilo sararia depressa.

Não, não sarará, recordou-se Jean-Pierre. *Não vai ter tempo para sarar.*

— Primeiro, vou dar-te uma injeção para te aliviar as dores — disse.

— Ficava muito agradecido — respondeu Ellis com fervor. Jean-Pierre puxou o cobertor para cima e viu-lhe uma grande cicatriz em forma de cruz, nas costas. Onde teria arranjado aquilo?

Nunca o virei a saber, comentou para si mesmo, abrindo o seu saco.

Agora vou matar Ellis, recordou-se. *Nunca matei ninguém, nem sequer por acidente. Como se sentirá um assassino? As pessoas matam todos os dias, em todo o mundo: há maridos que liquidam as mulheres, mães que se desembaraçam dos filhos, assassinos que abatem políticos, ladrões que matam os donos das casas assaltadas, carrascos que executam os criminosos.* Pegou numa grande seringa e começou a enchê-la de digoxina. O medicamento vinha em pequenas ampolas, pelo que necessitava de esvaziar quatro para conseguir obter uma dose letal.

Como viria a ser a morte de Ellis? Em primeiro lugar, o medicamento iria acelerar-lhe as pulsações e ele daria por isso e ficaria incomodado e ansioso. A seguir, quando o veneno afetasse o mecanismo regulador do coração, este começaria a bater vezes a mais, teria uma batida normal seguida por uma mais pequena, e nessa altura Ellis sentir-se-ia terrivelmente doente. Por fim, os batimentos tornar-se-iam irregulares, as aurículas e os ventrículos funcionariam independentes e Ellis morreria, mergulhando na agonia e no terror. *Que irei fazer quando ele começar a gritar de dor, pedindo-me, a mim, o médico, que o ajude? Dar-lhe-ei a entender que quero que ele morra? Adivinhará que o envenenei? Ou murmurarei palavras reconfortantes, de um modo convincente, para lhe facilitar a passagem para o outro mundo? «Descontrai-te, trata-se de um efeito secundário habitual neste analgésico, dentro de momentos estarás bem.»*

A injeção estava pronta.

Posso fazê-lo, concluiu Jean-Pierre. *Posso matá-lo. Só não sei o que me irá acontecer depois.*

Desnudou o antebraço de Ellis e, pela força do hábito, limpou-lho com um algodão embebido em álcool, mas, no preciso momento em que ia pegar na agulha, reparou que Masud estava perto de si.

Jean-Pierre, que não o ouvira aproximar-se, assustou-se e deu um salto, mas Masud pousou-lhe a mão no braço.

— Assustei-o, *monsieur le docteur* — disse, ajoelhando-se ao lado da cabeça de Ellis. — Estive a considerar a proposta do Governo americano — declarou em francês, dirigindo-se a Ellis.

Jean-Pierre ajoelhou-se de novo, imóvel como uma estátua, com a seringa na mão direita. Proposta? Qual proposta? Que diabo se passava ali? Masud falava abertamente, como se o médico fosse um dos seus companheiros de confiança, o que de certo modo era, mas Ellis... Ellis poderia sugerir que conversassem a sós.

Com grande esforço, o americano ergueu-se um pouco e apoiou-se num cotovelo. Jean-Pierre susteve a respiração, mas Ellis limitou-se a dizer:

— Continua.

Está demasiado exausto, pensou o médico, *e sente demasiadas dores para se preocupar com medidas de segurança. Além disso, não tem razão alguma para suspeitar de mim.*

— É uma boa proposta — afirmava Masud —, mas tenho estado a perguntar a mim mesmo como vou cumprir a minha parte, nesse negócio...

Claro!, exclamou Jean-Pierre para si próprio. *Os americanos não iam enviar para aqui um dos melhores agentes da CIA apenas para ensinar a meia dúzia de guerrilheiros como destruir pontes e túneis. Ellis veio estabelecer um acordo!*

— O plano para treinar quadros de outras zonas — continuou Masud — deve ser explicado aos diversos chefes, mas vai ser difícil convencê-los. Suspeitarão, especialmente se for eu a apresentar a proposta, de modo que acho melhor seres tu a fazê-lo e a transmitir-lhes a oferta do teu Governo.

Jean-Pierre ficara como que paralisado de interesse. Um plano para treinar quadros de outras zonas! Qual seria a ideia?

— Terei muito prazer nisso — respondeu o americano, com uma certa dificuldade —, mas a reunião será marcada por ti.

— Sim — retorquiu Masud com um sorriso. — Convocarei uma conferência de todos os chefes rebeldes, no vale dos Cinco Leões, na aldeia de Darg, dentro de oito dias. Os mensageiros partirão ainda hoje para lhes dizer que está aqui um representante do Governo dos Estados Unidos, a fim de discutir fornecimentos de armamento.

Uma conferência! Fornecimentos de armamento! O acordo começava a tornar-se claro para Jean-Pierre. Mas que podia ele fazer?

— E eles virão? — perguntou Ellis.

— Muitos virão — respondeu Masud —, mas os dos desertos ocidentais não o farão, é demasiado longe e não nos conhecem.

— E aqueles dois de que te falei... Kamil e Azizi?

— Está nas mãos de Deus — declarou Masud, encolhendo os ombros.

Jean-Pierre tremia de excitação. Aquilo ia ser o mais importante acontecimento da história da resistência afegã!

Ellis remexia no interior do saco que se encontrava no chão junto dele.

— Talvez eu te possa ajudar a persuadir Kamil e Azizi — observou, tirando duas pequenas embalagens de dentro do saco e abrindo uma delas. Continha uma peça de metal amarelo, achatado e retangular. — Ouro — continuou. — Cada uma destas barras vale cerca de cinco mil dólares.

Era uma fortuna, cinco mil dólares constituíam, para um afegão médio, mais do que o rendimento de dois anos.

Masud pegou na barra de ouro e sopesou-a.

— Que é isto? — perguntou, apontando para uma figura gravada no centro do retângulo de metal.

— O selo do presidente dos Estados Unidos — explicou Ellis.

Inteligente, pensou Jean-Pierre. *Exatamente o necessário para impressionar chefes tribais e para os tornar bastante curiosos a respeito de Ellis.*

— Achas que isso servirá para convencer Kamil e Azizi? — perguntou o americano.

— Creio que virão — confirmou Masud.

Podes apostar a tua vida em como vêm, pensou Jean-Pierre.

De súbito, soube o que tinha a fazer. Masud, Kamil e Azizi, os três mais importantes chefes da guerrilha estariam juntos na aldeia de Darg, dentro de oito dias. Tinha de informar Anatoly, para este os poder matar.

Aqui está, pensou Jean-Pierre, *chegou o momento que eu aguardava desde que cheguei ao vale. Apanhei o Masud... e mais dois chefes rebeldes. Mas como diabo vou avisar Anatoly? Tem de haver uma maneira.*

— Uma conferência de alto nível — dizia Masud, com um sorriso muito orgulhoso. — Será um bom começo para a unificação da resistência, ou não?

Sim, ou seria isso ou o princípio do fim, pensou Jean-Pierre, apontando a seringa para o chão, carregando no êmbolo e vendo o veneno a empapar o chão poeirento. Um novo princípio ou o princípio do fim.

Jean-Pierre administrou um anestésico a Ellis, extraiu-lhe a bala, limpou a ferida, fez-lhe um novo penso e injetou-lhe antibióticos para evitar as infeções; a seguir tratou de dois guerrilheiros também ligeiramente feridos durante a escaramuça. Nessa altura já toda a gente da aldeia sabia que estava ali o médico e juntou-se um grupo de doentes no pátio da quinta. Jean-Pierre tratou um bebé com bronquite, três pequenas infeções e um mulá com lombrigas. A seguir almoçou e, a meio da tarde, arrumou as suas coisas, montou *Maggie* e iniciou o caminho de regresso a casa.

Ellis ficou para trás, a ferida sararia muito mais depressa se se mantivesse quieto durante um par de dias. Paradoxalmente, o médico sentia-se agora muito ansioso quanto à rápida recuperação do ferido, pois se ele morresse a conferência seria anulada. Enquanto cavalgava ao longo do vale, esforçava o cérebro em busca de meios para entrar em contacto com Anatoly. Claro que podia voltar para trás e dirigir-se a Rokha, entregando-se aos russos. Se estes não o abatessem à vista, chegaria depressa à presença do homem do KGB, mas Jane saberia onde ele tinha ido, avisava Ellis e este mudaria a data e o local da conferência.

Precisava de enviar uma carta e Anatoly... mas quem a poderia levar?

Havia sempre um fluxo regular de pessoas que passava pelo vale, dirigindo-se a Charikar, cidade também ocupada pelos russos, a cerca de cem quilómetros de distância, ou para Cabul, a capital, a cento e oitenta. Passavam homens do Nuristão, com manteiga e queijo, mercadores ambulantes que vendiam panelas e louças de barro, pastores que levavam gado para os mercados e famílias de nómadas que ninguém sabia o que faziam. Qualquer deles poderia talvez deixar-se subornar e levar a carta a um posto de correios ou entregá-la a um soldado russo. Cabul estava a três dias de distância, Charikar apenas a dois e, quanto a Rokha, que não tinha correios, a viagem até lá demorava apenas um dia. Jean-Pierre por certo que encontraria alguém que aceitasse aquela missão. Evidentemente que existia o risco de a carta ser aberta e lida, mas estava preparado para pôr a sua vida em jogo. No entanto havia outro problema: quando o mensageiro se apanhasse com o dinheiro, entregaria a carta? Nada o impediria de a «perder» durante o caminho e Jean--Pierre ficaria sem saber o que se passara. Era um plano pouco seguro.

Ainda não resolvera o problema quando chegou a Banda, ao anoitecer. Jane encontrava-se no telhado da casa, refrescando-se com a brisa da tarde e tendo Chantal sobre os joelhos. Acenou-lhes e entrou em casa, pousando o saco em cima do balcão da antiga loja. Quando o esvaziava, avistou as cápsulas de diamorfina e compreendeu que existia uma pessoa a quem podia confiar uma carta para Anatoly.

Procurou um lápis, pegou num bocado de papel de uma embalagem de algodão e cortou-o em retângulo. Tinha de servir aquele, porque no vale não havia papel para escrever. Começou assim, em francês: «Para o coronel Anatoly, do KGB...»

Aquilo soava muito melodramático, mas não encontrou outra maneira, pois não conhecia o apelido de Anatoly nem o seu endereço. Continuou:

«Masud convocou um conselho de chefes da resistência. Vão reunir-se de hoje a oito dias, quinta-feira, 27 de agosto, na aldeia de Darg, a mais próxima a sul de Banda. Dormirão provavelmente na mesquita nessa noite e manter-se-ão juntos na sexta-feira, porque é dia santo. A conferência foi convocada para falarem com um agente da CIA que eu conheço pelo nome de Ellis Thaler e que chegou ao vale há uma semana.

Esta é a nossa oportunidade!»

Acrescentou a data e assinou «*Simplex*».

Não tinha sobrescritos, era coisa que não via desde que saíra da Europa, e interrogou-se sobre qual seria a melhor maneira de proteger a carta. Olhou então em volta e avistou uma caixa com tubos de plástico, que serviam para os doentes levarem comprimidos, tubos esses munidos de etiquetas autoadesivas que ele nunca utilizava por não saber escrever as letras persas. Fez um rolinho com a carta e enfiou-a num dos tubos.

Que indicações colocar no exterior? Algures, o tubo acabaria por ir parar às mãos de um russo e Jean-Pierre imaginava-o como sendo um tipo de óculos, ansioso, enfiado num frio gabinete, ou talvez um estúpido qualquer a fazer serviço de sentinela no exterior de uma barreira de arame farpado. Sem dúvida que a arte de contrabandear pequenas coisas estava tão bem desenvolvida no exército russo como estivera no francês na época em que Jean-Pierre cumprira o serviço militar, por isso o tubo de comprimidos necessitava de ter um ar importante o suficiente para que o soldado o entregasse a um seu superior. Contudo, não valia a pena escrever qualquer coisa em francês ou inglês, porque o soldado não seria capaz de ler as letras ocidentais e Jean--Pierre, por seu lado, não conhecia o alfabeto russo. Era irónico saber que a mulher que se encontrava no telhado por cima dele falava fluentemente o russo e poderia, se tivesse vontade disso, dizer-lhe o que havia de fazer. Acabou por escrever *ANATOLY* — *KGB* e colou a etiqueta ao tubo, que depois enfiou numa caixa de medicamentos ostentando a indicação «veneno» em quinze línguas e três símbolos internacionais. Amarrou depois a caixa com um cordel e, movendo-se rápido, voltou a colocar tudo no interior do seu saco, mas substituindo os artigos que utilizara em Astana. Pegou num monte de comprimidos de diamorfina, que meteu no bolso da camisa, envolveu a caixa numa toalha, e saiu para o pátio.

— Vou ao rio lavar-me — disse para Jane, ainda no telhado.

— Está bem.

Caminhou depressa através da aldeia, cumprimentando uma ou outra pessoa, e dirigiu-se para os campos. Ia cheio de otimismo. O seu plano era muito arriscado, mas podia voltar a ter esperanças num grande triunfo. Evitou um canteiro de alhos que pertencia ao mulá e desceu uma série de terraços. A cerca de dois quilómetros da aldeia, numa plataforma rochosa aberta na montanha, via-se uma habitação solitária, que fora bombardeada. Já estava bastante escuro quando se aproximou cuidadosamente, escolhendo o caminho por entre as pedras que juncavam o pavimento irregular e lamentando não ter trazido uma luz.

Parou junto do montão de ruínas que outrora tinham sido a fachada da casa. Pensou em entrar, mas o cheiro e a escuridão dissuadiram-no, e chamou antes em voz alta:

— Ei, está aí alguém?

Um vulto sem forma ergueu-se do chão mesmo a seu pés, assustando-o e obrigando-o a dar um salto para trás; era o *malang*.

Jean-Pierre espreitou o rosto esquelético e a suja barba do louco. Recuperando a compostura, saudou-o:

— Deus esteja contigo, santo homem.

— E contigo, doutor.

Jean-Pierre tivera sorte, apanhara-o numa ocasião em que o homem estava um pouco lúcido. *Ótimo*, pensou.

— Como está a tua barriga?

O louco imitou uma dor de estômago, pois, como sempre, queria medicamentos. Jean-Pierre deu-lhe uma cápsula de diamorfina, deixando-o ver as outras e voltando a metê-las no bolso. O *malang* tomou-a e disse:

— Quero mais.

— Posso dar-te mais — respondeu-lhe Jean-Pierre —, muitas mais — o louco estendeu logo a mão —, mas antes terás de fazer uma coisa por mim. — O *malang* acenou que sim com grande vivacidade. — Vais a Charikar e dás isto a um soldado russo.

Decidira-se por Charikar, apesar de a viagem demorar mais um dia, porque receava que em Rokha, uma cidade rebelde, apenas temporariamente ocupada pelos russos, existisse alguma confusão e a sua carta se pudesse perder, ao passo que Charikar era território russo permanente. Por outro lado, decidira-se pela entrega a um soldado, porque o *malang* poderia não ser capaz de comprar um selo e meter aquilo no correio.

Olhou com atenção para o rosto sujo do homem. Perguntava a si mesmo se o louco conseguiria compreender aquelas instruções tão simples, mas o olhar de medo que lhe viu no rosto, quando mencionou os russos, indicou-lhe que ele percebera perfeitamente.

Haveria alguma maneira de ter a certeza de que o *malang* cumpriria as suas ordens? Também ele poderia deitar fora a pequena caixa, voltar para trás e jurar que desempenhara a tarefa, pois se era inteligente bastante para compreender o que tinha a fazer, então talvez também o fosse para mentir. De súbito, ocorreu uma ideia a Jean-Pierre:

— Quando o entregares, compra um maço de cigarros russos — disse.

— Não tenho dinheiro — respondeu o louco, mostrando-lhe as mãos vazias.

Jean-Pierre, que sabia que era verdade, deu-lhe uma nota de cem afeganes; era a garantia de que o homem ia até Charikar. Mas como ter a certeza de que entregava a encomenda?

— Se fizeres o que te mando — disse-lhe —, dar-te-ei todos os medicamentos que quiseres, mas se me enganares eu virei a saber, nunca mais te darei remédios, o teu estômago irá doer cada vez mais, inchará, e as tuas tripas rebentarão como uma granada. Morrerás no meio de grandes dores. Compreendes?

— Sim.

Observou-o demoradamente sob a fraca luz. Via-lhe o branco dos olhos a brilhar, o homem parecia aterrorizado e Jean-Pierre deu-lhe o resto das cápsulas de diamorfina.

— Toma uma, todos os dias de manhã, até regressares a Banda. — O louco acenou com vigor que sim. — Agora vai e não tentes enganar-me.

O louco virou-lhe as costas e começou a correr ao longo do rudimentar trilho, mexendo-se com movimentos estranhos, quase como os de um animal. Vendo-o desaparecer na escuridão, Jean-Pierre pensou: *O futuro deste país está nas tuas mãos sujas, pobre louco desgraçado. Que Deus te acompanhe.*

Uma semana mais tarde o *malang* ainda não regressara.

Na quarta-feira anterior à conferência, Jean-Pierre estava muito preocupado. Durante toda aquela semana dissera a si mesmo, hora a hora, que o homem iria chegar dentro de minutos e, no fim de cada dia, pensava que seria no seguinte.

A atividade dos aviões por cima do vale fora mais intensa nos últimos dias, aumentando-lhe ainda mais as preocupações. Os jatos tinham passado toda a semana a voar por cima deles para irem bombardear as aldeias, mas Banda tivera sorte, só caíra uma bomba, que se limitara a abrir um enorme buraco no canteiro de alhos do mulá. Porém, o barulho e o constante perigo deixaram toda a gente irritável e a tensão provocou um grande aumento do número de doentes, todos com sintomas de stresse: abortos, acidentes domésticos, dores de cabeça e vómitos inexplicáveis. As dores de cabeça atingiam mais as crianças. Se se encontrasse na Europa, teria recomendado um tratamento psiquiátrico, ali, enviava-as para o mulá, mas nem a psiquiatria nem o Islão poderiam fazer grande coisa, porque o mal das crianças era a guerra.

Passou a manhã atendendo mecanicamente os doentes, perguntando-lhes o que sentiam em *dari* e anunciando os seus diagnósticos, em francês, para Jane, tratando de feridas, dando injeções e entregando tubos de plástico com comprimidos e frascos de vidro com medicamentos coloridos. Entretanto, porém, a sua mente estava ocupada com outra coisa. O *malang* deveria ter demorado dois dias a chegar a Charikar, dava-lhe mais de um dia para o homem conseguir ganhar coragem e aproximar-se de um soldado russo e uma noite para se recompor do medo. Se partisse na manhã seguinte, eram ainda mais dois dias de caminho. Deveria ter regressado anteontem. Que acontecera? Teria perdido a caixa com a carta e mantinha-se afastado, a tremer de medo? Teria tomado todas aquelas cápsulas de uma vez e estaria doente? Teria caído ao maldito rio e morrido afogado? Teria sido abatido pelos russos?

Jean-Pierre olhou para o relógio, eram dez e trinta. O *malang* poderia chegar a qualquer momento, trazendo um maço de cigarros russos como prova de que estivera em Charikar. Jean-Pierre interrogou-se acerca da forma de explicar a Jane o aparecimento dos cigarros, uma vez que não fumava, mas chegou à conclusão de que não eram necessárias explicações para os atos de um louco.

Ligava a mão de um rapazinho de um vale próximo, que se queimara numa fogueira, quando ouviu o ruído de passos e de trocas de saudações, o que queria dizer que alguém acabava de chegar. Conteve a sua ansiedade e continuou a tratar da mão do rapaz. Levantou os olhos quando ouviu a voz de Jane e, para seu grande desapontamento, viu que não se tratava do *malang,* mas sim de dois estranhos. O da frente cumprimentou-o:

— Deus esteja consigo, doutor.

— E consigo — respondeu Jean-Pierre. Para não deixar prosseguir uma longa troca de saudações, continuou logo: — Que desejam?

— Houve um terrível bombardeamento em Skabun. Há muita gente morta e muitos feridos.

Jean-Pierre olhou para Jane. Ainda não podia sair de Banda sem a sua autorização, porque ela continuava com medo de que ele entrasse de algum modo em contacto com os russos, mas não podia deixar de atender aquele pedido de auxílio.

— Vou eu? — perguntou-lhe, em francês. — Ou vais tu?

Na verdade não queria ir, porque provavelmente teria de lá ficar durante a noite e estava ansioso por se encontrar com o *malang*.

Jane hesitou. Jean-Pierre sabia que ela estava a pensar que, se fosse, teria de levar Chantal. Além disso, era óbvio que não tinha capacidade para tratar de ferimentos graves.

— Decide tu — insistiu Jean-Pierre.

— Vai tu — respondeu ela.

— Está bem.

Skabun ficava a algumas horas de caminho e, se trabalhasse depressa e não existissem demasiados feridos, talvez conseguisse regressar ao cair da noite.

— Tentarei estar de volta esta noite — afirmou por fim.

Jane aproximou-se e beijou-o no rosto. Jean-Pierre verificou rápido o saco: morfina para as dores, penicilina para combater as infeções, agulhas e fio cirúrgico, pensos e ligaduras em quantidade. Enfiou o chapéu na cabeça e passou um cobertor pelos ombros.

— Não vou levar a *Maggie* — disse ele para Jane. — Skabun não é longe e o caminho é muito mau. — Beijou--a de novo e virou-se para os dois mensageiros. — Estou pronto, vamos.

Atravessaram a aldeia, passaram o rio a vau e subiram o íngreme declive do outro lado. Jean-Pierre pensava no beijo que trocara com Jane. Se o seu plano desse resultado e os russos matassem Masud, como reagiria ela? Saberia que a responsabilidade era dele, mas tinha a certeza de que não o trairia. Continuaria a amá-lo? Necessitava dela, desde que se encontravam juntos sofrera cada vez menos das profundas depressões que anteriormente o assaltavam com regularidade. O amor dela era o suficiente para se sentir bem, era--lhe necessário, mas também queria levar a bom termo a sua missão. Pensou de si para si: *Creio que desejo mais o êxito do que a felicidade, e é por isso que estou preparado para correr o risco de a perder, em troca da morte de Masud.*

Os três homens caminharam para sudoeste, ao longo do trilho que acompanhava o topo da falésia, junto do rio tumultuoso e barulhento. Jean-Pierre perguntou:

— Quantos pessoas morreram?

— Muitas — respondeu um dos mensageiros.

Jean-Pierre já estava habituado àquele tipo de respostas e insistiu paciente:

— Cinco? Dez? Vinte? Quarenta?

— Uma centena.

Não era possível, Skabun não tinha tantos habitantes. Voltou a perguntar:

— E quantos feridos?

— Duzentos.

O homem não percebia que a resposta era ridícula?, interroga-va-se Jean-Pierre. Ou estaria a exagerar, com medo de citar números baixos, receando que o médico desse meia volta e regressasse a casa? Também podia ser que não soubesse contar mais do que até dez...

— Que espécie de ferimentos? — perguntou-lhe Jean-Pierre.

— Fraturas e cortes a sangrar.

Aquilo deveriam ser ferimentos de uma batalha, os bombardeamentos provocavam principalmente queimaduras.

O homem não sabia o que estava a dizer, não valia a pena fazer-lhe mais perguntas.

A quatro quilómetros de Banda abandonaram o trilho que seguiam e meteram por um outro, que Jean-Pierre não conhecia e que se encaminhava para norte.

— Pode-se ir para Skabun por aqui? — perguntou.

— Sim.

Devia tratar-se de um atalho que ele nunca descobrira, a direção era, na verdade, mais ou menos aquela.

Alguns minutos mais tarde avistaram uma das pequenas cabanas de pedra onde os viajantes podiam descansar ou passar uma noite e, para grande surpresa de Jean-Pierre, os mensageiros encaminharam-se para a entrada.

— Não há tempo para descansar — disse-lhes, irritado. — Tenho de ir tratar dos feridos.

Anatoly surgiu à entrada da cabana.

Jean-Pierre ficou confundido, não sabia se se deveria mostrar alegre por poder informá-lo acerca da conferência, ou aterrorizado, porque decerto os afegãos o matariam.

— Não te preocupes — disse-lhe Anatoly, lendo-lhe a expressão. — São soldados do exército regular afegão, fui eu quem os enviou para te irem buscar.

Fora, na realidade, uma ideia brilhante, Skabun não fora bombardeada, tratara-se apenas de uma invenção para chamar Jean-Pierre.

— Amanhã — declarou este excitado —, amanhã vai acontecer uma coisa muito importante...

— Eu sei, eu sei, recebi a tua mensagem. É por isso que estou aqui.

— Então apanharás o Masud...

— Sim, vamos apanhar Masud, acalma-te — respondeu Anatoly, esboçando um sorriso sem alegria e mostrando os dentes manchados do tabaco.

Jean-Pierre compreendeu que se estava a comportar como uma criança excitada no dia de Natal e controlou o seu entusiasmo, com algum esforço.

— O *malang* não regressou e eu pensei que...

— Só chegou a Charikar ontem — explicou Anatoly. — Só o diabo sabe o que lhe aconteceu pelo caminho. Porque não utilizaste o rádio?

— Está avariado — respondeu Jean-Pierre, que naquele momento não queria ter de dar explicações acerca de Jane. — O *malang* faz tudo o que eu lhe peço porque lhe forneço heroína e ele é um viciado.

Anatoly fitou Jean-Pierre intensamente durante alguns instantes e nos seus olhos surgiu algo parecido com admiração.

— Ainda bem que estás do meu lado — afirmou, e Jean-Pierre sorriu. — Quero saber mais — continuou, passando um braço por cima dos ombros do francês e conduzindo-o para a cabana. Sentaram-se no pavimento de terra batida e Anatoly acendeu um cigarro. — Como tiveste conhecimento dessa conferência?

O jovem médico contou-lhe a história de Ellis e do ferimento de bala e depois relatou-lhe a conversa entre o americano e Masud acerca das barras de ouro, do plano para treinar quadros e das armas prometidas.

— Isto é fantástico! — exclamou Anatoly. — Onde está Masud neste momento?

— Não sei. Provavelmente deve chegar a Darg hoje, o mais tardar amanhã.

— Como sabes?

— Foi ele quem convocou a conferência... como pode deixar de estar presente?

Anatoly fez um aceno de confirmação.

— Descreve-me esse homem da CIA — pediu.

— Bom, deve ter um metro e setenta e cinco, cerca de oitenta quilos, cabelo louro e olhos azuis, e trinta e quatro anos, mas parece mais velho. Tem formação universitária.

— Passarei esses elementos no computador — disse Anatoly, levantando-se e dirigindo-se para o exterior, seguido por Jean-Pierre.

Depois tirou do bolso um pequeno emissor de rádio, esticou a antena, carregou num botão e murmurou qualquer coisa em russo. A seguir, virou-se para o francês.

— Meu amigo, tiveste pleno êxito na tua missão — afirmou.

— Quando irão atacar? — perguntou o francês, enquanto pensava que era verdade, conseguira um êxito total.

— Amanhã, claro.

Amanhã, já amanhã, pensou Jean-Pierre, sentindo uma onda de alegria selvagem. Os outros olhavam para cima e, seguindo-lhes o olhar, avistou um helicóptero a descer.

Provavelmente fora Anatoly que o chamara, com o rádio — o russo já não se importava com as medidas de segurança, o jogo chegara ao fim. A última cartada estava iminente, as precauções e os disfarces já não interessavam, o que necessitavam agora era de ousadia e velocidade. O aparelho desceu e pousou com uma certa dificuldade numa pequena área de terreno mais ou menos plano, a cerca de cem metros de distância.

Jean-Pierre encaminhou-se para o helicóptero com os outros três homens. Que faria a seguir, depois de eles partirem? Não tinha qualquer necessidade de ir a Skabun, mas não podia regressar imediatamente a Banda, isso obrigá-lo-ia a revelar que não existiam quaisquer vítimas de bombardeamento. Decidiu então que seria melhor permanecer durante algumas horas na cabana de pedra, antes de regressar a casa.

— *Au revoir* — disse, estendendo a mão para se despedir de Anatoly.

— Entra — respondeu-lhe este, sem retribuir o cumprimento.

— Como?

— Entra no helicóptero.

Jean-Pierre sentiu-se perplexo.

— Mas porquê?

— Porque vais connosco.

— Para onde? Para Bagram? Para o território russo?

— Sim.

— Mas não posso...

— Deixa-te de conversas e escuta — disse-lhe Anatoly paciente. — Em primeiro lugar, o teu trabalho terminou, a tua missão no Afeganistão chegou ao fim. Conseguiste o teu objetivo, amanhã capturaremos Masud e poderás ir para casa. Em segundo lugar, agora constituis um risco para a segurança, pois sabes o que planeamos fazer amanhã. Por questões de segurança, não podemos permitir que permaneças em território rebelde.

— Mas eu não contarei a ninguém!

— Supõe que te torturam ou que torturam a tua mulher, à tua vista? Imagina que se decidem a arrancar os braços e as pernas do teu bebé, um a um, em frente dos olhos da tua mulher?

— Mas que lhes acontecerá, se eu for com vocês?

— Amanhã, durante o ataque, iremos buscá-los para os trazer para junto de ti.

— Não posso crer...

Jean-Pierre sabia que Anatoly tinha razão, mas a ideia de não regressar a Banda era tão inesperada que o deixava desorientado. Jane e Chantal ficariam a salvo? Os russos iriam mesmo buscá-las? Anatoly deixaria que partissem os três para Paris? Quando?

— Entra — repetiu Anatoly.

Os dois soldados afegãos mantinham-se um de cada lado de Jean-Pierre e este não podia recusar, pois, se o fizesse, levavam-no à força.

Trepou para o helicóptero, logo seguido por Anatoly e pelos dois outros homens. O aparelho levantou voo e ninguém se preocupou em fechar a porta.

O helicóptero ganhou altitude, e pela primeira vez Jean--Pierre observava do alto todo o vale dos Cinco Leões. Os brancos ziguezagues do rio através da terra de um castanho-pardacento fizeram-no recordar-se da cicatriz de um velho ferimento de faca na testa de Shahazai Gul, o irmão da parteira. Viu a aldeia de Banda com os seus campos cultivados, amarelos e verdes. Olhou com atenção para o topo da colina, onde se encontravam as grutas, mas não havia sinais de vida: os aldeões tinham escolhido um bom esconderijo. O helicóptero subiu ainda mais alto e virou, impedindo-o de ver a aldeia. Procurou outros pontos que pudesse reconhecer, recordando-se de que passara ali um ano da sua vida e que nunca mais lá voltaria. Identificou Darg pela cúpula da mesquita. *Aquele vale era um dos pontos fortes da resistência*, pensou, *mas a partir de amanhã será apenas um memorial de uma rebelião falhada. E tudo por minha causa.* De súbito, o helicóptero apontou para o sul, passando para o outro lado da montanha, e segundos depois o vale dos Cinco Leões deixava de ser visível.

11

Quando Fara soube que Jane e Jean-Pierre partiriam com a próxima caravana, chorou durante um dia inteiro, pois sentia-se muito ligada a Jane e gostava muito de Chantal. Jane ficou satisfeita mas embaraçada; por vezes parecia que a jovem preferia Jane à própria mãe. Contudo, Fara pareceu habituar-se à ideia de que a inglesa ia partir e no dia seguinte comportou-se normalmente, dedicada como sempre, mas já não tão desgostosa.

A própria Jane andava enervada por causa da viagem de regresso. Desde o vale até à passagem do Khyber eram quase trezentos quilómetros, que, quando para ali fora, demorara catorze dias a percorrer. Sofrera de bolhas nos pés, de diarreia, bem como das inevitáveis dores musculares. Agora tinha de fazer a viagem de regresso carregando com um bebé de dois meses. Levavam cavalos, mas não era seguro montá-los durante a maior parte do caminho, porque as caravanas viajavam pelos mais estreitos e íngremes trilhos da montanha, frequentemente durante a noite.

Fez uma espécie de mochila de tecido de algodão, que podia pendurar ao pescoço, para transportar Chantal. Jean-Pierre teria de carregar com os abastecimentos que necessitassem durante cada dia porque — tal como Jane aprendera na viagem anterior — animais e homens viajavam a velocidades diferentes. Os cavalos andavam mais depressa nas subidas e mais devagar nas descidas, pelo que as pessoas ficavam separadas das bagagens durante longos períodos.

Decidir a espécie de artigos que devia levar era o seu problema daquela tarde, enquanto Jean-Pierre se encontrava em Skabun. Precisavam de uma pequena farmácia — antibióticos, pensos, ligaduras, morfina —, que Jean-Pierre organizaria, e teriam de levar alguma comida. Na viagem para o vale traziam consigo muitas rações alimentares ocidentais energéticas, chocolates, sopas de pacote e biscoitos, mas agora só poderiam levar o que encontrassem no vale: arroz, frutos secos, queijos secos, pão duro e tudo o que pudessem comprar durante o caminho. Embora fosse ótimo não terem de se preocupar com a alimentação de Chantal, ela levantava outros problemas. As mães afegãs não utilizavam fraldas, deixavam os bebés destapados da cintura para baixo e lavavam as toalhas onde os deitavam. Sistema muito mais saudável do que o ocidental, pensava Jane, mas que não servia para uma viagem. Por isso, fabricara três fraldas com toalhas e improvisara um par de calcinhas impermeáveis para Chantal, a partir das folhas de plástico que protegiam os remédios de Jean-Pierre; teria de lavar uma todos os dias, sempre em água fria, e esperar que secasse durante a noite, pois, com as fraldas húmidas, Chantal ficaria assada. Jane dizia, no entanto, para si mesma que nunca nenhum bebé morrera por causa do assado provocado pelas fraldas, evidente como era que a caravana não poderia parar para que o bebé dormisse, ou comesse, ou para o mudarem. Assim, Chantal teria de comer e dormir em andamento e só mudaria as fraldas quando surgisse uma boa oportunidade.

De certo modo, Jane era agora muito mais resistente do que há um ano: a pele dos pés endurecera, o estômago ganhara imunidade contra as bactérias locais e as pernas, que lhe tinham doído tanto durante a viagem até ali, estavam agora habituadas a caminhar durante muitos quilómetros. No entanto a gravidez parecera deixá-la com uma certa tendência para sentir dores nas costas e preocupava-se um pouco com o facto de ter de carregar a bebé durante todo o dia. Parecia já estar recuperada do trauma do parto e pronta para fazer amor, mas não o dissera a Jean-Pierre... e não sabia porquê.

Quando da chegada ao vale tirara muitas fotografias com a sua *Polaroid*. Deixaria ficar a máquina, que era das mais baratas, mas pretendia levar consigo a maior parte das fotografias, por isso, passou-as em revista, perguntando a si própria quais poderia deitar fora. Tinha retratos da maior parte dos aldeões: ali estavam os guerrilheiros, Mohammed, Alishan, Kahmir e Matullah, ostentando ridículas poses heróicas e com um ar feroz; ali estavam as mulheres, a voluptuosa Zahara, o rosto enrugado da velha Rabia, a Halima de olhos escuros, todas soltando risinhos, como rapariguinhas de escola; ali estavam as crianças, as três filhas de Mohammed e o rapaz, Mousa, os traquinas de Zahara, com dois, três, quatro e cinco anos, e os quatro filhos do mulá. Não era capaz de deitar fora nenhuma daquelas fotografias, teria de as levar todas.

Arrumava roupas dentro de um saco enquanto Fara varria o chão e Chantal dormia no quarto ao lado. Tinham saído mais cedo das grutas e descido à aldeia para adiantarem aquele trabalho. No entanto não havia muito a preparar: além das fraldas para Chantal, levaria um par de cuecas para ela e outro para Jean-Pierre, bem como um par de meias de reserva para cada um.

Não eram necessárias mudas de roupa exterior. Chantal iria embrulhada num xaile, e para Jane e Jean-Pierre bastaria um par de calças, uma camisa, um lenço de pescoço e um cobertor *pattu*. Provavelmente queimariam tudo aquilo num hotel de Peshawar, para celebrarem o regresso à civilização.

Esse pensamento dar-lhe-ia forças para a viagem. Tinha uma vaga recordação de que o Hotel Dean, em Peshawar, era muito primitivo, mas já não se lembrava muito bem do que achara mal. Seria possível que se tivesse queixado de que o ar condicionado fazia barulho? Por Deus, até tinha duches!

— Civilização — disse ela em voz alta e Fara olhou-a interrogativamente. Jane sorriu e disse-lhe, em *dari*: — Estou satisfeita porque vou regressar à grande cidade.

— Gosto da grande cidade — respondeu Fare. — Fui a Rokha, uma vez — afirmou, continuando a varrer —, e o meu irmão está em Jalalabade — acrescentou, num tom de inveja.

— Quando regressa? — perguntou Jane.

Fara calara-se, parecia embaraçada, e só instantes depois é que Jane compreendeu porquê: ouviu os sons de um assobio e de passos de homem no pátio, seguidos por batidas na porta. A voz de Ellis Thaler perguntou:

— Está alguém em casa?

— Entra! — respondeu Jane.

Ellis entrou, a coxear, e, apesar de ela já não se sentir romanticamente interessada nele, o ferimento preocupara-a. Ellis permanecera em Astana para recuperar e devia ter acabado de chegar a Banda.

— Como te sentes? — perguntou-lhe.

— Envergonhado — respondeu o americano, com um sorriso alegre. — Levei um tiro num sítio melindroso.

— Se te sentes envergonhado, então é porque estás melhor.

— O Jean-Pierre? — perguntou Ellis.

— Foi para Skabun — explicou-lhe Jane. — Parece que houve um grande bombardeamento e vieram aqui buscá-lo. Precisas de alguma coisa?

— Não, vim apenas informá-lo de que a minha convalescença chegou ao fim.

— Deve regressar esta noite ou amanhã de manhã — disse-lhe Jane, que lhe observava a aparência. Com aquela juba de cabelos e barbas douradas, parecia um leão. — Porque não cortas o cabelo?

— Os guerrilheiros disseram-me que o deixasse crescer e não me barbeasse.

— Dizem sempre isso, para que os ocidentais deem menos nas vistas. No entanto, no teu caso, o resultado é o oposto do pretendido.

— Ora, darei sempre nas vistas nesta terra, independentemente do cabelo e da barba.

— Também é verdade.

Jane reparou que era a primeira vez que falava com ele sem a presença de Jean-Pierre e que tinham voltado com facilidade ao antigo estilo de conversa. Custava-lhe lembrar-se de que se sentira tão zangada com Ellis, que entretanto olhava curioso para o saco que Jane preparava.

— Para que é isso? — perguntou-lhe.

— Para a viagem de regresso a casa.

— Como vais viajar?

— Com uma caravana, tal como viemos.

— Os russos ocuparam grandes extensões de território nos últimos dias — disse Ellis. — Não sabias?

— Que estás a querer dizer-me? — perguntou Jane, sentindo-se percorrer por um arrepio de apreensão.

— Que os russos lançaram a ofensiva do verão e avançaram para as zonas do território onde em geral passam as caravanas.

— Isso quer dizer que o caminho para o Paquistão está fechado?

— O caminho habitual está fechado, não se pode ir daqui até à passagem do Khyber, mas talvez existam outros caminhos...

— Ninguém me disse nada! — exclamou Jane zangada, vendo que se esvaía o seu sonho de regressar a casa.

— Suponho que Jean-Pierre talvez ainda não o saiba. Como tenho passado muito tempo com Masud, estou mais a par dos acontecimentos...

— Sim, talvez — concordou Jane sem olhar para ele.

Talvez Jean-Pierre não o soubesse... ou talvez soubesse e não lho tivesse dito, porque não queria regressar à Europa. Fosse como fosse, não iria aceitar aquela situação. Primeiro investigaria se Ellis tinha razão e depois procuraria outra maneira de resolver o problema.

Dirigiu-se à pequena arca de madeira e tirou de lá os mapas americanos do Afeganistão, que estavam enrolados num rolo preso com um elástico. Impaciente, retirou-o e largou os mapas no chão, mas o elástico partiu-se. Muito no fundo da sua mente surgiu-lhe a ideia de que talvez aquele fosse o único existente num raio de duzentos quilómetros.

Acalma-te, disse para si mesma.

Ajoelhou-se no chão e começou a observar os mapas. A escala era muito grande, pelo que necessitou de colocar vários ao lado uns dos outros para poder ver todo o território entre o vale e a passagem de Khyber. Ellis espreitava por cima dos ombros dela.

— Estes mapas são bons! — exclamou. — Onde os arranjaste?

— Jean-Pierre trouxe-os de Paris.

— São melhores do que os de Masud.

— Eu sei. Mohammed utiliza-os sempre para planear as rotas das caravanas. Bom, mostra-me até onde avançaram os russos.

Ellis ajoelhou-se no tapete ao lado dela e traçou uma linha no mapa, com o dedo.

— Não me parece que a passagem do Khyber esteja cortada — afirmou Jane, sentindo a esperança renascer. — Porque não podemos ir por aqui? — perguntou, desenhando uma linha imaginária um pouco a norte da frente russa.

— Não sei se há algum caminho — respondeu Ellis —, ou talvez seja intransponível... terás de perguntar aos guerrilheiros. Não te esqueças de outra coisa, as informações do Masud têm sempre um ou dois dias de atraso e os russos continuam a avançar. Um vale, ou passagem, poderá estar aberto num dia e fechado no seguinte.

— Merda! — Não iria permitir que a derrotassem e inclinou-se para os mapas, observando atentamente a zona da fronteira. — Olha, a passagem do Khyber não é a única maneira de atravessar a fronteira.

— Sim, há um vale com um rio que corre ao longo da fronteira do lado do Afeganistão, mas essas outras passagens talvez só possam ser atingidas a partir do Sul... ou seja, do território ocupado pelos russos — observou Ellis.

— Não vale a pena especular — concluiu Jane, juntando os mapas e enrolando-os. — Alguém deve saber.

— Espero que sim.

— Tem de haver mais de uma maneira de sair deste maldito país — afirmou Jane.

Levantou-se, meteu os mapas debaixo do braço e saiu, deixando Ellis ajoelhado no tapete.

As mulheres e crianças já tinham abandonado as grutas e a aldeia voltara a viver. O fumo das fogueiras onde se cozinhavam os alimentos pairava por cima dos muros dos pátios. Em frente da mesquita, cinco crianças sentadas em círculo jogavam um jogo que, sem que para isso houvesse uma razão aparente, se chamava «melão», e no qual uma das crianças contava uma história, mas parava antes do fim e a seguinte tinha de continuar. Jane avistou Mousa, o filho de Mohammed, sentado no círculo e usando no cinto a faca, com um aspeto bastante perigoso, que o pai lhe oferecera depois do acidente com a mina. Era Mousa quem contava a história: «... e o urso tentou morder a mão do rapaz, mas ele puxou pela sua faca...»

Jane dirigiu-se para casa de Mohammed. Era possível que este lá não se encontrasse, não o via há muito tempo, mas vivia com os irmãos e também eles eram guerrilheiros, tal como todos os outros jovens aptos. Se lá se encontrassem, podiam dar-lhe algumas informações.

Hesitou ao chegar à casa. De acordo com o costume, devia parar no pátio e conversar com as mulheres que preparavam a refeição da noite. A seguir, depois de uma troca de cortesias, a mulher mais velha entraria em casa para perguntar aos homens se estes condescenderiam em falar com ela. Na sua mente, Jane ouviu a voz da mãe a dizer-lhe: «Não procedas de maneira exibicionista!», mas respondeu em voz alta: «Vai para o diabo, mãe!» Avançou, ignorou as mulheres que se encontravam no pátio e caminhou diretamente para a sala da frente da casa... o refúgio dos homens.

Encontravam-se lá três: o irmão de Mohammed, de dezoito anos, Kahmir Khan, com o seu rosto simpático e uma barba rala, e o cunhado, Matullah, além do próprio Mohammed. Era muito pouco vulgar encontrar tantos guerrilheiros em casa. Levantaram todos a cabeça, espantados com a intrusão.

— Deus esteja contigo, Mohammed Khan — disse Jane e, sem parar para o deixar responder, continuou: — Quando regressaste?

— Hoje — respondeu o guerrilheiro automaticamente.

Acocorou-se, tal como eles, e viu que estavam demasiado surpreendidos para dizerem qualquer coisa. Jane espalhou os mapas no chão e, num gesto reflexo, os três homens debruçaram-se para os verem... Já estavam esquecidos da falta de boas maneiras de Jane.

— Olha — disse ela. — Os russos avançaram até aqui... tenho razão? — perguntou, traçando a linha que Ellis lhe mostrara.

Mohammed fez uma aceno de confirmação.

— Portanto, o caminho que a caravana toma habitualmente está bloqueado. — Novo aceno de confirmação. — Qual é agora a melhor rota para sair daqui?

Ficaram todos com um ar duvidoso e abanaram as cabeças. Era uma reação normal, quando se falava em dificuldades todos os afegãos gostavam de as exagerar, e Jane pensava que isso era porque os seus conhecimentos constituíam a única coisa que lhes dava supremacia sobre os estrangeiros. Em geral mostrava-se tolerante, mas naquela altura não estava com paciência.

— Porque não por aqui? — perguntou, com um ar perentório, traçando uma linha paralela à frente russa.

— É demasiado perto dos russos — respondeu Mohammed.

— Então, por aqui? — traçou um percurso com mais cuidado, seguindo os contornos das terras.

— Não — disse ele de novo.

— Porquê?

— Porque aqui... — apontou para um ponto do mapa, entre as extremidades de dois vales, onde Jane passara o dedo sobre uma cordilheira de montanhas — ... aqui não há passagem.

Jane traçou uma rota mais para norte.

— Então e esta?

— Pior ainda.

— Deve haver uma maneira de passar! — gritou Jane. Tinha a sensação de que os homens de divertiam com a sua frustração e decidiu dizer qualquer coisa algo ofensiva, para os fazer reagir. — Será que este país é uma casa só com uma porta, separado do resto do mundo só porque não se pode utilizar a passagem do Khyber? — A frase «uma casa só com uma porta» era um eufemismo para designar uma retrete.

— Claro que não — disse Mohammed, com alguma dureza. — No verão, temos o Trilho da Manteiga.

— Mostra-me.

O dedo de Mohammed traçou uma complicada rota que começava a este do vale, passava por uma série de desfiladeiros muito elevados e por rios secos, depois virava para norte, para dentro dos Himalaias, e, por fim, atravessava a fronteira perto da entrada do Waikhan, uma zona desabitada,

antes de virar para sudoeste em direção à cidade paquista-
nesa de Chitral.

— É por aí que as gentes do Nuristão trazem a manteiga e os queijos, para os mercados do Paquistão. — Sorriu
e tocou no seu chapéu redondo. — E é por aí que vêm estes chapéus.

Jane recordou-se de que lhes chamavam *chitrali*.

— Ótimo — disse ela. — Iremos para casa por esse caminho.

— Não é possível — afirmou Mohammed.

— Então porquê?

Kahmir e Matullah trocaram olhares e sorrisos sabedo-
res, mas Jane ignorou-os. Depois de alguns momentos,
Mohammed explicou-se:

— O primeiro problema está na altitude. Este caminho
passa acima da linha dos gelos, o que quer dizer que a neve
aí nunca derrete e que não há água corrente, mesmo no verão. O segundo problema é a configuração do terreno. As
montanhas são muito inclinadas e os trilhos estreitos e trai-
çoeiros. É muito difícil encontrar o caminho, até os guias
locais se perdem. No entanto, o problema pior são as pessoas. Essa região chama-se Nuristão, mas dantes era o Ka-
firistão, porque os seus habitantes bebiam vinho. Agora são
verdadeiros crentes, mas continuam a enganar, a roubar
e, por vezes, a matar os viajantes. É um mau caminho para eu-
ropeus e impossível para as mulheres, só os homens mais fortes o conseguem percorrer... e mesmo assim muitos morrem.

— Vais enviar caravanas por aí?

— Não. Esperaremos que a rota do sul esteja de novo
aberta.

Jane estudou-lhe o rosto: o homem não estava a exagerar, limitava-se a constatar factos. Levantou-se e começou a arrumar os mapas, amargamente desapontada, pois o regresso a casa fora adiado. A tensão da vida no vale pareceu-lhe de repente insuportável e teve vontade de chorar.

Fez um rolo com os mapas e obrigou-se a ser educada.

— Estiveste fora durante muito tempo — disse, para Mohammed.

— Fui a Faizabade.

— Uma longa viagem — Faizabade era uma grande cidade, muito para o norte, onde os rebeldes eram muito fortes. O exército regular tinha-se amotinado e os russos nunca mais o haviam conseguido controlar. — Não estás cansado?

Era uma pergunta formal, quase o mesmo que «como vais de saúde», e Mohammed deu-lhe a resposta também formal:

— Ainda estou vivo!

Jane meteu o rolo de mapas debaixo do braço e saiu. As mulheres da casa olharam-na, receosas, e ela fez um aceno de cabeça na direção de Halima, a mulher de Mohammed, que lhe respondeu com um meio sorriso nervoso.

Os guerrilheiros andavam a viajar muito. Mohammed fora a Faizabade, o irmão de Fara a Jalalabade... Jane recordava-se de que uma das suas doentes, uma mulher de Dasht-i-Rewat, lhe dissera que o marido fora enviado a Pagman, perto de Cabul, e o cunhado de Zahara, Yussuf Gul, também seguira para o vale Logar, do outro lado de Cabul. Todos aqueles pontos eram zonas de forte resistência, os rebeldes estavam a preparar qualquer coisa.

Esqueceu-se do seu desapontamento e procurou imaginar o que se iria passar. Masud enviara mensageiros a muitos, talvez a todos os outros chefes da resistência. Seria uma coincidência o facto de isso ter acontecido pouco depois da chegada de Ellis ao vale? Se não era, que andaria ele a tramar? Talvez os Estados Unidos fossem colaborar com Masud na organização de uma ofensiva concertada... Se todos os rebeldes atuassem em conjunto, poderiam conseguir uma verdadeira vitória... até talvez conquistassem Cabul, pelos menos temporariamente.

Jane entrou em casa e largou os mapas dentro da arca. Chantal ainda dormia e Fara preparava o jantar: pão, iogurte e maçãs. Jane perguntou-lhe:

— Que foi o teu irmão fazer a Jalalabade?

— Foi mandado — disse Fara, ostentando uma expressão de alguém que está a dizer o que é óbvio.

— Quem o mandou?

— Masud.

— Para quê?

— Não sei.

Fara parecia surpreendida por alguém lhe fazer aquelas perguntas. Quem poderia ser tão estúpido que pensasse que um homem diria à irmã qual a razão de uma viagem?

— Tinha lá alguma coisa que fazer, ou levava alguma mensagem?

— Não sei — repetiu Fara, que começava a mostrar-se nervosa.

— Pronto, está bem — concluiu Jane com um sorriso.

De todas as mulheres da aldeia, Fara era a que menos sabia o que se lá passava. Quem poderia saber? Zahara, claro. Pegou numa toalha e dirigiu-se para o rio.

Zahara já não se encontrava de luto pelo marido, mas continuava muito menos expansiva do que fora outrora. Jane interrogava-se: quando casaria ela de novo? Zahara e Ahmed era o único casal afegão, entre todos os que Jane encontrara, que parecia estar apaixonado. Contudo, Zahara era uma mulher muito sensual, que poderia ter problemas se vivesse muito tempo sem um homem. O irmão mais novo de Ahmed, Yussuf, o cantor, que residia na mesma casa com Zahara, tinha dezoito anos e ainda não casara, e as mulheres da aldeia especulavam e diziam que ele poderia vir a desposar a jovem.

No Afeganistão, os irmãos viviam juntos e as irmãs eram sempre separadas. Por norma a noiva ia com o marido, para casa dos pais deste, o que constituía apenas mais uma maneira de os homens oprimirem as mulheres.

Jane caminhou depressa pela vereda que atravessava os campos em direção ao rio. Alguns homens trabalhavam aproveitando os últimos clarões do dia, pois as colheitas estavam quase no fim. Em breve seria demasiado tarde para utilizar o Trilho da Manteiga. Mohammed dissera que o mesmo só podia ser percorrido no verão.

Atingiu a praia, onde oito ou dez mulheres da aldeia tomavam banho, dentro do rio ou em charcos junto à margem. Zahara encontrava-se mesmo a meio, salpicando-se toda como de costume, mas sem gargalhadas nem brincadeiras.

Jane largou a toalha e meteu-se à água, decidida a não ser tão direta com Zahara como fora com Fara. A jovem não se deixaria enganar, mas, pelo menos, procuraria dar a impressão de que estava apenas na má-língua e não a fazer um interrogatório. Não abordou Zahara logo naquele instante. Quando as outras mulheres saíram da água, seguiu-as um ou dois minutos depois, secou-se em silêncio, e só falou na altura em que Zahara e mais algumas das outras começaram a caminhar para a aldeia.

— Quando regressa Yussuf? — perguntou-lhe.

— Hoje, ou amanhã. Foi ao vale Logar.

— Eu sei. Foi sozinho?

— Sim... mas disse que poderia voltar com alguém.

— Quem?

— Talvez com uma mulher — respondeu Zahara, encolhendo os ombros.

Jane sentiu-se um pouco divertida, pois a jovem afegã mostrava-se demasiado indiferente, demasiado fria, o que queria dizer que estava preocupada. Talvez as mulheres da aldeia tivessem razão, e Jane esperava que assim fosse, porque a rapariga necessitava de um homem.

— Não creio que tenha ido buscar uma mulher — afirmou.

— Porquê?

— Porque está a passar-se qualquer coisa importante. Masud enviou muitos mensageiros, não podem andar todos em busca de mulheres.

Zahara continuou a procurar mostrar-se indiferente, mas Jane via bem que ela ficara satisfeita. *Poderia tirar alguma conclusão do facto de Yussuf ter ido ao vale Logar para trazer alguém com ele?*, interrogou-se Jane.

A noite já caía quando se aproximaram da aldeia. Da mesquita chegava-lhes o som de um canto entoado em coro: a estranha ladainha das orações rezadas pelos mais sanguinários homens do mundo. Quando o ouvia lembrava-se sempre de Josef, um jovem soldado russo que sobrevivera à queda de um helicóptero que se precipitara na montanha, por cima de Banda. As mulheres haviam-no transportado para a loja — fora no inverno, antes de terem mudado o posto de socorros para as grutas — e Jean-Pierre e Jane tinham-lhe tratado os ferimentos, enquanto um mensageiro procurava Masud para lhe perguntar o que deveriam fazer. Jane soube qual fora a resposta de Masud quando, uma noite, Alishan Karim entrara na sala da frente da casa do lojista, onde Josef jazia envolvido em ligaduras, encostara a ponta do cano da espingarda a uma orelha do rapaz e disparara. Fora mais ou menos àquela hora do dia, e o som dos homens a rezar mantivera-se no ar enquanto ela lavava o sangue das paredes e apanhava os miolos do russo espalhados pelo chão.

As mulheres treparam os últimos metros do trilho que ia dar à aldeia e pararam em frente da mesquita, concluindo as suas conversas antes de cada uma delas ir para a respetiva casa. Jane olhou para a mesquita e viu os homens a orarem de joelhos, dirigidos por Abdullah, o mulá. As armas, a habitual mistura de espingardas antigas e modernas pistolas-metralhadoras, encontravam-se amontoadas a um canto. As orações chegaram ao fim e, quando os guerrilheiros se levantaram, Jane verificou que havia um certo número de estranhos entre eles. Virou-se para Zahara:

— Quem são aqueles? — perguntou.

— Pelos turbantes, devem ser do vale Pitch e de Jalalabade — replicou a jovem. — São pachtun e em geral nossos inimigos. Que estarão aqui a fazer? — Enquanto falava, emergiu da multidão um homem muito alto, com uma pala num olho. — Aquele deve ser Jahan Kamil... o grande inimigo de Masud!

— Mas Masud está a conversar com ele! — exclamou Jane, acrescentando em inglês: — Ora imaginem só!

— *Ori meginem sssó!* — imitou-a Zahara.

Era a primeira brincadeira de Zahara desde que o marido morrera e também sinal de que ela estava a recuperar.

Os homens começaram a sair da mesquita e as mulheres dispersaram em direção às suas casas. Jane deixou-se ficar, começava a compreender o que se passava e queria ter uma confirmação. Aproximou-se de Mohammed quando este saiu da mesquita e falou-lhe em francês:

— Esqueci-me de te perguntar se a tua viagem a Faizabade teve êxito.

— Teve — disse ele, sem parar.

Não queria que os seus companheiros, ou os pachtun, o vissem a responder às perguntas de uma mulher e Jane teve de apressar o passo para o acompanhar.

— Então, o chefe de Faizabade está cá? — insistiu.

— Sim.

Jane adivinhara, Masud convidara todos os chefes rebeldes para virem até ali. Mas queria ainda mais pormenores...

— Que pensas da ideia? — perguntou-lhe.

Mohammed mostrou-se reservado e perdeu os ares importantes, o que sempre acontecia quando a conversa o interessava.

— Tudo depende do que Ellis fizer amanhã — disse. — Se os impressionar e conseguir convencer de que é um homem de honra, ganhando o seu respeito, creio que concordarão com o plano.

— Achas que é bom?

— Claro que será bom, se a resistência se unir e vier a receber armamento dos Estados Unidos!

Então era isso! Armas americanas para os rebeldes, com a condição de se unirem para combater os russos, em vez de passarem metade do tempo a combaterem-se uns aos outros!

Chegaram em frente da casa de Mohammed e Jane afastou-se, satisfeita. Sentia os seios cheios, era hora de dar de mamar à filha. O seio direito parecia um pouco mais pesado, porque, durante a última mamada, Chantal começara pelo esquerdo e o primeiro era o que ela esvaziava mais completamente.

Entrou em casa e dirigiu-se ao quarto. O bebé dormia, nu, deitado sobre uma toalha dobrada, dentro do berço, que não era mais do que uma caixa de cartão canelado, cortada ao meio. Chantal não necessitava de roupas, o ar quente do verão do Afeganistão era suficiente e de noite bastava cobri-la com um lençol. Observando a filha, Jane esqueceu-se de tudo o mais, dos rebeldes e da guerra, de Ellis, Mohammed e Masud... Sempre pensara que os bebés eram feios, mas Chantal parecia-lhe muito bonita. Enquanto a observava, ela mexeu-se, abriu a boca e chorou. Em resposta, o seio direito de Jane soltou umas gotas de leite, deixando-lhe na camisa uma mancha quente e húmida. Desabotoou-se e pegou na filha.

Jean-Pierre dizia-lhe que devia lavar o peito com álcool antes da mamada, mas nunca o fazia, porque sabia que a filha não iria apreciar o gosto. Sentou-se num tapete com as costas encostadas à parede e com Chantal no braço direito. O bebé agitou os braços pequenos e roliços e moveu a cabeça de um lado para o outro, de boca aberta, numa busca frenética. Jane guiou-lhe a cabeça para o mamilo. As gengivas sem dentes morderam-na com força e Chantal começou a chupar com violência, obrigando-a a fazer caretas de dor. Ao fim de duas ou três mamadas o bebé começou a sugar com menos violência e levantou a mãozinha, pousando-lha no peito inchado, premindo-o numa carícia cega e desajeitada. Jane descontraiu-se.

Dar de mamar a Chantal fazia-a sentir-se terrivelmente terna e protetora e, para sua surpresa, descobrira que a sensação também era erótica. Ao princípio envergonhara-se, mas depois concluíra que se era natural não podia ser mau, e passara a apreciar o facto.

Estava ansiosa por exibir Chantal, logo que chegassem à Europa. Sem dúvida que a mãe de Jean-Pierre diria que ela fazia tudo mal feito, a sua própria mãe insistiria no batismo do bebé, mas o pai iria adorá-lo por detrás de uma neblina alcoólica e a irmã ficaria orgulhosa e entusiasmada. Quem mais? O pai de Jean-Pierre já morrera...

— Está alguém em casa? — perguntou uma voz vinda do pátio.

— Entra! — gritou Jane.

Era Ellis e não sentiu necessidade de cobrir os seios, não se tratava de um afegão e, de qualquer modo, já tinham sido amantes.

Ellis entrou, viu-a a amamentar o bebé e deteve-se logo.

— Queres que volte mais tarde?

— Não é preciso — respondeu, abanando a cabeça. — Já me viste as mamas.

— Não creio — respondeu Ellis. — Deves tê-las trocado por outras.

— A gravidez fê-las aumentar — explicou, com uma gargalhada.

Sabia que Ellis já fora casado e tinha um filho, mas dava a impressão de que já não via nem o filho nem a mãe. Era uma das coisas de que nunca falava.

— Já não te lembras da gravidez da tua mulher? — perguntou, irónica.

— Não a vi — respondeu Ellis, no tom de voz que usava quando não queria falar de um assunto. — Estava na guerra.

Jane sentia-se demasiado descontraída para lhe responder no mesmo tom. De facto, tinha pena dele, dera cabo da sua própria vida não inteiramente por sua culpa. Além disso, fora bem punido pelos seus pecados... inclusive por ela.

— Jean-Pierre não regressou? — perguntou Ellis.

— Não.

O bebé deixou de sugar quando o peito se esvaziou e, com muito cuidado, Jane retirou o mamilo da boca de Chantal e içou-a até ao ombro, dando-lhe pancadinhas nas costas para que ela arrotasse.

— Masud queria pedir-lhe os mapas emprestados — continuou Ellis.

— Podes levá-los, sabes onde estão. — Chantal soltou um sonoro arroto. — Linda menina — disse Jane, deslocando o bebé para o seio esquerdo.

Outra vez com fome, depois de ter arrotado, Chantal começou de novo a sugar, e então, levada por um impulso, Jane perguntou:

— Porque não vês o teu filho?

Ellis tirou os mapas da arca, fechou a tampa e endireitou-se.

— Vejo — disse —, mas não com muita frequência.

Jane ficou um pouco chocada. *Vivi com ele durante quase um ano*, pensou, *e afinal nunca o cheguei a conhecer bem.*

— É rapaz ou rapariga?

— Rapariga.

— Deixa ver, deve ter...

— Tem treze anos.

— Meu Deus!

Era quase uma adulta e Jane sentiu-se cheia de curiosidade. Porque nunca lhe perguntara aquilo? Talvez por não sentir qualquer interesse, antes de ter o seu próprio filho...

— Onde vive? — Ellis hesitou. — Pronto, não digas. Estavas a preparar-te para me mentir.

— Tens razão — respondeu ele. — Mas sabes porquê?

— Receias que os teus inimigos te ataquem através dela, não é? — perguntou Jane, depois de pensar durante alguns instantes.

— Sim.

— É uma boa razão.

— Obrigado, e obrigado também pelos mapas — disse Ellis, despedindo-se com um aceno e saindo.

Chantal adormecera com o mamilo da mãe na boca. Jane libertou-se gentilmente, voltou a levá-la ao ombro e ela arrotou sem acordar. Aquele bebé era capaz de dormir em quaisquer condições.

A jovem gostaria de que Jean-Pierre estivesse já de volta. Sabia que lhe era impossível prejudicar os guerrilheiros, mas sentia-se mais à vontade quando o tinha debaixo de olho. Na realidade, ele não podia contactar os russos desde que lhe esmagara o rádio, pois não existiam outros meios de comunicação entre Banda e o território ocupado. Masud usava mensageiros, claro, mas Jean-Pierre não os tinha e, se enviasse alguém, toda a aldeia o viria a saber. Tudo o que lhe restava era ir até Rokha a pé, mas ainda não arranjara tempo para isso.

Além de se sentir ansiosa, odiava dormir sozinha. Na Europa não se importaria, mas aqui tinha medo dos brutais e imprevisíveis homens da tribo, que pensavam ser tão normal um homem bater numa mulher como a mãe beijar o filho. Para eles, Jane não era uma mulher vulgar: com os seus pontos de vista liberais, os seus olhares diretos e a sua independência, era o símbolo de delícias sexuais proibidas. Não seguia as convenções habituais e as únicas mulheres por eles conhecidas que procediam da mesma maneira eram as prostitutas.

Quando Jean-Pierre ali se encontrava, tocava-lhe sempre antes de adormecer, mas depois enrolava-se e virava-se para o outro lado, e apesar de se mexer muito durante a noite, nunca mais lhe tocava. O único outro homem com quem ela partilhara a cama por um longo período fora Ellis, que se comportava de um modo oposto. Passava as noites a tocá-la, abraçando-a e beijando-a, por vezes meio acordado, outras a dormir, e tentara fazer amor com ela duas ou três vezes, a dormir. Ela ria-se e tentava auxiliá-lo, mas segundos depois Ellis virava-se para o outro lado, a ressonar, e de manhã não se recordava de nada. Era tão diferente de Jean-Pierre! Ellis tocava-lhe com uma afeição desajeitada, como uma criança a brincar com um animal de estimação, o seu animal preferido; Jean-Pierre como um violinista poderia pegar num *Stradivarius*. Tinham-na amado de maneiras diferentes, mas haviam-na ambos traído do mesmo modo.

Chantal emitiu alguns ruídos; estava acordada. Pegou-lhe e pousou-a no colo, apoiando-lhe a cabeça, para que pudessem olhar uma para a outra. Começou a falar-lhe, numa mistura de sílabas sem sentido e palavras verdadeiras, pois Chantal gostava daquilo. Passado um bocado, Jane já não sabia que mais dizer e começou a cantar. Encontrava-se a meio de *O Paizinho Foi para Londres Num Comboio* quando foi interrompida por uma voz do exterior.

— Entre! — gritou, dizendo depois para Chantal: — Temos visitas a toda a hora, até parece que estamos a viver no Museu Britânico...

Puxou a frente da camisa para ocultar mais os seios, assim que viu que o visitante era Mohammed.

— Onde está Jean-Pierre? — perguntou o guerrilheiro.

— Foi a Skabun. Precisas de alguma coisa?

— Quando regressa?

— De manhã, julgo. Queres dizer-me qual é o problema ou vais continuar a comportar-te como um polícia de Cabul?

Mohammed sorriu-lhe. Quando lhe falava assim, desrespeitosamente, o afegã achava-a *sexy,* mas não era isso o que ela pretendia.

— Alishan chegou, com Masud. Quer mais comprimidos.

Alishan Karim, o irmão do mulá, sofria de angina de peito, mas como não queria abandonar as suas atividades como guerrilheiro Jean-Pierre dava-lhe trinitrina para ele tomar antes de uma batalha ou qualquer outro esforço físico.

— Vou dar-tos já — disse Jane, levantando-se e entregando Chantal a Mohammed.

O afegão aceitou a bebé num gesto automático e depois ficou com um ar muito embaraçado. Jane sorriu-lhe e dirigiu-se ao quarto da frente. Encontrou os comprimidos numa prateleira por debaixo do balcão, meteu cerca de cem num tubo de plástico e voltou à sala. Fascinada, Chantal não tirava os olhos de Mohammed. Jane retirou-lhe a bebé das mãos e entregou-lhe os comprimidos.

— Diz a Alishan que descanse o máximo que puder — recomendou Jane.

— Ele não tem medo de mim — respondeu Mohammed, abanando a cabeça. — Diz-lhe tu.

Jane soltou uma gargalhada. Na boca de um afegão, aquela piada era quase feminista. Mohammed continuou:

— Porque foi Jean-Pierre a Skabun?

— Ouve lá um bombardeamento, esta manhã.

— Não, não houve.

— Claro que hou... — Jane interrompeu-se de súbito.

— Passei lá todo o dia com Masud — explicou Mohammed, encolhendo os ombros. — Deves estar enganada.

— Sim... — respondeu, tentando manter uma expressão normal. — Devo ter ouvido mal.

— Obrigado pelos comprimidos — concluiu o afegão, já ao sair da casa.

Jane deixou-se cair pesadamente em cima de um banco. Skabun não fora bombardeada... Jean-Pierre fora encontrar-se com Anatoly. Não percebia como conseguira ele combinar o encontro, mas não tinha dúvidas de que se tratava disso.

E agora, que podia fazer?

Se Jean-Pierre tivesse conhecimento da reunião do dia seguinte e informasse os russos, então estes poderiam atacar e... eliminar todos os maiores chefes da resistência afegã num só dia!

Tinha de falar com Ellis.

Envolveu Chantal num xaile, o ar já estava um pouco mais fresco, e saiu de casa dirigindo-se para a mesquita. Ellis encontrava-se no pátio com o resto dos homens, estudando os mapas com Masud, Mohammed e o homem da pala num olho. Alguns dos guerrilheiros descansavam, outros bebiam, mas todos a olharam, surpreendidos, quando entrou com o bebé.

— Ellis — chamou, fazendo-o olhar para cima. — Preciso de falar contigo. Importas-te de sair?

O americano levantou-se, passaram por debaixo do arco e pararam em frente da mesquita.

— Que foi? — perguntou Ellis.

— O Jean-Pierre sabe dessa reunião que vocês prepararam, com todos os chefes da resistência?

— Sim... quando Masud e eu falámos nisso pelo primeira vez, ele estava junto de nós, a extrair-me a bala do traseiro. Porquê?

Jane sentiu o coração a cair-lhe aos pés, alimentara tantas esperanças de que Jean-Pierre não soubesse... Agora, não tinha por onde escolher. Olhou em volta, mas não havia por ali ninguém que os pudesse ouvir e, de qualquer modo, estavam a falar em inglês.

— Tenho uma coisa para te dizer — começou —, mas quero que me prometas que não lhe farão mal...

Ellis ficou a olhar para ela, embasbacado, durante curtos instantes.

— Oh, merda! — exclamou violentamente. — Oh, foda-se, oh, merda! Ele trabalha para os russos! Claro! Porque não o adivinhei? Em Paris, deve ter sido ele quem os conduziu até ao meu apartamento! Aqui, informa-os a respeito das caravanas... por isso se têm perdido tantas! Filho da mãe... — Deteve-se de repente e prosseguiu de um modo mais gentil: — Deve ter sido terrível, para ti...

— Sim — respondeu Jane.

Não se conseguiu dominar, as lágrimas subiram-lhe aos olhos e começou a soluçar. Sentia-se fraca, e estúpida e envergonhada por estar a chorar, mas ao mesmo tempo parecia-lhe que lhe tinham tirado um enorme peso das costas.

— Pobrezinha... — disse Ellis, passando um braço em volta dela e de Chantal...

— Sim — soluçou —, foi terrível.

— Há quanto tempo sabes disso?

— Poucas semanas.

— Então ainda ignoravas tudo quando te casaste com ele.

— Sim.

— Os dois... — comentou Ellis. — Fizemos-te os dois o mesmo.

— Sim.

— Meteste-te com quem não devias...

— Sim.

Enterrou o rosto na camisa dele e chorou sem restrições, por todas as mentiras, todas as traições, todo o tempo perdido e amor desperdiçado. Chantal chorou também. Ellis segurou Jane, afagando-lhe o cabelo, até que ela deixou de tremer e começou a acalmar-se, limpando o nariz à manga da blusa.

— Parti-lhe o rádio, sabes... — explicou Jane. — E pensei que já não tinha maneira de contactar com eles, mas hoje vieram chamá-lo para assistir os feridos do bombardeamento de Skabun. Depois disseram-me que não houve nenhum bombardeamento...

Mohammed saiu da mesquita, e Ellis largou Jane, parecendo ficar embaraçado.

— Que se passa lá dentro? — perguntou-lhe em francês.

— Estão a discutir — disse o afegão. — Uns dizem que é um bom plano, que ajudará a derrotar os russos, mas outros perguntam por que razão é Masud considerado como o único bom chefe e quem é Ellis Thaler para poder julgar os resistentes afegãos. Tens de voltar e conversar mais com eles...

— Espera — interrompeu-o Ellis. — Aconteceu uma coisa...

Jane pensou: *Oh, Deus, Mohammed vai matar alguém quando ouvir isto...*

— Houve uma fuga de informações.

— Que queres dizer? — inquiriu Mohammed, com um ar violento.

Ellis hesitou, como se sentisse relutância em contar a verdade, mas depois pareceu chegar à conclusão de que não tinha outra alternativa...

— Os russos podem saber tudo a respeito da conferência...

— Quem foi? — exigiu Mohammed. — Quem foi o traidor?

— Possivelmente o médico, mas...

Mohammed virou-se para Jane.

— Há quanto tempo sabias disto? — perguntou rudemente.

— Ou falas comigo como deve ser, ou não falas! — retorquiu ela.

— Esperem — interveio Ellis, mas Jane não estava disposta a permitir que o afegão continuasse naquele tom acusatório.

— Avisei-te, não avisei? — exclamou. — Disse-te que modificasses a rota da caravana. Salvei-te a vida, portanto não me apontes com o dedo!

A ira de Mohammed evaporou-se, deixando-o com um ar um pouco comprometido. Ellis interveio de novo:

— Então foi por isso que mudámos de caminho! — observou, olhando para Jane com alguma admiração.

— Onde está ele agora? — perguntou Mohammed.

— Não temos a certeza — respondeu Ellis.

— Se regressar, será morto!

— Não! — gritou Jane.

Ellis pousou-lhe a mão no ombro e virou-se de novo para o afegão.

— Eras capaz de matar um homem que salvou tantos dos teus camaradas?

— Terá de enfrentar a justiça — insistiu Mohammed.

Mohammed dissera «se ele regressar»... e Jane compreendeu que partira do princípio de que o marido voltaria. Decerto não a iria abandonar e ao bebé.

— Se é um traidor — dizia Ellis — e se conseguiu contactar os russos, então falou-lhes da nossa reunião de amanhã. Vão com certeza atacar para tentarem capturar Masud...

— Isto é muito mau... — murmurou Mohammed. — Masud tem de partir já. A conferência tem de ser cancelada...

— Não necessariamente — declarou Ellis. — Pensa um pouco, podemos tirar vantagens de tudo isto.

— Como?

— Na verdade, quanto mais reflito no caso mais gosto dele — continuou Ellis. — Ainda vamos chegar à conclusão de que se trata da melhor coisa que nos podia ter acontecido.

De madrugada, evacuaram Darg. Os homens de Masud foram de casa em casa, acordando os seus ocupantes e informando-os de que a aldeia ia ser atacada pelos russos e que deviam deslocar-se para Banda, levando consigo o que pudessem. Quando o Sol se levantou, já uma fila irregular de mulheres, crianças, velhos e gado saía da aldeia e caminhava ao longo da estrada poeirenta aberta junto ao rio.

Darg tinha um aspeto diferente do de Banda. Nesta, as casas amontoavam-se no ponto mais oriental da planície, onde o vale era mais estreito e o terreno mais rochoso. Em Darg, as casas encontravam-se quase em cima umas das outras numa estreita plataforma entre o sopé da falésia e a margem do rio. Havia uma ponte precisamente em frente da mesquita e os campos cultivados ficavam do outro lado do rio.

Era um ótimo lugar para uma emboscada.

Masud organizara o plano durante a noite e agora Mohammed e Alishan tratavam de o pôr em prática, deslocando-se de um lado para o outro com grande eficiência: Mohammed, alto, simpático e elegante; Alishan, baixo e mal-encarado, ambos dando instruções em voz baixa, num tom grave, imitando o seu chefe.

Enquanto colocava as cargas explosivas, Ellis perguntava a si próprio se os russos apareceriam. Jean-Pierre não regressara, pelo que era quase certo que conseguira contactar os seus patrões e seria inconcebível que estes resistissem à tentação de capturar ou matar Masud. No entanto, não existiam certezas e, se não aparecessem, faria um papel de parvo, porque convencera o afegão a montar uma complicada armadilha para apanhar uma presa inexistente — e os guerrilheiros não quereriam fazer um pacto com um parvo. Mas se os russos viessem e a emboscada resultasse, então tanto o seu prestígio como o de Masud subiriam a um nível tal que talvez fosse o suficiente para o acordo ser imediatamente aceite.

Procurava não pensar em Jane. Quando passara os braços em volta dela e do bebé e a jovem lhe encharcara a camisa de lágrimas, a sua paixão renovara-se como uma chama a que tivessem lançado gasolina. Desejaria ficar ali para sempre, sentindo aqueles estreitos ombros a tremerem por debaixo do seu braço e a cabeça dela de encontro ao seu peito. Pobre Jane, era tão honesta e encontrara homens tão mentirosos.

Estendeu o cordão detonante ao longo do rio e colocou a ponta numa minúscula habitação apenas com um quarto, construída na margem do rio a cerca de duzentos metros da mesquita. Ligou um detonador ao cordão e completou o conjunto com um pequeno disparador muito simples: bastava puxar uma argola metálica.

Estava de acordo com o plano de Masud. Ellis ensinara emboscadas e contraemboscadas, durante um ano, em Fort Bragg, entre duas estadas na Ásia, e, numa escala de dez pontos, daria nove ao plano de Masud. O ponto perdido era devido a ele não ter previsto uma via de fuga para os seus homens, no caso de o combate lhes ser desfavorável, mas claro que o chefe guerrilheiro, como bom afegão, poderia não considerar isso como um erro.

Tudo ficou pronto cerca das nove horas da manhã e os guerrilheiros trataram do pequeno-almoço. Até aquilo fazia parte da emboscada: podiam alcançar as suas posições em minutos, ou até talvez segundos, e a aldeia vista do ar pareceria mais natural, como se todos os aldeões corressem para se esconderem dos helicópteros, deixando ficar para trás os tachos, os tapetes e as fogueiras onde cozinhavam. Deste modo, o comandante das forças russas não teria motivos para suspeitar de uma armadilha.

Ellis comeu um bocado de pão e bebeu várias canecas de chá verde e depois instalou-se, enquanto o Sol subia sobre o vale. Era sempre necessário esperar, mas a situação fazia-lhe lembrar a Ásia. Nesses dias andava quase sempre drogado, com marijuana ou cocaína, e nessas condições o tempo não tinha grande importância. Era curioso ter perdido o interesse pelas drogas, depois da guerra, pensou Ellis.

Aguardava o ataque para aquela tarde ou para a madrugada seguinte. Se ele fosse o comandante russo, pensaria que os chefes rebeldes se tinham reunido no dia anterior e partiriam hoje, pelo que atacaria suficientemente tarde para poder apanhar os que chegassem atrasados, mas não tanto que alguns já tivessem partido.

A meio da manhã surgiram as armas pesadas, um par de *Dashoka,* metralhadoras antiaéreas, montadas sobre rodas, cada uma delas puxada por um guerrilheiro. Atrás vinha um burro carregado com as caixas de munições, balas chinesas capazes de perfurar blindagens.

Masud anunciou que uma das metralhadoras pesadas seria manejada por Yussuf, o cantor, que, de acordo com um boato que corria na aldeia, iria casar com Zahara, a amiga de Jane, e a outra por um guerrilheiro do vale Pitch, um tal Abdur, que Ellis não conhecia. Também se dizia que Yussuf já derrubara três helicópteros com a sua *Kalashnikov*, mas Ellis estava um pouco cético quanto a isso, pois voara com helicópteros na Ásia e sabia que era praticamente impossível derrubar um com uma espingarda. Contudo, Yussuf explicara-lhe, com um largo sorriso, que o truque estava em colocar-se por cima do alvo e disparar contra ele a partir de uma montanha, tática que não era possível no Vietname, porque o terreno era diferente.

Apesar de Yussuf dispor agora de uma arma muito mais potente, ia utilizar a mesma técnica. As metralhadoras foram desmontadas e transportadas, cada uma por dois homens, pelos íngremes degraus e trilhos da falésia que se levantava sobre a aldeia, juntamente com os suportes e as munições.

Ellis observou-os a montar de novo as armas, lá em cima. Quase no topo da falésia existia uma espécie de terraço, com quatro ou cinco metros de largura, a partir do qual a montanha continuava a subir, já não tão íngreme. Os guerrilheiros instalaram as duas metralhadoras antiaéreas a cerca de dez metros uma da outra e depois camuflaram-nas. Era evidente que os pilotos dos helicópteros descobririam depressa onde elas se ocultavam, mas verificariam que não seria fácil atingi-las.

Quando aquele trabalho ficou pronto, Ellis regressou à sua posição, na casa junto do rio, e continuou a recordar coisas dos anos de 1960. Começara aquela década como estudante e terminara-a como soldado. Fora para Berkeley em 1967, confiante de que sabia o que o futuro lhe reservava: queria ser produtor de documentários para a televisão, e como era brilhante, criativo e se encontrava na Califórnia, onde qualquer pessoa podia ser tudo o que desejasse desde que trabalhasse duramente, não via qualquer motivo que o impedisse de satisfazer as suas ambições. A seguir fora influenciado pelos movimentos pacifistas, pelas marchas contra a guerra e pelo LSD, e mais uma vez julgava saber o que o futuro lhe traria: ia modificar o mundo. Esse sonho também durou muito pouco tempo, desta vez eliminado pela estúpida brutalidade do exército e pelo horror do Vietname. Quando recordava o passado, como agora estava a fazer, verificava que fora nas alturas em que se sentira mais confiante e acomodado que a vida o atingira com mais dureza.

O meio-dia passou-se sem almoço, pela simples razão de que os guerrilheiros não tinham comida. Ellis achava muito difícil habituar-se à ideia, bastante simples, de que quando não havia comida ninguém almoçava. Talvez fosse por isso que quase todos os guerrilheiros fumavam muito, o tabaco iludia a fome.

O calor era intenso, mesmo à sombra, e sentou-se à porta da casa, tentando refrescar-se na brisa que soprava de vez em quando. Dali avistava os campos, o rio com o arco da ponte de pedra, a aldeia com a mesquita e a falésia. A maior parte dos guerrilheiros encontrava-se nas suas posições, que abrigavam do inimigo e do calor, casas construídas perto da mole da montanha, locais difíceis de atacar com os helicópteros, mas era inevitável que alguns permanecessem em pontos muito mais vulneráveis, nas posições avançadas, perto do rio. A fachada da mesquita, de pedra toscamente aparelhada, ostentava três entradas em arco e sob cada uma delas via-se um guerrilheiro sentado sobre as pernas cruzadas. Pareciam sentinelas, à entrada das guaritas. Ellis conhecia-os a todos: o do arco mais afastado era Mohammed; Khamir, o irmão, encontrava-se no meio; no arco mais próximo sentava-se Ali Ghanim, o tipo feio, de espinha retorcida, pai de catorze filhos — cada um com uma *Kalashnikov* sobre os joelhos e um cigarro entre os lábios. Ellis perguntava a si mesmo qual deles ainda estaria vivo no dia seguinte.

Na universidade, o primeiro ensaio que escrevera fora sobre a espera antes da batalha, descrita por Shakespeare. Comparara dois tipos de discurso diferentes: o destinado a dar inspiração aos combatentes, em *Henrique V*, no qual o rei diz: «Tapemos a brecha mais uma vez, meus amigos, mais uma vez, ou fecharemos essa muralha com os nossos mortos ingleses», e o cínico discurso de Falstaff sobre a honra, em *Henrique IV*: «Poderá a honra tratar-nos de uma perna? Não. Ou de um braço? Não... Então, a honra não tem capacidades cirúrgicas? Não... Quem a tem? Aquele que morreu na quarta-feira.» Ellis, então com dezanove anos, obtivera a nota máxima pela primeira e última vez, pois a partir daí andara demasiado ocupado a argumentar que Shakespeare e todo o curso de inglês eram «irrelevantes».

Os seus sonhos foram interrompidos por uma série de gritos. Não compreendia as palavras, mas também não era necessário, sabia, pelo tom da urgência, que as sentinelas colocadas nos montes que os rodeavam tinham avistado helicópteros e haviam-nos assinalado a Yussuf, no alto da falésia, que transmitira a notícia. Verificou-se uma certa agitação na aldeia banhada pelo sol, enquanto os guerrilheiros se instalavam nos seus postos ou se escondiam melhor, verificavam as armas e acendiam novos cigarros. Os três homens que se encontravam sob os arcos da mesquita desapareceram no sombrio interior. Vista do ar, a aldeia devia agora parecer deserta, o que era normal nas horas mais quentes do dia, em que toda a gente descansava.

Ellis escutou com atenção e ouviu o ameaçador ruído dos rotores dos helicópteros que se aproximavam. Tinha vontade de urinar... eram os nervos. *Era assim que os tipos se sentiam*, pensou, *escondidos na selva húmida, quando ouviam o meu helicóptero a dirigir-se para eles, do meio das nuvens de chuva. Colhes o que semeias, meu rapaz!*

Retirou a cavilha de segurança do dispositivo detonador.

Os helicópteros encontravam-se cada vez mais perto, mas ainda não os podia ver. Perguntava a si próprio quantos seriam, era incapaz de os contar apenas pelo barulho dos motores. Viu qualquer coisa pelo canto do olho, virou-se e avistou um guerrilheiro a mergulhar no rio, na outra margem, e começar a nadar na sua direção. Quando a figura emergiu perto dele, verificou que era o velho Shahazai Gul, o irmão da parteira, cuja especialidade eram as minas. O homem passou a correr e abrigou-se numa casa.

A aldeia manteve-se tranquila durante alguns instantes, ouvia-se apenas o terrível ruído das pás dos rotores, e quando Ellis exclamou mentalmente: *Jesus, mas quantos são!*, viu o primeiro a aparecer por cima da falésia, em grande velocidade, dando a volta para se dirigir à aldeia, hesitando um pouco por cima da ponte, como uma gigantesca libelinha.

Era um *Mi-24,* conhecido no Ocidente por *Hind* (os russos chamavam-lhe *Marreco,* por causa do par de volumosos motores turbo montados sobre a cabina dos passageiros), em que o artilheiro se sentava em baixo, no focinho do aparelho, com o piloto logo atrás, mas por cima dele, com se estivesse às cavalitas. As janelas a toda a volta pareciam os olhos multifacetados de um gigantesco inseto e o helicóptero tinha um trem de aterragem com três rodas e asas curtas e grossas, com suportes para mísseis.

Como diabo podiam meia dúzia de camponeses esfarrapados lutar contra uma máquina daquelas?

Surgiram cinco outros aparelhos semelhantes, numa rápida sucessão, sobrevoando a aldeia e os campos em volta, numa inspeção, talvez em busca de posições inimigas. Tratava-se apenas de uma precaução de rotina, os russos não tinham motivos para esperarem uma forte resistência, pois pensavam que o ataque seria uma surpresa.

Apareceu um outro tipo de helicóptero e Ellis reconheceu o *Mi-8,* conhecido por *Hip.* Maior do que o *Hind,* mas menos assustador, podia transportar vinte ou trinta soldados e destinava-se mais a isso do que aos ataques aéreos. O primeiro volteou por sobre a aldeia, depois baixou rapidamente, deslizando para o lado, e aterrou no campo de cevada, logo seguido por outros cinco. *Cento e cinquenta homens,* pensou Ellis. Assim que os *Hip* pousavam, os soldados saltavam para o chão e deitavam-se, apontando as armas em direção à aldeia, mas sem disparar.

Para poderem ocupar as casas precisavam de atravessar o rio, e para isso tinham de cruzar a ponte. No entanto, estavam apenas a ser cautelosos, pois esperavam que o elemento surpresa lhes desse uma vitória fácil.

Ellis estava preocupado, a aldeia oferecia um aspeto demasiado deserto. Neste momento, alguns minutos depois de aparecer o primeiro helicóptero, deveriam ver-se algumas pessoas a correr, fugindo dos invasores. Preparou-se para ouvir o primeiro disparo, mas já não sentia medo, tinha demasiado em que pensar para se preocupar com isso. Do fundo do cérebro, surgiu-lhe um pensamento: *É sempre assim, quando a coisa começa.*

Shahazai semeara minas no campo de cevada, recordou-se. Porque não explodira ainda nenhuma? Momentos depois, teve a resposta; um dos russos levantou-se — provavelmente um oficial —, gritou uma ordem e logo se puseram de pé vinte ou trinta homens, que correram para a ponte. Ouviu-se de súbito um terrível estrondo, bastante mais alto do que o barulho de todos aqueles helicópteros, logo seguido por outro e mais outro. O chão parecia explodir por debaixo dos pés dos soldados — Ellis pensou que Shahazai reforçara as minas com TNT —, ocultando-os por detrás de uma nuvem de terra castanha e cevada dourada, a todos menos a um, que foi atirado ao ar e caiu lentamente, dando voltas e mais voltas como um acrobata, até atingir o chão e ficar imóvel. Quando os ecos das explosões cessaram ouviu-se outro som, um martelar profundo vindo da falésia, de onde Yussuf e Abdur tinham aberto fogo. Os russos retiraram em confusão quando os guerrilheiros, escondidos na aldeia, começaram a disparar contra eles, do outro lado do rio.

A surpresa dera aos afegãos uma tremenda vantagem inicial, mas esta não iria durar sempre, pois o comandante russo reorganizaria as suas tropas. Porém, antes de conseguir fazer fosse o que fosse, necessitaria de limpar os acessos à ponte.

Um dos helicópteros pousados no campo de cevada explodiu, Yussuf e Abdur deviam-no ter atingido. Ellis ficou impressionado, pois apesar de as *Dashoka* terem um alcance de fogo de cerca de dois quilómetros e de os helicópteros se encontrarem a menos de metade dessa distância, era necessária uma pontaria excecional para os destruir.

Os *Hind,* os helicópteros marrecos, encontravam-se ainda no ar, descrevendo círculos por sobre a aldeia, e o comandante russo deu-lhes ordem para entrarem em ação. Um deles voou baixo por cima do rio e começou a metralhar o campo de minas de Shahazai. Yussuf e Abdur dispararam contra ele, mas falharam e as minas explodiram inofensivamente, umas atrás das outras. Entretanto Ellis pensou, cheio de ansiedade: *Quem me dera que as minas tivessem derrubado mais inimigos... vinte ou trinta, num grupo de cento e cinquenta, não é grande coisa.* O helicóptero afastou-se para escapar ao fogo de Yussuf, mas foi logo substituído por outro, que voltou a metralhar o campo de minas. Yussuf e Abdur despejavam uma verdadeira torrente de fogo contra ele. O aparelho oscilou de repente, perdeu parte de uma asa e mergulhou de focinho dentro do rio. *Bom tiro, Yussuf!,* pensou Ellis. Porém o acesso à ponte já estava aberto e os russos ainda dispunham de mais de cem homens e de dez helicópteros. Os guerrilheiros não podiam cantar já vitória...

Os russos ganharam coragem e quase todos — oitenta ou noventa homens, calculou Ellis — avançaram para a ponte, rastejando e disparando continuamente as suas armas. *Não têm a falta de coragem e de disciplina a que se referem os nossos jornais,* pensou Ellis, apesar de se tratar de uma unidade de elite. A seguir reparou que todos os soldados eram de pele branca, não havia afegãos naquele grupo, tal e qual como no Vietname, onde as tropas locais eram sempre postas à margem quando se tratava de qualquer ação importante.

Subitamente verificou-se uma espécie de pausa. Os russos do campo de cevada e os guerrilheiros da aldeia trocavam tiros esporádicos por sobre o rio. Os russos disparavam mais ou menos ao acaso e os guerrilheiros poupavam munições. Ellis olhou para cima: os *Hind* que se encontravam no ar atacavam Yussuf e Abdur, na falésia. O comandante russo identificara os alvos e as armas antiaéreas passaram a constituir a sua preocupação principal.

Quando um dos aparelhos se virou para a falésia, Ellis admirou o piloto, que voava diretamente contra o alvo, pois, por experiência própria, sabia bem qual a coragem necessária para o fazer. O aparelho desviou-se, ninguém acertou em ninguém.

As probabilidades eram mais ou menos iguais, pensou Ellis. Yussuf tinha mais facilidade em apontar cuidadosamente, por se encontrar imóvel, enquanto o helicóptero estava em movimento, mas, por outro lado, Yussuf constituía melhor alvo por aquele motivo. Ellis sabia que os mísseis colocados nas asas do aparelho russo eram disparados pelo piloto, enquanto o atirador trabalhava com a metralhadora montada na proa. Em tão delicadas circunstâncias, era difícil ao piloto fazer boa pontaria e uma vez que as *Dashoka* tinham maior alcance do que as metralhadoras de quatro canos dos *Hind,* talvez Yussuf e Abdur dispusessem de uma ligeira vantagem.

Espero que assim seja, pensou Ellis, *a nossa sorte depende disso.*

Outro helicóptero desceu em direção à falésia como um falcão a precipitar-se sobre um coelho, mas as armas matraquearam de novo e o aparelho explodiu no ar. Ellis sentiu vontade de gritar de alegria, o que era irónico, porque sabia bem qual o terror e o pânico, dificilmente controláveis, sentidos pela tripulação de um helicóptero debaixo de fogo.

Surgiu outro *Hind* e desta vez os guerrilheiros dispararam um pouco tarde de mais, embora destruíssem ainda a cauda do helicóptero, que ficou sem controlo e se esmagou de encontro à falésia. *Meu Deus!,* pensou Ellis, *somos capazes de os abater a todos!* No entanto, o ritmo das metralhadoras pesadas alterara-se e Ellis percebeu que uma já não disparava. Espreitou por entre a poeira e avistou um turbante, que reconheceu. Yussuf ainda estava vivo, mas Abdur fora atingido.

Os três *Hind* que restavam descreveram círculos e tomaram novas posições. Um deles subiu bem alto, para se colocar acima do campo de batalha (devia ser o comandante russo, calculou o americano), enquanto os outros dois avançaram contra Yussuf num movimento de pinça. Era uma ação inteligente, porque o guerrilheiro não podia disparar contra os dois ao mesmo tempo. Ellis viu-os descer, e quando Yussuf apontava para um, o outro aproximava-se. Os russos voavam com as portas dos helicópteros abertas, tal como os americanos faziam no Vietname.

Os *Hind* mergulharam para o alvo e um dirigiu-se diretamente para Yussuf, que lhe acertou em cheio. O aparelho incendiou-se, mas o outro avançava, lançando mísseis e disparando as metralhadoras, e Ellis pensou: *Yussuf não tem qualquer hipótese.* De súbito, o segundo aparelho pareceu hesitar em pleno ar. Teria sido atingido? Caiu de repente, descendo quase dez metros... («Quando o motor falha», dissera o instrutor de voo de Ellis, «o helicóptero planará como um piano de cauda») e embateu na falésia a poucos metros de Yussuf. A seguir, o motor pareceu pegar de novo, e, com grande surpresa de Ellis, o aparelho voltou a subir. *São melhores que os* Huey, pensou, *os helicópteros melhoraram muito nos últimos dez anos.* A metralhadora do *Hind* mantivera-se sempre a disparar, mas calou-se e Ellis percebeu porquê, o que lhe provocou um baque no coração. Uma *Dashoka* rebolou por cima do rebordo da falésia, misturada com os restos da camuflagem, arbustos e ramos, e foi logo seguida por um vulto inerte e cor de lama, que era Yussuf. O guerrilheiro precipitou-se pela falésia, embateu numa rocha saliente e instantes depois Ellis deixava de o ver. O homem, sozinho, quase ganhara aquela batalha. Não receberia nenhuma medalha, mas a sua história seria narrada junto das fogueiras dos acampamentos, nas frias montanhas do Afeganistão, durante centenas de anos.

Os russos tinham já perdido quatro dos seus *Hind,* um *Hip* e cerca de vinte e cinco homens, mas os guerrilheiros já não dispunham de armas pesadas e estavam agora sem defesa, enquanto os restantes *Hind* metralhavam a aldeia. Ellis encolheu-se dentro da sua cabana, desejando que não fosse feita de tijolos de terra. Aquele ataque à metralhadora era apenas para obrigar os guerrilheiros a manterem as cabeças baixas. Depois de um minuto ou dois, como que obedecendo a um sinal, os russos que se encontravam no campo de cevada puseram-se de pé e correram para a ponte.

É agora, pensou Ellis, *chegou o momento final, independente- mente do resultado.*

Os guerrilheiros, na aldeia, dispararam sobre os solda- dos, mas sentiam-se inibidos pela cobertura aérea e foram poucos os russos que caíram. Estes estavam agora quase todos de pé, oitenta ou noventa homens, disparando às ce- gas para o outro lado do rio, enquanto corriam. Gritavam entusiásticos, encorajados pela escassez de resistência. O tiro dos guerrilheiros mostrou-se um pouco mais preciso quando os soldados atingiram a ponte. Caíram mais alguns russos, mas não os suficientes para deter o assalto. Segundos de- pois já os primeiros atravessavam a ponte e mergulhavam para trás de abrigos, por entre as casas da aldeia.

Havia sessenta homens em cima da ponte ou perto dela quando Ellis puxou o anel do seu dispositivo disparador, fazendo a antiga ponte de pedra explodir como um vulcão.

Ellis colocara as suas cargas para matar e não apenas pa- ra demolir, e a explosão lançou pedaços de pedra letais para todos os lados, como uma rajada de uma gigantesca metra- lhadora, apanhando todos os homens que se encontravam sobre a ponte e muitos dos que ainda permaneciam no cam- po de cevada. Ellis protegeu-se melhor, porque os estilhaços começaram a cair sobre a aldeia. Voltou a espreitar quando terminou aquela chuva mortal.

Onde outrora fora a ponte existia agora apenas um mon- tão de pedras e corpos, tudo misturado, numa horrível con- fusão, e parte da mesquita e duas casas da aldeia tinham também sido destruídas. Os russos retiravam à pressa — os vinte ou trinta homens ainda vivos precipitavam-se para as portas abertas dos *Hip* —, mas Ellis não os censurou, pois se tivessem permanecido no campo de cevada, sem qual- quer proteção, seriam abatidos um a um pelos guerrilheiros, que ocupavam boas posições na aldeia. Se, por outro lado, tentassem atravessar o rio, também não teriam grandes hipóteses.

Segundos depois, os três *Hip* sobreviventes levantavam voo, juntando-se aos dois *Hind* já no ar, e sem que fosse disparado mais um tiro os aparelhos rugiram por cima da falésia e desapareceram.

Quando deixou de se ouvir o ruído dos rotores, Ellis apercebeu-se de um outro som, mas levou algum tempo a compreender que eram os gritos de alegria dos guerrilheiros. *Ganhámos,* pensou. *Diabo, vencemos!,* e também ele começou a gritar.

CAPÍTULO

13

— E para onde foram os guerrilheiros? — perguntou Jane.

— Dispersaram-se — replicou Ellis —; é essa a técnica de Masud. Desaparece nas montanhas antes de os russos conseguirem recuperar o fôlego. Podem voltar com reforços, até é possível que se encontrem em Darg neste momento, mas não encontrarão ninguém com quem combater. Os guerrilheiros desapareceram todos, exceto esta meia dúzia.

No posto de socorros de Jane encontravam-se sete homens feridos, mas nenhum deles morreria. Outros doze haviam já sido tratados a pequenas feridas e mandados seguir o seu caminho. A batalha causara apenas dois mortos entre os guerrilheiros e, por um golpe de má sorte, um deles fora Yussuf. Zahara ia mais uma vez ficar de luto... e mais uma vez por causa de Jean-Pierre.

Jane sentia-se deprimida, apesar da euforia de Ellis. *Tenho de deixar de me lamentar,* pensou ela. *Jean-Pierre foi-se embora e não volta, não vale a pena estar para aqui a chorar. Tenho de pensar de uma maneira positiva e de me interessar pelas vidas das outras pessoas.*

— Então e a tua conferência? — perguntou ela a Ellis.

— Se todos os guerrilheiros se foram embora...

— Concordaram todos — interrompeu-a Ellis. — Ficaram tão eufóricos com o êxito conseguido que estavam prontos para dizer que sim a tudo. De certo modo, a emboscada acabou por provar uma coisa de que muitos deles duvidavam: que Masud é um chefe brilhante e que, unindo-se sob o seu comando, poderão vir a conseguir grandes vitórias. Serviu também para me dar fama de «grande guerreiro», o que foi muito útil.

— Então, conseguiste.

— Sim. Tenho, inclusive, um tratado assinado por todos os chefes rebeldes e testemunhado pelo mulá.

— Deves sentir-te muito orgulhoso — Jane estendeu a mão e apertou-lhe o braço, mas depois retirou-a rapidamente.

Estava tão contente por Ellis ali se encontrar, evitando-lhe um sentimento de solidão e abandono, que até experimentava um certo complexo de culpa por ter ficado zangada com ele durante tanto tempo. No entanto, receava dar-lhe a impressão errada de que ainda se preocupava como dantes, o que seria embaraçoso.

Afastou-se do americano e deu uma vista de olhos pela gruta. As ligaduras e seringas estavam nas suas caixas e os remédios no saco. Os guerrilheiros feridos, confortavelmente instalados em tapetes ou cobertores, permaneceriam na gruta toda a noite, pois era demasiado difícil transportá-los a todos para a aldeia. Dispunham de água e de algum pão, e dois ou três deles estavam bem o suficiente para se poderem levantar e fazer chá. Mousa, o filho de Mohammed, acocorara-se na entrada da caverna, segurando a faca que o pai lhe oferecera com a sua única mão e brincando a um qualquer jogo misterioso, que envolvia desenhos no chão. Ficaria com os feridos, e no caso improvável de algum deles necessitar de cuidados médicos durante a noite, o rapaz desceria a colina e iria chamar Jane.

Estava tudo em ordem. Desejou-lhes boa-noite, afagou a cabeça de Mousa e saiu, seguida por Ellis. Jane sentiu um ligeiro frio na brisa do fim da tarde, primeiro sinal do fim do verão. Olhou para as distantes montanhas de onde surgiria o inverno, e para os picos nevados, que refletiam o sol-poente. O Afeganistão era um país maravilhoso, coisa muito fácil de esquecer, em especial nos dias de grande agitação e muito trabalho. *Ainda bem que o conheci,* pensou, *apesar de me sentir ansiosa por voltar para casa.*

Desceu a vertente com Ellis a seu lado, olhando-o de relance de vez em quando. O pôr do Sol punha-lhe no rosto um tom mais bronzeado e rude, e de súbito recordou-se de que ele provavelmente dormira muito pouco na noite anterior.

— Pareces cansado — disse.

— Já se passou muito tempo desde a última vez que participei numa guerra — respondeu ele — e a paz amolece-nos.

Afirmava aquilo apenas como sendo um facto e não porque apreciasse a carnificina, tal como os afegãos. Ellis contara-lhe que destruíra a ponte de Darg apenas como um facto concreto, sem entrar em pormenores, mas um dos guerrilheiros feridos descrevera-lhe a operação, explicando-lhe que o momento escolhido para a explosão fizera mudar o curso da batalha, e narrara-lhe a carnificina daí resultante.

Lá em baixo na aldeia vivia-se um certo ar de festa, os homens e as mulheres conversavam animados em grupos, em vez de se retirarem para os seus pátios. As crianças entretinham-se com barulhentos jogos de guerra, montando emboscadas a russos imaginários, numa imitação dos irmãos mais velhos. Um homem cantava algures, ao som de um tambor. Jane foi subitamente assaltada pela ideia de que teria de passar a noite sozinha, o que a assustava. Num impulso repentino, virou-se para Ellis.

— Vem tomar chá comigo... se não te importares que eu dê de mamar a Chantal.

— Terei muito prazer — respondeu o americano.

O bebé chorava quando entraram em casa e, como de costume, o corpo de Jane respondeu de imediato: um dos seios deitou algumas gotas de leite.

— Senta-te e Fara servir-te-á o chá — disse ela apressada, desaparecendo no outro quarto antes que Ellis pudesse ver a embaraçadora mancha na blusa.

Desabotoou-se rapidamente e pegou no bebé. Surgiu o usual momento de pânico quando Chantal começou a mamar, primeiro de um modo doloroso, depois mais delicado. Jane sentiu acanhamento quando pensou em regressar ao outro quarto, mas reagiu de pronto. *Não sejas parva,* disse para si própria. *Perguntaste-lhe, ele disse que estava bem e, de qualquer modo, passaste muitas noites na cama com ele...* Mesmo assim, sentiu-se corar quando regressou para junto de Ellis.

O americano examinava os mapas de Jean-Pierre.

— Procedeu de uma maneira inteligente — comentou. — Sabia todas as rotas das caravanas porque Mohammed vinha aqui para consultar os mapas... — Olhou para cima, para Jane, viu-lhe a expressão e continuou apressado: — Bom, mas não vamos falar disso. Que pensas fazer agora?

A rapariga sentou-se sobre uma almofada, com as costas encostadas à parede, a posição favorita para dar de mamar ao bebé, e ao ver que Ellis não parecia embaraçado por causa do seu seio nu, começou a sentir-se mais à vontade.

— Vou ter de esperar — respondeu. — Logo que o caminho para o Paquistão esteja aberto e recomecem as caravanas, voltarei para casa. E tu?

— Farei o mesmo, já terminei a minha missão. Claro que o acordo terá de ser acompanhado por alguém, mas a Agência tem gente no Paquistão e eles podem tratar disso.

Fara trouxe o chá. Jane perguntava a si mesma qual a missão que ele iria realizar a seguir: preparar um golpe na Nicarágua, ameaçar de chantagem um diplomata soviético em Washington ou talvez assassinar um comunista africano? Quando ainda eram amantes, perguntara-lhe porque fora para o Vietname, e Ellis respondera-lhe que toda a gente pensara que ele iria fugir à mobilização, mas que era um filho da mãe que gostava de contrariar as pessoas, por isso fizera exatamente o contrário. Não ficara muito convencida com a resposta, mas mesmo que fosse verdade isso não explicava por que razão continuara numa atividade tão violenta mesmo depois de sair do exército.

— Que vais fazer quando chegares a casa? — perguntou Jane. — Procurar descobrir uma maneira de matar o Fidel Castro?

— A Agência não trata de assassínios — respondeu Ellis.

— Isso é o que dizem, mas todos sabemos que o faz.

— Há sempre alguns tipos lunáticos, que nos dão má fama. Infelizmente, os presidentes nem sempre resistem à tentação de brincar aos agentes secretos, e isso encoraja alguns loucos.

— Porque não lhes viras as costas e te juntas à raça humana?

— Olha, a América está cheia de gente que pensa que os outros países, tal como o seu, têm o direito de ser livres... e são essas pessoas que viram as costas e se juntam à raça humana. Em consequência disso, a Agência emprega demasiados psicopatas e poucos cidadãos decentes. Depois, quando derruba um governo estrangeiro, por exigência de um presidente, todos perguntam como tais coisas são possíveis. E a resposta é... porque eles deixaram. O meu país é uma democracia, portanto ninguém tem culpa, a não ser eu, quando as coisas correm mal. Se é preciso endireitá-las, tenho de o fazer, porque a responsabilidade é minha.

— Então queres dizer — prosseguiu Jane, nada convencida — que a melhor maneira de liquidar o KGB é fazeres o mesmo que ele?

— Não, porque o KGB não é, na verdade, controlado pelo povo, e a Agência é.

— O problema do controlo não é assim tão simples — disse Jane. — A CIA conta mentiras ao povo e não é possível controlá-la se não souberes o que ela anda a fazer.

— Mas no fim de contas é a nossa Agência e temos responsabilidade nela.

— Podias lutar para a abolir em vez de trabalhares para ela.

— Mas nós precisamos de uma central de informações! Vivemos num mundo hostil e necessitamos de saber o que planeiam os nossos inimigos!

— Mas olha os resultados — prosseguiu Jane, com um suspiro. — Estás a planear entregar mais e melhores armas para Masud, para que ele possa matar mais gente e mais depressa. É o que vocês acabam sempre por fazer.

— Não é apenas para que mate gente mais depressa — protestou Ellis. — Os afegãos estão a lutar pela sua liberdade... e combatem contra um bando de assassinos...

— Estão todos a lutar pela liberdade! — interrompeu-o Jane. — A Organização de Libertação da Palestina, os exilados cubanos, o Exército Republicano Irlandês, os brancos da África do Sul e o Exército do País de Gales Livre.

— Uns têm razão e outros não.

— E a CIA sabe distinguir?

— Deveria saber...

— Mas não sabe. Masud luta pela liberdade de quem?

— De todos os afegãos.

— Conversa fiada! — retorquiu Jane violentamente. — O homem é um fundamentalista islâmico. Se alguma vez conseguir chegar ao poder, as primeiras a sofrer vão ser as mulheres. Nunca lhes dará o direito de voto... e quer tirar-lhes os poucos direitos que já possuem. Como pensas que irá tratar os oponentes políticos, considerando que o seu herói é o aiatola Khomeini? Os cientistas e os professores terão liberdade académica? Os homossexuais, homens e mulheres, terão liberdade sexual? E o que irá acontecer aos hindus, aos budistas, aos ateus e a tantos outros?

— Pensas, de verdade, que o regime de Masud viria a ser pior do que o dos russos?

— Não sei — respondeu Jane, depois de pensar por instantes. — A única coisa certa é que será uma tirania afegã em vez de uma tirania russa. Acho que não vale a pena matar gente para trocar um ditador estrangeiro por um local...

— Os afegãos acham que vale...

— A maior parte deles nunca foi consultada.

— Creio que é óbvio. De qualquer modo, esta não é a minha atividade habitual. Geralmente trabalho como... uma espécie de detetive.

Havia um assunto que enchia Jane de curiosidade, há mais de um ano.

— Qual era a tua missão em Paris? — perguntou.

— Quando andei a espiar os teus amigos? — respondeu Ellis, com um leve sorriso. — Jean-Pierre não te explicou o que se passou?

— Disse-me que não sabia.

— Talvez não. Pois eu... andava à caça de terroristas.

— Entre os nossos amigos?

— É em geral aí que eles se encontram... entre dissidentes, marginais e criminosos.

— Mas... Rahmi Coskun era um terrorista?!

Jean-Pierre dissera-lhe que Rahmi fora preso por causa de Ellis.

— Sim, foi o responsável pela bomba incendiária lançada contra as Linhas Aéreas Turcas, na Avenida Félix Faure.

— Rahmi?! Mas como sabes?

— Foi ele quem mo disse. Além disso, quando o prendi, planeava outro ataque.

— Também foi ele quem to disse?

— Pediu-me que o ajudasse a fazer a bomba.

— Meu Deus!

O simpático Rahmi, com aqueles seus olhos meigos e um apaixonado ódio contra o Governo do seu país...

— Lembras-te de Pepe Gozzi? — perguntou Ellis, que ainda não terminara as suas explicações.

— Referes-te àquele corso pequenino e engraçado que tinha um *Rolls-Royce?*

— Sim. Era ele quem fornecia as armas e os explosivos a todos os malucos de Paris. Vendia aos que pudessem pagar os seus preços, mas especializou-se em clientes «políticos».

Jane estava pasmada. Sempre pensara que Pepe devia ter alguma coisa a esconder, mas apenas por se tratar de um homem rico e de um corso. Partira do princípio de que, quanto muito, o homem estivesse envolvido em contrabando ou em drogas, mas afinal vendia armas a assassinos! Jane começava a sentir-se como se tivesse vivido um sonho, enquanto a intriga e a violência se desenrolavam no mundo real que a rodeara. *Serei assim tão inocente?,* perguntou a si própria.

Ellis continuou a sua narrativa, sem a deixar recompor-se das primeiras surpresas.

— Apanhei também um russo que já financiara uma enorme lista de assassínios e raptos. A seguir interrogaram Pepe e este denunciou metade dos terroristas de toda a Europa.

— Então era o que fazias, enquanto fomos amantes — comentou Jane, pensativa.

Recordava-se das festas, dos concertos de *rock,* das manifestações, das discussões políticas nos cafés, da quantidade infindável de vinho tinto que bebera em casa deste e daquele... Desde que se haviam separado que julgara que ele andara a escrever pequenos relatórios sobre todos os radicais, informando quais eram os mais influentes, quais os extremistas, quem tinha dinheiro, quem arranjava mais seguidores entre os estudantes, quem estava ligado ao Partido

Comunista, enfim, coisas assim. Agora, custava-lhe aceitar a ideia de que Ellis andara atrás de criminosos verdadeiros e que encontrara alguns entre os seus amigos.

— Não posso crer! — exclamou, espantada.

— Olha, se queres saber a verdade, tratou-se de uma grande vitória!

— Provavelmente não me devias contar nada disto, pois não?

— Não, não devia, mas quando te menti, no passado, acabei por me arrepender... para não dizer mais.

Jane sentiu-se embaraçada e ficou sem saber o que responder. Mudou Chantal para o seio esquerdo e, vendo que Ellis a olhava, tapou o direito com a blusa. A conversação fugira para um campo incomodativamente pessoal, mas a curiosidade levava-a a querer saber mais. Agora compreendia as justificações — apesar de não concordar com os seus raciocínios —, mas ainda se interrogava sobre a validade dos motivos. *Se não o descobrir agora, nunca virei a ter uma segunda oportunidade,* pensou.

— Não compreendo o que leva um homem a passar a vida a fazer este tipo de coisas — comentou, e Ellis afastou os olhos.

— Sou bom neste trabalho, acho que vale a pena e o salário é espantoso.

— Além disso, gostaste do plano de aposentações e da comida que dão na cantina. Está bem... se não queres, não precisas de me explicar.

Ellis olhou-a com dureza, como se estivesse a procurar ler-lhe os pensamentos.

— Vou explicar-te — respondeu. — Tens a certeza de que queres ouvir?

— Sim, por favor.

— Tem a ver com a guerra — começou, e Jane apercebeu-se subitamente de que ele lhe ia contar uma coisa de que nunca falara a ninguém. — Uma das coisas mais terríveis de suportar quando voávamos sobre o Vietname era a dificuldade de distinguir entre vietcongues e civis. Sempre que dávamos apoio aéreo à infantaria, ou minávamos um trilho da floresta, ou declarávamos que tudo o que se mexesse em determinada zona devia ser abatido, eram as chamadas zonas de tiro livre, sabíamos que íamos matar mais mulheres, crianças e velhos do que guerrilheiros. Desculpávamo-nos dizendo que eles davam apoio ao inimigo... mas quem o sabe? E quem se preocupava? Matávamo-los e pronto, nós é que éramos os terroristas. Olha que não estou a falar de casos isolados, apesar de também ter visto algumas atrocidades, mas sim da nossa tática habitual, do dia-a-dia. E não havia justificação, sabes, aí é que estava o problema. Fizemos todas aquelas coisas terríveis por uma causa que acabou por se provar ser falsa, corrupta e injusta. Estávamos no lado errado. — Ellis tinha o rosto repuxado, como se sofresse dores provocadas por algum persistente ferimento interno. À luz inquieta do candeeiro a sua pele ganhara um tom sombrio e amarelado. — Não há desculpa possível, sabes? Não há perdão.

— Então porque ficaste? — perguntou-lhe Jane com delicadeza, encorajando-o a falar mais. — Porque te apresentaste como voluntário para uma segunda comissão de serviço?

— Porque na altura não via tudo isto com uma tão grande clareza, porque lutava pelo meu país e não se pode fugir a uma guerra, porque era bom oficial e, se fosse embora para casa, o meu trabalho podia vir a ser feito por um palerma qualquer, que acabaria por provocar a morte dos meus homens. Claro que nenhuma destas razões é suficientemente boa e a certa altura perguntei a mim mesmo: «E agora, que vais fazer?» Queria... na altura não o compreendi bem, mas queria realizar qualquer coisa que me redimisse, algo que compensasse as minhas culpas.

— Sim, mas...

Ellis estava com um ar tão inseguro e vulnerável que era difícil a Jane fazer-lhe perguntas diretas. No entanto necessitava de desabafar, ela queria ouvi-lo, e portanto insistiu.

— Mas porquê este trabalho?

— Quando chegou o fim, já eu me encontrava nos serviços de informações e ofereceram-me a possibilidade de continuar com o mesmo tipo de atividade na vida civil. Afirmaram que poderia trabalhar clandestinamente, por estar familiarizado com o ambiente, sabes, eles tinham conhecimento do meu passado radical... Pareceu-me então que, apanhando terroristas, poderia redimir-me um pouco das coisas que fizera... e assim, transformei-me num especialista antiterrorismo. Soa demasiado simplista quando o ponho em palavras... mas tive grandes êxitos. A Agência não gosta muito de mim porque às vezes recuso missões... como daquela vez em que mataram o presidente do Chile, e os agentes não as devem recusar. No entanto, fui o responsável pela prisão de alguns tipos mesmo muito maus e tenho grande orgulho nisso.

Chantal adormecera. Jane colocou-a na caixa de cartão que lhe servia de berço e dirigiu-se de novo a Ellis:

— Acho que te devo confessar... que me parece que te julguei mal...

— Graças a Deus por isso — respondeu Ellis com um sorriso.

Sentiu-se momentaneamente dominada pela nostalgia quando se recordou dos tempos — fora apenas ano e meio antes? — em que ela e Ellis se sentiam felizes e nada daquilo acontecera ainda: não se falava nem na CIA, nem em Jean-Pierre, nem no Afeganistão.

— Não é possível esquecer tudo, pois não? — perguntou Jane. — Tudo o que aconteceu... As tuas mentiras, a minha ira.

— Não, não é possível — respondeu o americano, sentado num banco e olhando para cima, para ela, que se encontrava de pé na sua frente.

Estendeu os braços, hesitou e acabou por lhe pousar as mãos sobre as coxas, num gesto que podia ser de amigável afeição ou de algo mais. Nesse momento Chantal balbuciou «Mumumummm...». Jane virou-se para a olhar e Ellis deixou cair as mãos. Chantal estava acordada, agitando os braços e as pernas. A mãe pegou-lhe e ela arrotou.

Jane voltou-se de novo para Ellis, que cruzara os braços sobre o peito e a olhava sorrindo. Subitamente, não o quis deixar partir e perguntou-lhe:

— Porque não jantas comigo? Mas olha que só tenho pão e leite coalhado.

— Está bem.

— Vou avisar a Fara — disse Jane, estendendo-lhe Chantal.

Ellis pegou na bebé e Jane dirigiu-se ao pátio, onde Fara aquecia a água para o banho de Chantal. Verificou a temperatura com o cotovelo e achou-a boa.

— Faz pão para duas pessoas — disse em *dari*.

Fara abriu muito os olhos e Jane apercebeu-se de que a chocara; não era próprio uma mulher sozinha convidar um homem para jantar. *Para o diabo com tudo aquilo,* pensou. Pegou na panela da água e levou-a para dentro.

Ellis estava sentado na almofada maior, por debaixo do candeeiro, balouçando Chantal sobre um joelho e declamando uma poesia em voz baixa, as suas mãos peludas rodeando o pequeno corpo rosado. Chantal olhava para cima, para ele, agitando as pernas e soltando sons de felicidade. Jane deteve-se à entrada, encantada com a cena, e ocorreu-lhe um pensamento: *Ellis devia ter sido o pai de Chantal.*

Será verdade?, perguntou a si mesma, olhando para eles. *Será que realmente o desejo?* Ellis terminou a poesia e olhou para ela com um sorriso um pouco comprometido: *Sim, é verdade.*

Treparam à montanha à meia-noite, com Jane a indicar o caminho. Ellis seguia-a com o seu grande saco-cama metido debaixo do braço. Tinham dado banho a Chantal, comido o magro jantar de pão e leite coalhado, alimentado mais uma vez o bebé, que Jane a seguir instalara no telhado para aí passar a noite, onde agora se encontrava profundamente adormecido ao lado de Fara, que o protegeria com a própria vida, se tal fosse necessário. Ellis quisera levar Jane para fora daquela casa onde ela fora a mulher de outro, e ela, ao sentir a mesma necessidade, dissera-lhe:

— Sei de um sítio para onde podemos ir.

Jane desviou-se do trilho da montanha e conduziu o americano pelo declive pedregoso em direção ao seu retiro secreto, a plataforma escondida onde apanhava banhos de sol e oleara o ventre antes do nascimento de Chantal. A noite estava clara e encontrou o local com facilidade. Olhou então para baixo, para a aldeia, onde ainda brilhavam as brasas das fogueiras acesas nos pátios e bruxuleavam as luzes de alguns candeeiros, por detrás das janelas sem vidros. Apercebia-se vagamente dos contornos da sua própria casa e dentro de algumas horas, logo que o dia começasse a nascer, poderia avistar as formas adormecidas de Chantal e Fara, no telhado, o que a tranquilizaria, porque era a primeira vez que não passava toda a noite junto da filha.

Virou as costas à aldeia. Ellis abrira o saco-cama e estendia-o no chão, como se fosse um cobertor, mas Jane sentia-se agora embaraçada, já lhe passara a onda de ternura e desejo que a invadira em casa, ao vê-lo ocupar-se do seu bebé. Nesse momento experimentara de novo, ainda que momentaneamente, todas as suas antigas emoções: a vontade de lhe tocar, o prazer de vê-lo sorrir daquele modo, a necessidade de sentir as suas grandes mãos pousadas na pele, o obsessivo desejo de o ver nu. Os seus apetites sexuais haviam desaparecido por completo algumas semanas antes do nascimento de Chantal e só agora regressavam. No entanto, todos aqueles impulsos se tinham desvanecido a pouco e pouco nas horas seguintes, enquanto se preparavam um tanto desajeitados para ficarem sozinhos, tal como dois adolescentes procurando escapar à vigilância dos pais para um encontro clandestino.

— Anda, senta-te aqui — disse Ellis.

Sentou-se ao lado dele, no saco-cama, e olharam ambos para a aldeia obscurecida. Não se tocavam e seguiu-se um momento de um silêncio tenso.

— Nunca estive aqui com ninguém — afirmou Jane, só para dizer qualquer coisa.

— Que vinhas para aqui fazer?

— Ora, tomar banhos de sol e pensar em coisa nenhuma — respondeu ela, mas depois pensou: *Ora, que diabo!,* e acrescentou: — Não, não é verdade, era também para me masturbar.

Ellis soltou uma gargalhada, passou-lhe o braço pelos ombros e apertou-a contra si.

— Ainda bem que continuas a não ter medo de dizer a verdade! — declarou.

Jane virou o rosto para ele, que lhe beijou a boca com delicadeza. *Ellis gosta de mim por causa dos meus defeitos,* pensou Jane, *por causa da minha falta de tato, porque me irrito facilmente e digo palavrões, e também porque tenho opiniões próprias e sou teimosa.*

— Não queres que me modifique, pois não? — perguntou.

— Oh, Jane, senti tanto a tua falta! — afirmou Ellis, de olhos fechados e num murmúrio.

O americano deitou-se para trás e puxou-a, levando-a a inclinar-se por cima dele. Beijou-o ao de leve no rosto, a sensação de embaraço desaparecia rapidamente e Jane recordou-se de que a última vez que o fizera ainda ele não tinha barba. As mãos de Ellis movimentaram-se e desabotoaram-lhe a blusa. Não usava sutiã, porque não dispunha de um grande o suficiente, e parecia-lhe ter os seios demasiado nus. Meteu-lhe a mão por dentro da camisa e afagou-lhe os longos cabelos em volta dos mamilos. Já quase se esquecera da sensação de tocar num homem, permanecera durante meses rodeada por mulheres e bebés de rostos macios e vozes suaves. Agora, queria sentir uma pele áspera, faces que arranhavam e coxas duras. Enrolou-lhe os dedos na barba e abriu-lhe a boca com a língua. As mãos de Ellis tocaram-lhe os seios inchados, provocando-lhe uma onda de prazer... Soube imediatamente o que iria acontecer, mas não podia fazer nada para o evitar. Apesar de se afastar rápido, os seus mamilos descarregaram leite nas mãos de Ellis. Corou de vergonha e disse:

— Oh, meu Deus, desculpa, não o posso evitar.

— Não faz mal — respondeu o americano, pousando-lhe um dedo sobre os lábios e continuando a acariciar-lhe os seios enquanto falava, deixando-os molhados e escorregadios. — É normal, acontece sempre. É... excitante.

Não pode ser assim tão excitante, pensou Jane, mas Ellis mudou de posição, encostou-lhe o rosto ao peito e começou a beijar-lhe os seios, afagando-os ao mesmo tempo. Gradualmente ela começou a descontrair-se e a apreciar a sensação. Momentos depois sentia nova onda de prazer quando os seios verteram de novo, mas desta vez não se preocupou.

— Aaah — fez Ellis, tocando-lhe com a áspera língua nos mamilos sensíveis, e Jane pensou: *Se ele me chupa, venho-me.*

Foi como se Ellis lhe tivesse lido os pensamentos. Cerrou os lábios em volta de um comprido mamilo, meteu-o na boca e sugou, enquanto segurava o outro entre o indicador e o polegar, apertando-o de um modo delicado e rítmico. Dominada pelas sensações, Jane nada podia fazer, e quando os seus seios esguicharam leite, um para a mão dele e o outro para a boca, a sensação foi tão forte que a fez tremer descontroladamente e gemer «Oh, Deus, oh, Deus...», até que tudo passou e se deixou cair sobre ele.

Durante longos momentos nada mais houve do que aquela respiração quente nos seus seios molhados, a barba a arranhar-lhe a pele, o ar frio da noite a refrescar-lhes as faces escaldantes, o saco-cama de *nylon* e o chão duro por debaixo. Passados instantes, a voz dele, abafada, disse:

— Estou a ficar sufocado.

— Olha lá, somos... esquisitos? — perguntou ela, depois de rolar para o lado.

— Sim!

Jane soltou uma gargalhada divertida e voltou de novo a interrogá-lo:

— Já tinhas feito isso alguma vez?

— Sim — respondeu Ellis, depois de uma hesitação.

— A que... — Jane ainda se sentia um pouco embaraçada — ... a que sabe?

— É quente e doce como o leite enlatado. Vieste-te?

— Deste por isso?

— Pareceu-me, mas com as mulheres por vezes é difícil de perceber...

— Vim-me — respondeu ela, beijando-o —, poucochinho... mas sem margem para dúvidas.

— Também eu quase me vim...

— Sim?

Jane passou-lhe a mão pelo corpo. Como Ellis vestia as finas roupas de algodão usadas pelos afegãos, sentia-lhe as costelas e os ossos da bacia, pois ele já perdera aquela fina camada de gordura que todos os ocidentais, exceto os mais magros, possuem sob a pele. Encontrou-lhe o pénis bem ereto por debaixo das calças.

— Aahh — fez Jane, agarrando-o. — É bom.

Queria dar-lhe tanto prazer quanto ele lhe dera. Sentou-se, desatou-lhe o cordão das calças, puxou-lhe o pénis para fora e, acariciando-o delicadamente, baixou-se e beijou-lhe a ponta.

De súbito, sentiu vontade de o provocar e perguntou-lhe:

— Quantas mulheres tiveste depois de mim?

— Continua a fazer isso que eu digo-te.

— Está bem. — Voltou a afagá-lo e a beijá-lo, mas El-lis permanecia silencioso.

— Bom — insistiu, passado um minuto —, quantas?

— Espera, ainda estou a contá-las!

— Patife! — exclamou, mordendo-o.

— Ai! Não foram muitas, de verdade! Juro-o!

— Que fazes quando não tens uma mulher?

— Vê se adivinhas.

— Fazes com a mão? — perguntou Jane, que não se queria deixar intimidar.

— Oh, minha senhora, que vergonha!

— Sim, é isso que fazes! — exclamou ela, triunfante. — Em que pensas, nesses momentos?

— Acreditarias se te dissesse que é na princesa Diana?

— Não.

— Agora é que me sinto mesmo envergonhado.

— Diz-me a verdade — insistiu Jane, consumida pela curiosidade.

— Penso na Pam Ewing.

— Quem diabo é essa?

— Tens andado afastada das coisas. É a mulher de Bobby Ewing, da série *Dallas*.

Jane recordou-se do programa de televisão e da atriz, e ficou espantada.

— Não estás a falar a sério!

— Pediste-me a verdade.

— Mas ela é feita de plástico!

— Estamos a falar de fantasias!

— Sinto-me chocada — respondeu Jane. Hesitou um pouco e interrogou-o de novo — Como fazes?

— O quê?

— Isso, com a tua mão.

— Mais ou menos como estás a fazer, mas com mais força.

— Mostra-me.

— Ai! Agora não me sinto apenas envergonhado — comentou Ellis —, mas... aterrorizado.

— Por favor, mostra-me. Sempre tive vontade de ver um homem a fazer isso, mas nunca tive coragem para o pedir. Se recusares, posso nunca vir a saber como é — insistiu Jane pegando-lhe na mão e colocando-a onde tivera a sua.

Ellis hesitou por momentos, mas depois começou a mover a mão lentamente. Fez meia dúzia de movimentos, para baixo e para cima, sem grande convicção, a seguir suspirou, fechou os olhos e começou a esfregar a sério.

— Estás a ser tão violento! — exclamou ela.

— Não posso — disse Ellis, detendo-se. — Não posso fazê-lo, a não ser que o faças também.

— De acordo! — exclamou Jane impetuosa.

Libertou-se das calças e das cuecas, ajoelhou-se e começou a acariciar-se.

— Mais perto — disse ele, com a voz um pouco rouca.

— Não te consigo ver.

Como Ellis estava deitado de costas, Jane aproximou-se até ficar ajoelhada ao lado da cabeça dele, com o luar a brilhar-lhe nos seios e nos pelos púbicos. Ellis começou de novo a esfregar o pénis, desta vez com mais velocidade, olhando fixamente para a mão com que ela se acariciava.

— Oh, Jane! — exclamou.

Jane, que começava a apreciar os familiares impulsos de prazer proporcionados pela ponta dos seus dedos, viu as ancas de Ellis começarem a mover-se para baixo e para cima, acompanhando o ritmo da mão.

— Quero que te venhas — disse —, quero ver isso a sair.

Uma parte dela própria sentia-se chocada com o seu comportamento, mas essa sensação era apagada pela excitação e pelo desejo.

Ellis gemeu e Jane olhou-o: tinha a boca aberta e ofegava, com os olhos postos na sua vagina, a vê-la afagar os grandes lábios com o dedo indicador.

— Mete o dedo lá dentro — murmurou ele —, quero ver o dedo a entrar.

Era uma coisa que em geral não fazia, mas levou o dedo a penetrar na vagina e, ao senti-la macia e escorregadia, meteu-o todo. Ellis ofegou, e apenas por o ver tão excitado com aquilo que ela estava a fazer, também se deixou levar por uma excitação cada vez maior. Voltou a olhar-lhe para o pénis. Ellis agitava as ancas cada vez mais depressa, sempre ao ritmo da mão, e Jane começou também a fazer o seu dedo entrar e sair quase completamente cada vez com maior prazer. De súbito viu-o arquear as costas, atirando a pélvis para cima e gemendo, enquanto expelia um jato de sémen branco. Involuntariamente, ela gritou:

— Oh, meu Deus!

Ficou a olhar, fascinada, para o pequeno furo na ponta do órgão dele, de onde saiu novo jato, e mais outro, e um quarto, saltando para o ar, brilhando ao luar, caindo-lhe sobre o peito, e em cima do braço e do cabelo. Quando ele se deixou abater, foi a sua vez de se agitar com espasmos de prazer provocados pelo dedo, que se movia cada vez mais depressa, até se sentir também exausta.

Deixou-se cair ao lado de Ellis, sobre o saco-cama, com a cabeça pousada numa das suas coxas, e viu que o pénis dele ainda estava ereto. Inclinou-se com alguma dificuldade e beijou-lho, notando-lhe vestígios de sémen salgado, na ponta. Em resposta, sentiu que o rosto dele se aninhava entre as suas coxas.

Deixaram-se ficar imóveis durante algum tempo, os únicos sons eram os das suas respirações e o do rio que corria impetuoso, do outro lado do vale. Jane olhou para as estrelas: brilhavam muito e não havia nuvens no céu, mas o ar da noite começava a ficar mais frio. *Temos de nos meter no saco-cama dentro de muito pouco tempo*, pensou, sentindo um grande desejo de adormecer ao lado dele.

— Somos esquisitos, não achas? — perguntou Ellis.

— Oh, somos, sim! — respondeu.

O pénis de Ellis caíra para o lado e pousara-lhe sobre o ventre. Acariciou-lhe os pelos avermelhados com a ponta dos dedos. Quase tinha esquecido como era fazer amor com Ellis, tão diferente de Jean-Pierre. Este gostava de muitos preparativos, de um banho, perfumes, luz de velas, vinho e violinos, era, em suma, um amante aborrecido. Queria que ela se lavasse antes de fazerem amor e corria sempre para a casa de banho depois de o terem feito. Nunca seria capaz de lhe tocar durante o período e de certeza

326

que nunca lhe passaria pela cabeça sugar-lhe os seios e engolir o leite, tal como Ellis fizera. Ellis fazia tudo, pensou, e quanto menos higiénico melhor. Sorriu-se no escuro, recordando-se de que nunca se convencera de que Jean-Pierre na realidade gostasse de sexo oral, apesar de ser tão bom. Com Ellis, não existiam dúvidas.

A lembrança fê-la desejar o ato. Abriu as coxas, convidativa, e sentiu que ele a beijava, os lábios afastando os pelos rijos. A seguir sentiu-lhe a língua, que começava a sondar de um modo lascivo por entre os lábios da vagina. Passado um instante, Ellis fê-la rolar para a pôr de costas e ajoelhou por entre as suas pernas, que levantou e pousou sobre os ombros. Jane sentia-se terrivelmente nua, terrivelmente aberta e vulnerável, mas, ao mesmo tempo, feliz. A língua de Ellis descreveu uma curva longa e lenta, começando pela base da espinha — *Oh, céus*, pensou, *lembro-me de como ele faz isto* —, lambendo-a ao longo do sulco entre as nádegas, detendo-se para mergulhar profundamente na vagina e depois erguendo-se para lhe excitar a pele sensível no ponto em que os lábios se encontravam e para lhe tocar o clítoris. Depois de sete ou oito longas lambidelas, ela segurou-lhe a cabeça por cima do clítoris, fazendo-o concentrar-se naquele ponto, e começou a subir e descer as ancas, indicando-lhe, através de pressões dos dedos nas têmporas, que a lambesse com mais força ou mais devagar, mais acima ou mais abaixo, mais para a esquerda ou para a direita. Sentiu a mão dele na vagina, abrindo caminho para o interior, e calculou o que iria acontecer a seguir: momentos depois Ellis retirou a mão e enfiou-lhe um dedo molhado, muito lentamente, pelo ânus. Lembrava-se de ter ficado bastante chocada quando ele lhe fizera aquilo pela primeira vez, mas depois habituara-se rapidamente e gostava. Jean--Pierre seria incapaz de uma coisa daquelas. Quando sentiu o clímax a aproximar-se e os músculos do corpo a ficarem sob tensão, surgiu-lhe o pensamento de que sentira a falta de Ellis muito mais do que jamais fora capaz de admitir. Na verdade, o que a levara a ficar zangada com ele durante tanto tempo era porque continuava a amá-lo. Quando admitiu tal ideia, foi como se lhe retirassem um tremendo peso da mente e começou a vir-se, agitando-se como uma árvore sacudida por uma tempestade. Ellis, sabendo o que ela mais apreciava, mergulhou a língua mais profundamente dentro dela, enquanto Jane lhe esfregava frenética o sexo de encontro ao rosto.

Aquilo parecia ir continuar para sempre. Cada vez que as sensações abrandavam, Ellis lambia-lhe o clítoris, ou mergulhava-lhe o dedo mais profundamente no ânus, ou mordia-lhe os lábios da vagina e tudo recomeçava, até que se sentiu exausta e suplicou:

— Para, para, já não posso mais, vais matar-me!

Ellis retirou por fim o rosto de entre as coxas dela e pousou-lhe as pernas no chão.

A seguir inclinou-se para a frente apoiou o peso sobre as mãos e beijou-a na boca, trazendo ainda na barba o cheiro da sua vagina. Jane deixou-se ficar imóvel, demasiado cansada para abrir os olhos e até para corresponder ao beijo. Sentiu a mão dele por entre as coxas, abrindo-lhe a vagina e fazendo penetrar o pénis. Está outra vez com tesão, tão depressa, e logo a seguir pensou também: *Oh, há tanto tempo, oh, céus, é bom!*

Começou a penetrá-la, movendo-se para dentro e para fora, primeiro devagar e depois mais depressa, com o rosto sobre o dela, fitando-a. A seguir dobrou o pescoço e olhou para baixo, para onde os corpos se juntavam, abrindo muito os olhos e a boca, vendo o pénis entrando e saindo. Aquela visão excitou-o tanto que Jane desejou poder vê-la também. De súbito abrandou o ritmo e penetrou-a mais profundamente, fazendo-a recordar-se de que ele procedia sempre assim quando se aproximava o clímax. Fitou-a nos olhos.

— Beija-me enquanto me venho — pediu-lhe, estendendo-lhe os lábios.

Jane enfiou-lhe a língua dentro da boca, uma coisa que ele adorava nessas alturas. As costas arquearam-se-lhe, a cabeça levantou-se-lhe, soltou um grito como o de um animal selvagem e veio-se dentro dela.

Quando tudo acabou, o americano pousou-lhe a cabeça sobre o ombro, movendo com delicadeza os lábios de encontro à pele suave do pescoço e murmurando palavras que Jane não conseguia perceber. Depois de um minuto ou dois soltou um profundo suspiro de contentamento, beijou-a na boca, beijou-lhe cada um dos seios, e, por fim, a vagina. O corpo de Jane respondeu de imediato, levando-a a mover as ancas para se comprimir contra os lábios dele. Vendo-a de novo excitada, Ellis começou outra vez a mover a língua e, como sempre, a ideia de que ele lhe lambia a vagina quando esta ainda continha o seu próprio sémen deixou-a quase como louca, fazendo-a atingir imediatamente o orgasmo, gritando-lhe o nome enquanto este durou.

O americano deixou-se por fim cair a seu lado, e, automaticamente, tomaram a posição em que sempre se deitavam depois de fazerem amor: o braço de Ellis em volta dela, enquanto Jane lhe pousava a cabeça sobre o ombro e lhe passava a coxa por cima das ancas. Ellis soltou um tremendo bocejo que a fez soltar uma gargalhada. Tocavam-se letargicamente, Jane brincando com o pénis agora mole e ele metendo-lhe os dedos na vagina. Observou-lhe o pescoço. O luar punha em relevo as linhas e rugas. *É dez anos mais velho do que eu*, pensou Jane. *Talvez seja por isso que fode tão bem.*

— Porque fodes tão bem? — perguntou, em voz alta, mas Ellis não respondeu, já estava a dormir. — Amo-te, meu querido, dorme bem — concluiu, fechando os olhos.

Depois de um ano passado no vale, Jean-Pierre achava a cidade de Cabul confusa e assustadora. Os edifícios eram demasiado altos, os carros andavam a uma velocidade excessiva e havia pessoas a mais. Era obrigado a tapar as orelhas quando passavam os comboios de enormes camiões russos. Tudo o chocava, tudo era novo: os blocos de apartamentos, as crianças da escola com os seus uniformes, a iluminação pública, os elevadores, as toalhas de mesa e o gosto do vinho. Vinte e quatro horas depois de ter chegado ainda se sentia nervoso. Era irónico, uma vez que era um parisiense!

Haviam-lhe destinado um quarto num alojamento para oficiais solteiros, com a promessa de que lhe arranjariam um apartamento logo que Jane chegasse com Chantal. Entretanto, sentia-se como se estivesse a viver num hotel barato, aliás, o edifício fora com certeza isso mesmo, um hotel, antes da chegada dos russos. Se Jane chegasse agora — e isso poderia ocorrer a qualquer momento —, os três teriam de se governar como pudessem para passarem ali a noite.

Não posso queixar-me, pensou Jean-Pierre, *não sou um herói...
por enquanto.*

O francês encontrava-se de pé junto à janela, olhando
para a noite de Cabul. A luz faltara em toda a cidade durante
algumas horas, presumivelmente por causa dos equivalentes
urbanos de Masud e dos seus guerrilheiros, mas voltara já
há alguns minutos e distinguia-se um fraco clarão por cima
do centro da cidade, onde existia iluminação pública.
O único som que se ouvia eram os rugidos dos motores de
carros do exército, camiões e tanques que se deslocavam
pela cidade, apressando-se em direção a misteriosos desti-
nos. Que poderia ser tão urgente, à meia-noite, em Cabul?
Jean-Pierre prestara serviço militar e pensou para si mesmo
que se o exército russo fosse um pouco parecido com
o francês, então toda aquela agitação noturna era algo parecido com a mudança de quinhentas cadeiras de um aquarte-
lamento para um outro qualquer edifício, como preparação
para um concerto que só se realizaria daí a duas semanas
e que provavelmente seria cancelado.

Não podia apreciar a frescura da noite porque a janela
fora pregada. A porta do quarto não se encontrava fechada,
mas havia um sargento russo, armado com uma pistola,
sentado numa cadeira ao fundo do corredor, ao lado da retrete. O homem mantinha-se impassível e Jean-Pierre pressentia que ele estava ali para o impedir de sair.

Quando chegaria Jane? O ataque a Darg devia ter terminado antes do anoitecer e um helicóptero que fosse de
Darg a Banda para a ir buscar, bem como a Chantal, não
demoraria mais do que alguns minutos, e a seguir faria
a viagem entre Banda e Cabul em menos de uma hora. Era,

no entanto, possível que a força atacante regressasse a Bagram, a base aérea instalada perto da entrada do vale, e nesse caso Jane teria de viajar por estrada entre Bagram e Cabul, sem dúvida acompanhada por Anatoly.

Decerto ficaria tão satisfeita por ver o marido que se sentiria pronta a perdoar-lhe o facto de a haver enganado e disposta a aceitar o seu ponto de vista sobre Masud e a esquecer o passado, pensou Jean-Pierre, que, contudo, perguntava a si mesmo se não estaria a pedir de mais. Não, concluiu, conhecia-a bem e sabia que a tinha na mão.

Além disso, iria contar-lhe tudo. Seriam muito poucas as pessoas com quem poderia vir a partilhar o seu segredo e que compreenderiam a magnitude da vitória e ainda bem que ela era uma delas.

Esperava que Masud tivesse sido capturado e não morto. Se assim fosse, os russos poderiam levá-lo a tribunal, para que todos os outros rebeldes viessem a certificar-se de que o homem estava liquidado para sempre. A morte também servia, desde que o corpo fosse recuperado, pois, sem um cadáver reconhecível, os propagandistas dos rebeldes, em Peshawar, emitiriam comunicados para a imprensa informando que Masud continuava vivo. Claro que mais tarde ou mais cedo se tornaria evidente que o homem morrera, mas o impacto já não seria tão grande. Jean-Pierre tinha esperanças de que recuperassem o corpo.

Ouviu passos no corredor. Seria Anatoly, ou Jane... ou os dois? Os passos pareciam-lhe masculinos. Abriu a porta e viu dois soldados russos, altos e fortes, seguidos por um terceiro, mais baixo, que envergava um uniforme de oficial. Sem dúvida que o iam levar até junto de Anatoly e Jane. Sentiu-se desapontado e olhou interrogativamente para o oficial, que fez um gesto com a mão. Os soldados entraram no quarto de um modo bastante rude, Jean-Pierre recuou um passo, com um protesto a subir-lhe aos lábios, mas, antes de poder falar, o que se encontrava mais próximo dele agarrou-o pela camisa e deu-lhe um tremendo murro no rosto.

Jean-Pierre soltou um uivo de dor e medo, e logo o outro soldado o atingiu nas virilhas com a pesada bota. A dor foi terrível e o médico deixou-se cair de joelhos, sabendo que chegara o mais assustador momento da sua vida.

Os dois soldados puseram-no de novo de pé e seguraram-no pelos braços. O oficial aproximou-se e, através do véu de lágrimas, o francês avistou um homem baixo e encorpado, com uma deformação qualquer que fazia com que metade da sua cara parecesse corada e inchada e lhe dava um ar de estar sempre a sorrir de troça. O tipo trazia um cacete de madeira na mão enluvada.

Durante os cinco minutos seguintes os dois soldados seguraram Jean-Pierre, que se agitava e tremia, enquanto o oficial o atingia com o cacete repetidamente, no rosto, nos ombros, nos joelhos, nos rins, na barriga e na virilha... sempre na virilha. Os golpes eram desferidos com cuidado e havia sempre uma pausa entre um e outro, para que a agonia do último desaparecesse quase por completo e deixasse Jean-Pierre a temer pelo seguinte. Cada um dos golpes levava-o a uivar de dor e cada uma das pausas fazia-o gritar com medo do golpe seguinte. Finalmente houve um intervalo um pouco maior e Jean-Pierre começou a balbuciar, sem saber se eles o compreendiam ou não:

— Por favor, não me batam, não me batam mais, farei tudo o que quiserem, não batam mais...

— Chega! — disse uma voz, em francês.

Jean-Pierre abriu os olhos e tentou espreitar por entre o sangue que lhe escorria pelo rosto, para ver quem fora o salvador que gritara «chega»! Era Anatoly.

Os dois soldados deixaram Jean-Pierre deslizar lentamente para o chão. Sentia o corpo em fogo, cada movimento era uma agonia. Parecia-lhe ter todos os ossos partidos, os testículos esmagados e a face inchada de um modo disforme. Abriu a boca e saiu sangue. Engoliu e falou por entre os lábios esmagados:

— Porque... fizeram isto?

— Sabes bem porquê — respondeu Anatoly.

Jean-Pierre abanou a cabeça devagar e procurou não se deixar mergulhar num poço de loucura...

— Arrisquei a vida por vocês... Dei tudo... Porquê? — insistiu.

— Montaste-nos uma armadilha — replicou Anatoly. — Por tua causa, morreram hoje oitenta e um homens.

O ataque deve ter corrido mal, pensou Jean-Pierre, *e agora atiram as culpas para cima de mim.*

— Não — disse —, eu não...

— Esperavas encontrar-te a quilómetros de distância, quando caíssemos na emboscada — continuou Anatoly —, mas foste apanhado de surpresa quando te obriguei a subir para o helicóptero e a vir comigo. Agora aqui estás, para receber o castigo... que será doloroso e muito, muito prolongado — concluiu Anatoly, virando-lhe as costas.

— Não! — gritou Jean-Pierre. — Espera!

Anatoly voltou-se de novo, enquanto o francês lutava para conseguir pensar, apesar das dores.

— Vim aqui... arrisquei a vida... dei-te informações sobre as caravanas... Vocês atacaram-nas... provocaram muitos mais prejuízos do que a perda de oitenta homens... não tem lógica, não tem lógica nenhuma. — Reuniu forças para pronunciar uma frase coerente. — Se eu soubesse que era uma armadilha, podia ter-vos avisado ontem e pedido perdão.

— Então como sabiam que íamos atacar a aldeia? — inquiriu Anatoly.

— Devem ter calculado...

— Como?

— Não sei — Jean-Pierre esforçava o cérebro confundido. — Skabun foi bombardeada?

— Creio que não.

Então foi isso, concluiu Jean-Pierre, *alguém descobriu que não houve qualquer bombardeamento em Skabun.*

— Deviam tê-la bombardeado... — disse.

— Há por lá alguém que relaciona factos muito depressa — comentou Anatoly, pensativo.

Era Jane, concluiu Jean-Pierre, odiando-a momentaneamente, mas Anatoly interrompeu-lhe o pensamento.

— Esse tal Ellis Thaler tem algum sinal característico?

Jean-Pierre queria desmaiar, mas tinha medo de que lhe batessem de novo.

— Sim — disse, sentindo-se terrivelmente mal. — Uma grande cicatriz nas costas, com a forma de uma cruz.

— Ah, então é ele — murmurou Anatoly, quase inaudivelmente.

— Ele quem?

— John Michael Raleigh, trinta e quatro anos, natural de Nova Jérsia, filho mais velho de um empreiteiro de construções. Foi expulso da Universidade de Berkeley, na Califórnia, e foi capitão dos fuzileiros no Vietname. É agente da CIA desde 1972. Estado civil: divorciado, com uma filha, o paradeiro da família é um segredo bem guardado. — Fez um gesto com a mão, como se todos aqueles pormenores não interessassem. — Então não há dúvida de que foi ele quem contrariou o nosso golpe em Darg, hoje. É um homem brilhante e perigoso. Se eu pudesse escolher qual o agente que gostaria de apanhar, entre todos os das nações imperialistas ocidentais, escolhia-o a ele. Nos últimos dez anos já nos provocou prejuízos irreparáveis pelo menos em três ocasiões. O ano passado, em Paris, destruiu uma rede que levara sete ou oito anos de paciente trabalho a montar. No ano anterior, descobriu um agente que infiltrámos no serviço secreto em 1965... um homem que um dia poderia vir a assassinar um presidente; e agora... agora foi aqui.

Jean-Pierre, ajoelhado no chão e agarrado ao corpo dorido, deixou que a cabeça lhe caísse para a frente e fechou os olhos. Só agora percebia que era apenas um pequeno peão naquele jogo, tentando bater-se com os grandes mestres de inúmeras jogadas impiedosas, um autêntico bebé num antro de leões.

Tivera tantas esperanças! Trabalhando sozinho, pretendera atingir a resistência afegã com um golpe de que nunca mais ela se poderia recompor, alterar o rumo da história naquela área do globo... Quisera vingar-se dos pretensiosos dirigentes do Ocidente, enganar e preocupar os regimes que tinham traído e causado a morte do pai. Porém, em vez desse triunfo, fora derrotado. Tudo lhe fora arrancado das mãos no último instante... por Ellis.

Ouviu a voz de Anatoly como uma espécie de murmúrio de fundo.

— Podemos estar certos de que conseguiu o que pretendia junto dos rebeldes. Não conhecemos os pormenores, mas os termos gerais são bem claros: um pacto de unidade entre os chefes guerrilheiros, em troca de armas americanas, o que poderá prolongar a revolta durante anos. Temos de o fazer parar enquanto é tempo.

Jean-Pierre abriu os olhos e olhou para cima.

— Mas como?

— Precisamos de apanhar esse homem antes que ele consiga regressar aos Estados Unidos. Desse modo ninguém virá a saber que conseguiu o acordo, os rebeldes nunca receberão as armas e o assunto acabará por ser esquecido.

Jean-Pierre escutava-o fascinado, apesar das dores. Seria possível que ainda viesse a ter uma oportunidade de se vingar?

— A captura desse americano quase compensaria a perda de Masud — continuou Anatoly, fazendo o coração de Jean-Pierre dar um salto de esperança. — Não só neutralizaríamos o mais perigoso agente dos imperialistas, como também... Pensa um pouco: um agente da CIA, autêntico, capturado no Afeganistão... Há três anos que a máquina de propaganda americana afirma que os bandidos afegãos lutam pela liberdade, uma luta gloriosa, tipo David contra Golias, contra o poderio da União Soviética. Agora temos provas daquilo que sempre dissemos... que Masud e os outros são meros lacaios do imperialismo. Podemos levar Ellis a julgamento...

— Mas os jornais ocidentais negarão tudo — disse Jean-Pierre. — A imprensa capitalista...

— Mas quem se rala com o Ocidente? O que nos interessa são os países não alinhados, os indecisos do Terceiro Mundo e, em particular, as nações islâmicas. É a esses que precisamos de convencer...

Ainda era possível transformar a derrota numa vitória, compreendeu Jean-Pierre, e continuaria a ser «a sua» vitória, porque fora ele quem alertara os russos para a presença de um agente da CIA no vale dos Cinco Leões.

— Bom — disse Anatoly —, onde está Ellis esta noite?

— Anda com o Masud — respondeu o francês.

Apanhar Ellis não ia ser coisa fácil, necessitara de quase um ano para localizar Masud.

— Não vejo por que razão continua ainda com esse Masud — argumentou Anatoly. — Ele tinha alguma base permanente?

— Sim, na teoria vivia em casa de uma família de Banda, mas raramente lá aparecia...

— Apesar de tudo, é o lugar óbvio para começarmos a procurá-lo.

Sim, claro, pensou Jean-Pierre. *Se Ellis não se encontra em Banda, deve haver lá alguém que saiba onde ele está... alguém como Jane.* Se Anatoly fosse a Banda em busca de Ellis podia ao mesmo tempo procurar Jane. As dores de Jean-Pierre pareceram diminuir de intensidade quando se recordou de que talvez ainda conseguisse a sua vingança sobre os regimes ocidentais, além de capturar Ellis, que lhe roubara o triunfo, e trazer Jane e Chantal de volta.

— Vou contigo a Banda? — perguntou.

— Acho melhor — respondeu Anatoly, depois de refletir um pouco. — Conheces a aldeia e as pessoas, podes
vir a ser útil.

Jean-Pierre esforçou-se para se pôr de pé, cerrando os
dentes para resistir às dores que sentia nas virilhas.

— Quando partimos?

— Agora — respondeu Anatoly.

CAPÍTULO

14

Ellis corria para apanhar o comboio e começava a entrar em pânico, apesar de saber que estava a sonhar. Primeiro, não conseguira lugar para estacionar o carro — o pequeno *Honda* de Gill — e a seguir não fora capaz de descobrir a bilheteira. Depois de se decidir a apanhar o comboio mesmo sem bilhete, descobriu-se a abrir caminho à força por entre uma densa multidão que enchia todo o vasto espaço da Grande Estação Central. Foi nessa altura que se recordou de que não era a primeira vez que tinha aquele sonho, que o mesmo já lhe surgira antes e até muito recentemente, sem nunca conseguir apanhar o comboio, o que o deixava sempre com a insuportável sensação de que toda a felicidade o abandonara para sempre; por esse motivo, estava agora cheio de medo de que lhe viesse a acontecer a mesma coisa. Empurrou a multidão com uma cada vez maior violência e conseguiu por fim atingir o portão de acesso ao cais. Fora ali que parara nos sonhos anteriores, vendo a traseira do comboio a desaparecer à distância, mas hoje ainda estava parado. Correu ao longo do cais e saltou para o estribo no exato instante em que ele arrancava.

Ficou tão feliz por o conseguir apanhar que quase se sentia drogado. Arranjou um lugar sentado e não lhe pareceu nada estranho encontrar-se num saco-cama com Jane.

Para lá das janelas do comboio, o Sol nascia sobre o vale dos Cinco Leões.

Não existia uma fronteira nítida entre o sono e o despertar. O comboio desvaneceu-se pouco a pouco até deixar apenas o saco-cama, o vale, Jane e uma grande sensação de felicidade. Durante a noite, não se recordava quando, tinham fechado o saco-cama e agora estavam deitados muito juntos um ao outro, quase impossibilitados de se moverem. Sentia-lhe a quente respiração no pescoço e os seios inchados apertados de encontro às costelas. Os ossos dela espetavam-se-lhe no corpo, os da bacia e dos joelhos, dos cotovelos e dos pés, mas não o incomodavam, antes pelo contrário. Recordava-se de que dormiam sempre muito agarrados, pois a cama dela, a tal peça de antiquário, era demasiado pequena para que o pudessem fazer de outro modo. Jane afirmava sempre que ele a incomodava durante a noite, mas Ellis nunca se conseguia lembrar de nada, quando acordava.

Havia já muito tempo que não passava uma noite com uma mulher. Procurou recordar-se de qual fora a última e chegou à conclusão de que fora Jane. As raparigas que levara ao seu apartamento de Washington nunca tinham ficado para o pequeno-almoço.

Jane era a primeira e a única mulher com quem conseguia relações sexuais tão desinibidas. Recordou as coisas que tinham feito na noite anterior e começou a sentir uma ereção. Parecia não existir limite para o número de vezes que se entesava, junto dela. Em Paris tinham por vezes ficado na cama um dia inteiro, levantando-se apenas para procurar comida no frigorífico ou para abrir uma garrafa de vinho, e ele vinha-se cinco ou seis vezes, enquanto ela perdia a conta aos orgasmos. Nunca se considerara um atleta sexual e as experiências seguintes provaram que não o era, exceto com ela. Jane libertava qualquer coisa que se conservava aprisionada no seu íntimo quando se encontrava com outras mulheres, por medo, culpa ou qualquer outra razão. Nunca ninguém lhe provocara tal efeito, apesar de uma outra mulher se ter aproximado bastante: uma vietnamita com quem mantivera um breve romance, condenado ao insucesso desde o primeiro instante, em 1970.

Era óbvio que nunca deixara de amar Jane. Durante o último ano executara o seu trabalho, encontrara-se com mulheres, visitara Petal e fora ao supermercado, tal como um ator a representar um papel, fingindo que a personagem cujo papel desempenhava era o seu verdadeiro «eu», mas sabendo perfeitamente, muito no fundo do coração, que isso não era verdade. Tê-la-ia chorado para sempre se não tivesse ido ao Afeganistão.

Por vezes parecia-lhe sofrer de cegueira em relação aos mais importantes factos da sua própria vida: em 1968 não compreendera que, na verdade, desejava lutar pelo seu país; depois, não se apercebera de que não desejava casar com Gill: por fim, no Vietname, só tarde de mais se dera conta de que era contra a guerra. Sentira-se profundamente surpreendido a cada uma dessas revelações, e estas tinham dado novos rumos à sua vida. Enganara-se a si próprio mais de uma vez, mas tal facto não era de todo mau, pois se não tivesse sido assim não conseguiria sobreviver à guerra. E que teria ele feito se nunca tivesse ido ao Afeganistão, apenas para se convencer de que não desejava Jane?

Será que a tenho, agora?, interrogava-se. A jovem não falara muito, exceto «amo-te, meu querido, dorme bem», no exato momento em que ele adormecia, mas, para Ellis, aquela pequena frase era a coisa mais deliciosa que jamais ouvira.

— Porque estás a sorrir?

— Pensei que ainda dormias — respondeu Ellis, abrindo os olhos e encarando-a.

— Tenho estado a observar-te, tinhas um ar tão feliz...

— É verdade...

Aspirando profundamente o ar da manhã, soergueu-se, apoiando-se num cotovelo, para olhar o vale. O céu tinha um tom cinzento e os campos mostravam-se quase descoloridos, sob a luz da madrugada. Ia dizer-lhe porque se sentia feliz quando ouviu uma espécie de zumbido. Inclinou a cabeça, para escutar melhor.

— Que é? — perguntou Jane.

Pousou-lhe um dedo sobre os lábios. Instantes depois, Jane ouviu o som, que em poucos segundos foi aumentando até se transformar no inconfundível ruído de motores de helicópteros. Ellis teve uma premente sensação de desastre.

— Oh, merda! — exclamou, com convicção.

Os aparelhos surgiram à vista por cima das cabeças deles, emergindo por detrás da montanha: três *Hind* com as suas corcovas, eriçados de armamento. e um grande *Hip* de transporte de tropas.

— Mete a cabeça para dentro — gritou Ellis para Jane.

O saco-cama era castanho e empoeirado, tal como o terreno em volta. Se conseguissem manter-se no seu interior, ficariam invisíveis a partir do ar. Os guerrilheiros utilizavam o mesmo princípio: quando se queriam esconder dos aviões e helicópteros, metiam-se debaixo do *pattu,* o cobertor cor de lama que todos transportavam consigo.

Jane enfiou-se mais para o interior do saco-cama, que possuía uma espécie de aba na extremidade aberta, destinada a uma almofada. Naquela ocasião não a tinham e, se conseguissem colocar a aba por cima deles, ficariam com as cabeças tapadas. Ellis segurou Jane com firmeza, rebolou para um lado e a aba fechou-se. Agora, estavam praticamente invisíveis.

Estavam deitados de barriga para baixo, com Ellis meio por cima de Jane, espreitando para baixo, para a aldeia. Os helicópteros pareciam ir pousar.

— Não vão descer aqui, pois não? — perguntou Jane.

— Creio que sim — respondeu Ellis, devagar.

— Tenho de ir lá a baixo — declarou Jane, tentando levantar-se.

— Não! — exclamou ele, segurando-a pelos ombros e usando toda a sua força para a deter. — Espera... Espera apenas mais uns segundos para vermos o que acontece...

— Mas Chantal...

— Espera!

Jane desistiu de lutar para se libertar, mas Ellis continuou a segurá-la com firmeza.

Por sobre os telhados das casas, os afegãos, ensonados, começavam a sentar-se, esfregando os olhos e olhando confusos para as enormes máquinas que batiam o ar por cima deles, tal como pássaros gigantes. Ellis localizou a casa de Jane e viu Fara a levantar-se e a enrolar um lençol à volta do corpo. A seu lado encontrava-se o pequeno colchão onde Chantal dormia, escondida pelas roupas.

Os helicópteros descreviam círculos cautelosos. *Querem pousar aqui*, pensou Ellis, *mas mostram-se desconfiados, depois da emboscada de Darg.*

Os aldeões agitaram-se, alguns correram para dentro de casa, enquanto outros fugiam para a rua, reunindo as crianças e o gado, que a seguir enxotavam. Várias famílias tentaram fugir, mas um dos *Hind* voou baixo, por sobre os trilhos, obrigando-as a voltar para trás.

A cena convenceu o comandante russo de que ali não se preparava nenhuma emboscada. O helicóptero de transporte de tropas e um dos três *Hind* desceram e pousaram num campo. Segundos depois os soldados surgiram do interior do *Hip,* saltando para o chão como insetos.

— Não posso, não aguento! — gritou Jane. — Tenho de ir lá a baixo.

— Escuta! — disse-lhe Ellis. — A bebé não está em perigo... Não sei o que os russos querem, mas de certeza que não andam em busca de bebés... Possivelmente, procuram-te.

— Tenho de ir ter com ela...

— Deixa-te de pânicos! — gritou-lhe o americano. — Se estiveres lá em baixo com Chantal, então sim, ela correrá perigo. Se ficares aqui, estará a salvo. Não percebes que o pior que podes fazer é aparecer a correr na aldeia?

— Ellis, não posso...

— Tens de ficar aqui!

— Oh, Deus! — exclamou Jane. — Aperta-me bem...

Ellis agarrou-a pelos ombros e apertou-a a si.

As tropas cercaram a pequena aldeia, deixando apenas uma casa de fora do cerco, a do mulá, que se encontrava a quatrocentos ou quinhentos metros das outras, junto do trilho que subia para a montanha. Quando Ellis a observava, surgiu um homem a correr, perto o suficiente para que o americano lhe distinguisse a barba tingida de hena, imediatamente seguido por três crianças de diferentes tamanhos e por uma mulher com um bebé ao colo, que correram atrás dele para o trilho da montanha.

Os russos viram-nos logo. Ellis e Jane puxaram mais para a frente a aba do saco-cama, para esconderem melhor as cabeças, quando um dos helicópteros se afastou da aldeia e se dirigiu para o trilho. Ouviu-se a metralhadora instalada na proa do aparelho disparar uma rajada e surgiram pequenas nuvens de pó, numa linha perfeita, em frente dos pés de Abdullah. Este deteve-se repentinamente, com um aspeto quase cómico, porque se desequilibrou e por pouco não caía, mas depois deu a volta e correu em sentido oposto, agitando os braços e gritando para a família. Quando se aproximaram da casa ouviu-se nova rajada de aviso, que os impediu de lá se refugiarem, e todos se dirigiram para a aldeia.

Por entre o opressivo batimento das pás dos rotores ouviam-se tiros ocasionais, mas, ao que parecia, os soldados limitavam-se a disparar para o ar, a fim de assustarem os aldeões, enquanto entravam nas casas, expulsando os seus ocupantes. O helicóptero que perseguira o mulá e a sua família voava agora muito baixo em volta da aldeia, como que em busca de mais fugitivos.

— Que vão eles fazer? — perguntou Jane, numa voz insegura.

— Não sei...

— Achas que virão... vingar-se?

— Espero que não.

— Então que pretendem? — insistiu Jane.

Ellis teve vontade de responder: *Como diabo queres que o saiba?*, mas limitou-se a dizer:

— Podem estar a fazer outra tentativa para capturar Masud.

— Mas ele nunca permanece junto dos locais das batalhas...

— Talvez tenham esperança de que se torne descuidado, ou preguiçoso... ou pensem que possa estar ferido...

Na verdade, Ellis não sabia o que se ia passar, mas temia um massacre como o de My Lai.

Os aldeões eram naquele momento conduzidos por soldados, que os pareciam tratar com dureza, mas sem brutalidade, para o pátio da mesquita.

— Fara! — gritou Jane subitamente.

— Que se passa?

— Que está ela a fazer?

Ellis localizou o telhado da casa de Jane. Fara encontrava-se ajoelhada junto do pequeno colchão de Chantal, onde se avistava uma pequena cabeça cor-de-rosa. Chantal, aparentemente, ainda estava a dormir. Fara devia ter-lhe dado o biberão a meio da noite, mas, apesar de a bebé ainda não ter fome, o barulho dos helicópteros podia tê-la acordado. Ellis tinha esperanças de que assim não fosse. Viu Fara colocar uma almofada ao lado da cabeça de Chantal e depois tapá-la com um lençol.

— Está a escondê-la — disse Jane. — A almofada serve para manter o lençol para cima, para deixar entrar o ar.

— É uma rapariga esperta.

— Quem me dera lá estar...

Fara amarrotou o lençol e a seguir colocou outro, em monte, por cima do corpo de Chantal. Parou por instantes, a estudar o efeito do seu trabalho. À distância, a bebé parecia um monte de roupa de cama apressadamente abandonada. Fara, parecendo satisfeita com os resultados, dirigiu-se para a beira do telhado e desceu as escadas para o pátio.

— Vai deixá-la sozinha — disse Jane.

— Chantal está tão segura quanto possível, atendendo às circunstâncias...

— Eu sei, eu sei!

Fara foi conduzida para a mesquita, com todos os outros, sendo a última a entrar.

— Os bebés estão todos com as mães — comentou Jane. Fara devia ter levado Chantal...

— Não — respondeu Ellis. — Espera e veremos.

Continuava a não saber o que se iria passar, mas se acontecesse um massacre, Chantal estava melhor no telhado.

Quando toda a gente se encontrava dentro dos muros da mesquita, os soldados iniciaram nova busca à aldeia, entrando e saindo das casas e disparando para o ar. *Não têm falta de munições*, pensou Ellis. Os helicópteros que se mantinham no ar voavam baixo, descrevendo círculos cada vez mais largos em volta da aldeia, como se procurassem alguém.

Um dos soldados entrou no pátio de Jane e Ellis sentiu-a estremecer.

— Tudo correrá bem — disse-lhe ao ouvido.

O soldado entrou na casa e Ellis e Jane ficaram com os olhos postos na porta. Segundos depois, o russo saiu e correu rapidamente para a escada exterior.

— Oh, Deus, salva-a! — sussurrou Jane.

O homem ficou em pé no telhado, olhou para o monte de roupa, examinou os telhados das casas em volta e voltou a prestar atenção ao de Jane. O colchão de Fara encontrava-se mesmo junto dele, logo seguido pelo de Chantal. O russo bateu-lhes com o pé e, a seguir, virou-se e desceu as escadas.

Ellis voltou a respirar e olhou para Jane, fantasmagoricamente branca.

— Bem te tinha dito que correria tudo bem — murmurou-lhe.

O americano voltou a prestar atenção à mesquita, de que só avistava parte do pátio, onde os aldeões pareciam estar sentados em filas, apesar de se ver algum movimento para um lado e para o outro. Tentou adivinhar o que lá se passava. Estariam a interrogá-los a respeito do paradeiro de Masud? Só lá se encontravam três pessoas que poderiam saber alguma coisa a esse respeito, três guerrilheiros de Banda que não tinham fugido para as montanhas com Masud, no dia anterior: Shahazai Gul, o da cicatriz, Alishan Karim, o irmão do mulá, e Sher Kador, o cabreiro. Shahazai e Alishan já se encontravam na casa dos quarenta, podiam fazer com facilidade o papel de velhos cheios de medo, e Sher Kador tinha apenas catorze anos. Todos poderiam afirmar, com alguma credibilidade, que nada sabiam de Masud. Era uma sorte que Mohammed lá não se encontrasse, os russos não acreditariam tão depressa na sua inocência. As armas dos guerrilheiros encontravam-se cuidadosamente escondidas em locais onde os russos não as procurariam: no telhado de uma retrete, entre os ramos de uma árvore e num buraco escavado junto da margem do rio.

— Oh, olha! — exclamou Jane. — O homem em frente da mesquita!

— Referes-te ao oficial russo? — perguntou Ellis.

— Sim. Sei quem ele é... Já o vi antes. É Anatoly, o homem que se encontrou com Jean-Pierre na cabana de pedra.

— O seu contacto — sussurrou o americano, esforçando os olhos para tentar distinguir as feições do homem.

Visto àquela distância, apresentava um ar algo oriental. Como seria ele? Aventurara-se sozinho em território rebelde, para se encontrar com Jean-Pierre, portanto devia ser corajoso. Desta vez deveria estar muito zangado, pois conduzira os russos para uma armadilha, em Darg, e de certo que ansiava por um contragolpe, para recuperar a iniciativa...

As especulações de Ellis foram bruscamente interrompidas pela saída de uma outra figura do interior da mesquita, um homem de barbas com uma camisa branca aberta no pescoço e calças de tipo ocidental.

— Meu Deus! — exclamou Ellis. — É Jean-Pierre!

— Oh! — soltou Jane.

— Mas que diabo se passará lá em baixo? — interrogou-se Ellis, num murmúrio.

— Pensei que nunca mais voltaria a vê-lo — afirmou Jane.

Ellis mirou-a e descobriu-lhe uma estranha expressão, talvez um ar de remorsos.

— Tem um aspeto esquisito — continuou Jane. — Deve ter-se magoado.

— Estará a apontar para nós? — perguntou Ellis.

— Jean-Pierre não conhece este sítio... Ninguém o conhece. Poderá ver-nos?

— Não.

— Mas nós vemo-lo — afirmou Jane, com um ar de dúvida.

— Porque está contra um fundo plano. Nós encontramo-nos deitados a espreitar por debaixo de um saco, contra um fundo irregular. Nunca poderá descobrir-nos, a não ser que soubesse para onde olhar.

— Então deve apontar para as grutas...

— Sim.

— Mas isso é... um horror! Como pode ele... — Jane calou-se e só voltou a falar depois de uma pausa. — Bom, claro, foi isso o que sempre fez desde que chegou aqui... entregar gente aos russos.

Ellis reparou que Anatoly falava para um emissor de rádio, momentos depois um dos helicópteros, ainda a pairar por cima da aldeia, subiu rapidamente, passou por cima das cabeças de Ellis e Jane e aterrou fora de vista, no alto da colina.

Jean-Pierre e Anatoly afastavam-se da mesquita. O francês coxeava.

— Está mesmo magoado — comentou Ellis.

— Que lhe terá acontecido?

Ellis era da opinião de que o francês fora espancado, mas não o disse. Perguntava a si mesmo o que se passaria na cabeça de Jane. Ali estava o marido a conversar com um oficial do KGB, um coronel, pelo que via do uniforme, e aqui estava ela, numa cama improvisada, com outro homem. Sentir-se-ia culpada? Envergonhada? Desleal? Ou nada disso? Odiaria Jean-Pierre ou estaria apenas desapontada com ele? Amara-o... ainda restaria algo desse amor?

— Como te sentes quanto a ele? — perguntou-lhe.

Jane lançou-lhe um longo e duro olhar, que por instantes o fez temer pela sua sanidade mental. Não havia esse perigo, Jane limitava-se a considerar aquela pergunta com toda a seriedade.

— Triste — respondeu por fim, tornando a virar-se para a aldeia.

Jean-Pierre e Anatoly dirigiam-se para a casa de Jane, onde Chantal estava escondida no telhado.

— Creio que andam à minha procura — afirmou a jovem com uma expressão assustada, observando os dois homens lá em baixo.

Ellis não era da mesma opinião, os russos não teriam feito aquela caminhada, com tantos homens e helicópteros, apenas para irem buscar uma mulher e um bebé...

Jean-Pierre e Anatoly atravessaram o pátio e penetraram no interior da casa.

— Não chores, pequenina — murmurou Jane.

Era um milagre que o bebé ainda dormisse, pensou Ellis. Ou talvez não, talvez estivesse acordado e a chorar, mas o ruído fosse abafado pelo ruído dos helicópteros. Era possível que o soldado não o tivesse ouvido porque nesse momento passara um exatamente por cima da sua cabeça. Havia também a hipótese de que os ouvidos mais sensíveis do pai viessem a captar sons insuficientes para chamarem a atenção de um estranho desinteressado. Talvez...

Os dois homens saíram da casa e pararam no meio do pátio, por instantes, conversando animados. Jean-Pierre coxeou em direção à escada de madeira que dava para o telhado, subiu o primeiro degrau com uma evidente dificuldade, desistiu e voltou para baixo. Houve nova troca de palavras e o russo dirigiu-se, por sua vez, à escada.

Ellis susteve a respiração.

Anatoly atingiu o telhado e, tal como o soldado que lá estivera antes dele, passou os olhos pelo monte de roupa, olhou em redor para os das outras casas e voltou a prestar atenção àquela. Também, tal como fizera o soldado, bateu no colchão de Fara com o pé. A seguir ajoelhou-se ao lado de Chantal.

Com muito cuidado, afastou o lençol.

Jane soltou um grito inarticulado quando viu aparecer o rosto rosado da filha.

Se andarem em busca de Jane, pensou Ellis, *então levarão Chantal, porque sabem que a mãe se entregará para se poder juntar à filha.*

Anatoly ficou a olhar para o bebé durante longos segundos.

— Oh, Deus, não aguento isto, não aguento! — gemeu Jane.

— Espera, espera e veremos... — disse Ellis, apertando-a.

Esforçou os olhos para tentar aperceber-se da expressão de Chantal, mas a distância era muito grande. O russo parecia estar a pensar... e de súbito tomou uma decisão.

Largou o lençol, aconchegou-o em volta do bebé, levantou-se e afastou-se, enquanto Jane rebentava em lágrimas.

Ainda no telhado, Anatoly disse qualquer coisa para Jean-Pierre, abanando a cabeça, e depois desceu para o pátio.

— Porque terá ele feito aquilo? — perguntou o americano admirado, pensando em voz alta.

Aquele abanar de cabeça queria dizer que Anatoly mentira a Jean-Pierre, afirmando-lhe que não estava ninguém no telhado, o que, por sua vez, significava que o francês pretenderia levar o bebé consigo, mas que Anatoly não estava de acordo, ou seja, que Jean-Pierre queria encontrar Jane, mas o russo não estava interessado nela.

Então que faziam ali?

Era óbvio, andavam em busca de Ellis.

— Creio que fiz uma asneira — disse este a meia voz.

Jean-Pierre queria Jane e Chantal, mas Anatoly preferia-o a ele, queria vingar-se da humilhação do dia anterior; pretendia evitar que Ellis voltasse ao Ocidente com o tratado assinado pelos chefes rebeldes e, além disso, desejava apanhá-lo e levá-lo a julgamento, para poder provar ao mundo que era a CIA que se encontrava por detrás da revolta do Afeganistão. *Devia ter pensado nisto ontem*, refletiu, *mas estava demasiado excitado com o êxito e só tinha uma coisa em mente: Jane. Além disso, Anatoly não podia saber que eu me encontrava aqui — podia estar em Darg, ou Astana, ou escondido nas montanhas com o Masud —, portanto, foi um golpe ao acaso, que quase resultou.* O russo tinha bom faro para a caça, era um oponente formidável... e a batalha ainda não terminara.

Jane chorava e Ellis afagou-lhe o cabelo, pronunciando palavras de conforto, enquanto via Jean-Pierre e Anatoly a regressarem aos helicópteros, que ainda se encontravam pousados no campo, com os rotores em movimento.

O aparelho que aterrara na colina, perto das grutas, descolou de novo e passou-lhes por cima das cabeças. O americano perguntava a si mesmo se os sete guerrilheiros feridos que se encontravam no posto de socorros teriam sido levados prisioneiros ou apenas interrogados, ou ambas as coisas.

Tudo terminou rapidamente. Os soldados abandonaram a mesquita em passo de corrida e desapareceram no bojo do *Hip* quase tão depressa como tinham de lá saído, enquanto Jean-Pierre e Anatoly embarcavam num dos *Hind*. Os feios aparelhos levantaram voo, um a um, subindo rápido até se encontrarem mais altos do que a colina, e desapareceram depois em direção a sul, numa formação em linha.

Ellis, calculando o que se passava na cabeça de Jane, disse-lhe:

— Espera mais uns segundos até os helicópteros desaparecerem... não estragues tudo no último momento.

Jane fez um aceno de confirmação, banhada em lágrimas.

Os aldeões começaram a abandonar a mesquita, com um ar assustado. Assim que o último helicóptero se afastou para sul, Jane esgueirou-se para fora do saco-cama, enfiou as calças e a blusa e correu pela colina a baixo, escorregando, cambaleando, ainda a abotoar-se. Ellis ficou a vê-la afastar-se, sentindo-se de certo modo rejeitado, sentimento irracional, mas que, mesmo assim, não era capaz de afastar. Não iria segui-la imediatamente, pensou, dar-lhe-ia tempo a que se reunisse com Chantal.

Jane desapareceu por detrás da casa do mulá e o americano voltou a sua atenção para a aldeia, que começava a regressar à normalidade. Ouvia vozes a gritar, excitadas; as crianças corriam para um lado e para o outro, brincando aos helicópteros ou apontando armas imaginárias e enxotando as galinhas para dentro dos pátios, para serem interrogadas, e a maior parte dos adultos regressava às suas casas, com um aspeto amedrontado.

Ellis lembrou-se dos sete guerrilheiros feridos e do garoto que só tinha a mão esquerda, na gruta que servia de hospital, e decidiu ir ver o que se passara aí. Enfiou as roupas, enrolou o saco-cama e seguiu o trilho da montanha.

Recordava-se de Allen Winderman, no seu fato cinzento e gravata às risquinhas, debicando uma salada num restaurante de Washington e perguntando: «Quais são as possibilidades de os russos virem a apanhar o nosso homem?» — «Poucas», respondera. «Se não conseguem prender Masud, como poderiam capturar um agente clandestino enviado ao seu encontro?» Agora já sabia qual a resposta para aquela pergunta: podiam, por causa de Jean-Pierre. Maldito francês.

Atingiu a clareira, mas não se ouvia qualquer ruído no interior da gruta. Alimentava esperanças de que os russos não tivessem levado o garoto consigo, além dos guerrilheiros feridos... Mohammed ficaria inconsolável.

Penetrou na gruta, o Sol já ia alto e via-se bem. Estavam todos ali, deitados e silenciosos.

— Vocês estão bem? — perguntou.

Não houve resposta, nenhum deles se mexeu.

— Oh, meu Deus! — murmurou Ellis.

Ajoelhou junto do guerrilheiro mais próximo e tocou-lhe na cara barbuda. O homem jazia num lago de sangue, fora abatido com um tiro na cabeça, à queima-roupa.

Movendo-se rapidamente, inspecionou os outros.

Estavam todos mortos... e o rapazinho também.

CAPÍTULO

15

Jane correu através da aldeia levada por um pânico cego, empurrando pessoas para o lado, embatendo em paredes, cambaleando e caindo, levantando-se de novo, soluçando e gemendo, tudo ao mesmo tempo.

Ela tem de estar bem, dizia a si mesma, repetindo a frase infindavelmente, como uma litania. No entanto, o cérebro continuava a interrogá-la: *Por que razão Chantal não acordou? Que lhe fez o russo? O meu bebé estará bem?*

Entrou a cambalear no pátio da casa do lojista e subiu os degraus da escada a dois e dois, até ao telhado. Caiu sobre os joelhos e puxou para o lado o lençol que cobria o pequeno colchão. Chantal tinha os olhos fechados. *Estará a respirar? Estará a respirar?*, interrogou-se Jane. Nesse momento os olhos do bebé abriram-se, fitou a mãe e — pela primeira vez na sua curta vida — sorriu-lhe.

Jane pegou-lhe e apertou-a com violência, sentindo que o coração lhe ia rebentar, enquanto Chantal, assustada, rompia em alto choro. Jane chorou também, inundada pela alegria e pelo alívio. A sua menina ainda ali estava, viva, quente e a espernear, e sorrira-lhe pela primeira vez.

Jane acalmou-se passados alguns instantes, e Chantal, apercebendo-se da mudança, calou-se quase de imediato.

A mãe embalou-a, dando-lhe palmadinhas nas costas e beijando-lhe o cimo da cabeça, macio e careca. Jane acabou finalmente por se recordar de que existiam outras pessoas no mundo e começou a interrogar-se sobre o que teria acontecido aos aldeões que se encontravam na mesquita e se todos estariam bem. Desceu para o pátio e viu Fara.

Ficou a olhar para a rapariga durante alguns momentos. Fara, a silenciosa, a ansiosa e tímida Fara, que ficava chocada por tudo e por nada, onde fora ela encontrar a coragem e a presença de espírito, o sangue-frio que a levara a ocultar Chantal debaixo de um lençol amarrotado, enquanto os russos aterravam os helicópteros e disparavam para o ar a poucos metros de distância?

— Tu salvaste-a — declarou Jane.

Fara pareceu assustada, como se a frase fosse uma acusação. Jane apoiou Chantal sobre a anca esquerda e passou o braço direito em volta da rapariga, abraçando-a.

— Salvaste o meu bebé! — repetiu. — Obrigada! Obrigada!

A jovem afegã ficou radiante de prazer durante alguns instantes e depois rebentou em lágrimas.

Jane acalmou-a, batendo-lhe nas costas, tal como fizera com Chantal. Logo que Fara se controlou, perguntou-lhe:

— Que aconteceu na mesquita? Que lhes fizeram? Há alguém ferido?

— Sim — respondeu Fara, confusa.

Jane sorriu, não era possível fazer três perguntas seguidas à rapariga e esperar que ela conseguisse dar uma resposta sensata.

— Que se passou quando vos levaram para a mesquita? — repetiu.

— Perguntaram-nos onde estava o americano.

— A quem?

— A todos, mas ninguém sabia. O doutor perguntou-me para onde tinhas ido com a bebé, mas eu disse que não sabia. Depois escolheram três homens: primeiro o meu tio Shahazai, a seguir o mulá e depois Alishan Karim, o irmão do mulá, e interrogaram-nos de novo, mas sem resultado, porque eles não sabiam nada acerca do americano. Então bateram-lhes...

— Estão muito feridos?

— Apenas doridos.

— Vou examiná-los. — Alishan tinha problemas de coração, recordou-se Jane. — Onde estão?

— Ainda na mesquita.

— Vem comigo — ordenou Jane, entrando em casa, logo seguida por Fara.

Na sala da frente encontrou o seu saco de enfermeira, pousado sobre o balcão. Acrescentou alguns comprimidos de nitroglicerina aos medicamentos habituais e saiu de novo. Quando se dirigia para a mesquita, ainda agarrada a Chantal, perguntou:

— Fizeram-te mal?

— Não, o doutor parecia muito zangado, mas não me bateram.

Jean-Pierre estaria irritado por ter calculado que ela passara a noite com Ellis?, interrogou-se Jane. Toda a aldeia deveria pensar a mesma coisa. Como iriam reagir? Seria a comprovação final de que ela era a «prostituta da Babilónia»?

No entanto ainda não a expulsariam, pelo menos enquanto existissem pessoas feridas a necessitar de tratamento. Chegou à mesquita e entrou no pátio. A mulher de Abdullah avistou-a, tomou um ar importante e conduziu-a até ao local onde o marido jazia no chão. À primeira vista parecia estar bem, e Jane encontrava-se muito mais preocupada com o coração de Alishan, pelo que deixou o mulá — ignorando os indignados protestos da mulher — e dirigiu-se para junto do irmão dele.

Alishan tinha o rosto cinzento, respirava com dificuldade e mantinha uma das mãos sobre o peito. Tal como Jane receara, o espancamento provocara-lhe um ataque. Deu-lhe um comprimido dizendo:

— Mastiga, não o engulas.

Entregou Chantal a Fara e examinou rapidamente o afegão, que apresentava grandes contusões, mas não tinha ossos partidos.

— Como te bateram? — perguntou-lhe.

— Com as espingardas — respondeu em voz rouca.

Esboçou um aceno de compreensão. O homem tivera sorte, a única coisa que lhe fizera mal fora a tensão a que o haviam sujeitado e que era tão má para o seu coração, mas já estava a recuperar. Limpou-lhe as feridas com iodo e disse-lhe que se deixasse ficar ali deitado durante uma hora.

Voltou para junto de Abdullah, mas este, quando a viu aproximar-se, soltou um rugido de raiva e fez-lhe gestos para que se afastasse. Jane sabia o que o enfurecera: o mulá achava que tinha direito a ser tratado em primeiro lugar e sentira-se insultado ao vê-la cuidar primeiro de Alishan. Jane não ia pedir desculpa, já uma vez lhe dissera que atendia as pessoas por ordem de urgências e não por estatutos sociais. Virou-lhe as costas, não valia a pena insistir em examinar aquele idiota. Se estava bom o suficiente para gritar daquela maneira, então era porque sobreviveria.

Dirigiu-se a Shahazai, o velho lutador cheio de cicatrizes, que já fora tratado pela irmã, Rabia, a parteira, que agora lhe banhava as feridas. As poções da velha não eram tão antissépticas como seria de desejar, mas Jane pensava que talvez fizessem mais bem do que mal, pelo que se contentou em mandá-lo mexer os dedos dos pés e das mãos — o homem não tinha nada partido.

Tivemos sorte, pensou. *Os russos vieram e escapámos com ferimentos ligeiros, graças a Deus. Talvez agora nos deixem em paz durante algum tempo... Talvez até estar de novo aberta a passagem do Khyber...*

— O doutor é russo? — perguntou Rabia abruptamente.

Pela primeira vez, Jane interrogava-se sobre o que se passaria na cabeça de Jean-Pierre. *Que me teria ele dito, se me encontrasse?*

— Não, Rabia, não é um russo, mas creio que se passou para o lado deles — respondeu por fim.

— Então é um traidor.

— Sim, suponho que sim.

Que estaria a velha Rabia a pensar?

— Uma cristã pode divorciar-se do marido por ele ser um traidor?

— Sim — disse Jane, pensando que na Europa isso se conseguia por muito menos.

— E agora casaste-te com o americano?

Jane compreendeu a ideia de Rabia. Ao passar a noite na montanha com Ellis, confirmara a acusação de Abdullah de que ela era uma puta ocidental. Rabia, que há muito era o seu principal apoio na aldeia, planeava contrariar aquela acusação com uma interpretação alternativa, de acordo com a qual Jane se divorciara rapidamente do traidor, sob estranhas leis cristãs desconhecidas dos verdadeiros crentes, e estava agora casada com Ellis, também de acordo com essas mesmas leis. *Que seja*, pensou Jane.

— Sim — respondeu —, foi por isso que me casei com o americano.

Rabia acenou, satisfeita.

Jane sentia-se quase como se houvesse um elemento de verdade no epíteto do mulá, no fim de contas passara da cama de um homem para a de outro com uma rapidez indecente. Estava um pouco envergonhada, mas afastou essa sensação para o fundo da mente, pois nunca deixara que o seu comportamento fosse pautado pela opinião das outras pessoas. *Que pensem o que lhes apetecer!*

Não se considerava casada com Ellis. *Sinto-me divorciada de Jean-Pierre?*, interrogou-se. A resposta era negativa, no entanto achava que deixara de ter obrigações para com ele. *Depois do que fez, não lhe devo nada*, pensou. Tal conclusão deveria ter-lhe dado algum alívio, mas na realidade sentia-se triste.

Uma súbita agitação à entrada da mesquita interrompeu-lhe as meditações. Virou-se, viu Ellis, que transportava qualquer coisa nos braços, e quando o americano se aproximou verificou que o rosto dele era uma máscara de raiva. Lembrava-se de lhe ter visto uma expressão semelhante quando um motorista de táxi descuidado executara uma súbita inversão de sentido e atropelara um jovem que seguia de motocicleta, ferindo-o com gravidade. Jane e Ellis haviam testemunhado o acidente e chamado uma ambulância — naquele tempo ela ainda não percebia nada de medicina — e ouvira repetir vezes sem conta: «Uma coisa tão estúpida, tão desnecessária!»

Observou a forma que ele trazia nos braços: era uma criança e aquela expressão só podia querer dizer que estava morta. A sua primeira reação, de que se arrependeu imediatamente, foi pensar: *Graças a Deus que não é a minha filha*, mas quando a observou de mais perto verificou que era a única criança da aldeia que por vezes também considerava como sua... Mousa, o rapaz que só tinha a mão esquerda, a quem ela salvara a vida. Acometeu-a a terrível sensação de desapontamento e perda que a avassalava cada vez que um doente morria, depois de ela e Jean-Pierre terem lutado durante muito tempo para o salvar, uma sensação que agora era especialmente dolorosa, porque Mousa fora valente e predispusera-se a lutar contra a sua incapacidade física. O pai tinha tanto orgulho nele! *Porquê ele?*, pensou Jane, as lágrimas a subirem-lhe aos olhos. *Porquê ele?*

Os aldeões amontoaram-se em volta de Ellis, que só olhava para ela.

— Estão todos mortos — disse, falando em *dari,* para que todos pudessem compreender, e algumas mulheres começaram a chorar.

— Como? — perguntou Jane.

— Mortos pelos russos, todos eles.

— Oh, meu Deus!

Ainda na noite passada afirmara que nenhum deles morreria dos ferimentos. Previra que melhorariam, uns mais rápido e outros mais devagar, para voltarem a ser fortes e saudáveis, sob os seus cuidados. Agora... estavam todos mortos.

— Mas porque mataram o rapaz? — gritou.

— Creio que ele os incomodou.

Jane fez uma expressão de incompreensão.

Ellis mudou a posição do pequeno corpo, de modo a deixar ver a sua mão válida. Os pequenos dedos agarravam rigidamente o punho da faca que o pai lhe dera, e havia sangue na lâmina.

Subitamente ouviu-se um longo e agudo grito, e Halima abriu caminho por entre a multidão. Tirou o corpo do filho dos braços de Ellis e abateu-se no chão, segurando a criança morta e gritando o seu nome. As mulheres juntaram-se à sua volta e Jane afastou-se dali.

Fazendo sinal a Fara para que a acompanhasse com Chantal, Jane abandonou a mesquita e caminhou devagar para casa. Poucos minutos antes, pensara que a aldeia tivera sorte e escapara quase ilesa, agora, havia sete homens e um rapazinho mortos. Jane não tinha mais lágrimas, já chorara demasiado, mas o desgosto era tão grande que se sentia enfraquecida.

Entrou em casa e sentou-se, para amamentar Chantal.

— Que paciente tu és, minha pequenina — disse, levando a bebé ao seio.

Ellis entrou um ou dois minutos depois, inclinou-se para ela e beijou-a. Observou-a por instantes e declarou:

— Pareces zangada comigo.

— Os homens são tão... sanguinários — respondeu, com amargura. — É óbvio que aquele rapaz tentou atacar os soldados russos com a sua faca de caça... Quem o ensinou a ser temerário? Quem lhe disse que a finalidade de toda a sua vida seria matar russos? Quando se atirou ao homem armado com a *Kalashnikov,* quem lhe serviu de modelo? Não foi a mãe, foi o pai, foi por culpa de Mohammed que ele morreu. E também por tua culpa.

— Minha?! Minha porquê? — perguntou Ellis, espantado. Sabia que estava a ser rude, mas não podia parar.

— Espancaram Abdullah, Alishan e Shahazai, numa tentativa para os fazer dizer onde estavas — continuou. — Andavam à tua procura, foi essa a finalidade de todo aquele aparato.

— Eu sei. Mas isso faz com que a culpa da morte do rapaz seja minha?

— Aconteceu por te encontrares aqui, onde não pertences.

— Talvez, mas de qualquer modo tenho a solução para esse problema! Vou-me embora. A minha presença provoca a violência e o derramamento de sangue, tal como te apressaste a dizer. Se fico aqui, não só posso vir a ser apanhado, pois tivemos muita sorte a noite passada, mas também me arrisco a destruir o meu frágil plano para levar estas tribos a lutarem em conjunto contra um inimigo comum. Na realidade, os resultados podem ser muito piores do que isso. Os russos levar-me-ão a julgamento público, para obterem o máximo de propaganda. Dirão: «Vejam como a CIA procura explorar os problemas internos dos países do Terceiro Mundo», ou qualquer outra coisa do mesmo género.

— Achas-te muito importante, pelo vistos — parecia-lhe estranho que o que acontecesse ali no vale, entre aquele pequeno grupo de aldeões, pudesse vir a ter consequências globais tão importantes —, mas infelizmente não podes partir, a passagem do Khyber está bloqueada.

— Há outro caminho, o Trilho da Manteiga.

— Oh, Ellis... é muito difícil e perigoso! — e pensou nele a atravessar os elevados desfiladeiros varridos por ventos gelados. Poderia perder-se e morrer enterrado na neve, ou ser roubado e assassinado pelos bandidos. — Por favor, não faças isso!

— Tenho de o fazer, não há outra alternativa.

Iria perdê-lo de novo, voltaria a ficar sozinha. A ideia deixou-a extremamente infeliz, o que até certo ponto a surpreendeu. Só passara uma noite com ele. Que mais poderia esperar? Não sabia... mas desejava algo mais do que aquela separação tão abrupta.

— Não esperava vir a perder-te de novo tão depressa — disse, mudando Chantal para o outro seio.

Ellis ajoelhou-se na sua frente e pegou-lhe na mão.

— Ainda não analisaste bem toda esta situação — disse. — Pensa em Jean-Pierre. Não sabes que ele te quer de volta?

Jane meditou no que acabara de ouvir. Era verdade, Ellis tinha razão. Jean-Pierre devia sentir-se humilhado e ridicularizado, e a única maneira de sarar as suas feridas seria fazê-la voltar, tê-la na sua cama e sob o seu poder.

— Mas que fará ele comigo? — perguntou.

— Quererá que tu e Chantal passem o resto das vossas vidas numa qualquer cidade mineira da Sibéria, enquanto leva a cabo missões de espionagem na Europa. Irá ter contigo de dois em dois anos, para umas férias entre essas missões...

— Mas que podia ele fazer, se eu me recusasse?

— Pode obrigar-te... ou matar-te.

Jane recordou-se de Jean-Pierre a espancá-la e ficou perturbada.

— Achas que os russos o ajudarão a encontrar-me?

— Sim.

— Mas porquê? Porque hão de incomodar-se comigo?

— Em primeiro lugar, porque têm essa dívida para com ele, em segundo, porque pensarão que o manterás feliz e satisfeito e, em terceiro, porque sabes de mais. Conheces Jean-Pierre intimamente, viste Anatoly, e poderás fornecer boas descrições dos dois para os computadores da CIA, se fores capaz de regressar à Europa.

Portanto, iria correr mais sangue, pensou Jane. Os russos atacariam aldeias, interrogariam pessoas, bateriam e torturariam para que lhes dissessem onde ela se escondia.

— Aquele oficial russo... Anatoly, é como ele se chama, viu Chantal e... — Jane apertou a filha contra o corpo, recordando-se daqueles terríveis minutos — ... pensei que a iria levar consigo. Não terá compreendido que, nesse caso, eu ter-me-ia entregue logo?

— Na altura, isso também me intrigou — respondeu Ellis, com um aceno —, mas depois percebi que, para eles, sou muito mais importante do que tu. O russo chegou à conclusão de que, apesar de eventualmente te querer capturar, pode entretanto servir-se de ti para outras coisas...

— Que coisas? Que espera ele que eu faça?

— Que me atrases.

— Obrigando-te a ficar aqui?

— Não, partindo comigo.

Assim que Ellis acabou de pronunciar aquelas palavras Jane compreendeu que eram verdadeiras e sentiu cair sobre ela uma espécie de manto de terror, que a envolveu. Tinham de ir com ele, ela e o bebé, não havia alternativa. *Se morrermos*, pensou, fatalista, *é porque é essa a vontade de Deus*.

— Suponho que tenho mais hipóteses de fugir daqui contigo do que da Sibéria, sozinha — disse.

— É verdade — respondeu Ellis.

— Vou tratar da bagagem — declarou Jane. — Não há tempo a perder, é melhor sairmos daqui amanhã de manhã, muito cedo.

— Não — retorquiu Ellis, abanando a cabeça. — Temos de partir dentro de uma hora.

Jane entrou em pânico. Há muito que planeava partir, claro, mas não tão de repente. Agora, nem sequer tinha tempo para pensar. Começou a andar de um lado para o outro na pequena casa, metendo roupas e medicamentos dentro de sacos, aterrorizada quanto à possibilidade de se esquecer de qualquer coisa importante, mas demasiado apressada para preparar tudo com mais método.

Ellis compreendeu como ela se sentia. Segurou-a pelos ombros, beijou-lhe a testa e falou-lhe calmamente.

— Diz-me uma coisa — pediu. — Sabes qual é a montanha mais alta da Grã-Bretanha?

— A Ben Nevis — respondeu, perguntando a si própria se ele estaria louco. — É na Escócia.

— Que altitude tem?

— Para cima de mil e duzentos metros.

— Alguns dos desfiladeiros por onde vamos passar estão a cerca de cinco mil metros... ou seja, quatro vezes mais do que a montanha mais alta do teu país, e apesar de se encontrarem a apenas trezentos quilómetros daqui, demoraremos pelo menos duas semanas. Por isso, para um pouco, pensa e planeia as coisas. Se levares mais de uma hora a tratar disso, tanto pior... mas é melhor do que ir sem os antibióticos.

Jane pareceu compreender, respirou fundo e começou de novo. Dispunha de dois sacos que podiam ser usados como mochilas. Num deles guardou roupas (as fraldas de Chantal, uma muda de roupa interior para todos, o casaco acolchoado de Ellis, a gabardina forrada a pele, com capuz, que trouxera de Paris) e no outro medicamentos e comida. Não havia rações ocidentais, claro, mas descobrira um substituto local, um bolo feito de amoras secas e nozes, quase impossível de tragar, mas bastante energético, e tinha também arroz e um bocado de queijo seco. A única recordação que guardava da sua estada no vale era a coleção de fotografias *Polaroid*. Levavam ainda os sacos-camas, uma frigideira e o saco de Ellis, que ainda continha alguns explosivos... a sua única arma. Ellis carregou toda a bagagem na *Maggie,* a égua que só andava em frente.

A apressada partida provocou algumas lágrimas e Jane recebeu beijos de Zahara, da velha Rabia, a parteira, e até de Halima, a mulher de Mohammed. A despedida foi, contudo, marcada por uma nota triste: Abdullah passou por eles com a família e cuspiu para o chão, obrigando-os a acelerar o passo. No entanto, alguns segundos depois a mulher voltou a trás com um ar assustado, mas decidido e meteu na mão de Jane um presente para Chantal, uma primitiva boneca de trapos, com um xaile e um véu em miniatura.

Jane abraçou e beijou Fara, que se mostrava inconsolável. A rapariga tinha treze anos, casaria dentro de um ou dois anos e mudar-se-ia para casa dos pais do marido. Daria à luz oito ou dez filhos, dos quais talvez metade ultrapassariam os cinco anos de idade. As filhas casariam também, assim como os filhos que sobrevivessem aos combates. Eventualmente, quando a família se tornasse demasiado grande, os filhos, noras e netos mudar-se-iam para darem início a novos e enormes clãs. Nessa altura Fara passaria a ser uma parteira, tal como a avó Rabia. *Espero*, pensou Jane, *que se recorde de algumas das coisas que lhe ensinei*.

Ellis despediu-se de Alishan e Shahazai e partiram aos gritos de «Deus seja convosco!» A miudagem da aldeia acompanhou-os até à curva do rio, onde Jane parou por momentos para olhar o pequeno conjunto de casas cor de lama que fora o seu lar durante um ano. Sabia que nunca mais voltaria ali, mas pressentia que, se sobrevivesse, viria a contar histórias de Banda aos netos.

Avançaram rapidamente ao longo da margem do rio, com Jane atenta a todos os ruídos, receosa de que aparecessem helicópteros. Quando começariam os russos a procurá-los? Enviariam apenas alguns aparelhos mais ou menos ao acaso ou perderiam tempo a organizar uma busca a sério? Não fazia ideia do que a aguardava.

Levaram menos de uma hora para atingirem Dasht--i-Rewat, «a planície com um forte», uma aldeia agradável onde as habitações, com os seus pátios sombrios, se estendiam aqui e acolá ao longo da margem norte do rio. Era ali que acabava o trilho das carroças, um caminho esburacado, pedregoso, que ora se via ora desaparecia e que passava por ser uma estrada, no vale dos Cinco Leões. Todos os veículos de rodas, robustos o suficiente para sobreviverem àquela «estrada», tinham de parar ali, pelo que os aldeões ganhavam algum dinheiro com o negócio de cavalos. O forte mencionado no nome da aldeia erguia-se num pequeno vale secundário e era agora uma prisão controlada pelos guerrilheiros, albergando alguns soldados governamentais, um ou dois russos e um ou outro ocasional ladrão. Jane visitara-o uma vez, para tratar de um miserável nómada dos desertos ocidentais que fora mobilizado à força para o exército governamental, apanhara uma pneumonia no frio inverno de Cabul e desertara. Estava agora a ser «reeducado», antes de lhe permitirem juntar-se aos guerrilheiros.

Era já meio-dia, mas nenhum deles queria parar para comer, estavam esperançados em conseguir chegar a Saniz, a dezoito quilómetros de distância, na entrada do vale, antes do cair da noite. Apesar de não ser uma grande distância em terreno plano, poderiam levar muitas horas a percorrê-los naquele trilho irregular.

Os últimos metros de estrada serpenteavam por entre as casas da margem norte e a margem sul era uma falésia com sessenta metros de altura. A aldeia terminava num moinho de água junto da entrada do vale denominado Riwat, onde se encontrava a prisão. Ellis conduzia a égua e Jane levava Chantal numa espécie de saco de pôr a tiracolo, que ela imaginara e fabricara e que lhe permitia alimentar a filha sem ter de parar. Após passarem o moinho, deixaram de poder andar tão depressa, o caminho começou a subir, primeiro suavemente, mas depois com forte inclinação. Avançaram num passo regular, sob o Sol escaldante. Jane cobriu a cabeça com o *pattu,* o cobertor acastanhado utilizado por todos os viajantes, Chantal ia protegida pelo saco e Ellis levava um chapéu *chitrali,* um presente de Mohammed.

Quando chegaram ao cimo, Jane notou, com grande satisfação que nem sequer respirava mais depressa. Nunca se encontrara em tão boa forma física em toda a sua vida e, provavelmente, nunca mais viria a estar. Ellis não só ofegava como suava, não parecia aguentar tão bem como ela a dura caminhada. Ficou muito satisfeita consigo própria até que se recordou de que ele fora ferido apenas nove dias antes.

Do outro lado, o trilho seguia ao longo da montanha, bem por cima do vale dos Cinco Leões. Naquele ponto o rio corria lentamente, o que era pouco vulgar, e nos sítios de águas mais profundas e paradas ganhava um tom verde brilhante, a cor das esmeraldas que se encontravam em abundância em volta de Dasht-i-Rewat e que eram vendidas no Paquistão. Jane apanhou um susto quando os seus hipersensíveis ouvidos captaram o som de aviões distantes: não havia ali sítio algum onde se pudessem esconder e foi tomada pelo desejo de saltar da falésia para o rio, que corria trinta metros mais abaixo. No entanto, tratava-se apenas de uma esquadrilha de jatos, voando demasiado alto para poderem avistar alguém no solo. Apesar disso e a partir daí, Jane esquadrinhou constantemente o terreno em busca de árvores, arbustos ou buracos onde se pudessem esconder. No cérebro, havia um diabinho que de vez em quando lhe dizia: *Não precisas de fazer isto, podes voltar para trás e entregar-te, para te juntares ao teu marido*. De certo modo, porém, a questão parecia-lhe académica.

O trilho continuava a subir, mas não tão íngreme, o que lhes permitia andar mais depressa, embora fosse, de quando em vez, cortado por cursos de água que surgiam dos vales laterais para se irem juntar ao rio principal. Nesses pontos o trilho parava por cima de pontes de troncos ou por um vau, e Ellis tinha de obrigar a relutante *Maggie* a entrar na água, puxando-a, enquanto Jane lhe gritava e atirava pedras.

Ao longo de toda a garganta rochosa, na vertente da montanha e muito acima do rio, corria um canal de irrigação, destinado a aumentar a área cultivável, na planície. Jane perguntou a si própria quando tivera o vale tempo, homens e paz suficientes para a execução de um tão complicado projeto de engenharia. Talvez centenas de anos antes...

A garganta estreitou ainda mais e o rio que corria lá em baixo estava repleto de enormes pedregulhos de granito. Havia grutas nas vertentes, notou Jane, considerando-as como possíveis refúgios. A paisagem tornou-se muito mais selvagem e soprou um vento frio oriundo do vale, que a fez estremecer durante algum tempo, apesar do brilho do sol.

A garganta deu por fim acesso a uma outra planície onde, muito ao longe, para oriente, se avistavam colinas, e, por cima delas, as brancas montanhas do Nuristão. *Oh, meu Deus, é para ali que vamos*, pensou Jane, cheia de medo.

Na planície, erguia-se um pequeno aglomerado de casas miseráveis.

— Creio que chegámos — disse Ellis. — Bem-vinda a Saniz.

Avançaram para a planície, procurando uma mesquita ou uma daquelas cabanas de pedra destinadas aos viajantes. Quando se aproximavam da primeira casa, saiu dela um homem, e Jane reconheceu o simpático rosto de Mohammed, que ficou tão surpreendido como ela. A surpresa cedeu o lugar ao horror quando se recordou de que teria de lhe dizer que o filho morrera.

Ellis deu-lhe tempo para se recompor do choque, perguntando:

— Porque estás aqui?

— Vim com Masud — replicou Mohammed, o que levou Jane a supor que aquele devia ser um dos esconderijos dos guerrilheiros. O afegão continuou: — Que se passa com vocês?

— Vamos para o Paquistão.

— Por aqui?! — admirou-se Mohammed, tomando uma expressão grave. — Que aconteceu?

Jane sabia que tinha de ser ela a informá-lo, pois conhecia-o há mais tempo.

— Trazemos más notícias, amigo Mohammed. Os russos foram a Banda e mataram sete homens... e uma criança.

O guerrilheiro pareceu adivinhar o que ela ia dizer a seguir, pois esboçou uma expressão de dor, e Jane teve vontade de chorar.

— A criança era Mousa — terminou.

— Como morreu o meu filho? — perguntou Mohammed, numa pose rígida.

— Foi Ellis quem o encontrou — respondeu Jane.

O americano procurou, entre as poucas palavras em *dari,* que já conhecia, as mais apropriadas para responder.

— Morreu com... a faca na mão, sangue na faca.

— Conta-me tudo — pediu Mohammed, de olhos muito abertos.

Foi Jane quem respondeu, uma vez que falava com mais facilidade do que Ellis.

— Os russos surgiram de madrugada — começou. — Procuravam-nos, ao Ellis e a mim. Estávamos no alto da montanha e por isso não nos encontraram. Espancaram Alishan, Shahazai e Abdullah, mas não os mataram. A seguir descobriram a gruta onde haviam ficado os sete guerrilheiros feridos. Mousa estava com eles, para correr à aldeia se algum necessitasse de ajuda durante a noite. Quando os russos partiram, Ellis foi à gruta. Os homens tinham sido todos mortos e Mousa também...

— Como? — interrompeu Mohammed. — Como o mataram?

Jane olhou para Ellis e este respondeu:

— *Kalashnikov.*

Era uma palavra que não necessitava de tradução, e depois apontou para o coração, mostrando onde fora o tiro. Mohammed ficou impante de orgulho, apesar de ter lágrimas nos olhos.

— Atacou-os... atacou homens armados com espingardas... atacou-os com a faca! A faca que o pai lhe deu! O rapaz com uma só mão está agora, de certeza, no paraíso dos guerreiros.

Morrer numa guerra santa era a maior das honras para um muçulmano, recordou-se Jane. O pequeno Mousa transformar-se-ia provavelmente numa espécie de santo. Ainda bem que Mohammed tinha esse conforto, mas não podia deixar de pensar, com um certo cinismo, que era assim que os homens sanguinários acalmavam as consciências: falando de glória.

Ellis abraçou Mohammed com solenidade, sem pronunciar palavra.

De súbito, Jane recordou-se das fotografias e de que possuía várias de Mousa. Os afegãos adoravam-nas e Mohammed ficaria muito satisfeito por ter uma do filho. Abriu um dos sacos amarrados ao lombo de *Maggie* e remexeu no interior até encontrar a caixa com as fotos. Procurou uma com o rosto de Mousa, retirou-a e voltou a guardar a caixa. A seguir, estendeu-a a Mohammed.

Nunca vira um afegão tão profundamente comovido, o homem ficou quase sem fala. Jane chegou a pensar que ele ia chorar, mas Mohammed virou-se, tentando controlar-se, e quando de novo os encarou o seu rosto parecia normal, embora com vestígios de lágrimas.

— Venham comigo — disse.

Foram atrás dele através da aldeia, até à margem do rio, onde um grupo de quinze ou vinte guerrilheiros se acocorava em volta de uma fogueira. Mohammed meteu-se no meio do grupo e, sem qualquer preâmbulo, começou a contar a história da morte de Mousa, fazendo grandes gestos e chorando um pouco.

Jane virou-lhes as costas, já assistira a demasiadas desgraças.

Olhou em volta, ansiosa. Para onde podiam fugir, se aparecessem os russos? Não havia por ali nada a não ser campos, o rio e as poucas cabanas. No entanto, Masud devia considerar que se tratava de um sítio seguro, talvez a aldeia fosse demasiado pequena para atrair a atenção do exército.

Como já não se sentia com energias para continuar a preocupar-se, sentou-se no chão com as costas apoiadas num tronco de árvore, satisfeita por poder descansar as pernas, e começou a amamentar Chantal. Ellis prendeu a égua, descarregou os sacos e o animal foi pastar para as verdejantes margens do rio.

Foi um longo dia, pensou Jane, *um dia terrível, e ainda por cima não dormi o suficiente a noite passada.* Esboçou um sorriso secreto, quando a recordou.

Ellis puxou pelos mapas de Jean-Pierre e sentou-se ao lado dela para os estudar, aproveitando os últimos clarões do dia, Jane espreitou por cima do ombro dele. O percurso que tinham planeado continuava a subir o vale até uma aldeia chamada Comar, onde virariam para sudeste através de um vale lateral que se dirigia para o Nuristão. Tanto o vale como o primeiro desfiladeiro realmente elevado que iriam encontrar se chamavam Comar, tal como a aldeia.

— Quatro mil e quinhentos metros — disse Ellis, apontando para o desfiladeiro. — É aqui que o frio vai começar.

Jane estremeceu. Logo que Chantal ficou saciada, mudou-lhe a fralda e lavou a suja no rio. Quando voltou, encontrou Ellis numa grande conversa com Masud. Sentou-se ao lado deles.

— Foi a decisão correta — dizia Masud. — Tens de sair do Afeganistão com o nosso tratado no bolso. Se os russos te apanham, está tudo perdido.

Ellis fez um aceno de confirmação e Jane pensou: *Nunca o tinha visto assim... Ellis está a tratar Masud com deferência.*

O chefe guerrilheiro continuou:

— Contudo, é uma viagem extremamente difícil. A maior parte do percurso é feita acima da linha dos gelos, e no meio da neve o trilho é por vezes quase impossível de descobrir. Se te perderes aí, morrerás. — Jane interrogava-se sobre as intenções de Masud, que só falava em Ellis e não nela. — Posso ajudar-te — continuou o afegão —, mas, tal como tu, quero fazer um acordo.

— Continua — disse Ellis.

— Dou-te Mohammed como guia para te ajudar a atravessar o Nuristão.

Jane sentiu o coração acelerar-se. Com Mohammed, a viagem seria muito diferente...

— E qual é a minha parte nesse acordo? — perguntou Ellis.

— Vais sozinho. A mulher do doutor e a filha ficam aqui.

Por muito que lhe custasse, Jane era obrigada a concordar com a proposta. Seria uma verdadeira loucura se tentassem descobrir o caminho sozinhos... Com certeza morreriam os dois, ao passo que aquela solução permitiria salvar pelo menos a vida de Ellis.

— Tens de concordar — disse-lhe Jane.

Ellis sorriu-lhe e virou-se de novo para Masud.

— Nem pensar nisso — respondeu.

Masud levantou-se visivelmente ofendido e regressou para junto do círculo de guerrilheiros.

— Oh. Ellis, achas isso sensato?

— Não — retorquiu Ellis, segurando-lhe na mão —, mas não estou disposto a perder-te de novo, com tanta facilidade.

— Eu... eu não te fiz qualquer promessa — declarou Jane, apertando-lhe a mão.

— Eu sei. Quando regressarmos à civilização, serás livre para fazeres o que melhor entenderes. Vai viver com o Jean-Pierre, se assim o desejares e se o conseguires encontrar. Contentar-me-ei com as próximas duas semanas, se não for possível mais. De qualquer modo, poderemos não ter tanto tempo de vida.

Era verdade. *Para quê preocupar-me com o futuro*, meditou Jane, *se provavelmente não o temos?*

Masud regressou para junto deles, de novo a sorrir:

— Não sou um bom negociante — declarou. — Vou dar-te o Mohammed, de qualquer modo.

Partiram meia hora antes do nascer do Sol. Um a um, os helicópteros ergueram-se da placa de cimento e desapareceram no céu noturno, fora do alcance dos projetores que iluminavam a pista. Quando chegou a sua vez, o *Hind* onde se encontravam Jean-Pierre e Anatoly subiu como um pássaro desajeitado e juntou-se aos outros. Pouco depois perdiam de vista as luzes da base aérea e voavam mais uma vez por cima dos topos das montanhas, em direção ao vale dos Cinco Leões.

Anatoly conseguira um milagre. Em menos de vinte e quatro horas montara o que era provavelmente a maior operação na história da guerra do Afeganistão... e era ele quem comandava.

Passara a maior parte do dia anterior agarrado ao telefone, falando para Moscovo. Conseguira galvanizar os adormecidos burocratas soviéticos, explicando em primeiro lugar aos seus superiores do KGB e depois a uma série de chefões do exército qual a importância da captura de Ellis Thaler. Jean-Pierre escutara, sem compreender as palavras, mas admirando a precisa combinação de autoridade, calma e urgência que se notavam no tom de voz de Anatoly.

A autorização formal só fora conseguida ao fim da tarde e Anatoly tivera então de enfrentar o desafio de pôr toda a máquina em movimento. Para conseguir o número de helicópteros que pretendia tivera de pedir favores, relembrar velhas dívidas e fazer ameaças e promessas, desde Jalalabade até Moscovo. Quando um general de Cabul se recusara a entregar-lhe as suas máquinas sem uma ordem escrita, Anatoly telefonara para o KGB em Moscovo e persuadira um velho amigo a espreitar a ficha particular do general. A seguir falara-lhe de novo e ameaçara-o de lhe cortar o fornecimento de pornografia infantil que ele recebia da Alemanha.

Os soviéticos tinham seiscentos helicópteros no Afeganistão e, pelas três horas da manhã, quinhentos encontravam-se na pista da base de Bagram, sob o comando de Anatoly.

Jean-Pierre e o russo passaram a última hora, antes do voo, debruçados sobre os mapas, decidindo para onde iria cada um dos helicópteros e dando as ordens apropriadas a um número infindável de oficiais. As rotas dos aparelhos eram muito bem definidas, graças à atenção que Anatoly dispensava a todos os pormenores e ao conhecimento íntimo do terreno, por parte de Jean-Pierre.

Apesar de Ellis e Jane não se encontrarem na aldeia no dia anterior, quando Jean-Pierre e Anatoly os tinham ido procurar, era agora quase certo que já deveriam ter conhecimento do assalto à aldeia e por certo que estavam noutro lado, não em Banda. Provavelmente haviam-se escondido numa mesquita de outra aldeia ou, se pensassem que estas eram pouco seguras, poderiam ter-se refugiado numa das inúmeras cabanas de pedra, destinadas aos viajantes, que existiam por todo o país.

Anatoly cobrira todas essas possibilidades: os helicópteros aterrariam em todas as aldeias do vale e em todos os vales secundários; os pilotos sobrevoariam todos os trilhos e veredas; e os soldados — num total de mais de mil homens — tinham instruções para revistar todos os edifícios, procurarem debaixo de todas as árvores de maior porte e no interior das grutas. Anatoly estava decidido a não falhar. Naquele dia, iam encontrar Ellis... e Jane.

O interior do helicóptero era apertado, pois a cabina para os passageiros dispunha apenas de um simples banco fixo à fuselagem em frente da porta, que Jean-Pierre partilhava com Anatoly, e de onde podiam ver o posto de pilotagem, oitenta ou noventa centímetros acima do pavimento e com um degrau de acesso. Todo o dinheiro fora gasto em armamento, velocidade e facilidade de manobra do aparelho e nenhum no conforto.

Enquanto voavam para norte, Jean-Pierre meditava. Ellis fingira ser seu amigo, mas trabalhara sempre para os americanos e, servindo-se dessa amizade, arruinara-lhe os planos para a captura de Masud, destruindo assim todo um ano de trabalho. Por fim, acabara por lhe seduzir a mulher.

A sua mente funcionava em círculos e voltava sempre ao mesmo. Olhava para a escuridão, vendo as luzes dos outros helicópteros e imaginando os dois amantes, tal como deveriam estar na noite anterior, deitados sobre um cobertor, sob as estrelas, num campo qualquer, brincando com os corpos um do outro e murmurando palavras temas. Perguntava a si próprio se Ellis seria bom na cama. Quando quisera saber, por Jane, qual deles era o melhor, esta apenas afirmara: «São diferentes.»

Teria sido o que ela dissera a Ellis, ou teria murmurado: «És o melhor, querido, o melhor de todos!» Jean-Pierre começava também a odiá-la. Como fora capaz de voltar para um homem nove anos mais velho, um estúpido americano, um patife da CIA?

Jean-Pierre olhou para Anatoly, mas o russo mantinha-se imóvel e impassível, como uma estátua de pedra de um mandarim chinês. Dormira muito pouco durante as últimas quarenta e oito horas, mas não parecia cansado, apenas obstinado, e Jean-Pierre descobria uma nova faceta naquele homem. Durante os seus encontros anteriores, ao longo de um ano, Anatoly mostrara-se descontraído e afável, agora revelava-se duro, sem emoções e incansável, movimentando-se e fazendo movimentar os outros sem qualquer espécie de compaixão, numa calma obsessão.

Quando a madrugada surgiu, puderam avistar os outros helicópteros, que constituíam um espetáculo espantoso, eram como uma enorme nuvem de abelhas gigantescas zumbindo por cima das montanhas. No chão, o ruído devia ser ensurdecedor.

Quando se aproximaram do vale, começaram a dividir-se em grupos mais pequenos. Jean-Pierre e Anatoly seguiam no que se dirigia para Comar, uma aldeia na extremidade norte do vale. Acompanharam o rio durante a última parte do trajeto e à luz da manhã, que nascia rapidamente, avistaram filas ordenadas de gavelas nos campos. Os bombardeamentos não haviam conseguido impedir por completo as colheitas naquela parte do vale.

Tinham o Sol a bater-lhes nos olhos quando desceram em Comar. A aldeia era pequena, meia dúzia de casas levantadas no declive da montanha, junto do rio. Jean-Pierre recordou-se dos pequenos povoados do Sul da França, dispostos sobre colinas, e sentiu súbitas saudades de casa. Oh, como seria bom estar em casa, ouvir falar francês, comer pão fresco e comida saborosa, ou meter-se num táxi e ir ao cinema!

Mudou de posição no duro assento, para apoiar o peso sobre a outra perna. Naquele momento até seria muito bom poder sair do helicóptero. Sentia-se dolorido por causa do espancamento que sofrera, mas o pior não eram as dores, era a memória da humilhação, a maneira como gritara e chorara, o modo como pedira piedade. Cada vez que se recordava da cena, apetecia-lhe esconder-se. Queria vingança, nunca conseguiria dormir tranquilamente, enquanto não regularizasse as contas, e só uma coisa o deixaria satisfeito: ver Ellis ser espancado do mesmo modo, pelos mesmos soldados brutais, até que soluçasse, gritasse e pedisse piedade, mas com um refinamento extra: Jane assistiria à cena.

Cerca do meio da tarde, já começavam a encarar a possibilidade de virem a sofrer uma derrota.

A aldeia de Comar fora revistada, bem como todas as outras em volta, todos os vales secundários da zona e as quintas isoladas na quase estéril terra a norte da aldeia — Anatoly encontrava-se em permanente contacto via rádio com os outros comandantes, que levavam também a cabo intensivas buscas por todo o vale. O resultado fora a descoberta de alguns esconderijos de armas, em grutas e casas, e escaramuças com vários grupos de guerrilheiros, em particular nas colinas em redor de Saniz, as quais haviam sido assinaladas por um número de baixas superior ao normal, no lado russo, e devidas ao facto de os afegãos demonstrarem uma maior capacidade para lidarem com explosivos. Tinham também espreitado para os rostos de todas as mulheres, forçando-as a tirarem os véus, e examinado a cor da pele dos bebés, mas sem conseguirem encontrar Ellis, Jane ou Chantal.

Jean-Pierre e Anatoly terminaram a busca em casa de um negociante de cavalos, nas colinas por cima de Comar. O lugar nem sequer possuía um nome, consistia em meia dúzia de casas de pedra e um prado poeirento onde esqueléticos animais procuravam um escasso alimento. O único habitante do sexo masculino parecia ser o próprio negociante de cavalos, um homem velho que andava descalço e usava uma enorme camisa e um volumoso capuz, para se proteger das moscas. Havia também duas mulheres ainda jovens e um verdadeiro rebanho de crianças assustadas. Tornava-se óbvio que os homens mais novos eram guerrilheiros e se encontravam algures, com Masud. Não levaram muito tempo a revistar todas as casas, e quando terminaram Anatoly, parecendo pensativo, sentou-se no chão encostado a um muro de pedra, no que foi logo imitado por Jean-Pierre.

Por cima das colinas avistavam o distante pico do Mesmer, com quase seis mil metros de altitude, que nos velhos tempos costumava atrair os montanhistas da Europa.

— Vê se nos consegues arranjar chá — disse Anatoly.

Jean-Pierre olhou em voltou e viu o velho do capuz a espreitar, ali perto.

— Faz-nos chá! — gritou, em *dari*. O homem desapareceu a correr e momentos depois o francês ouviu-o dar ordens às mulheres. — Já estão a tratar do chá — disse para Anatoly.

Os soldados que os acompanhavam, vendo que iam permanecer ali durante algum tempo, desligaram os motores dos helicópteros e sentaram-se na poeira, aguardando pacientemente.

Anatoly olhava para o vazio, com um rosto marcado pelo cansaço.

— Estamos metidos num sarilho — afirmou, e Jean-Pierre achou de mau agoiro o uso do plural, que o incluía, enquanto Anatoly continuava: — Na nossa profissão, é melhor minimizar a importância de uma missão até estarmos seguros de que vamos ter êxito, altura em que é conveniente começarmos a exagerar essa mesma importância. Contudo, neste caso não me foi possível seguir esta norma, pois, para obter os quinhentos helicópteros e os mil homens, tive de convencer os meus superiores da enorme importância da captura de Ellis Thaler e fui forçado a salientar os enormes perigos que corremos se o deixarmos escapar. Nesse aspeto, obtive um êxito total, mas, agora, a ira que irão demonstrar por não termos conseguido apanhá-lo vai ser muito maior. O teu futuro, claro, está intimamente ligado ao meu.

— Que irão eles fazer? — perguntou Jean-Pierre, que ainda não encarara o assunto sob aquele ponto de vista.

— A minha carreira chegará ao fim. O salário não diminuirá, mas perderei todos os outros privilégios. Não terei mais uísque escocês, não haverá mais perfumes franceses para a minha mulher, acabarão as férias no mar Negro, não arranjarei mais *jeans* e discos dos Rolling Stones para os meus filhos... Mas eu posso viver sem essas coisas, o que não conseguiria suportar seria o puro aborrecimento resultante do tipo de trabalho que dão aos que falham... Enviam-nos para uma pequena aldeia, onde na verdade não há nada para fazer.

Sei como os nossos homens passam aí o tempo e como justificam as suas existências. Temos de nos imiscuir no meio de pessoas ligeiramente descontentes, ganhar-lhes a confiança, encorajá-las a fazerem comentários críticos em relação ao Governo e ao Partido para depois as prender-mos por subversão. É uma perda de tempo...

Anatoly calou-se de súbito quando se apercebeu de que estava a divagar.

— E eu? — perguntou Jean-Pierre. — Que me irá acontecer?

— Não terás qualquer importância — respondeu o rus-so. — Não trabalharás mais para nós. Talvez te deixem fi-car em Moscovo, mas o mais provável é enviarem-te para casa.

— Se Ellis conseguir escapar, não posso voltar a Fran-ça... acabariam por me matar.

— Não cometeste nenhum crime em França.

— Nem o meu pai, mas mataram-no.

— Talvez possas ir para um país neutral... Nicarágua, por exemplo, ou para o Egito.

— Oh, merda!

— Bom, não percamos as esperanças — disse Anatoly, um pouco mais vivamente. — As pessoas não desaparecem em pleno ar e os nossos fugitivos têm de estar em qualquer lado.

— Não os conseguimos encontrar com a ajuda de mil homens. Nem creio que seja possível fazê-lo com dez mil — retorquiu Jean-Pierre, abatido.

— Nem sequer teremos outra vez mil, quanto mais dez mil! — afirmou Anatoly. — De agora em diante, servir--nos-emos apenas dos nossos cérebros e de recursos míni-mos. Esgotámos todos os créditos, mas vamos tentar de outro modo. Pensa: alguém os deve ter auxiliado a esconderem-se... o que quer dizer que alguém sabe onde eles se encontram.

— Se receberam auxílio, foi provavelmente por parte dos guerrilheiros — respondeu Jean-Pierre — e esses não os denunciarão.

— Mas podem existir outros que saibam.

— Talvez, mas falarão?

— Os nossos fugitivos devem ter inimigos — insistiu o russo.

— Não — respondeu Jean-Pierre, abanando a cabeça. — Ellis não permaneceu aqui o tempo suficiente para os arranjar e Jane é uma heroína... tratam-na como à Joana d'Arc. Toda a gente gosta dela e... oh!

De súbito, o francês recordara-se de que aquilo não era verdade.

— Então?

— O mulá.

— Aaah...

— Ela irritava-o de uma maneira incompreensível. Em parte, talvez, por os seus métodos serem mais eficientes que os dele... mas não podia tratar-se apenas disso, porque os meus também o eram e o homem nunca se mostrou tão desagradável...

— Provavelmente chamava-lhe «puta ocidental»...

— Como sabes?

— Fazem-no sempre. Onde vive esse mulá?

— Abdullah mora em Banda, numa casa a cerca de quinhentos metros da aldeia.

— Achas que falará?

— É capaz de a odiar o suficiente para a denunciar — afirmou Jean-Pierre, depois de pensar uns instantes —, mas não podemos ser vistos juntos. Não podemos aterrar na aldeia para o ir procurar... toda a gente ficaria a saber e ele calava-se. Seria preciso que me encontrasse com ele em segredo... — Jean-Pierre perguntava a si mesmo em que perigos se meteria se continuasse a falar assim, mas depois lembrou-se das humilhações que sofrera e de que a vingança valia todos os riscos. — Se me deixares perto de Banda, poderei esconder-me junto do trilho que liga a casa dele à aldeia e esperar que o homem apareça.

— E se não vier durante todo o dia?

— Bom...

— Procederemos de modo a termos a certeza de que irá passar por lá — continuou Anatoly, encolhendo os ombros. — Levaremos todos os aldeões para a mesquita, como já fizemos... e depois soltamo-los. Abdullah terá de regressar a casa.

— Sozinho?

— Hum... Podemos libertar primeiro as mulheres, e mandá-las para casa. A seguir, quando soltarmos os homens, todos quererão saber como elas estão. Vive alguém perto desse Abdullah?

— Não.

— Então o homem tem de seguir pelo trilho, sozinho. Sais detrás de um arbusto...

— ... e ele corta-me a garganta de orelha a orelha!

— O mulá anda com uma faca?

— Já viste algum afegão que não a usasse?

— Bem, podes levar a minha pistola — respondeu Anatoly.

Jean-Pierre sentiu-se satisfeito e até um pouco surpreendido por aquela prova de confiança, apesar de mal saber servir-se de uma arma.

— Suponho que, pelo menos, chegará para o assustar — disse. — Precisarei de roupas nativas, pois posso encontrar alguém que me conheça. Terei de cobrir o rosto com um lenço, ou algo assim...

— Isso é fácil — retorquiu Anatoly, gritando qualquer coisa em russo, e logo três soldados se puseram em pé de um salto e desapareceram no interior das casas, voltando segundos depois com o velho negociante de cavalos. — Podes levar as roupas dele — continuou Anatoly.

— Ótimo — respondeu Jean-Pierre. — O capuz servirá para me ocultar o rosto. — Virou-se para o homem e gritou-lhe: — Tira essas roupas!

O afegão começou a protestar, a nudez era uma terrível vergonha entre o seu povo, mas Anatoly deu uma curta ordem de comando, em russo, e os soldados atiraram o homem ao chão e arrancaram-lhe a camisa. Todos se riram quando lhe viram as finas pernas emergindo de umas cuecas esfarrapadas. Largaram-no e o velho fugiu com as mãos a tapar o sexo, o que os fez soltar ainda maiores gargalhadas.

Jean-Pierre estava demasiado nervoso para achar graça à cena. Despiu a camisa e as calças e enfiou as roupas do velho.

— Cheiras a mijo de cavalo — disse Anatoly.

— Cá por dentro ainda é pior — replicou Jean-Pierre.

Depois de treparem para o helicóptero, Anatoly serviu-se da aparelhagem de comunicações do piloto e falou durante muito tempo em russo. Jean-Pierre sentia-se muito pouco à vontade a respeito do que ia tentar fazer. Supondo que os guerrilheiros surgissem da montanha e o vissem a ameaçar Abdullah com uma pistola? Era bem conhecido por toda a gente do vale... e as notícias de que visitara Banda acompanhado pelos russos já deveriam ser conhecidas de todos. A maior parte das pessoas já estaria ao corrente do seu trabalho de espião e, para os afegãos, deveria agora ser o inimigo público número um. Fá-lo-iam em bocados.

Talvez estejamos a complicar as coisas, pensou. *Talvez fosse preferível aterrarmos, agarrar o Abdullah e espancá-lo até que o homem diga a verdade. Não... tentámos isso ontem e não resultou. Esta é a única maneira.*

Anatoly devolveu o capacete ao piloto e este instalou-se no seu lugar, começando a aquecer o motor do helicóptero. Enquanto esperavam, Anatoly puxou da pistola e mostrou-a a Jean-Pierre.

— Isto é uma *Makarov* de nove milímetros — disse, por cima do ruído dos rotores, rodando uma patilha na coronha da arma e extraindo o carregador, com oito balas. Voltou a encaixá-lo e apontou para outra patilha, no lado esquerdo da pistola. — Esta é a patilha de segurança; quando a pinta vermelha fica tapada, a arma está travada. — Segurando-a com a mão esquerda, usou a direita para trazer a culatra para trás. — Assim, mas puxando até ao fim, entra uma bala na câmara e a pistola fica pronta a disparar. — Largou a culatra e esta voltou à posição original. — Quando disparares, puxa bem o gatilho, a fim de que o percussor fique de novo em posição — concluiu, estendendo a arma a Jean-Pierre.

Confia mesmo em mim, pensou o médico, e aquela pequena satisfação abrandou-lhe um pouco o medo que sentia.

Os helicópteros levantaram e seguiram o rio dos Cinco Leões para sudoeste, ao longo do vale. Jean-Pierre pensava que ele e Anatoly formavam uma boa equipa. O russo fazia-o recordar-se do pai, era um homem inteligente, decidido e corajoso, um inabalável defensor do comunismo. *Se obtivermos êxito aqui*, pensou o francês, *é possível que possamos vir a trabalhar de novo juntos noutro campo de batalha*, e aquele pensamento foi-lhe extremamente agradável.

Em Dasht-i-Rewat, onde começava a parte inferior do vale, o helicóptero virou para sudeste, seguindo o rio Rewat em direção às colinas. Desse modo poderia aproximar-se de Banda por detrás das montanhas.

Anatoly voltou a servir-se da aparelhagem de comunicações e a seguir gritou junto da orelha de Jean-Pierre:

— Já estão todos na mesquita. Quanto tempo leva a mulher do mulá para chegar a casa?

— Cinco ou dez minutos — respondeu Jean-Pierre, gritando também.

— Onde queres descer?

— Os aldeões estão todos na mesquita, não é assim? — perguntou Jean-Pierre, pensativo.

— Sim.

— Verificaram as grutas?

Anatoly voltou ao rádio e repetiu a pergunta. Regressou e afirmou:

— Sim, inspecionaram-nas todas.

— Bom, então deixem-me aí.

— Quanto tempo levarás até atingires um esconderijo?

— Dá-me dez minutos. A seguir libertas as mulheres e as crianças. Espera outros dez minutos e liberta os homens.

— Está bem.

O helicóptero desceu na sombra da montanha. A tarde chegava ao fim, mas ainda faltava cerca de uma hora para o anoitecer. Aterraram a alguns metros das grutas e Anatoly virou-se para Jean-Pierre:

— Não saias ainda, verificaremos de novo esses buracos. Pela porta aberta, o francês viu outro helicóptero pousar e desembarcarem seis soldados, que correram para as grutas.

— Como te faço sinal para desceres e vires-me buscar? — perguntou Jean-Pierre.

— Não é preciso, esperamos aqui por ti.

— E se aparecer algum dos aldeões, antes de eu chegar?

— Matamo-lo.

Aquela era outra das coisas que Anatoly tinha em comum com o pai dele: era implacável.

O grupo de reconhecimento surgiu no exterior e um dos homens gesticulou, indicando que o caminho estava livre.

— Podes ir — disse o russo.

Jean-Pierre saltou do helicóptero, ainda segurando a pistola de Anatoly, e afastou-se de cabeça baixa, para evitar as pás do rotor. Olhou para trás, quando chegou ao cimo da colina: os helicópteros permaneciam no mesmo sítio. Atravessou a familiar clareira em frente da gruta que já lhe servira de consultório e avistou, lá em baixo, a aldeia. O pátio da mesquita era visível e embora não conseguisse identificar nenhum dos vultos que lá estavam era possível que um deles olhasse para cima e o avistasse... e era também provável que tivesse melhores olhos do que ele. Jean-Pierre puxou o capuz para a frente e escondeu o rosto.

O coração batia-lhe mais apressado à medida que se afastava da segurança dos helicópteros russos. Desceu rápido a colina e passou pela casa do mulá. O vale parecia estranhamente silencioso apesar do murmúrio do rio e do distante ruído das pás dos helicópteros. De súbito, compreendeu que faltava o ruído das crianças.

O trilho descreveu uma curva e Jean-Pierre verificou que já não se encontrava à vista da casa do mulá. Num dos lados do caminho existia uma mata de zimbros e ele agachou-se por detrás dos arbustos, bem oculto. Instalou-se, disposto a esperar.

Perguntou a si próprio como dirigir-se a Abdullah. O homem odiava as mulheres ocidentais de um modo quase histérico, talvez se pudesse servir disso.

Uma súbita algaraviada de vozes agudas deu-lhe a saber que Anatoly dera instruções para que libertassem todas as mulheres e crianças que se encontravam na mesquita. Os aldeões deviam interrogar-se sobre qual o significado daquela operação e provavelmente concluiriam que a mesma se devia à habitual loucura dos exércitos.

Minutos depois surgiu a mulher do mulá, transportando um bebé nos braços e seguida pelos três filhos mais velhos. Jean-Pierre contraiu-se: estaria bem escondido? As crianças correriam para fora do trilho e dariam com ele? Seria uma humilhação ser descoberto por elas! Lembrou-se de que tinha uma arma na mão. Seria capaz de matar crianças?

Passaram por ele e desapareceram-lhe da vista para lá da curva do caminho.

Momentos depois os helicópteros começavam a levantar dos campos de cevada, o que queria dizer que os homens acabavam de ser libertados. Abdullah apareceu logo a seguir, ofegante, uma figura gorda de turbante e casaco inglês, às riscas. Jean-Pierre chegara antes à conclusão de que devia existir um grande comércio de roupas usadas entre a Europa e o Oriente, porque muita daquela gente vestia roupas indiscutivelmente feitas em Paris ou Londres, postas de lado talvez por terem passado de moda antes de estarem gastas. *É agora*, pensou Jean-Pierre, quando aquela cómica figura passou na frente dele. *Este palhaço com um casaco de corretor da banca pode ter em seu poder a chave do meu futuro.* Levantou-se e saiu dos arbustos.

O mulá assustou-se e soltou um grito, mas logo o reconheceu.

— Tu! — exclamou o homem, levando a mão ao cinto.

Jean-Pierre mostrou-lhe a pistola e o afegão ficou com um ar assustado.

— Nada receies — disse-lhe o francês numa voz insegura que denunciava o seu nervosismo, mas procurando controlar-se. — Ninguém sabe que eu estou aqui. A tua mulher e os teus filhos passaram sem me ver, estão a salvo, em casa.

— Que queres? — perguntou-lhe Abdullah, desconfiado.

— A minha mulher é uma adúltera — disse Jean-Pierre, que apesar de manipular deliberadamente os preconceitos do mulá, demonstrava uma ira que não era de todo falsa. — Levou-me a filha e deixou-me. Foi atrás daquele americano.

— Eu sei — afirmou Abdullah, e o francês viu que o homem se mostrava indignado.

— Ando à procura dela para a trazer de volta e para a castigar.

Abdullah acenou entusiástico com a cabeça, com os olhos a brilhar. Gostava da ideia de ver as adúlteras serem punidas.

— Porém, esses dois pecadores esconderam-se — declarou Jean-Pierre, lenta e cuidadosamente, pois, naquele momento, o tom de voz era muito importante. — És um servidor de Deus, por isso diz-me onde estão. Nunca ninguém saberá como os descobri, exceto tu, eu e Deus.

— Foram-se embora — disse Abdullah cuspindo para o chão e ficando com a barba vermelha parcialmente molhada.

— Para onde? — insistiu Jean-Pierre, sustendo a respiração.

— Saíram do vale.

— Mas para onde foram?

— Para o Paquistão.

Para o Paquistão! De que estava o velho idiota a falar?

— Mas as passagens estão fechadas! — gritou Jean-Pierre, exasperado.

— O Trilho da Manteiga não.

— Meu Deus — sussurrou Jean-Pierre. — O Trilho da Manteiga! — Admirava-lhes a coragem, mas, ao mesmo tempo, sentia-se desapontado, porque ia ser impossível encontrá-los. — E levaram a bebé?

— Sim.

— Então não voltarei a ver a minha filha.

— Morrerão todos no Nuristão — afirmou Abdullah, com grande satisfação. — Uma mulher ocidental, com um bebé, nunca conseguirá sobreviver naquelas passagens tão altas e o americano morrerá ao tentar salvá-la. Deus pune os que escapam à justiça dos homens.

Jean-Pierre compreendeu que tinha de regressar rapidamente ao helicóptero.

— Bom, podes voltar para casa — disse a Abdullah.

— O tratado morrerá com eles, porque Ellis tem o papel — continuou o mulá —, e isso é bom. Apesar de necessitarmos das armas dos americanos, é perigoso estabelecer acordos com os infiéis.

— Vai! — repetiu o francês. — Se queres que a tua família não me veja, não os deixes sair de casa durante alguns minutos.

Abdullah ficou por momentos indignado por lhe estarem a dar ordens, mas depois pareceu compreender que tinha uma arma apontada para ele. Afastou-se apressado.

Jean-Pierre meditou no que ouvira. Iriam mesmo morrer todos no Nuristão, tal como o mulá predissera?

Não era o que pretendia, isso não lhe daria nem vingança nem satisfação. Queria ter a filha de volta, queria Jane viva e em seu poder e, além disso, desejava que Ellis sofresse dores e humilhações.

Deu a Abdullah o tempo suficiente para o deixar entrar em casa, puxou o capuz sobre o rosto e começou a subir a colina, mantendo o rosto virado quando passou junto da casa do mulá, não fosse dar-se o caso de uma das crianças o avistar.

Anatoly esperava-o na clareira, em frente das grutas. Estendeu a mão para a pistola e perguntou:

— Então?

— Fugiram — respondeu Jean-Pierre, devolvendo a arma. — Abandonaram o vale.

— Não nos podem ter escapado — retorquiu Anatoly, zangado. — Para onde foram?

— Para o Nuristão. — Jean-Pierre apontou na direção dos aparelhos. — Não é melhor sair daqui?

— Não podemos falar à vontade no helicóptero.

— Mas se aparecerem os aldeões...

— Para o diabo os aldeões! Deixa de atuar como um derrotado! Que estão eles a fazer no Nuristão?

— Dirigem-se para o Paquistão por um caminho conhecido por Trilho da Manteiga.

— Sabendo o rumo que tomaram, podemos apanhá-los.

— Não creio. Há um caminho, mas tem muitas variantes...

— Sobrevoaremos todas elas.

— Esses trilhos não podem ser vistos do ar. Sem um guia, até é difícil distingui-los quando se está no chão.

— Podemos usar os mapas...

— Quais mapas? — exclamou Jean-Pierre. — Já vi os teus e não são melhores que os dos americanos... que também não mostram esses trilhos e passagens. Não sabes que há regiões do mundo que ainda não foram devidamente cartografadas? Estamos numa delas!

— Eu sei... trabalho nas informações, recordas-te? — Anatoly baixou a voz. — Desencorajas-te demasiado depressa, meu amigo. Pensa: se Ellis arranjou um guia nativo para lhe indicar o caminho, nós podemos fazer o mesmo.

Seria aquilo possível?, interrogava-se Jean-Pierre.

— Existe mais do que um caminho...

— Vamos supor que há dez. Nesse caso, necessitamos de dez guias nativos que conduzam dez grupos de busca.

O entusiasmo de Jean-Pierre crescia rapidamente à medida que compreendia que talvez ainda fosse possível recuperar Jane e Chantal, e capturar Ellis.

— É verdade — disse. — Talvez não seja assim tão difícil. Poderemos interrogar as pessoas ao longo do caminho. Quando sairmos deste maldito vale, é possível que os nativos se disponham a falar mais... os habitantes do Nuristão não se envolveram tanto na guerra como os daqui...

— Ótimo! — exclamou Anatoly abruptamente. — Está a escurecer e temos muito que fazer esta noite. Começaremos logo de madrugada. Vamos!

CAPÍTULO

17

Jane acordou assustada: não sabia onde se encontrava nem com quem estava, nem se os russos a tinham apanhado. Durante alguns segundos ficou a olhar para a parte inferior de um telhado de vime, pensando: *Isto será a prisão?* Depois sentou-se repentinamente, com o coração a bater como louco, avistou Ellis no saco de dormir, de boca aberta, e então recordou-se: *Saímos do vale, escapámos. Os russos não sabem onde estamos e não conseguirão descobrir-nos.*

Deitou-se de novo e aguardou que os batimentos do coração voltassem ao normal.

Não seguiam pelo caminho que Ellis planeara originalmente. Em vez de se dirigirem para norte, até Comar, e depois para leste, ao longo do vale de Comar em direção ao Nuristão, haviam voltado para trás em Saniz e seguido para leste pelo vale Aryu. Fora uma sugestão de Mohammed que Ellis aceitara e que os faria sair muito mais depressa do vale dos Cinco Leões.

Tinham partido antes da madrugada e caminhado sempre a subir durante todo o dia. Mohammed conduzia *Maggie,* enquanto Ellis e Jane faziam turnos para carregarem com a bebé. Ao meio-dia chegaram à aldeia de Aryu, onde compraram pão a um velho desconfiado, dono de um cão que não parara de ladrar. A aldeia fora o fim da civilização, a partir dali nada existia, a não ser o rio a saltar por entre rochedos e as enormes montanhas cor de marfim e nuas. A tarde já terminava quando chegaram àquele abrigo.

Jane sentou-se de novo. Chantal dormia a seu lado respirando calmamente e irradiando calor como um saco de água quente. Ellis ficara no seu próprio saco, pois, embora pudessem ter ligado os dois sacos um ao outro, Jane receara que Ellis rolasse para cima de Chantal durante a noite. Assim, tinham dormido separados, contentando-se com o facto de se encontrarem juntos e tocando-se um ao outro de vez em quando. Mohammed estava no quarto ao lado.

Levantou-se com muito cuidado, procurando não acordar Chantal. Ao vestir a camisa e as calças, sentiu dores nas costas e nas pernas: estava habituada a andar muito, mas não durante um dia inteiro, sempre a subir e num terreno tão irregular.

Enfiou as botas sem as apertar e saiu para o exterior. Pestanejou por causa da claridade refletida pelas montanhas. Encontravam-se num prado elevado, um vasto campo verde cortado por um ribeiro serpenteante. Num dos lados erguia-se a íngreme montanha e junto a ela abrigavam-se meia dúzia de casas de pedra e cercas para gado. As casas estavam vazias, o local era apenas uma pastagem de verão, o gado e os seus pastores já se tinham ido embora. No vale dos Cinco Leões ainda era verão, mas ali, àquela altitude, o outono chegava em setembro.

Caminhou até ao ribeiro, que se encontrava longe o suficiente das casas para lhe permitir despir-se sem correr o risco de ofender Mohammed, e mergulhou imediatamente, mas a água estava muito fria, o que a fez sair de lá depressa, com os dentes a baterem, descontrolados. *Que se dane!*, exclamou em voz alta. Teria de permanecer suja até regressar à civilização.

Enfiou-se logo nas roupas — só havia uma toalha, que estava reservada para Chantal — e correu para a casa, apanhando alguns ramos secos pelo caminho. Pousou-os sobre o que restava do fogo da noite anterior e soprou as brasas até a madeira se incendiar, estendendo depois as mãos geladas para as chamas, até as sentir aquecer.

Pôs uma cafeteira de água ao lume, para lavar Chantal, e, enquanto esperava que aquecesse, os outros acordaram, um a um. O primeiro foi Mohammed, que saiu para se lavar, depois Ellis, queixando-se de dores por todo o corpo, e por fim Chantal, que exigiu ser alimentada e foi satisfeita.

Jane sentia-se estranhamente eufórica, o que era estranho, pensou, uma vez que ia levar um bebé de dois meses para uma das mais selváticas regiões do mundo, mas o receio era abafado pela felicidade que a invadia. *Porque estou tão feliz?*, interrogou-se e a resposta surgiu-lhe do fundo da mente: *Por causa de Ellis*.

Chantal parecia também feliz, como se sugasse essa emoção com o leite da mãe. Não lhes tinha sido possível comprar comida na noite anterior, por já não se encontrarem ali os pastores e não existir mais ninguém a quem a pedir, mas dispunham de algum arroz que haviam cozido — não sem alguma dificuldade, porque a água levava muito tempo a ferver, àquela altitude. Agora, ao pequeno-almoço, teriam de aproveitar o que restava do arroz frio, o que lhe diminuiu um pouco a boa disposição.

Comeu enquanto amamentava Chantal e a seguir lavou--a e mudou-lhe a fralda. A de reserva, que lavara no ribeiro na tarde anterior, secara junto do fogo durante a noite. Jane colocou-a em Chantal e lavou a outra. Iria amarrá-la à bagagem com a esperança de que o vento e o calor do corpo do cavalo a secassem no decorrer do dia. Que diria a sua mãe se soubesse que a neta usava uma só fralda durante um dia inteiro? Ficaria horrorizada, mas não valia a pena pensar no assunto...

Ellis e Mohammed carregaram a bagagem na égua e apontaram-na na direção devida. Aquele dia iria ser ainda mais difícil do que o anterior, tinham de atravessar a cordilheira que mantivera o Nuristão mais ou menos isolado do resto do mundo durante séculos. Trepariam ao desfiladeiro de Aryu, a cinco mil e duzentos metros de altitude, e durante grande parte do caminho era preciso lutar contra o gelo e a neve. Esperavam atingir a aldeia de Linar, no Nuristão, que a voo de pássaro ficava apenas a cerca de vinte quilómetros de distância, mas já seria muito bom se lá conseguissem chegar ao fim da tarde.

O Sol já brilhava quando iniciaram a marcha, mas o ar continuava frio. Jane usava meias grossas e um blusão impermeável por debaixo do casaco forrado a pele, e transportava Chantal, instalada no seu saco de tiracolo colocado entre o blusão e o casaco, com os botões superiores abertos para deixar entrar o ar.

Deixaram o prado para trás, subindo ao longo do rio Aryu, penetrando de novo num terreno árido e hostil, com rochas nuas, sem vestígios de vegetação. A certa altura Jane avistou, muito ao longe, um grupo de tendas de nómadas, instaladas numa vertente: não sabia se se deveria alegrar por existirem ali outros seres humanos ou se deveria receá-los. Para além deles avistou apenas um outro ser vivo, um enorme abutre que planava lá no alto, nas correntes de ar gelado.

Não existia trilho visível, o que a levou a sentir-se muito satisfeita por Mohammed se encontrar ali. Ao princípio seguiram ao longo do rio, mas quando este estreitou, tornando-se a pouco e pouco num simples fio de água que acabou por desaparecer, o afegão continuou a avançar com grande confiança. Perguntou-lhe como descobria o caminho e Mohammed explicou-lhe que o trilho estava marcado por pilhas de rochas colocadas a intervalos regulares. Só deu por elas quando o guerrilheiro lhas apontou.

Em breve atingiram uma zona em que o chão se mostrava coberto por uma fina camada de neve, e a jovem sentiu os pés frios, apesar das botas e das meias grossas.

Para grande espanto de todos, Chantal dormiu durante a maior parte do tempo. De duas em duas horas paravam para descansar durante alguns minutos e Jane aproveitava a oportunidade para a alimentar, estremecendo sempre que expunha os seios ao ar gelado. Disse a Ellis que achava que o bebé aguentava muito bem a viagem e este comentou:

— Incrível. É preciso ver para acreditar.

Ao meio-dia pararam à vista do desfiladeiro de Aryu, para uma bem-vinda meia hora de descanso. Já se sentia cansada e com dores nas costas, além de esfomeada, pelo que devorou rapidamente o bolo de amoras e nozes que lhes serviu de almoço.

O caminho até ao desfiladeiro era assustador e sentiu-se desencorajada de verdade quando observou a íngreme vertente. *Gostaria de ficar sentada mais um bocado,* pensou, mas tinha frio, começou a tremer e Ellis, notando o facto, levantou-se.

— Vamos andando, antes que fiquemos aqui gelados — disse ele alegremente, levando-a a perguntar a si mesma por que diabo o americano se mostrava tão satisfeito. Levantou-se, graças a um grande esforço de vontade, e Ellis pediu-lhe: — Deixa-me levar a Chantal.

Cheia de gratidão, entregou-lhe a bebé. Mohammed seguia à frente, levando *Maggie* pelas rédeas. Esgotada, esforçou-se para o seguir enquanto Ellis fechava a marcha.

Por causa da neve, a vertente inclinada era muito escorregadia. Depois de alguns minutos sentia-se ainda mais cansada do que estivera antes da paragem para descanso. Prosseguiu, cambaleando, ofegando e com dores, lembrando-se de ter afirmado: «Suponho que tenho mais hipóteses de escapar daqui contigo do que de fugir sozinha da Sibéria.» Agora, pensava que talvez não conseguisse nem uma coisa nem a outra. *Não sabia que a viagem ia ser tão difícil,* pensou, emendando-se de imediato. *Claro que sabia,* murmurou para si própria. *E sabes muito bem que ainda vai ser pior!* Nesse momento, escorregou numa rocha e caiu para o lado, mas Ellis, que ia mesmo atrás dela, segurou-a por um braço e ajudou-a a endireitar-se. Percebeu então que o americano a vigiava com todo o cuidado e sentiu uma grande onda de ternura: Ellis acarinhava-a. Jean-Pierre nunca procederia assim, caminharia à frente, partindo do princípio de que, se ela necessitasse de auxílio, o pediria. Se se queixasse dessa atitude, perguntaria logo se queria ou não ser tratada como uma igual.

Estavam quase no cimo. Inclinou-se para a frente, a fim de vencer a inclinação do solo, e pensou: *Só mais um pouco, só mais um pouco.* Sentia-se tonta. Na sua frente, *Maggie* escorregou em algumas pedras soltas e depois subiu a trote os últimos metros, obrigando Mohammed a correr a seu lado. Jane seguiu-a, contando os passos, e atingiu finalmente o terreno plano. Parou, com a cabeça a andar à roda, mas Ellis passou-lhe o braço em volta dos ombros e ela fechou os olhos e encostou-se.

— Daqui para diante é sempre a descer.

Jane abriu os olhos para descobrir que nunca teria sido capaz de imaginar uma paisagem tão cruel, nada além de neve, vento, montanhas e solidão para todo o sempre.

— Que lugar horrível... — murmurou.

Olharam para a paisagem durante alguns minutos, até que Ellis afirmou:

— Temos de prosseguir. Vamos.

Continuaram em frente, debatendo-se com a descida, muito íngreme. Mohammed, que puxara durante todo o dia pelas rédeas de *Maggie,* segurava-a agora pela cauda, para servir de travão e evitar que o animal escorregasse e perdesse o controlo na descida. Os montes de pedras que assinalavam o caminho eram difíceis de distinguir no meio da confusão de rochas cobertas de neve, mas Mohammed não mostrava hesitações sobre qual o percurso a seguir. Jane pensou que se deveria oferecer para levar Chantal, a fim de aliviar Ellis, mas sabia que não tinha forças para isso.

À medida que desciam a neve tornava-se cada vez mais fina e acabou por desaparecer, deixando o trilho visível. Jane ouvia de vez em quando um estranho assobio e acabou por ganhar a coragem necessária para perguntar a Mohammed de que se tratava. Este respondeu-lhe com uma palavra em *dari,* que ela não conhecia. O afegão não sabia o equivalente francês, mas acabou por apontar e Jane avistou um animal parecido com um esquilo que se afastava a correr: uma marmota. A partir daí encontrou vários e perguntou a si própria o que arranjariam eles para comer, num sítio daqueles.

Em breve caminhavam ao longo de outro ribeiro, acompanhando-lhe a descida. A infindável pedra branca e cinzenta começou a ser salpicada, aqui e acolá, por tufos de ervas rijas e por um ou outro arbusto, junto da água. O vento continuava no entanto a soprar de modo violento e a penetrar-lhes nas roupas, como agulhas de gelo.

Tal como a subida se tornara progressivamente mais difícil, também a descida era agora cada vez mais fácil, o trilho menos íngreme, o ar mais quente e a paisagem mais agradável. Continuava exausta, mas já não se sentia nem deprimida nem desanimada. Depois de caminharem alguns quilómetros, chegaram à primeira aldeia do Nuristão. Os homens usavam grossos coletes de malha, sem mangas e com um vistoso desenho a preto e branco, e falavam um dialeto próprio, que Mohammed tinha dificuldade em entender. Contudo, conseguiu comprar pão com algum do dinheiro afegão que Ellis possuía.

Sentiu-se tentada a implorar que passassem ali a noite, pois estava muito cansada, mas ainda lhes restavam algumas horas de luz e todos tinham concordado em que deveriam tentar atingir Linar naquele mesmo dia. Jane mordeu a língua e obrigou as pernas a moverem-se.

Para seu grande alívio, os restantes nove ou dez quilómetros foram muito fáceis e chegaram antes do cair da noite. Deixou-se cair no chão, por debaixo de uma enorme amoreira, e permaneceu imóvel durante algum tempo. Mohammed acendeu uma fogueira e começou a fazer chá.

O guerrilheiro informara os aldeões de que Jane era enfermeira, pelo que, um pouco mais tarde, quando alimentava e tratava de Chantal, juntou-se um pequeno grupo de doentes, aguardando a uma respeitosa distância. Jane reuniu todas as suas energias para os examinar. Havia as habituais feridas infetadas, parasitas intestinais e problemas de brônquios, mas as crianças mostravam-se mais bem alimentadas do que no vale dos Cinco Leões, talvez por a guerra não afetar tanto aquela região afastada.

As consultas permitiram a Mohammed obter uma galinha, que cozeram. Jane preferiria ir dormir, mas obrigou-se a esperar pela comida, que engoliu com sofreguidão. A galinha tinha uma carne dura e sem gosto, mas a jovem nunca sentira tanta fome na sua vida.

Ellis e Jane ficaram num quarto que lhes cederam numa das casas da aldeia, onde havia um colchão para eles e um berço rudimentar para Chantal. Juntaram os dois sacos-camas e fizeram amor com uma fatigada ternura. Naquele dia, Jane gostava quase tanto do calor e do facto de estar deitada como do ato sexual. Depois, Ellis adormeceu instantaneamente e ela permaneceu acordada durante alguns minutos, pois os músculos pareciam doer-lhe mais, agora que descansava. Pensou no que seria estender-se numa cama verdadeira, num quarto vulgar, com as luzes da rua a brilharem nas janelas, através das cortinas, as portas dos carros a baterem lá fora, uma casa de banho com sanita, autoclismo e torneira de água quente, e uma loja à esquina onde pudesse comprar bolas de algodão, fraldas e champô para bebé. *Escapámos aos russos,* pensou, mergulhando no sono. *Talvez acabemos por conseguir chegar a casa. Talvez...*

Jane acordou ao mesmo tempo que Ellis, sentindo-lhe a súbita tensão. O americano deixou-se ficar imóvel por instantes, sem respirar, escutando o ladrar de dois cães, e a seguir saiu rápido do saco-cama.

O quarto estava em completa escuridão. Ouviu raspar um fósforo e a seguir viu brilhar a luz de uma vela, a um canto. Olhou para Chantal: o bebé dormia tranquilamente.

— Que foi? — perguntou, para Ellis.

— Não sei — sussurrou ele.

Enfiou os *jeans,* calçou as botas, vestiu o casaco e saiu.

Jane vestiu-se também e seguiu-o. No quarto ao lado o luar que entrava pela porta aberta revelou quatro crianças em fila numa só cama, todas de olhos muito abertos, espreitando por debaixo do cobertor que partilhavam. Os pais dormiam noutro quarto. Ellis encontrava-se à porta, olhando lá para fora.

Jane parou a seu lado e avistou lá em cima, na vertente, uma figura solitária iluminada pelo luar, que corria naquela direção.

— Os cães ouviram-no — murmurou Ellis.

— Quem será? — perguntou Jane.

De repente surgiu outra pessoa junto deles e Jane assustou-se. Era Mohammed, com uma lâmina de faca a brilhar-lhe nas mãos.

A figura aproximou-se e Jane julgou ver-lhe algo familiar, enquanto Mohammed soltava uma espécie de grunhido e baixava a faca.

— Ali Ghanim — disse.

Jane reconhecia agora os movimentos característicos de Ali, que corria de um modo estranho por ter a espinha ligeiramente torcida.

— Mas que vem aqui fazer? — perguntou Jane.

Mohammed avançou para o exterior e acenou. Ali viu-o, respondeu ao aceno, correu para eles e os dois homens abraçaram-se.

Jane aguardou impaciente que Ali conseguisse recuperar o fôlego.

— Os russos vêm atrás de vós — acabou o homem por declarar.

Jane sentiu o coração cair-lhe aos pés, pensava que já se encontravam a salvo. Que teria corrido mal?

Ali respirou profundamente ainda durante mais uns segundos e depois continuou:

— Masud enviou-me para os avisar. No dia em que partiram, os russos rebuscaram todo o vale dos Cinco Leões à vossa procura, com centenas de helicópteros e milhares de homens. Hoje, como não vos conseguiram encontrar, enviaram grupos de busca para todos os vales que comunicam com o Nuristão.

— Que está ele a dizer? — interrompeu-o Ellis.

Jane levantou a mão para obrigar Ali a parar momentaneamente a narrativa, de modo a que lhe fosse possível traduzir tudo para Ellis, que não conseguia acompanhar todas aquelas frases demasiado rápidas e ofegantes.

— Mas como sabem eles que viemos para o Nuristão? — perguntou Ellis. — Podíamos ter ficado escondidos em qualquer buraco deste maldito país!

Jane interrogou Ali, que não lhe soube responder.

— Há algum grupo de busca neste vale? — perguntou Jane.

409

— Sim, consegui ultrapassá-lo pouco antes do desfiladeiro de Aryu. Devem ter chegado à última aldeia ao anoitecer.

— Oh, não! — exclamou Jane, desesperada. Traduziu a frase para Ellis. — Mas como conseguem avançar mais depressa do que nós? — perguntou. Ellis encolheu os ombros e foi a própria Jane quem respondeu: — Porque não são atrasados por uma mulher com um bebé. Oh, merda!

— Se partirem muito cedo, ainda nos alcançam durante o dia de amanhã — observou Ellis.

— Que podemos fazer?

— Prosseguir agora mesmo.

Jane, cansada até aos ossos, sentiu uma vaga de irracional ressentimento contra Ellis.

— Não nos podemos esconder em qualquer lado? — perguntou. irritada.

— Onde? — retorquiu Ellis. — Só há uma estrada e os russos são em número suficiente para revistar todas as casas... poucas, aliás. Além disso, corremos o risco de os aldeões, que podem não estar do nosso lado, os informarem do nosso esconderijo. Não, a única hipótese é continuarmos, mas muito à frente dos perseguidores.

Jane olhou para o relógio e verificou que eram duas da manhã. Sentia-se pronta a desistir.

— Vou carregar a égua — disse Ellis. — Dá de comer à Chantal. — Mudou para *dari* e virou-se para Mohammed — Podes fazer chá? Arranja qualquer coisa para Ali comer.

Jane regressou ao interior da casa, acabou de se vestir e deu de mamar a Chantal. Enquanto o fazia, Ellis trouxe-lhe chá verde muito doce, numa tigela de barro. Bebeu-o satisfeita.

Enquanto Chantal mamava, perguntava a si própria até que ponto estaria Jean-Pierre envolvido naquela perseguição. Sabia que ele auxiliara os russos durante o assalto a Banda, porque o vira, e durante a busca ao vale dos Cinco Leões o seu conhecimento do terreno deveria ter sido muito valioso. Jean-Pierre por certo sabia que andavam a perseguir a mulher e a filha, como cães atrás de gatos. Como tinha coragem para os ajudar? O amor que sentira por ela devia ter-se transformado em ódio, ressentimento e ciúme.

Chantal estava satisfeita. *Que bom deve ser,* pensou Jane, *não saber nada a respeito de paixões, ciúmes, ou traições, não ter outras sensações além de quente e frio, barriga cheia ou barriga vazia.*

— Aproveita enquanto podes, minha pequenina — disse.

Apressadamente, abotoou a blusa e vestiu o blusão impermeável. Colocou o saco de tiracolo em volta do pescoço, instalou Chantal dentro dele, enfiou o casaco e saiu para o exterior.

Ellis e Mohammed, que estudavam o mapa à luz de um candeeiro, mostraram-lhe o caminho que iam percorrer.

— Seguiremos o Linar até onde ele desagua no rio Nuristão e depois voltamos a subir, dirigindo-nos para norte. Metemos então por um destes vales laterais. Mohammed não está certo de qual será melhor, veremos quando lá chegarmos, e dirigimo-nos para o desfiladeiro de Kantiwar. Gostaria de sair ainda hoje do Nuristão, o que tornará as coisas mais difíceis para os russos, que não saberão qual o vale secundário que tomámos.

— É muito longe? — perguntou Jane.

— Apenas trinta quilómetros... mas ignoramos se o caminho é fácil ou difícil porque isso depende do terreno.

— Então vamos — declarou Jane, com um aceno de compreensão e sentindo-se orgulhosa de si própria por ter conseguido dar à voz um tom de boa disposição, que não sentia.

Partiram à luz do luar e Mohammed marcou o ritmo com um passo rápido, chicoteando a égua sem piedade com uma correia de couro, cada vez que ela queria ficar para trás. Jane sentia uma ligeira dor de cabeça e uma sensação de vazio enjoativo no estômago. No entanto, deixara de ter sono, embora continuasse nervosa, tensa e fatigada.

O trilho, visto de noite, era assustador. Por vezes caminhavam sobre a escassa relva junto do rio, o que não era muito mau, mas outras o caminho serpenteava pela montanha, subindo até ao rebordo de falésias com dezenas de metros de altura, onde o solo se mantinha coberto de neve e onde Jane se sentia tremendamente receosa de escorregar e cair, com o bebé nos braços. Seria uma queda para a morte.

Em alguns locais, o trilho subdividia-se em dois, um para cima e outro para baixo, e, uma vez que nenhum deles sabia qual era o melhor, deixavam que fosse Mohammed a resolver. Da primeira vez optou pelo que descia, escolha que acabou por se mostrar correta: foram dar a uma pequena praia onde tiveram de caminhar dentro de água, mas poupando um grande desvio. Contudo, quando mais uma vez tiveram de decidir, preferiram de novo o trilho que dava para o rio, mas acabaram por se arrepender: depois de um quilómetro ou dois, encontraram uma falésia vertical e intransponível, que só poderiam rodear metendo-se à água e nadando. Cansados, voltaram para trás e seguiram pelo trilho que subia.

Na bifurcação seguinte desceram de novo para a margem do rio, desta vez foram ter a um caminho aberto ao longo de uma falésia rochosa, cerca de trinta metros acima do rio. A égua mostrou-se nervosa, decerto por se tratar de uma passagem demasiado estreita, e Jane também se sentia assustada: a luz das estrelas não era suficiente para iluminar o rio que corria lá em baixo, pelo que o precipício parecia um buraco sem fundo. *Maggie* parava constantemente, o que obrigava Mohammed a puxá-la pelas rédeas para a fazer avançar, e quando o caminho virou de súbito em torno de um rochedo, recusou-se a descrever a curva. Jane recuou, consciente da agitação dos cascos traseiros do animal. Chantal começou a chorar, ou por pressentir aquele momento de tensão ou por ainda não ter adormecido depois de ter sido alimentada, às duas da manhã. Ellis deixou Jane para trás e foi ajudar Mohammed a dominar *Maggie*.

O americano ofereceu-se para segurar nas rédeas, mas o afegão recusou de um modo bastante rude: a tensão também já o atingira. Ellis contentou-se em empurrar o animal por trás, gritando-lhe, e Jane começava a pensar que a cena era divertida quando a égua recuou, obrigando Mohammed a largar as rédeas. *Maggie* continuou a recuar, derrubou Ellis e aproximou-se.

Felizmente, Ellis caíra para a esquerda, de encontro à falésia, mas Jane encontrava-se do lado errado, com os pés à beira do abismo. Agarrou-se a um dos sacos amarrados no lombo da égua e segurou-o com todas as suas forças, não fosse o animal empurrá-la para o lado, para o precipício.

— Estúpido animal! — gritou Jane.

Chantal, apertada entre a mãe e a égua, começou também a gritar. Jane foi arrastada durante vários metros, sempre com receio de largar o saco a que se agarrara, mas de súbito resolveu arriscar-se, estendeu a mão direita e, segurando as rédeas, conseguiu um apoio firme para os pés. Depois, esgueirou-se por baixo dos quartos anteriores da égua, puxou as rédeas com força e gritou:

— Para!

Para sua surpresa, *Maggie* obedeceu.

Jane virou-se para os outros e viu que Ellis e Mohammed já estavam a levantar-se.

— Estão bem? — perguntou em francês.

— Mais ou menos — respondeu Ellis.

— Perdi a lanterna — comentou Mohammed.

— Espero que os estupores dos russos tenham os mesmos problemas — acrescentou Ellis em inglês.

Jane compreendeu que os dois homens não se tinham apercebido de que *Maggie* quase a lançara no abismo e resolveu não lhes falar no assunto. Entregou as rédeas a Ellis.

— Vamos embora — disse. — Podemos chorar mais tarde. — Ultrapassou Ellis e virou-se para Mohammed: — Indica-nos o caminho.

Alguns minutos depois, liberto da tarefa de conduzir a égua, Mohammed já se mostrava mais bem-disposto. Jane perguntava a si própria se na realidade necessitavam do animal e acabou por chegar à conclusão de que sim, levavam muita bagagem, toda ela essencial. Na verdade até deveriam ter trazido mais comida.

Atravessaram depressa uma aldeola adormecida, formada apenas por meia dúzia de habitações junto de uma queda-d'água. Numa das casas um cão ladrou histericamente, até

414

que alguém o mandou calar com uma praga. A seguir, encontraram-se de novo em terreno despovoado.

O céu começava a clarear, as estrelas já tinham desaparecido, sinal de que o dia ia nascer. Que estariam os russos a fazer? Talvez os oficiais acordassem naquele momento os soldados, gritando-lhes e dando pontapés aos que levassem mais tempo a sair dos sacos-camas. Haveria um cozinheiro a preparar o café, enquanto o comandante estudava o mapa. Ou talvez se tivessem levantado mais cedo, uma hora antes, quando ainda fazia escuro, partindo de imediato e avançando em fila ao longo do rio Linar. Era até possível que já tivessem deixado para trás a aldeia, seguindo pelos trilhos corretos, e se encontrassem agora a um ou dois quilómetros dos fugitivos.

Jane começou a caminhar um pouco mais depressa.

O trilho serpenteava pela vertente da montanha e depois descia repentinamente até à margem do rio. Não havia sinais de agricultura, mas as montanhas de ambas as margens mostravam-se cobertas de árvores. Quando a luz aumentou um pouco, Jane verificou que eram carvalhos. Mostrou-os a Ellis, perguntando:

— Porque não nos escondemos nos bosques?

— Como última solução, podíamos fazê-lo — respondeu o americano. — No entanto, os russos, interrogando os aldeões, descobririam rapidamente que tínhamos parado, voltariam para trás e iniciariam buscas intensivas.

Jane fez um gesto resignado, procurava apenas desculpas para poder parar.

Pouco antes de nascer o Sol, logo a seguir a uma curva, tiveram de parar de repente: houvera um aluimento de terras que bloqueara a passagem com terra e rochas soltas.

Jane teve vontade de chorar; depois de uma caminhada de quatro ou cinco quilómetros ao longo da margem e pelo trilho cortado na rocha, voltarem agora para trás significava que teriam de percorrer outra vez todos aqueles quilómetros, incluindo o troço que tanto assustara *Maggie*.

Ficaram os três parados, observando o montão de terra e pedras.

— Não o podemos trepar? — perguntou Jane.

— A égua não conseguirá — respondeu Ellis.

Jane ficou irritada com aquela afirmação, uma vez que era óbvia.

— Um de nós pode voltar para trás com ela — declarou, impaciente — e os outros dois descansarão enquanto esperam.

— Não creio que seja conveniente separarmo-nos.

Jane ficou ressentida com a resposta, dada num tom de voz que significava ser uma decisão final.

— Não partas do princípio de que iremos fazer sempre aquilo que tu pensas que é melhor — retorquiu.

— Está bem — respondeu Ellis, com um ar espantado. — De qualquer modo suponho que aquele monte de terra e pedras pode começar a deslizar se alguém o tentar subir. De facto, devia até dizer que eu não o tentarei, independentemente daquilo que vocês dois decidam.

— Portanto, nem sequer queres discutir o assunto. Muito bem.

Furiosa, Jane virou-lhe as costas e iniciou o caminho de regresso, deixando aos dois homens a decisão de a seguirem ou não. *Porque seria,* interrogava-se, *que os homens tomavam aqueles ares de mandões, de quem-sabe-sempre-tudo, logo que surgia um problema físico ou mecânico?*

Ellis, afinal de contas, não estava isento de defeitos. Apesar de toda a sua conversa a respeito de ser um especialista antiterrorismo, não deixava de trabalhar para a CIA, e esta era talvez a maior organização terrorista do mundo. Era indiscutível que uma das suas facetas amava o perigo, a violência e a mentira. *Não arranjes um machista romântico,* pensou, *se queres um homem que te respeite.*

Uma das coisas que Jean-Pierre tinha a seu favor era nunca tomar ares paternalistas para com as mulheres. Podia não lhes ligar, enganá-las, mas não tomava atitudes condescendentes. Talvez por ser mais novo...

Passou pelo local onde *Maggie* recuara e não esperou pelos homens, eles que se desenrascassem com o maldito animal. Chantal chorava, mas Jane obrigou-a a esperar, continuando a caminhar até um ponto onde parecia haver um trilho que subia para o alto da falésia. Sentou-se ali, declarando unilateralmente que haveria um período de descanso, mas Ellis e Mohammed surgiram um ou dois minutos depois. O afegão retirou alguns bolos de amoras secas e nozes de dentro da bagagem e distribuiu-os por todos. Ellis não falou com Jane.

Depois do pequeno intervalo, treparam a falésia. Quando chegaram ao alto e emergiram ao sol, Jane começou a sentir-se um pouco menos zangada. Passado um bocado, Ellis passou-lhe o braço em volta dos ombros.

— Desculpa ter assumido o comando...

— Não tem importância — respondeu Jane com frieza.

— Não achas que talvez tenhas exagerado um bocadinho?

— Creio que sim. Desculpa.

— Bom. Deixa-me levar a Chantal.

Jane entregou-lhe a bebé e quando se viu livre daquele peso verificou que lhe doíam as costas. A filha nunca anteriormente lhe parecera pesada, mas transportada durante tanto tempo era como carregar um saco cheio de compras durante vinte quilómetros.

O ar tornou-se mais suave à medida que o Sol subia no céu. Jane desabotoou o casaco e Ellis despiu o dele, mas Mohammed conservou o seu capote russo, com a característica indiferença dos afegãos para com as mudanças de clima, exceto as mais severas.

Cerca do meio-dia saíram do estreito desfiladeiro do Linar e entraram no largo vale do Nuristão. Ali, o trilho estava mais uma vez marcado e era quase tão bom como a estrada para carroças que corria ao longo do vale dos Cinco Leões. Viraram para norte, subindo em direção à nascente do rio.

Jane sentia-se tremendamente cansada e desencorajada. Depois de se levantarem às duas da manhã e de caminharem havia dez horas, só tinham percorrido nove ou dez quilómetros, mas Ellis ainda pretendia avançar mais vinte naquele dia. Era o terceiro dia consecutivo de marcha e Jane sabia que não seria capaz de aguentar até ao cair da noite. O próprio Ellis ostentava também uma expressão de mau humor característica dos momentos em que se sentia fatigado, e só Mohammed parecia incansável.

No vale do Linar nunca tinham encontrado ninguém fora das aldeias, mas ali cruzavam-se com alguns viajantes, quase todos vestidos de branco, que olhavam com curiosidade aqueles dois ocidentais, pálidos e exaustos. No entanto, cumprimentavam Mohammed com respeito, sem dúvida por causa da *Kalashnikov* que trazia ao ombro.

Enquanto caminhavam penosamente ao longo do rio Nuristão, foram alcançados por um jovem de barba negra e olhos pretos muito brilhantes, que transportava dez peixes frescos espetados num pau. Falou com Mohammed numa mistura de idiomas — Jane reconheceu algumas palavras em *dari* e uma ou outra em *pashto* —, mas compreenderam-se bem o suficiente para que o afegão conseguisse comprar três.

Ellis contou o dinheiro e virou-se para Jane:

— Quinhentos afeganes por peixe... Quanto é isto?

— Quinhentos afeganes são cinquenta francos franceses... cinco libras.

— Dez dólares! — exclamou Ellis. — O peixe saiu-nos caro!

Jane preferia que ele se deixasse de conversas, mal conseguia pôr um pé em frente do outro e Ellis estava para ali a falar do preço do peixe...

O jovem, que se chamava Halam, afirmou ter pescado os peixes no lago Mundol, mais para baixo, no vale, mas provavelmente comprara-os, porque, na verdade, não tinha aspeto de pescador. Abrandou o passo para os acompanhar, falando sem parar, sem se preocupar se o compreendiam ou não.

Tal como o vale dos Cinco Leões, o do Nuristão não passava também de um enorme desfiladeiro rochoso que se alargava aqui e ali, de poucos em poucos quilómetros, dando lugar a pequenas planícies cultiváveis com os campos dispostos em terraços. A diferença principal entre os dois consistia nas florestas de carvalhos que cobriam as montanhas que rodeavam aquele, como a lã num dorso de carneiro, e em que Jane pensara como lugar para se esconderem, no caso de tudo o resto vir a falhar.

Caminhavam agora mais depressa, pois não existiam os frequentes desvios que tinham encontrado na montanha e que deixavam Jane furiosa. Em determinado ponto, a estrada estava bloqueada por um abatimento de terras, mas desta vez Jane e Ellis puderam passar-lhe por cima, enquanto Mohammed se metia ao rio com a égua, regressando à estrada apenas uns metros mais adiante. Pouco depois, no ponto em que uma saliência rochosa mergulhava no rio, o caminho continuava em volta da rocha por cima de uma vacilante plataforma de madeira em que *Maggie* se recusou a entrar, mas Mohammed resolveu mais uma vez o problema, metendo-se ao rio com o animal.

Naquela altura já Jane estava perto do colapso e, quando o afegão saiu do rio, disse-lhe:

— Preciso de parar para descansar.

— Já estamos a chegar a Gadwal — respondeu ele.

— Quanto tempo falta?

Mohammed falou com Halam em *dari* e depois afirmou:

— Meia hora.

Para Jane, parecia uma eternidade. *Claro que posso caminhar durante mais meia hora,* pensou, tentando esquecer-se das dores nas costas e da irresistível vontade de se deitar no chão.

Andaram mais algumas centenas de metros, contornaram a curva seguinte e viram a povoação.

Era uma visão ao mesmo tempo admirável e bem-vinda: as casas de madeira amontoavam-se no íngreme declive da montanha, como crianças penduradas nas costas umas das outras, dando a sensação de que, se caísse uma, toda a aldeia se precipitaria no declive e se afundaria no rio.

Assim que se aproximaram da primeira casa, Jane parou e sentou-se na margem do rio. Doíam-lhe todos os músculos do corpo e mal teve forças para pegar em Chantal, que Ellis lhe entregou. Este instalou-se a seu lado com uma presteza que lhe deu a entender que também ele estava esgotado. Um rosto cheio de curiosidade apareceu à porta da casa, e Halam começou logo a conversar com a mulher, possivelmente contando-lhe tudo o que sabia de Jane e Ellis. Mohammed prendeu *Maggie* num local onde a égua poderia pastar a rija erva da margem do rio e depois acocorou-se ao lado de Ellis.

— Temos de comprar pão e chá — disse.

— Então e o peixe? — perguntou Jane, pensando que todos necessitavam de qualquer coisa mais substancial.

— Demoraríamos demasiado tempo a prepará-lo — respondeu Ellis. — Trataremos dele logo à noite. Não quero passar aqui mais de meia hora.

— Está bem — concordou Jane.

Não tinha a certeza de poder continuar depois de apenas meia hora de descanso, mas pensou que talvez se sentisse melhor se comesse qualquer coisa.

Halam chamou-os com um gesto e Jane viu que a mulher repetia o mesmo gesto, convidando-os a irem para sua casa. Ellis e Mohammed levantaram-se. Jane pousou Chantal no chão, levantou-se também e depois dobrou-se para pegar no bebé, mas de súbito perdeu a visão e sentiu-se desequilibrada. Lutou contra aquela sensação, apercebendo-se apenas do pequeno rosto de Chantal rodeado por uma espécie de nevoeiro, mas os joelhos cederam e caiu, mergulhando na escuridão.

Quando abriu os olhos, avistou um círculo de rostos ansiosos debruçados sobre ela: Ellis, Mohammed, Halam e a mulher. O primeiro perguntou:

— Como te sentes?

— Esquisita — disse. — Que me aconteceu?

— Desmaiaste.

— Já me sinto bem — acrescentou, sentando-se.

— Não, não — afirmou Ellis. — Não poderás caminhar mais, precisas de descansar.

Jane ficava com as ideias cada vez mais claras e percebeu que ele tinha razão, o seu corpo não aguentaria mais e toda a sua força de vontade não chegaria para a forçar a prosseguir. Começou a falar francês, para que Mohammed a pudesse compreender.

— Temos de ir, os russos devem chegar aqui ainda hoje.

— Teremos de nos esconder — disse Ellis.

— Olhem para esta gente — interveio Mohammed. — Acham que é capaz de guardar um segredo?

Jane observou Halam e a mulher, que os miravam, suspensos da conversa, apesar de não poderem compreender uma única palavra. A chegada daqueles estrangeiros era provavelmente o acontecimento mais interessante do ano. Dentro de poucos minutos toda a aldeia estaria ali. Estudou Halam e chegou à conclusão de que estar a dizer-lhe que não falasse era o mesmo que pedir a um cão que não ladrasse. Quando chegasse a noite, o esconderijo que escolhessem seria conhecido de todo o Nuristão. Seria possível escapar àquela gente e meterem-se por um vale secundário, sem serem observados? Talvez, mas não poderiam viver para sempre sem o auxílio da população local, pois a certa altura ficariam sem comida, possivelmente quando os russos compreendessem que eles haviam parado e começassem a revistar todos os bosques e desfiladeiros. Ellis tivera razão naquela manhã quando afirmara que a única esperança de salvação consistia em manterem-se sempre à frente dos perseguidores.

Mohammed chupou o seu cigarro, com um ar pensativo, e virou-se para Ellis.

— Temos de continuar os dois e deixar a Jane aqui.

— Não — retorquiu Ellis.

— O pedaço de papel que levas contigo — continuou Mohammed —, com as assinaturas de Masud, Kamil e Azizi, é mais importante do que a vida de qualquer de nós. Representa o futuro do Afeganistão... a liberdade pela qual o meu filho morreu.

Ellis teria de continuar sozinho, concluiu Jane. Ele, pelo menos, salvar-se-ia. Sentiu-se envergonhada de si própria ante o terrível desespero que a invadia ao lembrar-se de que o ia perder. Em vez disso deveria pensar numa maneira de o ajudar sem se preocupar com tudo o resto. De repente, teve uma ideia:

— Poderia tentar enganar os russos — afirmou. — Deixava que me capturassem e, depois de me mostrar relutante em fornecer informações, enganá-los-ia... Se os convencesse a seguirem um caminho errado, poderias ganhar vários dias de avanço, os suficientes para saíres do país!

Sentia-se entusiasmada com a ideia, apesar de rogar, no fundo do coração: *Não me abandones, por favor não me abandones!*

— É a única maneira — afirmou Mohammed, olhando para o americano.

— Nunca — retorquiu Ellis. — Nunca o farei.

— Mas...

— Não — repetiu Ellis. — Esquece-te dessa hipótese.

Mohammed calou-se mas Jane continuou:

— Então que vamos fazer?

— Os russos não nos apanharão hoje — afirmou Ellis —, porque ainda temos algum avanço... levantámo-nos muito cedo, esta manhã. Passaremos aqui a noite e partiremos também muito cedo, amanhã. Recorda-te de que as coisas só terminam quando o fim chega, antes disso tudo pode acontecer. Por exemplo, pode haver alguém, em Moscovo, que decida que Anatoly está louco e mande parar a busca.

— Conversa fiada! — exclamou Jane em inglês.

Secretamente, e contra toda a lógica, ficara satisfeita por ele se recusar a partir sozinho.

— Tenho uma sugestão em alternativa — declarou Mohammed. — Voltarei para trás e tentarei distrair os russos.

O coração de Jane deu um salto. Aquilo seria possível?

— Como? — perguntou Ellis.

— Vou oferecer-me como guia e intérprete e levo-os para o sul pelo vale do Nuristão, em direção ao lago Mundol, afastando-os de vocês.

Jane notou uma falha naquele plano e desanimou de novo.

— Esqueces-te de que já devem ter um guia — disse.

— Pode ser um bom homem do vale dos Cinco Leões, que tenha sido obrigado, pelos russos, a fazer esse serviço, contra vontade. Nesse caso, falo com ele e trato de tudo.

— E se ele não quiser ajudar?

Mohammed ficou pensativo durante alguns segundos.

— Então não se trata de um bom homem, obrigado a co-laborar com os nossos inimigos, mas sim de um traidor que o faz para conseguir lucros ou vantagens pessoais. Assim sen-do, mato-o.

— Não quero que ninguém morra por minha causa — declarou Jane rapidamente.

— Não é por tua causa — afirmou Ellis num tom ríspi-do. — É por mim, por me recusar a seguir sozinho.

Jane calou-se e o americano, examinando o plano mais em pormenor, continuou, virando-se para Mohammed:

— Não estás vestido como as gentes daqui.

— Troco de roupas com o Halam.

— Nem sequer falas bem o dialeto local.

— Há muitos no Nuristão. Fingirei que venho de uma região onde se usa um diferente. Os russos não falam ne-nhum deles, não darão por isso.

— Que fazes à arma?

— Dás-me o teu saco? — perguntou Mohammed, de-pois de pensar um pouco.

— É demasiado pequeno.

— A minha *Kalashnikov* é das que têm coronha retráctil.

— Está bem — respondeu Ellis —, podes levar o saco.

Jane interrogou-se sobre se o saco não iria chamar as atenções sobre Mohammed, mas chegou à conclusão de que não, os sacos dos afegãos eram tão variados como as suas roupas. De qualquer modo ele acabaria por levantar suspeitas, mais tarde ou mais cedo.

— Que acontecerá quando acabarem por descobrir que vão na pista errada? — perguntou.

— Antes disso desapareço na noite, deixando-os no meio das montanhas.

— É muitíssimo perigoso — afirmou Jàne.

Mohammed procurou mostrar-se heroicamente despreocupado, pois, tal como a maioria dos guerrilheiros, era na verdade corajoso, mas também muito vaidoso.

— Se não tiveres cuidado — disse Ellis — e suspeitarem de ti antes de te decidires a escapar, serás torturado para que lhes digas o caminho certo.

— Nunca me apanharão vivo — retorquiu Mohammed.

Naquilo, Jane acreditava sem dificuldade, e Ellis continuou:

— Mas nós ficaremos sem guia.

— Vou procurar-vos outro.

Mohammed virou-se para Halam e começou uma rápida conversa numa grande mistura de dialetos da qual Jane conseguiu compreender que o guerrilheiro se propunha contratar o outro como guia. Não gostava muito daquele homem, tinha demasiado espírito de negociante para poder ser de inteira confiança, mas era obviamente viajado, o que o tornava indicado para o serviço. A maior parte dos habitantes da aldeia jamais deveria ter posto os pés fora do vale.

— Ele diz que sabe o caminho — afirmou Mohammed, voltando a falar em francês. Jane ficou um pouco ansiosa com aquelas palavras, «ele diz que», e o afegão continuou: — Irá conduzir-vos até Kantiwar, onde procurará um novo guia para vos levar até à localidade seguinte, e assim sucessivamente até ao Paquistão. Diz que quer cinco mil afeganes.

— Parece um preço justo — comentou Ellis —, mas quantos mais guias precisaremos de contratar por esse preço, antes de chegarmos a Chitral?

— Talvez cinco ou seis — respondeu Mohammed.

— Não temos trinta mil afeganes — disse Ellis, abanando a cabeça — e, além disso, necessitamos de comprar alimentos.

— Terão de arranjar comida dando consultas — declarou Mohammed. — Depois de entrarem no Paquistão, o caminho será mais fácil e talvez até nem necessitem de guias.

— Que pensas? — perguntou Ellis para Jane, com um ar de dúvida.

— Há uma alternativa — respondeu ela. — Podias continuar sem mim.

— Não — respondeu o americano. — Isso não é alternativa para mim. Iremos juntos.

18

Durante o primeiro dia, os grupos de busca não encontraram quaisquer vestígios de Ellis e Jane.

Jean-Pierre e Anatoly estavam sentados em duras cadeiras de madeira num gabinete espartano e sem janelas, na base aérea de Bagram, inspecionando os relatórios à medida que os recebiam pela rádio. Os grupos de busca tinham mais uma vez partido antes da madrugada. Haviam começado com seis grupos, um para cada um dos vales secundários que se dirigiam para leste a partir do vale dos Cinco Leões e outro que seguiria o rio para norte, até à nascente e para lá dela, e cada um incluía pelo menos um oficial do exército regular afegão, que falava o dialeto local. Os helicópteros aterraram em seis aldeias ao longo do vale e meia hora depois todos tinham comunicado que já possuíam guias.

— Isso foi rápido — comentou Jean-Pierre, depois do sexto comunicado. — Como atuam?

— É simples — explicou Anatoly. — Pedem a um aldeão que sirva de guia e se o homem diz que não, dão-lhe um tiro. A seguir pedem a outro e em geral não levam muito tempo até encontrarem um voluntário.

Um dos grupos de busca tentou seguir a pista a partir do ar, mas a experiência falhou, pois os trilhos eram muito difíceis de descobrir mesmo no solo e absolutamente impossíveis de distinguir de bordo do helicóptero. Além disso, nenhum dos guias se encontrara anteriormente a bordo de tal aparelho e a nova experiência deixava-os desorientados. Assim, os grupos prosseguiram todos a pé, alguns com cavalos requisitados para o transporte das bagagens.

Jean-Pierre não aguardava notícias durante a manhã, porque os fugitivos iam com um dia de avanço, no entanto era natural que os soldados conseguissem deslocar-se mais depressa do que Jane, em especial se esta levasse Chantal consigo...

Sentia guinadas de culpa de cada vez que pensava em Chantal. A raiva contra a mulher, por causa do que ela estava a fazer, não se estendia à filha, mas a bebé sofria, disso tinha a certeza. Todo o dia em viagem, atravessando desfiladeiros por cima da linha das neves, sujeitos aos gelados ventos das montanhas...

Tal como agora lhe acontecia frequentemente, os seus pensamentos viraram-se para um outro problema: que aconteceria se Jane morresse e Chantal sobrevivesse? Imaginava Ellis capturado, já sozinho, enquanto Jane era encontrada um ou dois quilómetros atrás, morta de frio, com a bebé ainda nos braços, mas miraculosamente viva. Quando regressasse a Paris seria uma figura trágica e romântica, pensava Jean-Pierre; um viúvo com uma filha ainda bebé, um veterano da guerra no Afeganistão... Como o admirariam! Era capaz de criar um filho. E que intensas seriam as relações de ambos, quando ela crescesse... Teria de contratar uma ama, claro, mas providenciaria para que esta não viesse a ocupar o lugar da mãe nos afetos da criança. Não, não, seria para ela um pai e uma mãe.

Quanto mais pensava no caso maior era a sua ira contra Jane por esta se atrever a pôr em risco a vida de Chantal. Tornava-se-lhe claro que ela perdera todos os seus direitos sobre o bebé, por o ter levado para uma aventura tão perigosa, e se utilizasse esse argumento num tribunal europeu, provavelmente conseguiria obter a custódia legal sobre a filha...

À medida que a tarde passava, Anatoly mostrava-se cada vez mais aborrecido, enquanto Jean-Pierre se enervava. Estavam os dois bastante irritáveis, e o russo mantinha longas conversas com outros oficiais que apareciam no pequeno gabinete sem janelas, palavreado que, por lhe ser incompreensível, deixava o francês ainda mais nervoso. De início, Anatoly traduzira todos os relatórios recebidos pela rádio, mas agora limitava-se a dizer: «Nada.» Jean-Pierre acompanhara o caminho seguido pelos diversos grupos num conjunto de mapas, assinalando-os com alfinetes vermelhos, mas cerca do fim da tarde os soldados já percorriam trilhos e leitos de rios secos que não constavam de nenhum mapa, e se, por acaso, comunicavam através da rádio o local onde se encontravam, Anatoly não lhe transmitia essas informações.

Os grupos instalaram acampamentos ao cair da noite, sem terem descoberto quaisquer sinais dos fugitivos. Haviam recebido instruções para interrogarem os habitantes das aldeias por onde passavam, mas estes afirmavam não terem visto quaisquer estranhos. Contudo, tal facto não surpreendia, uma vez que se encontravam ainda no interior do vale dos Cinco Leões, junto das passagens que davam para o Nuristão, e as pessoas interrogadas, em geral fiéis

a Masud, consideravam uma traição qualquer ajuda presta-
da aos russos. Amanhã, quando os grupos de busca entrassem no Nuristão, os aldeões seriam mais cooperantes.

Apesar de o saber, Jean-Pierre sentia-se desanimado
quando abandonou o gabinete ao cair da noite, acompanhado por Anatoly, para se dirigirem à messe. Serviram-
-lhes um péssimo jantar de salsichas enlatadas com puré de
batata instantâneo, e a seguir Anatoly foi beber vodca com
outros oficiais, deixando Jean-Pierre a cargo de um sargento que só falava russo. Jogaram um único jogo de xadrez,
porque — para grande desgosto de Jean-Pierre — o sargento era demasiado bom, e o francês deitou-se cedo, embora se mantivesse acordado sobre o duro colchão militar,
imaginando Jane e Ellis juntos na cama.

Na manhã seguinte foi despertado por Anatoly, cuja irritação já desaparecera e que mostrava um largo sorriso es-
tampado no rosto. Jean-Pierre sentiu-se como uma criança
traquinas que fora perdoada, apesar de, na sua opinião, nada ter feito de censurável.

Tomaram o pequeno-almoço juntos, na messe, e Anatoly informou-o de que já contactara todos os grupos de
busca, os quais, depois de levantarem os acampamentos, se
tinham posto em marcha logo de madrugada.

— Hoje, apanharemos a tua mulher, meu amigo — concluiu Anatoly alegre, levando-o a sentir uma onda de otimismo.

Mal chegaram ao gabinete, o russo entrou mais uma
vez em contacto com os grupos de busca, pedindo-lhes que
descrevessem o que viam à sua volta, e Jean-Pierre utilizou essas descrições de rios, lagos, vales e montanhas para
calcular a sua posição. Pareciam avançar muito devagar em

termos de quilómetros por hora, mas era preciso levar em conta que progrediam através de um terreno muito difícil, fator que também atrasaria Ellis e Jane.

Cada grupo dispunha de um guia e quando chegava a um ponto onde o trilho se bifurcava e ambos os troços se dirigiam para o Nuristão, arranjavam um guia adicional na aldeia mais próxima e dividiam-se em dois subgrupos. Ao meio-dia já o mapa de Jean-Pierre estava coberto de inúmeros alfinetes de cabeça vermelha.

A meio da tarde surgiu uma distração inesperada. Um general, em viagem de rotina para se informar da situação no Afeganistão, aterrou em Bagram e decidiu investigar em que se gastava o dinheiro dos contribuintes russos. Anatoly informou Jean-Pierre do facto em poucas palavras, segundos antes de o general aparecer no pequeno gabinete, seguido por oficiais ansiosos, que pareciam patinhos a correr atrás da mãe pata.

Jean-Pierre observou fascinado a mestria com que Anatoly recebeu o visitante. Levantou-se de um salto, com um ar enérgico mas imperturbável, apertou a mão ao general e ofereceu-lhe uma cadeira, berrou uma série de ordens para a porta aberta, conversou de modo rápido mas deferente durante um minuto ou dois, pediu desculpa pela interrupção e falou para o rádio, traduziu para Jean-Pierre a resposta que lhe chegara do Nuristão e apresentou o general ao médico, em francês.

O visitante começou a fazer perguntas e Anatoly apontou para os alfinetes no mapa, enquanto respondia. De súbito, no meio de tudo aquilo, um dos grupos de busca fez uma chamada numa voz nitidamente excitada e Anatoly interrompeu o general a meio de uma frase, para escutar.

Jean-Pierre sentou-se na borda da cadeira, ansioso pela tradução.

A voz calou-se, mas Anatoly fez ainda uma pergunta e ouviu a resposta.

— Que descobriram? — perguntou Jean-Pierre, incapaz de se manter calado durante mais tempo.

Anatoly ignorou-o por instantes, falou para o general e só depois se virou para o médico:

— Encontraram um casal de americanos numa aldeia chamada Atati, no vale do Nuristão.

— Maravilhoso! — exclamou Jean-Pierre. — São eles!

— Talvez — respondeu Anatoly.

Jean-Pierre não conseguia compreender aquela falta de entusiasmo.

— Claro que são! Os teus soldados não conseguem distinguir a diferença entre americanos e ingleses.

— Talvez não... mas dizem que não há bebé algum.

— Não há!

Jean-Pierre franziu as sobrancelhas. Como podia aquilo ser? Teria Jane deixado Chantal para trás, no vale dos Cinco Leões, ao cuidado de Rabia, Zahara ou Fara? Parecia-lhe impossível. Teria escondido o bebé numa qualquer família daquela aldeia... Atati... apenas segundos antes de ter sido capturada pelo grupo de busca? Era improvável, os instintos de Jane deveriam levá-la a permanecer junto da filha nos momentos de perigo.

Chantal teria morrido?

Concluiu que devia tratar-se de um engano, algum erro de comunicações, interferências atmosféricas, ou até de um descuido dos homens que lá se encontravam, que não tinham visto Chantal por ela ser tão pequena.

— O melhor é não começarmos com especulações — disse Jean-Pierre para Anatoly. — Vamos lá e logo vemos.

— Muito bem, quero que sigas para o local com um novo grupo — ordenou Anatoly.

— Claro! — exclamou Jean-Pierre, que só a seguir se apercebeu do sentido da frase. — E tu não vais?

— Exato.

— Mas porquê?

— Porque sou preciso aqui — respondeu Anatoly, olhando de esguelha para o general.

— Está bem.

Sem dúvida que deviam existir jogos de poder entre a burocracia militar, pensou Jean-Pierre. Anatoly tinha receio de abandonar a base enquanto o general andasse por ali a bisbilhotar, não fosse dar-se o caso de um rival o vir a apunhalar pelas costas, para lhe roubar o lugar.

Anatoly pegou no telefone que se encontrava em cima da mesa, deu uma série de ordens em russo e, enquanto ainda falava, entrou um ordenança, que chamou Jean-Pierre com um gesto. Anatoly colocou a mão sobre o microfone e disse:

— Vão entregar-te um capote quente, já é inverno no Nuristão. Até breve.

Jean-Pierre saiu com o ordenança e ambos atravessaram a pista de cimento em direção ao local onde os aguardavam dois helicópteros, com os rotores já em movimento: um *Hind*, equipado com mísseis por debaixo das curtas asas, e um *Hip*, bastante maior, com uma fileira de vigias ao longo da fuselagem. O francês perguntou a si mesmo para que seria o *Hip*, mas depois percebeu que era para transportar o grupo de busca. Um pouco antes de chegarem aos aparelhos, surgiu um soldado a correr trazendo um capote militar, que entregou a Jean-Pierre. Este pendurou-o no braço e embarcou no *Hind*.

Levantaram voo imediatamente rumo a nordeste, e Jean--Pierre, num febril estado de ansiedade, sentou-se no banco da cabina de passageiros, com mais meia dúzia de soldados.

Quando já se encontravam afastados da base, o piloto chamou Jean-Pierre, e este levantou-se e subiu o degrau que dava acesso ao assento, para que o russo lhe pudesse falar.

— Vou ser o seu intérprete — disse o homem, num francês hesitante.

— Obrigado. Sabe para onde nos dirigimos?

— Sim, senhor, tenho as coordenadas e posso falar pela rádio com o comandante do grupo de busca.

— Ótimo.

O francês sentia-se surpreendido por o tratarem com tanta deferência. Aparentemente, adquirira patente honorária por causa da sua associação com um coronel do KGB.

Voltou ao assento, interrogando-se sobre qual seria a cara de Jane quando o visse aparecer. Ficaria aliviada? Tomaria um ar de desafio? Ou estaria apenas exausta? Ellis mostrar--se-ia zangado e humilhado, claro. *E eu, como deverei atuar? Tenho de me manter digno. Que lhe direi?*

Tentou imaginar a cena. Ellis e Jane encontrar-se-iam no pátio de uma mesquita, ou sentados no chão de terra de uma cabana de pedra, possivelmente amarrados, guardados por soldados com *Kalashnikov*. Estariam com frio, cheios de fome e miseráveis. Jean-Pierre entraria ostentando o sobretudo russo, com um ar confiante de homem que domina a situação, seguido por deferentes jovens oficiais. Olharia para eles de um modo penetrante e diria...

Diria o quê? «Encontramo-nos de novo», soava terrivelmente melodramático; «de verdade que acreditaram que nos podiam escapar?», era demasiado retórico; «nunca tiveram qualquer hipótese», era melhor, apesar de diminuir um pouco a importância do acontecimento.

A temperatura descia com rapidez à medida que se aproximavam das montanhas e Jean-Pierre enfiou o capote. Depois, parou junto da porta aberta, olhou lá para baixo e avistou um vale bastante parecido com o dos Cinco Leões, com um rio a correr ao centro, nas sombras das montanhas. Via-se neve nos picos e vertentes dos dois lados do vale, mas nenhuma no fundo.

Jean-Pierre dirigiu-se para o posto de pilotagem e falou junto do ouvido do piloto.

— Onde estamos?

— Este é o vale Skardara — respondeu o homem. — Lá mais para o norte passa a chamar-se vale do Nuristão. Basta segui-lo para chegar a Atati.

— Quanto tempo falta?

— Vinte minutos.

Era imenso tempo. Controlando, com grande esforço, a sua impaciência. Jean-Pierre voltou a sentar-se no banco, no meio dos soldados, que se mantinham quietos e calados, observando-o. Pareciam ter medo dele, talvez julgassem que era do KGB.

Eu sou do KGB, pensou Jean-Pierre, de repente.

Em que estariam aqueles soldados a pensar? Talvez nas namoradas e mulheres que haviam deixado em casa... A casa deles seria agora também a sua: teria um apartamento em

Moscovo. Perguntava a si próprio se voltaria a ser possível manter uma feliz vida de casado com Jane. Queria instalá-la, e a Chantal, no seu apartamento, enquanto ele iria cumprir missões, em países estrangeiros, tal como aqueles soldados, ansioso por regressar a casa para tornar a dormir com a mulher e ver se a filha crescera muito. *Traí Jane e ela traiu-me*, pensou, *mas talvez possamos perdoar um ao outro, quanto mais não seja apenas por causa de Chantal.*

Que teria acontecido à filha?

Estava prestes a descobri-lo; o helicóptero perdia altitude, chegavam ao destino previsto, a Atati. Jean-Pierre levantou-se e espreitou outra vez pela porta. Desciam junto de um prado, onde um pequeno afluente se juntava ao rio principal. Era um lugar bonito, com umas quantas casas erguidas na vertente da montanha, quase em cima umas das outras, à maneira do Nuristão. Jean-Pierre recordava-se de ter visto fotografias de aldeias iguais àquela em livros sobre o Himalaia.

O helicóptero pousou, o francês saltou para o chão e logo do outro lado do prado surgiu um grupo de soldados russos, emergindo da casa que se encontrava mais abaixo, na vertente. Deviam ser os homens do grupo de busca, pensou Jean-Pierre, enquanto esperava impaciente pelo piloto, seu intérprete.

— Vamos! — exclamou Jean-Pierre logo que o outro apareceu, e começando a atravessar o prado.

Foi obrigado a dominar-se para não correr. Ellis e Jane encontravam-se provavelmente na casa de onde tinham surgido os soldados. Caminhou para ali com um passo muito rápido, começava a sentir-se zangado, a raiva há muito reprimida fervia dentro dele. *Para o diabo com a dignidade*, pensou, «vou dizer-lhes tudo o que penso deles.»

Quando se aproximaram do grupo de busca, o oficial que o comandava começou a dizer qualquer coisa, mas Jean-Pierre ignorou-o, virou-se para o piloto e perguntou:

— Onde estão?

O piloto fez a pergunta e o oficial apontou para a casa de madeira. Sem mais uma palavra, o francês passou pelos soldados e entrou.

A sua ira atingiu o máximo quando se encontrou no interior da rudimentar habitação. A um canto via-se um grupo de mais alguns soldados russos, que olharam para Jean-Pierre e abriram caminho para ele passar, permitindo-lhe que visse duas pessoas amarradas a um banco.

Jean-Pierre parou e encarou-os, num perfeito estado de choque que o deixou de boca aberta e lhe fez desaparecer o sangue do rosto. Encontrava-se ali um rapaz magro e de aspeto anémico, com dezoito ou dezanove anos, de cabelos compridos e longe bigode caído, acompanhado por uma rapariga loura, de grandes seios e flores no cabelo. O jovem olhou para Jean-Pierre com alívio e disse, em inglês:

— Eh, homem, ajude-nos. Estamos metidos numa grande merda.

Jean-Pierre pensou que ia explodir. Tratava-se apenas de um casal de *hippies* no trilho para Catmandu, uma espécie de turista que não desaparecera, apesar da guerra. Que desapontamento! Por que diabo estavam aqueles tipos ali, exatamente no momento em que andavam em busca de um casal de ocidentais fugitivos?

Não era ele que iria ajudar um par de degenerados e drogados, por isso virou-lhes as costas e saiu.

O piloto ia nesse momento a entrar, viu a expressão no rosto do francês e perguntou:

— Que se passa?

— Não são eles. Vem comigo.

— Não são? — perguntou o homem, correndo atrás de Jean-Pierre. — Não são os americanos?

— São americanos, mas não o casal que procuramos.

— Que vamos fazer agora?

— Falar com Anatoly e preciso de ti para comunicares com ele pelo rádio.

Atravessaram o campo e treparam para o helicóptero. Jean-Pierre ocupou o lugar do artilheiro e colocou os auscultadores, batendo impaciente com o pé no pavimento metálico, enquanto o piloto falava interminavelmente para o rádio, em russo. Por fim ouviu-se a voz de Anatoly, soando muito distante e pontuada pelos estalidos das interferências atmosféricas.

— Jean-Pierre, meu amigo, fala Anatoly. Onde estás?

— Em Atati. O casal americano capturado não é Ellis e Jane. Repito, não se trata de Ellis e Jane, mas de um par de garotos idiotas em busca do nirvana.

— Isso não me surpreende, Jean-Pierre — respondeu a voz de Anatoly.

— Quê?! — interrompeu-o o francês, esquecendo que a comunicação era só de um sentido.

— ... recebi uma série de relatórios informando que Ellis e Jane foram vistos no vale Linar. O grupo de busca ainda não estabeleceu contacto com eles, mas segue-lhes a pista.

A ira de Jean-Pierre para com os *hippies* evaporou-se instantaneamente e regressou-lhe parte da sua impetuosidade.

— O vale Linar... onde é isso?

— Perto do sítio onde te encontras. É uma passagem secundária que desemboca no vale do Nuristão, cerca de trinta ou trinta e cinco quilómetros a sul de Atati.

Tão perto!

— Tens a certeza?

— O grupo de busca conseguiu várias informações a respeito da passagem pelas aldeias e as descrições condizem com Ellis e Jane. Além disso, falam num bebé.

Então, eram eles!

— Será possível calcular onde se encontram neste momento?

— Ainda não. Vou a caminho, para me juntar ao grupo de busca, e saberei então mais pormenores.

— Quer dizer que não estás em Bagram? Que aconteceu ao teu... hum... visitante?

— Partiu — respondeu Anatoly com brusquidão. — Estou no ar e prestes a encontrar-me com o grupo de busca numa aldeia chamada Mundol. É no vale do Nuristão, no sítio em que o rio Linar se junta ao rio Nuristão, perto de um lago chamado Mundol. Vai ter comigo aí. Passaremos lá a noite e orientaremos as buscas, amanhã de manhã.

— Lá estarei! — exclamou Jean-Pierre, encantado. De súbito, lembrou-se de outra coisa: — Que fazemos com estes *hippies?*

— Manda-os para Cabul, a fim de serem interrogados. Temos aí umas pessoas que lhes farão recordar as realidades do mundo material. Deixa-me falar com o teu piloto.

— Então, encontramo-nos em Mundol.

Anatoly começou a falar em russo com o piloto do helicóptero e Jean-Pierre retirou os auscultadores, perguntando a si próprio por que diabo queria Anatoly perder tempo a interrogar um par de inofensivos *hippies*, pois era óbvio que não se tratava de espiões. Foi então que lhe ocorreu que a única pessoa que na verdade sabia se aqueles dois eram ou não Ellis e Jane era ele próprio. Seria possível, apesar de bastante improvável, que Ellis e Jane o tivessem persuadido a deixá-los partir e a dizer a Anatoly que o grupo se limitara a capturar um par de *hippies*.

O sacana do russo é desconfiado, pensou Jean-Pierre, aguardando impaciente que Anatoly acabasse de falar com o piloto. Aparentemente, o grupo de busca de Mundol encontrava-se no encalço da presa, talvez Jane e Ellis fossem já apanhados no dia seguinte. Na realidade, aquela tentativa de fuga fora sempre mais ou menos fútil, mas isso não evitava que Jean-Pierre se preocupasse. Permaneceria numa verdadeira agonia enquanto se mantivesse a expectativa e não visse aqueles dois amarrados e fechados numa cela russa.

O piloto tirou os auscultadores e declarou:

— Vamos levá-lo a Mundol, neste helicóptero. O *Hip* levará os outros de regresso à base.

— Muito bem.

Alguns minutos depois estavam de novo no ar, deixando que os outros demorassem o tempo que lhes apetecesse. Era quase noite e Jean-Pierre receava que pudesse vir a ser difícil localizar a aldeia de Mundol.

A escuridão aprofundava-se rápida à medida que desciam o vale, seguindo o curso do rio, e a paisagem deixou de ser visível. O piloto falava constantemente pelo rádio e Jean-Pierre supunha que os homens que se encontravam em terra, em Mundol, o estavam a guiar. Dez ou quinze minutos depois acenderam-se poderosas luzes no solo e para lá delas, a cerca de um quilómetro, a Lua brilhava na superfície de uma grande extensão de água. O helicóptero desceu perto de um outro, num campo, e um soldado, que o aguardava, conduziu Jean-Pierre em direção à aldeia, instalada numa vertente. Distinguiam-se as silhuetas das casas, iluminadas pelo luar, e Jean-Pierre seguiu o soldado para uma delas, onde, sentado numa cadeira desdobrável e enrolado num enorme casaco de pele de lobo, estava Anatoly, muito bem-disposto.

— Jean-Pierre, meu amigo francês, a hora do êxito aproxima-se! — declarou o russo, num alto tom de voz. Era uma coisa estranha, ver um homem de feições orientais tão satisfeito e jovial. — Bebe um pouco de café... tem vodca lá dentro.

Jean-Pierre aceitou um copo de papel de uma mulher afegã, que parecia estar de serviço junto de Anatoly, e sentou-se numa das cadeiras desdobráveis, tal como o russo. Pareciam do exército, e se os russos andavam carregados com tanto equipamento — cadeiras desdobráveis, café, copos de papel e vodca —, então era possível que não conseguissem deslocar-se tão depressa como Ellis e Jane. Anatoly pareceu ler-lhe os pensamentos.

— Trouxe alguns pequenos luxos no meu helicóptero — disse, com um sorriso. — O KGB tem a sua dignidade, sabes?

Jean-Pierre não era capaz de ler a expressão que o outro ostentava e não sabia se ele estava ou não a brincar. Preferiu mudar de assunto.

— Quais são as últimas notícias?

— Os nossos fugitivos passaram, sem sombra de dúvida, pelas aldeias de Bosaydur e Linar, hoje mesmo. Durante a tarde o grupo de busca perdeu o guia... Pura e simplesmente desapareceu, deve ter decidido voltar para casa. — Anatoly franziu a testa como se aquele pequeno acontecimento o aborrecesse, e depois continuou a sua história: — Felizmente encontraram outro quase de imediato.

— Empregando a vossa muito persuasiva técnica de recrutamento, imagino! — afirmou Jean-Pierre.

— Não, por estranho que possa parecer, não foi preciso. Este é um verdadeiro voluntário, foi o que me disseram. Está aqui na aldeia, em qualquer lado.

— Bom, é natural que seja mais fácil encontrar voluntários aqui, no Nuristão — comentou Jean-Pierre. — Não estão muito envolvidos nesta guerra... e de qualquer modo têm a fama de não possuírem qualquer espécie de escrúpulos.

— Este novo guia afirma que viu os fugitivos hoje, antes de se juntar a nós. Passaram por ele no ponto em que o Linar desagua no Nuristão, e viu-os a virar para sul, encaminhando-se para aqui.

— Ótimo!

— Esta noite, depois de o grupo de busca chegar aqui a Mundol, o nosso homem interrogou alguns dos aldeões e ficou a saber que passaram por cá dois estrangeiros com um bebé, esta tarde, e que se dirigiam para sul.

— Então não há dúvidas — afirmou Jean-Pierre com satisfação.

— Nenhuma — concordou Anatoly. — Apanhamo-los amanhã, com toda a certeza.

Jean-Pierre acordou sobre um colchão de ar — outro dos luxos do KGB — no chão sujo da casa. O fogo apagara-se durante a noite e o ar estava frio. A cama de Anatoly, do outro lado do sombrio quarto, achava-se vazia. Jean-Pierre não sabia onde tinham dormido os donos da casa, pois Anatoly mandara-os embora depois de eles lhes prepararem e servirem o jantar. O russo tratava todo o Afeganistão como se este fosse o seu reino pessoal. E talvez fosse...

Jean-Pierre sentou-se, esfregou os olhos e foi então que viu Anatoly de pé junto da porta, olhando-o de um modo especulativo.

— Bom dia — cumprimentou.

— Já aqui estiveste antes? — perguntou-lhe o russo, sem qualquer preâmbulo.

O francês tinha o cérebro ainda confuso de sono.

— Onde?

— No Nuristão — replicou Anatoly, impaciente.

— Não.

— Que estranho...

O francês achava que aquele tipo de conversação enigmática era muito irritante, logo pela manhã.

— Porquê? — perguntou, intrigado. — Estranho porquê?

— Falei com o nosso novo guia, há poucos minutos.

— Como se chama ele?

— Mohammed, Muhammed, Mahomet... um desse nomes, igual a um milhão de outros...

— Mas que língua utilizaste para falar com um guia nativo?!

— Francês, russo, *dari* e inglês... a mistura do costume. O homem perguntou-me quem tinha chegado no outro helicóptero, ontem à noite. Eu disse: «Um francês que pode identificar os fugitivos», ou qualquer coisa desse género. Perguntou como te chamavas e eu disse-lhe, queria que o tipo continuasse a falar até eu poder descobrir porque demonstrava tanta curiosidade. Enganei-me, não perguntou mais nada... quase como se te conhecesse.

— Impossível!

— Também o creio.

— Mas porque não lhe perguntas?

Aquela atitude nem parecia do Anatoly, pensou Jean-Pierre.

— Não vale a pena interrogar um homem enquanto não soubermos se ele tem algum motivo para nos mentir — afirmou o russo, virando as costas e saindo.

Jean-Pierre levantou-se. Como dormira de camisa e roupa interior, foi só enfiar as calças e as botas, colocar o capote por cima dos ombros e sair.

Encontrou-se numa tosca varanda de madeira, de onde se avistava todo o vale. Lá em baixo, o rio serpenteava por entre os campos, largo e vagaroso, e, um pouco para sul, desaguava num comprido e estreito lago rodeado de montanhas. O Sol ainda não aparecera e um ligeiro nevoeiro ocultava a outra extremidade do lago — era uma cena agradável. Claro, lembrou-se Jean-Pierre, estavam na zona mais fértil e populosa de todo o Nuristão, o resto era quase um deserto.

Os russos tinham escavado uma latrina, notou Jean-Pierre com satisfação. O hábito afegão de se servirem dos rios, onde depois iam buscar água para beberem, era a causa de todos sofrerem de parasitas intestinais. *Os russos darão nova forma a este país depois de o conseguirem controlar*, concluiu.

Dirigiu-se para o campo, serviu-se da latrina, lavou-se no rio e conseguiu um copo de café de um grupo de soldados instalados em volta de uma fogueira.

O grupo de busca estava pronto para partir. Na noite anterior Anatoly decidira que coordenaria as buscas a partir dali, estabelecendo contacto permanente com os perseguidores, e os helicópteros manter-se-iam prontos para o levar e a Jean-Pierre logo que os fugitivos fossem avistados.

Enquanto o francês sorvia o café, Anatoly atravessou o campo na sua direção, vindo da aldeia.

— Viste aquele maldito guia? — perguntou abruptamente.

— Não.

— O homem parece ter desaparecido.

— Aconteceu o mesmo com o outro — respondeu Jean-Pierre. encolhendo os ombros.

— Esta gente é impossível. Tenho de ir interrogar os aldeões. Anda daí, para me servires de intérprete.

— Mas eu não falo a língua local...

— Talvez algum deles compreenda o *dari*.

Acompanhado por Anatoly, Jean-Pierre atravessou de novo o campo em direção à aldeia. Quando trepavam a estreita e suja vereda entre as periclitantes casas, alguém chamou Anatoly, em russo. Pararam e olharam para o lado. Amontoados numa varanda viam-se dez ou doze homens. entre aldeões, vestidos de branco, e soldados russos, de uniforme, todos olhando para qualquer coisa que se encontrava no chão. Afastaram-se um pouco para os deixarem passar: o que estava no chão era um homem morto.

Os aldeões tagarelavam em tons ultrajados e apontavam para o corpo. Alguém cortara o pescoço do morto, uma ferida enorme e horrível que quase separara a cabeça. O sangue já secara, o que significava que o homem fora morto no dia anterior.

— É Mohammed, o guia? — perguntou Jean-Pierre.

— Não — respondeu Anatoly. Interrogou os soldados que se encontravam à sua volta e depois acrescentou: — Este é o guia anterior, o que desapareceu.

Jean-Pierre virou-se para os aldeões e falou devagar, em *dari*.

— Que se passa aqui?

Depois de uma pequena pausa, um homem muito velho e enrugado, com um olho quase fechado, respondeu na mesma língua:

— Foi assassinado! — afirmou, acusador.

O francês começou a interrogá-lo e a pouco e pouco conseguiu saber toda a história. O morto era um habitante do vale Linar, que fora obrigado a servir de guia aos russos. O corpo, apressadamente escondido nuns arbustos, fora descoberto pelo cão de um cabreiro. A família pensava que os russos o tinham assassinado e transportara o corpo para ali naquela madrugada, numa dramática tentativa para saber porquê.

Jean-Pierre explicou a Anatoly:

— Estão ofendidos porque pensam que os teus homens o mataram — concluiu.

— Ofendidos? — observou Anatoly. — Então não sabem que há uma guerra? Morre gente todos os dias, é essa a consequência das guerras.

— É óbvio que não há muitos combates por aqui. Foram vocês que o mataram?

— Vou saber. — Anatoly virou-se para os soldados, interrogou-os e vários responderam em simultâneo, num tom muito vivo. — Não fomos nós que o matámos — traduziu.

— Então quem o terá feito? Estarão os habitantes daqui a matar os nossos guias, por colaborarem com o inimigo?

— Não — afirmou Anatoly. — Se odiassem os colaboradores, não protestariam tanto por um deles ter aparecido morto. Diz-lhes que estamos inocentes... Vê se os acalmas.

— Os estrangeiros não mataram este homem — declarou Jean-Pierre para o velho —, e também querem saber quem o assassinou.

O velho traduziu a frase para os outros aldeões e estes reagiram com consternação.

— Talvez que esse tal Mohammed, o que desapareceu matasse este homem para conseguir o lugar de guia — murmurou Anatoly, pensativo.

— Estão a pagar bem? — perguntou Jean-Pierre.

— Duvido muito. — Anatoly interrogou um sargento e traduziu a resposta. — Quinhentos afeganes por dia.

— É um bom salário para um afegão, mas não creio que seja o suficiente para se matarem uns aos outros... apesar de se dizer que um tipo do Nuristão é capaz de matar outro por causa de umas sandálias, se estas forem novas.

— Pergunta-lhes se sabem onde está esse Mohammed.

Jean-Pierre obedeceu e levantou-se uma curta discussão entre os aldeões. A maior parte abanou as cabeças, mas um dos homens levantou a voz de modo a poder ouvir-se por cima dos outros e apontou para o norte. O velho cego e enrugado acabou por explicar a Jean-Pierre o que soubera:

— Deixou a aldeia hoje de manhã, muito cedo. Abdu viu-o seguir para norte.

— Partiu antes ou depois de este corpo ser trazido para aqui?

— Antes.

Jean-Pierre traduziu tudo para Anatoly e acrescentou:

— Gostava de saber porque se foi ele embora...

— Age como se fosse culpado de qualquer coisa.

— Parece que partiu logo depois de falar contigo, esta manhã, o que quase me faz pensar que foi por eu ter chegado aqui ontem.

— Seja qual for a explicação — respondeu Anatoly, com um aceno —, creio que esse tipo sabe qualquer coisa que nós não sabemos. É melhor ir atrás dele. Se perdermos algum tempo, paciência... creio que o podemos fazer.

— Há quanto tempo conversaste com ele?

— Há pouco mais de uma hora — disse Anatoly, depois de olhar para o relógio.

— Então não pode estar muito longe daqui.

— Tens razão.

Anatoly virou-se, deu uma série de ordens e os soldados entraram imediatamente em movimento. Dois deles agarraram o velho cego e levaram-no em direção ao campo, outro correu para os helicópteros. Anatoly pegou em Jean-Pierre por um braço e caminharam rápidos atrás dos soldados.

— Vamos levar o velho cego de um olho, podemos precisar de um intérprete — disse.

Quando atingiram o campo, os helicópteros já tinham os motores a aquecer. Anatoly e Jean-Pierre embarcaram num deles, onde encontraram o velho afegão, com um ar de susto e de satisfação. *Ia ter que contar para o resto da sua vida*, pensou Jean-Pierre.

Minutos depois já estavam no ar, com Anatoly e o francês de pé junto da porta, olhando para baixo. Um caminho muito batido e facilmente visível saía da aldeia e trepava uma colina, desaparecendo entre as árvores. Anatoly falou pelo rádio do piloto e depois explicou o que mandara fazer:

— Ordenei aos soldados que revistem aqueles bosques, não vá dar-se o caso de se ter escondido lá.

O fugitivo deveria ter-se afastado muito mais do que só até ali, pensou Jean-Pierre, mas Anatoly estava a ser cauteloso, como sempre.

Seguiram um rumo paralelo ao rio durante três ou quatro quilómetros e chegaram à entrada do Linar. Teria Mohammed continuado pelo vale do Nuristão ou virado para este, para o vale Linar, a caminho do Cinco Leões?

— De onde era esse Mohammed? — perguntou Jean-Pierre ao velho cego.

— Não sei — respondeu o homem —, mas parecia um tajique.

Isso queria dizer que era mais provável que fosse do Linar e Jean-Pierre explicou esse facto a Anatoly, que ordenou ao piloto que virasse para a esquerda e seguisse o Linar.

Tratava-se de uma clara demonstração dos motivos por que a perseguição a Ellis e Jane não podia ser feita de helicóptero, pensou o francês. Mohammed levava apenas uma hora de avanço e era possível que já lhe tivessem perdido a pista. Ora, quando os fugitivos dispunham de um dia de avanço, tal como Jane e Ellis, havia muito mais caminhos alternativos e muitos mais sítios onde se podiam esconder.

Se existia um trilho ao longo do vale Linar, não era visível do ar, pelo que o piloto se limitava a seguir o rio.

As vertentes não estavam cobertas de vegetação ou neve, e se o fugitivo fosse por ali não teria onde se esconder.

Avistaram-no alguns minutos depois, as roupas e o turbante brancos destacavam-se claramente contra o fundo castanho-acinzentado do terreno. Caminhava ao longo de um rebordo da montanha com o passo firme e incansável dos viajantes afegãos, e levava um saco pendurado ao ombro. Quando ouviu o barulho dos helicópteros parou e olhou para cima, mas depois continuou a caminhar.

— Será ele? — perguntou Jean-Pierre.

— Creio que sim — respondeu Anatoly —, mas em breve o saberemos.

Tirou o capacete de comunicações do piloto e falou para o outro helicóptero, que continuou em frente, ultrapassou o homem e pousou cerca de cem metros à frente. O afegão continuou a avançar, despreocupado.

— Porque não aterramos também? — perguntou Jean-Pierre.

— Apenas por precaução.

Abriu-se a porta do outro helicóptero, surgiram seis soldados e o homem de branco avançou para eles, tirando o saco do ombro, um saco comprido, que chamou a atenção de Jean-Pierre. No entanto, antes de conseguir perceber porquê, Mohammed levantou-o, apontou-o aos soldados, e o francês, que compreendeu o que ele ia fazer, abriu a boca para gritar um aviso inútil.

Era como gritar durante um sonho, ou debaixo de água: os acontecimentos desenrolavam-se lentamente, mas ele movia-se ainda mais devagar. Antes de conseguir pronunciar a primeira palavra, viu o cano de uma metralhadora a emergir do saco.

O som dos tiros foi abafado pelo ruído dos helicópteros, o que dava a estranha impressão de que tudo se desenrolava num silêncio total. Um dos soldados russos agarrou-se à barriga e caiu para a frente; outro atirou os braços para o ar e tombou para trás; o rosto de um terceiro explodiu e transformou-se numa massa de sangue e carne. Os três restantes levantaram as armas, um morreu antes de poder puxar o gatilho, mas os outros dois desencadearam uma tempestade de balas, e enquanto Anatoly gritava: *Niet! niet! niet!,* para o rádio, o corpo de Mohammed ergueu-se do chão e foi atirado para trás, transformado numa massa sangrenta.

Anatoly continuava a gritar furioso, o helicóptero descia, e Jean-Pierre descobriu que tremia de excitação. O combate provocara-lhe um efeito semelhante ao da cocaína, dava-lhe vontade de rir, de fazer amor, de correr, de dançar. De súbito, passou-lhe uma ideia pela mente: *Eu costumava tratar das pessoas.*

O helicóptero pousou e Anatoly retirou o capacete de comunicações, afirmando com ar sombrio:

— Agora, nunca saberemos por que motivo aquele guia foi assassinado.

Saltou para o chão, seguido de Jean-Pierre, e caminharam ambos para o afegão morto. A parte da frente do corpo era agora uma massa de carne rasgada e a maior parte do rosto desaparecera.

— É aquele guia, tenho a certeza — afirmou Anatoly. — O mesmo tipo de corpo, a mesma estatura e, além disso, reconheço o saco. — Baixou-se e pegou na *Kalashnikov.* — Por que diabo andava ele com uma metralhadora?

Um pedaço de papel caíra do saco, flutuara até ao chão e Jean-Pierre apanhou-o e observou-o: era uma fotografia *Polaroid*, de Mousa, tirada por Jane.

— Oh, meu Deus! — exclamou. — Agora creio que compreendo...

— O que é? — perguntou Anatoly. — Compreendes o quê?

— Este é Mohammed, do vale dos Cinco Leões — disse Jean-Pierre —, um dos mais importantes ajudantes de Masud, e a fotografia, tirada pela minha mulher, é do filho, Mousa. Também reconheço o saco onde ele escondia a arma, era de Ellis.

— E então? — exclamou Anatoly, impaciente. — Que concluis de tudo isso?

O cérebro do francês trabalhava freneticamente, ligando factos mais rápido do que ele conseguia explicá-los.

— Mohammed matou o teu guia para poder ocupar o seu lugar — começou —, pois tu não tinhas maneira de saber quem ele era. Os aldeões do Nuristão sabiam que não se tratava de um dos seus, mas isso não era importante, primeiro porque não sabiam que afirmava ser daqui, segundo porque, mesmo que o soubessem, não o podiam dizer, já que o intérprete era ele. Na verdade, só havia uma pessoa que o poderia identificar...

— Tu — disse Anatoly —, porque o conhecias pessoalmente.

— Mohammed tinha consciência desse perigo e era por isso que estava preocupado comigo e te perguntou, esta manhã, quem chegara no helicóptero. Disseste-lhe o meu nome e ele desapareceu logo. — Jean-Pierre franziu a testa, havia algo que não estava bem. — Mas porque se manteve em campo aberto? Podia ter-se escondido nos bosques ou em alguma gruta ou buraco, levaríamos muito mais tempo para o encontrar. Como se não esperasse vir a ser perseguido...

— Porque havia de ser? — perguntou Anatoly. — Quando o primeiro guia desapareceu, não mandámos ninguém atrás dele, limitámo-nos a arranjar outro e a continuar o nosso caminho, sem investigações nem perseguições. Desta vez só foi diferente porque os aldeões encontraram o corpo e nos acusaram de ter morto o homem, e isso fez-nos suspeitar de Mohammed. Mesmo assim estivemos quase a não nos preocuparmos com o caso. Teve azar...

— Não podia saber que estava a lidar com um homem tão cauteloso — observou Jean-Pierre. — Agora põe-se uma questão: quais eram os seus motivos? Porque se deu a tantos trabalhos para substituir o nosso guia original?

— Provavelmente para nos enganar, tudo o que nos contou era mentira. Não viu Ellis e Jane ontem, na entrada do vale de Linar, eles não viraram para sul, para o Nuristão, e os aldeões de Mundol não confirmaram ter visto dois estrangeiros com um bebé... Mohammed nem sequer lhes fez a pergunta. Ele sabia onde estavam os fugitivos...

— E mandou-nos em direção oposta, claro! — exclamou Jean-Pierre, mais uma vez entusiasmado. — O guia anterior desapareceu logo depois de o grupo de busca ter saído do Linar, não foi?

— Sim, portanto podemos partir do princípio de que as informações que temos até esse ponto são verdadeiras... e nesse caso Ellis e Jane passaram por aí. Depois, Mohammed apareceu e conduziu-nos para sul...

— ... porque Ellis e Jane seguiram para norte! — exclamou Jean-Pierre, triunfante.

— Mohammed fê-los ganhar um dia, no máximo — confirmou o russo, pensativo —, deu a vida por isso. Terá valido a pena?

Jean-Pierre voltou a olhar para a fotografia de Mousa, que o vento frio lhe fazia estremecer na mão.

— Sabes — disse —, creio que Mohammed diria que sim.

Partiram de Gadwal muito antes da madrugada, no meio de profunda escuridão, esperando ganhar alguma vantagem sobre os russos. Ellis sabia que era muito difícil, mesmo para o oficial mais competente, conseguir que os soldados se pusessem em movimento antes da madrugada: o cozinheiro tinha de preparar o pequeno-almoço, era preciso levantar o acampamento, o operador de rádio necessitava de comunicar com a base, os homens precisavam de comer, e tudo isso levava tempo: a sua única vantagem sobre o comandante russo era que lhe bastava carregar a égua, enquanto Jane dava de comer a Chantal, e depois acordar Halam.

Ante eles estava a perspetiva de uma longa e lenta subida do vale do Nuristão, durante quinze ou dezasseis quilómetros, para depois meterem por um vale lateral, mas Ellis pensava que a primeira parte do caminho não deveria ser muito difícil mesmo durante a noite, pois existia uma espécie de estrada. Se Jane aguentasse a caminhada, poderiam entrar no vale secundário durante a tarde e ainda fazer alguns quilómetros ao longo dele, até à noite. Uma vez que se encontrassem fora do vale do Nuristão seria muito mais difícil persegui-los, porque os russos não podiam saber por onde se tinham metido.

Halam seguia à frente, para indicar o caminho, usando as roupas de Mohammed, incluindo o chapéu *chitrali*. Seguia-se Jane, transportando Chantal, e Ellis fechava a marcha, guiando *Maggie*. A égua carregava agora com menos peso porque Mohammed levara o saco do americano, que não descobrira nada capaz de o substituir e por isso fora obrigado a deixar a maior parte dos explosivos em Gadwal. Conservara, contudo, algum TNT, uns metros de *Primacord*, umas quantas cápsulas detonadoras e o pequeno dispositivo detonante, que guardara nos amplos bolsos do casaco.

Jane mostrava-se alegre e cheia de energia, o descanso da tarde anterior renovara-lhe as forças. Era muito rija e Ellis sentiu-se orgulhoso, mas quando pensou um pouco mais no assunto não compreendeu por que motivo se sentia assim. No fim de contas, era ela quem se deveria orgulhar.

Halam, que levava uma lanterna, com a qual projetava grotescas sombras nas muralhas rochosas, parecia pouco satisfeito. No dia anterior fora todo sorrisos, aparentemente contente por tomar parte naquela expedição, mas de manhã acordara aborrecido e taciturno, e Ellis pensava que isso talvez se devesse a terem partido tão cedo.

O caminho serpenteava ao lado das vertentes, dando a volta a saliências rochosas que se projetavam para dentro do rio, por vezes mesmo junto à beira da água e outras vezes subindo até ao cimo da falésia. Após pouco mais de um quilómetro, atingiram um ponto onde o trilho desaparecera. Para a esquerda via-se uma muralha rochosa e para a direita o rio. Halam disse-lhes que o caminho fora arrastado pelas chuvas, durante uma tempestade, e que era preciso esperar pela luz do dia para descobrir como contornar o obstáculo.

Contudo, Ellis não estava disposto a perder tempo. Tirou as botas, as calças, e meteu-se na água gelada, e como esta, no ponto mais profundo, não lhe ultrapassava a cintura, atingiu facilmente o outro lado. Voltou atrás, forçou *Maggie* a atravessar e a seguir foi buscar Jane e Chantal. Halam acabou por os seguir, mas a vergonha impediu-o de se despir, apesar do escuro da noite, pelo que passou a ter de caminhar com as calças encharcadas, o que piorou ainda mais a sua já má disposição.

Atravessaram uma aldeia no meio da escuridão, e foram seguidos durante algum tempo por dois cães sarnentos, que lhes ladravam a uma respeitável distância. Pouco depois, a madrugada clareou o céu oriental e Halam apagou a lanterna.

Foram forçados a vadear o rio mais algumas vezes, em locais onde o caminho fora levado pelas águas ou coberto por aluimentos de terras, e Halam acabou por enrolar as largas calças acima dos joelhos. Numa dessas travessias encontraram um viajante vindo da direção oposta, um homem pequeno e esquelético com um carneiro gordo, no qual pegou ao colo para atravessar o rio. Halam manteve com ele uma longa conversa e pelos movimentos dos braços Ellis suspeitou de que falavam acerca de trilhos na montanha.

Depois de se separarem do viajante, Ellis disse para Halam, em *dari*:

— Não digas às pessoas para onde vamos.

Halam fingiu que não percebia.

Jane repetiu então o que Ellis dissera, pois falava a linguagem mais fluentemente e servia-se de gestos enfáticos e acenos, tal como os afegãos.

— Os russos interrogarão os viajantes — explicou.

Halam pareceu compreender, mas procedeu da mesma maneira quando encontraram um segundo viajante, um jovem armado com uma venerável espingarda *Lee-Enfield*. Durante a conversa, Ellis julgou ter ouvido Halam pronunciar a palavra Kantiwar, o nome do desfiladeiro para onde se dirigiam. Momentos depois, o viajante repetiu o nome e o americano ficou furioso, pois Halam punha em risco as suas vidas. O mal estava, no entanto, feito e dominou a sua vontade de intervir, aguardando paciente até começarem de novo a caminhar.

Assim que o jovem da espingarda deixou de ser visível, o americano declarou:

— Pedi-te que não dissesses às pessoas para onde vamos.

Desta vez Halam não fingiu que não entendera.

— Não lhe disse nada — afirmou, indignado.

— Disseste — retorquiu Ellis com ênfase. — A partir de agora não conversarás com os outros viajantes.

Halam não respondeu e Jane resolveu intervir:

— Não falarás com os viajantes, compreendeste?

— Sim — admitiu o homem, relutante.

Ellis sabia que era importante fazê-lo calar-se. Compreendia que Halam pretendesse discutir o caminho com outras pessoas, pois estas poderiam saber de coisas como abatimentos de terras, nevões ou chuvas que tivessem bloqueado um dos vales e tornassem preferível a escolha de um outro caminho, no entanto, o homem parecera não ter tomado consciência de que Ellis e Jane iam a fugir dos russos. A existência de caminhos alternativos era o único fator a seu favor, uma vez que os perseguidores os teriam de verificar a todos, e estes tentariam, por sua vez, eliminar algumas dessas alternativas através de interrogatórios, especialmente de viajantes. Quanto menos informações conseguissem obter desse modo, mais difícil e demorada seria a sua busca... e maiores seriam as hipóteses de Ellis e Jane lhes escaparem.

Pouco depois encontraram um mulá vestido de branco, com a barba pintada de vermelho, e, para grande frustração do americano, Halam começou logo a conversar com o homem, tal como fizera com os dois viajantes anteriores.

Ellis hesitou apenas por instantes, depois dirigiu-se a Halam, agarrou-o, torceu-lhe os braços com violência atrás das costas e afastou-o dali.

Halam lutou apenas durante curtos instantes, porque descobriu que quanto mais se esforçava maiores eram as dores. Gritou qualquer coisa, mas o mulá limitou-se a olhá-los de boca aberta, sem fazer nada. Virando-se para trás, Ellis verificou que Jane segurara as rédeas de *Maggie* e os seguia.

Libertou Halam uma centena de metros mais adiante, dizendo-lhe:

— Se os russos me apanham, matam-me. É por isso que não deves conversar com ninguém.

Halam não respondeu, mas ostentou um ar amuado.

Depois de caminharem durante um bocado, Jane virou-se para o americano:

— Receio bem que nos venha a fazer pagar por isto.

— É provável que sim — respondeu Ellis —, mas tinha de o calar de qualquer maneira.

— Penso que deve haver outra maneira de lidar com ele.

Ellis suprimiu um impulso de irritação. Teve vontade de dizer: «Então porque não a usas, espertalhona?», mas a ocasião não era a mais oportuna para uma discussão. Halam, ao passar pelo viajante seguinte, limitou-se a cumprimentá-lo de uma forma muito breve, o que levou o americano a considerar que a sua técnica dera resultado.

Ao princípio o avanço mostrou-se bastante mais lento do que Ellis previra. O caminho serpenteante, o piso irregular, a subida e os contínuos desvios fizeram que, perto do meio da manhã, tivessem percorrido apenas cerca de dez quilómetros, em linha reta. Contudo, a partir dessa altura o percurso tornou-se mais fácil, estendendo-se através dos bosques, bem acima do rio.

Continuavam a surgir aldeias, a poucos quilómetros umas das outras, mas agora, em vez de serem formadas por frágeis habitações de madeira empilhadas nas vertentes, umas em cima das outras, eram constituídas por casas quase cúbicas feitas da mesma pedra da montanha em que se equilibravam de modo precário, como ninhos de aves de rapina.

Ao meio-dia pararam numa aldeia e Halam conseguiu que os convidassem e lhes servissem chá. Entraram numa casa de dois pisos, sendo o térreo aparentemente usado como arrecadação e celeiro, tal como as casas medievais inglesas que Ellis recordava dos seus estudos liceais. Jane deu à dona da casa um remédio cor-de-rosa para as lombrigas dos filhos e em troca recebeu pão e um delicioso queijo de cabra. Sentaram-se sobre tapetes, no chão de terra, em volta da lareira, com as traves de madeira de álamo e as ripas

de salgueiro do teto visíveis por cima deles. Não havia cha-
miné, pelo que o fumo subia, acabando por se escapar por
entre as vigas, e talvez fosse por isso, pensou Ellis, que as
casas não tinham tetos melhores.

Gostaria que Jane descansasse depois de comer, mas não
ousava correr esse risco, pois não sabia se os russos estavam perto ou longe. Parecia cansada, mas bem... e, se partissem já, ganhariam a vantagem adicional de impedir que
Halam começasse a conversar com os aldeões.

Ellis não deixou, contudo, de observar Jane cuidadosamente quando se puseram de novo em marcha e pediu-lhe
que fosse ela a conduzir *Maggie* enquanto ele transportava
Chantal, por pensar que carregar com o bebé era mais cansativo.

Cada vez que atingiam um vale lateral que seguia para
este, Halam parava e estudava-o com cuidado, a seguir abanava a cabeça e continuava. Era claro que não estava muito
certo do caminho a seguir, apesar de o negar vigorosamente quando Jane o interrogou, atitude bastante irritante, em
especial quando Ellis se mostrava tão impaciente por sair
do vale do Nuristão. No entanto, consolava-se com o pensamento de que se Halam não tinha a certeza do vale a seguir, então também os russos não saberiam qual o que fora
escolhido pelos fugitivos.

Começava já a interrogar-se sobre se o afegão não ultrapassara já o sítio onde deveriam virar, quando, finalmente, Halam se deteve no ponto em que um pequeno riacho
fluía para o rio Nuristão e anunciou que o caminho era por
aquele vale. O afegão parecia ter vontade de descansar, como se sentisse relutância em abandonar um território que
lhe era familiar, mas Ellis obrigou-o a prosseguir.

Em breve trepavam no meio de uma floresta de bétulas prateadas, perdendo de vista o vale principal, que já ficara para trás. Em frente deles avistavam-se as montanhas que teriam de atravessar, uma imensa muralha coberta de neve que enchia um quarto do céu. *Mesmo que escapemos aos russos, como conseguiremos trepar aquilo?*, interrogava-se Ellis. Jane tropeçou uma ou duas vezes, soltando pragas, sinal de que se estava a cansar depressa, mas não se queixou.

Ao fim da tarde, saíram da floresta e entraram em território nu, triste e desabitado. Ellis pensou que talvez não lhes fosse possível encontrar abrigo num tal terreno, pelo que sugeriu que passassem a noite numa cabana de pedra por onde tinham passado cerca de meia hora antes, com o que Jane e Halam concordaram.

Insistiu com Halam para que este acendesse o fogo dentro de casa e não no exterior, a fim de que as chamas não pudessem ser vistas do ar, e aquela precaução justificou-se algum tempo depois, quando ouviram o zumbido de um helicóptero. Aquilo queria dizer, pensava Ellis, que os russos não estavam longe, mas o que naquele país era uma curta distância para um helicóptero, podia traduzir-se por uma longa viagem a pé. Os russos tanto podiam estar do outro lado de uma montanha impraticável... como a um quilómetro de distância. Era uma sorte tratar-se de uma zona tão bravia, onde o trilho era difícil de ver a partir do ar, o que tornava impossível perseguirem-nos com um helicóptero.

Ellis deu de comer à égua, Jane alimentou Chantal e mudou-lhe as fraldas, e depois adormeceu imediatamente. Ellis acordou-a para a meter dentro do saco-cama, pegou na fralda suja, lavou-a no rio e pendurou-a junto do lume, para secar. Deixou-se ficar junto de Jane durante uns minutos, observando-lhe o rosto à vacilante luz da fogueira, enquanto Halam ressonava do outro lado da cabana. Parecia absolutamente exausta, de rosto magro e tenso, os cabelos sujos, as faces manchadas de terra. Dormia um sono inquieto, agitando-se, fazendo caretas e movendo os lábios num discurso silencioso. Quanto tempo mais seria ela capaz de aguentar? Era o ritmo a que seguiam que a esgotava; se pudessem ir mais devagar, Jane estaria melhor. Se ao menos os russos desistissem, ou fossem chamados a participar numa grande batalha, noutro ponto qualquer daquele maldito país...

Interrogou-se sobre o helicóptero que ouvira. Talvez voasse numa missão que nada tinha a ver com eles, mas duvidava. Se fazia parte de um dos grupos de busca, então a tentativa de Mohammed para despistar os russos não obtivera grande êxito.

Permitiu-se encarar a possibilidade de virem a ser capturados. Que lhes aconteceria? Para ele, haveria um julgamento público bem propagandeado, durante o qual os russos tentariam provar aos céticos países não alinhados que os rebeldes afegãos não eram mais do que marionetas da CIA. O acordo entre Masud, Kamil e Azizi iria por água abaixo, não haveria armas americanas para os rebeldes e, desmoralizada, a resistência enfraqueceria e poderia não durar mais um verão.

Depois do julgamento seria interrogado pelo KGB. Ao princípio teria de simular que resistia à tortura, a seguir fingiria ceder, mas só lhes diria mentiras. Estavam preparados para uma tal eventualidade, claro, pelo que continuariam a torturá-lo, e dessa vez teria de ceder de um modo bastante mais convincente, contando-lhes uma mistura de factos e ficção, que teriam dificuldade em confirmar. Desse modo talvez sobrevivesse, seria enviado para a Sibéria e, passados alguns anos, poderia ser trocado por um espião soviético capturado nos Estados Unidos. Se tal não acontecesse, morreria nos campos...

O que o faria sofrer mais seria ter de se separar de Jane. Encontrara-a, perdera-a e voltara a encontrá-la — um golpe de sorte que ainda o espantava, quando pensava no caso — e perdê-la segunda vez seria insuportável, absolutamente insuportável. Continuou a olhá-la, tentando não adormecer, com medo de que ela ali já não estivesse quando ele acordasse.

Jane sonhava que se encontrava no Hotel George V, em Peshawar, no Paquistão. O George V era em Paris, claro, mas no seu sonho não se preocupava com um pormenor tão insignificante. Ligou para o serviço de quartos e pediu um bife mal passado com puré de batatas e uma garrafa de *Château Ausone* de 1971. Sentia-se esfomeada e não conseguiu perceber por que esperara tanto tempo antes de fazer o pedido. Decidiu tomar um banho enquanto lhe preparavam o jantar. A casa de banho era quente e alcatifada. Abriu a água, despejou sais de banho na banheira e o ar encheu-se de vapor perfumado. Também não conseguia perceber por que estava tão suja, era um milagre terem-na deixado entrar no hotel! Preparava-se para entrar na água quente quando ouviu alguém a chamá-la pelo nome. Devia ser o serviço de quartos, pensou. Que aborrecimento... Agora teria de comer antes de se lavar, ou então seria forçada a deixar a comida a arrefecer, e esteve tentada a meter-se na banheira e fingir que não ouvia. Era uma indelicadeza chamarem--na assim, quando a deveriam tratar por *Madame*... embora fosse uma voz muito persistente e vagamente familiar. Na verdade, não era o serviço de quartos, mas sim Ellis, que a abanava por um ombro, e foi com o mais trágico dos desapontamentos que compreendeu: não se encontrava no hotel, fora um sonho; na verdade, jazia num chão duro e frio, numa cabana de pedra do Nuristão, a um milhão de quilómetros de distância de um banho quente.

Abriu os olhos e viu o rosto de Ellis.

— Tens de acordar — dizia ele.

— Já é manhã? — perguntou, quase paralisada de cansaço.

— Não, estamos a meio da noite.

— Que horas são?

— Uma e meia.

— Merda. — Estava zangada por lhe terem perturbado o sono. — Porque me acordaste? — perguntou, irritada.

— Halam foi-se embora.

— Embora? — Mantinha-se meia adormecida e confusa. — Porquê? Não volta?

— Não mo disse. Acordei e descobri que já cá não está.

— Achas que nos abandonou?

— Sim.

— Oh, meu Deus! Como vamos descobrir o caminho, sem um guia?

Para Jane, a hipótese de se ver perdida no meio das neves, com Chantal nos braços, era um verdadeiro pesadelo.

— Receio bem que possa vir a ser pior do que isso — continuou Ellis.

— Que queres dizer?

— Afirmaste que poderíamos vir a ter de pagar o facto de o termos humilhado em frente daquele mulá e talvez abandonar-nos seja uma vingança suficiente. No entanto, parto do princípio de que voltou para trás pelo caminho por onde viemos e de que pode vir a encontrar os russos. Se assim for, não creio que estes levem muito tempo a convencê-lo a dizer-lhes onde nos deixou.

— Isto é de mais — disse Jane, quase desesperada. Parecia que uma qualquer divindade maligna conspirava contra eles. — Estou demasiado cansada — continuou. — Vou ficar aqui deitada a dormir até que cheguem os russos para me levarem prisioneira.

Havia um bocado que Chantal se agitava silenciosamente, movendo a cabeça de um lado para o outro e fazendo ruídos de sucção. Naquele momento, acordou e começou a chorar, mas Jane sentou-se e pegou-lhe.

— Se partirmos agora, ainda poderemos escapar — disse Ellis. — Vou carregar a égua enquanto dás de mamar a Chantal.

— Está bem — respondeu Jane, pondo Chantal a mamar.

Ellis ficou a mirá-la durante um segundo, esboçou um fraco sorriso e saiu. Escapar-se-iam com mais facilidade se não tivessem Chantal, admitiu Jane. Que pensaria Ellis a esse respeito? No fim de contas, tratava-se da filha de um outro homem... mas parecia não se importar; considerava Chantal como uma parte dela própria. Ou estaria a esconder um qualquer ressentimento? *Seria ele capaz de servir de pai a Chantal?*, perguntava a si própria. Olhou para o pequeno rosto e os grandes olhos azuis fitaram-na também. Haveria alguém capaz de não acarinhar uma criança tão pequena e indefesa?

De súbito, Jane sentiu-se insegura a respeito de tudo. Deixou de saber até que ponto amava Ellis; não sabia o que sentia a respeito de Jean-Pierre, o marido que a perseguia, e não era capaz de se aperceber de quais os seus deveres para com a própria filha. Tinha medo da montanha e das neves, bem como dos russos, e estava cansada, gelada, tensa há demasiado tempo.

Automaticamente, mudou Chantal, servindo-se da fralda seca que se encontrava junto do lume. Não se recordava de ter feito isso na noite anterior, parecia-lhe que se deixara adormecer depois de a ter amamentado. Franziu a testa, duvidando da sua própria memória, e depois recordou-se de que Ellis a acordara para a meter no saco-cama. Devia ter sido ele quem lavara a fralda no rio e a pusera a secar junto da fogueira. Jane começou a chorar.

Sabia que era uma atitude idiota, mas não era capaz de parar, pelo que continuou a tratar de Chantal com as lágrimas a deslizarem-lhe pelas faces. Ellis reapareceu quando ela instalava o bebé confortavelmente dentro do saco.

— O maldito cavalo também não queria acordar — disse o americano, que a seguir lhe viu o rosto e acrescentou: — O que é? O que tens?

— Não sei o que me levou a abandonar-te — respondeu ela. — És o melhor homem que já conheci e nunca deixei de te amar. Perdoa-me, por favor...

Ellis passou os braços em volta dela e de Chantal.

— Basta que não tornes a fazê-lo e tudo estará bem.

Permaneceram naquela posição durante algum tempo, até Jane acabar por dizer:

— Estou pronta.

— Vamos então.

Saíram da cabana e iniciaram a subida através do bosque cada vez menos denso. Halam levara a lanterna consigo, mas a Lua ia alta, o que lhes permitia ver com clareza. O ar estava tão frio que até respirar se tornava doloroso. Jane preocupava-se com Chantal, que já se encontrava dentro do seu casaco forrado a pele, e tinha esperança de que o seu corpo aquecesse o ar que ela respirava. O ar muito frio seria prejudicial para um bebé? Não fazia a menor ideia.

Na frente deles estava o desfiladeiro de Kantiwar, uma passagem entre as montanhas, a uma altitude de quatro mil e quinhentos metros, bastante mais elevada que a anterior, a de Aryu. Jane sabia que ia ter mais frio e sentir mais cansaço do que nunca, e talvez também mais medo, mas estava animada, pressentia que resolvera qualquer coisa dentro de si própria. *Se sobreviver*, pensou, *quero ficar com o Ellis. E um destes dias dir-lhe-ei que foi por ele ter lavado uma fralda suja...*

Em breve deixavam para trás as árvores e entraram num planalto que parecia uma paisagem lunar, com pedregulhos, crateras e estranhas zonas cobertas de neve, seguindo uma linha formada por grandes pedras achatadas que pareciam a calçada de um gigante. Continuavam a subir, mas a inclinação era suave, e a temperatura descia de modo gradual à medida que aumentavam as zonas cobertas de neve, até todo o chão ter o aspeto de um louco tabuleiro de xadrez.

Os nervos conservaram Jane em movimento durante cerca de uma hora, mas a pouco e pouco a infindável caminhada esgotou-a de novo. Tinha vontade de perguntar: «Ainda é muito longe? Quanto falta?», tal como fazia quando era criança e seguia no banco traseiro do carro do pai.

A certa altura alcançaram a linha dos gelos e Jane deu pelo novo perigo quando a égua escorregou, relinchou de medo e quase caiu, para depois recuperar o equilíbrio. A seguir reparou que o luar se refletia nos rochedos, como se estes fossem vidrados: as rochas pareciam diamantes, frias, duras e brilhantes. As suas botas agarravam-se melhor ao gelo do que os cascos de *Maggie,* mas mesmo assim, um pouco depois, Jane também escorregou e quase caiu. A partir dali ficou aterrorizada com a ideia de esmagar Chantal e avançou com cuidados extremos, com os nervos tão tensos que receava que rebentassem.

Atingiram o outro extremo do planalto após pouco mais de duas horas de marcha e deparou-se-lhes um trilho íngreme que trepava pela vertente da montanha coberta de neve. Ellis ia à frente, puxando *Maggie* atrás de si, e Jane seguia-os a uma distância segura, não fosse o animal escorregar e deslizar para trás. Trepavam a montanha seguindo um percurso em ziguezague.

O trilho não estava bem marcado, mas presumiam que só fosse visível nos pontos em que o terreno era mais baixo do que nas áreas em volta. Jane ansiava por um sinal mais concreto de que seguiam na boa direção: os restos de uma fogueira, os ossos de uma galinha ou até uma caixa de fósforos, qualquer coisa que lhe indicasse que outros seres humanos já tinham por ali passado. Começou a ficar obcecada pela ideia de que estavam perdidos, longe do trilho, vagueando sem destino por entre as infindáveis neves, onde continuariam a andar às voltas durante dias, até se lhes acabar a comida, a energia e a força de vontade. Deitar-se-iam então na neve, para gelarem até morrer.

As costas doíam-lhe imenso, mas foi com muita relutância que entregou Chantal a Ellis e recebeu as rédeas da égua, transferindo o esforço para outros músculos. Agora, o animal tropeçava constantemente, até que escorregou numa pedra de gelo e caiu. Teve de a puxar de forma impiedosa pelas rédeas, para a obrigar a levantar-se, e quando *Maggie* conseguiu por fim fazê-lo, Jane viu uma mancha escura na neve, no sítio onde ela caíra: era sangue. Observando-a mais atentamente, notou-lhe um corte no joelho esquerdo, mas como o ferimento não parecia grave, incitou-a a avançar.

Uma vez que seguia à frente, era ela quem tinha de decidir por onde seguia o trilho, e a cada hesitação voltava-lhe o pesadelo de se perder na neve. Havia momentos em que o caminho parecia dividir-se e era necessário adivinhar: para a esquerda ou para a direita? De outras vezes, o terreno era mais ou menos nivelado e então limitava-se a seguir em frente até que aparecesse algo semelhante a um caminho. Em certo momento afundou-se numa cavidade cheia de neve e teve de ser puxada por Ellis e pela égua.

O trilho acabou por conduzi-la a um rebordo que seguia ao longo da vertente da montanha, sempre a subir. Encontravam-se já a grande altitude e Jane ficava um pouco tonta quando olhava para trás e para baixo, em direção ao planalto. Não estariam já muito perto da passagem?

O rebordo era inclinado, coberto de gelo apenas com dois metros de largura, e para lá abria-se o precipício. Jane avançou ainda com mais cuidado, mas mesmo assim cambaleou diversas vezes, chegando a cair de joelhos e magoando-os — já tinha tantas dores por todo o lado que mal deu por aquelas. *Maggie* escorregava constantemente, até que deixou de se preocupar e de se voltar para trás cada vez que lhe ouvia os cascos a patinarem no gelo, limitando-se a puxar pelas rédeas com mais força. Teria gostado de arrumar a carga no dorso do animal, de modo a colocar mais para a frente os sacos mais pesados, o que ajudaria a égua a equilibrar-se naquela subida, mas o rebordo rochoso não tinha espaço para tal manobra, e além disso receava que, parando, já não conseguisse mover-se de novo.

O rebordo estreitou ainda mais, dando a volta a uma série de saliências rochosas, e Jane avançou audaciosamente. Contudo, apesar de todo o seu cuidado — ou por estar tão nervosa —, não conseguiu deixar de escorregar. Durante um terrível instante pensou que ia cair no precipício, mas assentou os joelhos no chão e segurou-se com as mãos. Ao ver, pelo canto do olho, as vertentes cobertas de neve, descendo dezenas e dezenas de metros, começou a tremer, mas controlou-se, com um grande esforço.

Levantou-se devagar e virou-se para trás. Largara as rédeas, que agora pendiam sobre o precipício, e a égua olhava-a, rígida e a tremer, aterrorizada. Quando estendeu as mãos o animal deu um passo para trás, assustado.

— Para! — gritou Jane, mas depois mudou para uma voz mais calma e continuou: — Não faças isso. Anda cá, tudo correrá bem.

Ellis chamou-a, do outro lado da saliência rochosa:

— Que se passa?

— Chiu! — fez ela, baixinho. — *Maggie* está assustada, afasta-te.

Jane, consciente de que Ellis levava Chantal consigo, continuou a murmurar para a égua, avançando devagar na sua direção. O animal olhava-a com os olhos muito abertos, o ar que lhe saía das narinas parecia fumo, mas conseguiu chegar junto dele e segurou as rédeas.

Maggie agitou a cabeça, deu um passo para trás, perdendo o equilíbrio, e embora Jane a segurasse com mais força, os cascos da égua escorregaram no gelo, fazendo-a cair para a direita e arrancando-lhe as rédeas da mão. Depois, horrorizada, viu *Maggie* escorregar lentamente e cair do rebordo rochoso, relinchando de terror.

— Cala-te! — gritou Ellis.

Jane, que só nesse instante compreendeu que estava a gritar, calou-se logo, e Ellis, ajoelhando-se, espreitou para baixo, ainda mantendo Chantal presa a ele, por debaixo do casaco. Jane controlou o seu histerismo e acocorou-se ao lado dele.

Esperava avistar o animal caído na neve, muitas dezenas de metros mais abaixo, mas *Maggie* parara num espécie de terraço a menos de dois metros do trilho, jazendo de lado e com as patas suspensas no vazio.

— Está viva! — exclamou Jane. — Graças a Deus!

— E os nossos abastecimentos intactos — afirmou Ellis calmo.

— Mas como vamos puxá-la cá para cima?

Ellis olhou-a sem responder, e Jane compreendeu que não havia maneira alguma de trazer *Maggie* para o trilho.

— Mas... não a podemos deixar ali, para morrer gelada!

— Lamento muito — respondeu Ellis.

— Oh, meu Deus!

Ellis passou-lhe Chantal, que Jane recebeu e meteu por debaixo do seu próprio casaco.

— Primeiro, tratarei de recuperar a comida — disse o americano.

Deitou-se de barriga para baixo no rebordo rochoso e depois girou, ficando com os pés no vazio. Bocados de neve solta caíram em cima de *Maggie*. Ellis deixou-se escorregar muito devagar, procurando apoio para os pés, e quando atingiu a plataforma onde se encontrava o animal soltou-se e virou-se cuidadosamente.

Jane observava-o, petrificada. Entre o dorso do cavalo e a parede rochosa não havia espaço para que Ellis colocasse os pés lado a lado, tinha de os manter um atrás do outro, tal como uma figura de uma antiga pintura egípcia. Dobrou-se pelos joelhos, baixou-se um pouco e estendeu a mão para o complexo conjunto de correias que segurava o saco de lona com as rações de emergência.

Nesse momento, a égua resolveu levantar-se.

Dobrou as patas da frente e conseguiu de algum modo metê-las por debaixo do corpo. A seguir, com a contorção característica de um cavalo que se põe de pé, ergueu a parte da frente do corpo e tentou puxar as patas traseiras para cima da plataforma rochosa. Quase o conseguiu, mas acabou por escorregar, perdeu o equilíbrio e caiu de lado sobre os quartos traseiros. Ellis agarrou-se ao saco da comida, enquanto, centímetro a centímetro, *Maggie* começou a deslizar, agitando-se e esperneando, e Jane assustou-se ante a possibilidade de ele poder ser atingido. Inexoravelmente, o animal escorregava para o precipício. Ellis dava violentos puxões ao saco da comida, já não tentando salvar a égua, mas

474

procurando partir as correias e ficar com os alimentos, e mostrando-se tão decidido a recuperá-los que Jane teve medo de que acabasse por ser arrastado para o abismo sem os largar. *Maggie* deslizou mais rapidamente, puxando Ellis até ao rebordo da rocha, mas, no último segundo, o americano largou o saco, com um grito de frustração. A égua soltou um relincho que pareceu também um grito e caiu, dando voltas no vazio, levando consigo toda a comida, os medicamentos, os sacos-camas e a fralda suplente de Chantal.

Jane explodiu em lágrimas.

Momentos depois Ellis trepou para junto dela, passou-lhe os braços em volta do corpo e deixou-se ficar assim durante um minuto, enquanto ela chorava por *Maggie,* pelos abastecimentos perdidos, pelas pernas doridas e pelos pés gelados. Depois levantou-se, ajudou-a com gentileza a pôr-se de pé e disse:

— Não podemos parar.

— Mas como queres continuar? — exclamou, ainda chorando. — Não temos comida, não podemos ferver água, não temos os sacos de dormir nem os remédios...

— Temo-nos um ao outro — replicou.

Abraçou-se a ele com força quando se recordou de quão perto Ellis se encontrara do precipício. *Se sobrevivermos a isto,* pensou, *se escaparmos aos russos e conseguirmos voltar juntos para a Europa, juro que nunca mais te perco de vista.*

— Vai à frente — disse Ellis, libertando-se do abraço. — Quero poder ver-te.

Deu-lhe depois um ligeiro empurrão, que a fez principiar a subir a montanha como um autómato. Lentamente, ia recuperando do desespero anterior e decidiu que continuaria a caminhar até cair morta. Momentos depois Chantal começou a chorar, mas Jane ignorou-a e o bebé acabou por se calar.

Mais tarde, depois do que poderia ter sido um espaço de horas ou minutos, porque Jane perdera a noção do tempo, Ellis segurou-a e fê-la parar quando contornavam mais um rochedo.

— Olha! — exclamou ele, apontando para a frente.

O trilho continuava e dirigia-se para uma série de colinas rodeadas por montanhas cobertas de neve. Ao princípio Jane não compreendeu porque Ellis lhe dissera para olhar, mas depois apercebeu-se de que o caminho, a partir dali, era para baixo.

— Chegámos ao cimo? — perguntou, estupidificada.

— Chegámos — respondeu Ellis. — Estamos na passagem do Kantiwar e já ultrapassámos a pior parte do percurso. Durante os próximos dois dias iremos sempre a descer e o clima será cada vez mais quente.

Jane sentou-se num pedregulho de gelo. *Consegui*, pensou. *Consegui!*

Enquanto os dois olhavam para as colinas negras, o céu por detrás dos picos das montanhas mudou de cor, passou de um cinzento-pérola para um rosado. O dia estava a nascer, a luz invadia devagar o céu e a esperança voltava de novo ao coração de Jane. Sempre a descer e cada vez mais quente, talvez escapassem.

Chantal voltou a chorar. Bom, pelo menos a comida do bebé não se perdera com *Maggie* e Jane deu-lhe de mamar, sentada naquele bloco de gelo no teto do mundo, enquanto Ellis derretia neve nas mãos para Jane beber.

A descida para o vale do Kantiwar era por um declive relativamente suave, bastante escorregadio na sua parte inicial, por causa do gelo, mas mais fácil, uma vez que já não tinham de se preocupar com a égua. Ellis, que nunca escorregara na subida, carregava com Chantal.

Na frente deles o céu da manhã tornou-se vermelho, como se o mundo estivesse a arder para lá das montanhas. Jane ainda sentia os pés entorpecidos, embora já não tivesse o nariz gelado. De repente descobriu que estava esfomeada, mas para conseguirem comida seria preciso continuar até encontrarem alguém. Agora só poderiam negociar os explosivos que Ellis trazia no bolso, e, quando acabassem, teriam de confiar na tradicional hospitalidade dos afegãos.

Passariam também a dormir ao relento. vestidos e calçados, mas a pouco e pouco Jane chegou à conclusão de que acabariam por resolver todos esses problemas. Encontrar o caminho era agora muito mais fácil, porque as paredes do desfiladeiro por onde seguiam formavam um muro que os guiava e limitava o terreno. Passado algum tempo avistaram um pequeno riacho a borbulhar: estavam de novo abaixo da linha dos gelos eternos, o chão era já bastante plano e, se ainda tivessem a égua, até seria possível montá-la.

Depois de mais duas horas de marcha, pararam à entrada de um novo desfiladeiro e Ellis, que transportara Chantal até ali, entregou-lha, pois a descida passava a ser mais pronunciada e irregular. Contudo, como já não havia gelo, as rochas não eram escorregadias, embora Jane reparasse que o desfiladeiro era muito estreito e podia ser facilmente bloqueado.

— Espero que não tenha havido nenhum aluimento de terras — disse ela.

Ellis olhava para o outro lado, para cima, e de súbito estremeceu, exclamando:

— Meu Deus!

— Que se passa? — perguntou Jane, virando-se e seguindo-lhe o olhar.

O coração caiu-lhe aos pés. Atrás deles, a cerca de dois quilómetros de distância, via-se meia dúzia de homens de uniforme e um cavalo. Era o grupo de busca.

No fim de tudo, pensou Jane, *no fim de tudo por que passámos, acabaram por nos apanhar*. O desânimo era tão grande que nem lhe restavam energias para chorar.

— Depressa, vamos! — disse Ellis, agarrando-a por um braço e começando a correr pelo desfiladeiro, puxando-a.

— Para que é isto? — perguntou Jane. — Vão apanhar-nos na mesma.

— Ainda nos resta uma possibilidade!

Enquanto avançavam, Ellis observava as íngremes e rochosas paredes do desfiladeiro.

— Qual?

— Um desprendimento de rochas.

— Arranjarão maneira de o contornar.

— Não... se ficarem todos debaixo dele.

Parou num ponto em que a passagem tinha pouco mais de dois metros de largura e onde uma das muralhas de rocha era muito alta e quase vertical.

— Este sítio é perfeito para o que pretendo — disse Ellis.

Dos bolsos do casaco retirou um bloco de TNT, um rolo de cabo detonante *Primacord,* um pequeno objeto de metal do tamanho de uma tampa de caneta e algo que se parecia com uma seringa, mas com um anel para puxar, em vez de um êmbolo para empurrar, numa das extremidades. Depois, pousou tudo aquilo no chão.

Jane observava-o, insegura, não queria acalentar novas esperanças.

Ellis amarrou o pequeno objeto de metal a uma das pontas do *Primacord,* apertando-o com os dentes, e a seguir fixou o objeto de metal à ponta mais aguçada da seringa. Depois, entregou o conjunto a Jane e disse-lhe:

— Vais caminhar ao longo do desfiladeiro, estendendo o cabo de modo que não fique muito à vista. Não te preocupes se cair dentro de água, pois isto arde mesmo assim. Quando chegares ao fim, puxas estas cavilhas de segurança. — Mostrou-lhas, enfiadas no tubo da seringa, retirou-as e tornou a colocá-las no seu lugar. — Ficas à espera de que eu acene com os braços por cima da cabeça... — Executou o movimento a que se referia. — Nesse momento, puxas o anel e, se calcularmos bem os tempos, podemos matá-los a todos. Vai!

Jane, que seguiu as instruções como um robô, sem pensar, caminhou ao longo do desfiladeiro, largando o cabo. Ao princípio escondeu-o por detrás de uns arbustos rasteiros, depois deitou-o no leito do riacho. Chantal dormia no seu saco, oscilando de acordo com os movimentos de Jane e deixando-lhe as duas mãos livres.

Um minuto depois, olhou para trás e viu que Ellis encaixava o TNT numa fenda das rochas. Sempre pensara que os explosivos rebentariam espontaneamente quando fossem tratados com violência, mas era óbvio que se enganara.

Continuou em frente, até sentir o cabo esticado, e virou-se de novo. Ellis escalava agora as rochas, possivelmente à procura de uma boa posição para observar os russos quando estes entrassem na armadilha.

Sentou-se junto do riacho com o pequeno corpo de Chantal pousado no colo, o que lhe aliviava o peso das costas. Continuava a ouvir as palavras de Ellis: *Se calcularmos bem os tempos, podemos matá-los a todos.* Resultaria? Morreriam mesmo todos?

Que fariam então os outros russos? Começava a ter as ideias mais claras e imaginou a possível sequência de acontecimentos. Dentro de uma hora ou duas notariam que aquele pequeno grupo de busca deixara de estabelecer contacto e então procurariam chamá-los pelo rádio. Depois de descobrirem que tal era impossível, partiriam do princípio de que o grupo se encontrava em algum profundo desfiladeiro ou que o rádio se avariara. Após mais um par de horas sem qualquer contacto, enviariam um helicóptero à procura deles, considerando como garantido que o oficial comandante teria o bom senso de acender uma fogueira ou fazer qualquer outra coisa que tornasse a sua localização bem visível do ar. Quando isso falhasse, começariam a preocupar-se e um novo grupo teria então de percorrer o mesmo caminho que o primeiro. Não o conseguiria fazer naquele dia e durante a noite seria impossível. Quando acabasse por encontrar os corpos, Ellis e Jane levariam pelo menos um dia ou dia e meio de avanço, talvez até mais. *Poderá ser o suficiente,* concluiu Jane. Nessa altura já ela e Ellis teriam passado por tantos desvios, tantas bifurcações e tantos vales, que seria muito difícil localizá-los. *Será possível?,* interrogava-se. *Será possível? Oxalá os soldados apareçam depressa. Não suporto esta espera. Tenho tanto medo...*

Via Ellis claramente, gatinhando por cima das rochas, apoiado nas mãos e nos joelhos, e também conseguia distinguir o grupo perseguidor, que descia ao longo do vale. Tinham um ar sujo, mesmo vistos àquela distância, e avançavam de ombros descaídos e arrastando os pés, de onde se depreendia que se sentiam cansados e desanimados. Ainda não a haviam avistado porque se mantinha imóvel e confundida com a paisagem.

Ellis agachou-se atrás de uma rocha e espreitou por cima dela os soldados que se aproximavam. Era visível para Jane, mas estava oculto dos russos, além de se encontrar numa posição de onde podia ver o sítio onde colocara os explosivos.

Os soldados chegaram à entrada do desfiladeiro e começaram a descida. Um deles vinha a cavalo e ostentava um bigode, era provavelmente o oficial, outro usava um chapéu *chitrali. É Halam,* pensou Jane, *aquele traidor.* Depois do que Jean-Pierre fizera, a traição parecia-lhe um crime imperdoável. Havia ainda cinco outros, todos de cabelo muito curto, boinas militares e rostos jovens e barbeados. *Dois homens e cinco rapazes,* pensou.

Observou Ellis, que de um momento para o outro lhe iria fazer sinal, e começou a sentir o pescoço a doer do esforço de olhar para cima. Os soldados ainda não a tinham avistado, concentravam-se na tarefa de descobrir o caminho no meio das rochas. Por fim, Ellis virou-se para ela e lenta e deliberadamente abanou os dois braços por cima da cabeça.

Jane voltou a olhar para os soldados e viu um deles estender a mão e agarrar nas rédeas do cavalo, para o auxiliar a avançar no terreno irregular. Tinha o aparelho que parecia uma seringa na mão esquerda, o indicador da direita metido no anel e um só puxão pegaria fogo ao cordão detonante e faria rebentar o TNT, fazendo com que as rochas se despenhassem sobre os seus perseguidores. Cinco rapazes, cinco rapazes que se encontravam no exército por serem pobres, ou estúpidos, ou ambas as coisas, ou apenas por terem sido mobilizados, destacados para um país frio e pouco hospitaleiro, onde as pessoas os odiavam. Agora, marchavam através de montanhas selvagens e geladas, e iam ficar soterrados por um deslocamento de terras — as cabeças esmagadas e os pulmões cheios de terra, as costas partidas e os peitos esborrachados, gritando, sufocando e sangrando até à morte, no meio da agonia e do terror. Cinco cartas seriam escritas a pais orgulhosos e mães ansiosas, que os aguardavam em casa: «Lamentamos informar, morto em combate, luta histórica contra as forças da reação, ato de heroísmo, medalha póstuma, sinceras condolências. Sinceras condolências.» Mas as mães desprezavam aquelas belas palavras, recordavam-se de como haviam dado à luz no meio de dores e medo, lembravam-se apenas de tudo o que tinham passado e sofrido para os transformarem em homens fortes e saudáveis, prontos para ganharem a vida, casarem com raparigas saudáveis e iniciarem a sua própria família. As mães ficavam a saber que tudo — dores, trabalhos, preocupações — tinha sido em vão: aqueles milagres, aquelas crianças-homens tinham sido destruídas por outros homens numa guerra estúpida e vã. A sensação de perda, a sensação de perda...

Jane ouviu Ellis gritar e olhou para cima. Estava de pé sem se importar que o pudessem ou não ver, agitando os braços e gritando:

— Agora! Agora!

Cuidadosamente, pousou a seringa de metal no chão junto do riacho.

Agora, já os tinham descoberto: dois soldados começaram a trepar as rochas em direção ao ponto onde Ellis se encontrava e os outros rodearam Jane, apontando-lhe as armas com um ar embaraçado. Não lhes ligou e observou Ellis, que descia para o desfiladeiro. Os homens que trepavam na sua direção detiveram-se para verem o que ia fazer, mas Ellis chegou ao nível do chão e caminhou devagar até ela, parando na sua frente.

— Porquê? — perguntou. — Porque não o fizeste?

Por serem tão jovens, pensou, *por serem jovens, e inocentes e não me quererem matar. Porque seria um crime, mas, acima de tudo, porque...*

— Porque têm mães — respondeu.

Jean-Pierre abriu os olhos e viu a volumosa figura de Anatoly agachada ao lado da sua cama de campanha. Para lá dele o Sol brilhante penetrava pela abertura da tenda. Jean-Pierre passou por um momento de pânico, sem saber porque dormira até tão tarde ou o que se passara enquanto dormia, mas de repente lembrou-se dos acontecimentos da noite.

Ele e Anatoly encontravam-se acampados à entrada da passagem do Kantiwar quando foram acordados, cerca das duas e trinta da manhã, pelo capitão que comandava o grupo de busca, o qual, por sua vez, havia sido desperto pelo soldado de sentinela. Um jovem afegão chamado Halam aparecera no campo e, utilizando uma mistura de *pashto,* inglês e russo, dissera que era o guia dos americanos fugitivos, mas que estes o tinham insultado e, portanto, os abandonara. Quando lhe perguntaram onde se encontravam eles, oferecera-se para conduzir os russos à cabana de pedra onde dormiam, sem suspeitarem de nada.

Jean-Pierre quisera saltar logo para um helicóptero e correr ao local, mas Anatoly fora mais circunspecto.

— Na Mongólia, temos um ditado: não fiques com tesão enquanto a puta não abrir as pernas — disse. — Halam pode estar a mentir e, mesmo que fale verdade, pode não ser capaz de localizar a cabana, especialmente durante a noite e a partir do ar. Por fim, e admitindo que a encontre, os americanos possivelmente já fugiram.

— Então que pensas que devemos fazer?

— Vamos mandar um grupo... um capitão, cinco soldados e um cavalo, com este Halam, claro. Poderão partir já, e nós descansaremos enquanto eles procuram os fugitivos.

Aquela precaução acabara por se justificar, pois o grupo contactou pela rádio, cerca das três e meia da manhã, informando que a cabana estava vazia. No entanto, acrescentaram, o fogo ainda se mantinha aceso, pelo que era provável que Halam falasse verdade.

Anatoly e Jean-Pierre concluíram que Ellis e Jane tinham acordado durante a noite, descoberto a ausência do guia e fugido, e assim o russo ordenou ao grupo de busca que continuasse a perseguição, servindo-se de Halam para indicar o caminho que os fugitivos poderiam ter seguido.

Nessa altura, Jean-Pierre fora para a cama, mergulhara num sono profundo e por isso não acordara de madrugada. Agora, olhava para Anatoly, ofuscado pela luz.

— Que horas são? — perguntou.

— Oito... e já os apanhámos.

O coração de Jean-Pierre deu um salto, mas depois lembrou-se de que já passara por momentos como aquele, apenas para sofrer desilusões.

— Tens a certeza?

— Podemos ir verificar se é verdade logo que acabes de enfiar as calças — respondeu Anatoly.

Foi quase tão rápido como isso. Um helicóptero que necessitava de se reabastecer chegou no momento em que se preparavam para embarcar e Anatoly foi de opinião de que deveriam esperar uns minutos até os tanques estarem cheios, pelo que Jean-Pierre teve de conter a sua impaciência por mais uns instantes.

Partiram alguns minutos depois, e quando sobrevoaram as montanhas o francês verificou que aquela era a zona mais desolada e selvagem que já vira em todo o Afeganistão. Teria Jane realmente atravessado aquela paisagem lunar, nua, cruel e gelada, com um bebé nos braços? *Deve na verdade odiar-me*, pensou Jean-Pierre, *para passar por tanta coisa, mas agora ficará a saber que foi tudo em vão. Será minha para sempre.*

Teria de facto sido capturada? Aterrorizava-o a ideia de vir a sofrer um novo desapontamento. Quando aterrasse iria por acaso descobrir que o grupo de busca apanhara mais dois *hippies,* ou dois montanhistas fanáticos, ou até um par de nómadas com um ar europeu?

Anatoly apontou para a passagem do Kantiwar, quando lhe passaram por cima.

— Parece que perderam o cavalo — disse, gritando junto das orelhas de Jean-Pierre para se fazer ouvir por cima do ruído do motor e do vento.

Assim era, verificou o francês, ao avistar um cavalo morto, sobre a neve, por debaixo da passagem. Perguntou a si mesmo se seria *Maggie,* e desejou que sim, que fosse aquele teimoso animal.

Sobrevoaram o vale do Kantiwar perscrutando o solo na tentativa de avistarem o grupo de busca, e acabaram por descobrir uma coluna de fumo, sinal de que alguém acendera uma fogueira destinada a servir-lhes de referência. Desceram perto de um estreito desfiladeiro, numa zona mais ou menos plana, e Jean-Pierre, que inspecionou a área enquanto desciam, viu três ou quatro homens com uniformes russos, mas não avistou Jane.

O helicóptero pousou e Jean-Pierre, com o coração a bater precipitadamente, saltou para o chão sob uma tensão tão grande que o fazia sentir-se doente. Anatoly saltou também, e ambos se dirigiram, acompanhados pelo capitão, para o desfiladeiro.

Ali estavam eles.

Jean-Pierre sentia-se como alguém que fora torturado e agora tinha o torturador em seu poder. Jane estava sentada no chão ao lado de um pequeno riacho, com Chantal ao colo, e Ellis mantinha-se de pé, por detrás dela. Pareciam ambos exaustos, derrotados e desmoralizados.

Jean-Pierre parou.

— Vem cá — disse ele para a mulher.

Esta levantou-se, caminhou para ele, e o francês verificou que Jane transportava o bebé numa espécie de saco pendurado em volta do pescoço, que lhe deixava as mãos livres. Ellis começou a segui-la.

— Tu ficas aí — ordenou Jean-Pierre, e o americano parou.

Jane deteve-se em frente do marido e olhou para cima, e nesse momento ele levantou a mão direita e esbofeteou-a com toda a sua força — nunca uma pancada lhe dera tanta satisfação. Jane recuou, cambaleando, fazendo-o pensar que ia cair, mas recuperou o equilíbrio e continuou a olhá-lo com um ar de desafio, as lágrimas de dor a escorrerem-lhe pela face. Por cima do ombro dela Jean-Pierre verificou que Ellis dava um súbito passo em frente, para depois se conter. O francês ficou um pouco desapontado: se o outro tentasse alguma coisa, os soldados caíam-lhe em cima e espancavam-no. Mas não fazia diferença, em breve tratariam disso.

O francês levantou a mão para esbofetear Jane mais uma vez, mas esta dobrou-se e cobriu Chantal com os braços, protegendo-a, fazendo o marido mudar de intenções.

— Teremos muito tempo para isto, mais tarde — afirmou, baixando a mão. — Vamos ter mesmo muito tempo...

Virou-lhes as costas e regressou ao helicóptero. Jane olhou para baixo, para Chantal, e a filha devolveu-lhe o olhar. Estava acordada, mas não tinha fome, e Jane abraçou-a, como se fosse a criança quem necessitasse de ser reconfortada. Sentia-se de certo modo satisfeita por Jean-Pierre lhe haver batido, apesar de ainda ter a face quente de dor e humilhação. Aquela pancada fora como que o decretar do divórcio, significava que o casamento estava oficial e definitivamente terminado. Já não havia motivo para remorsos. Se ele tivesse chorado, ou pedido perdão, ou implorado que não o odiasse por aquilo que fizera, sentir-se-ia culpada, mas a bofetada acabara com tudo isso. Já não tinha qualquer espécie de sentimentos para com ele: nem um grama de amor, respeito ou até compaixão. Era irónico que se sentisse livre no momento em que o marido acabava de a capturar.

Até ali, o comandante do grupo fora um capitão, o que surgira montado no cavalo, mas agora era Anatoly, o contacto de Jean-Pierre, o homem de ar oriental, e, quando o ouviu dar ordens, descobriu que percebia tudo o que ele dizia. Havia mais de um ano que não ouvia falar russo, língua que instantes antes lhe parecera uma algaraviada sem significado, mas o seu ouvido já se adaptara e conseguia compreender todas as palavras. Naquele momento, Anatoly dizia a um soldado que prendesse as mãos de Ellis. Aparentemente, os russos estavam preparados para aquilo, porque o homem surgiu com um par de algemas. Ellis estendeu as mãos para a frente, sem protestar, e o soldado algemou-o. O americano parecia acobardado, abatido, e vendo-o acorrentado, vencido, Jane sentiu uma onda de piedade e desespero, e mais uma vez as lágrimas lhe subiram aos olhos.

O soldado perguntou se devia algemar Jane.

— Não — respondeu Anatoly —, ela tem o bebé.

Enquanto eram conduzidos ao helicóptero, Ellis aproximou-se dela e disse:

— Desculpa... não pude aproximar-me dele.

Como não conseguia falar, abanou a cabeça para lhe indicar que não eram precisas desculpas. A completa submissão de Ellis enchia-a de ira não contra ele, mas contra todos os outros, por o terem posto naquela situação

Jean-Pierre, Anatoly, Halam e os russos. Quase se arrependia de não haver detonado os explosivos.

O americano saltou para o helicóptero e depois baixou-se para a auxiliar. Jane apoiou Chantal com o braço esquerdo, para evitar que o saco se agitasse muito, e estendeu-lhe a mão direita. No momento em que se encontrava mais perto dele, ouviu-o murmurar:

— Logo que estejamos no ar, atira-te ao Jean-Pierre.

Jane ficou demasiado chocada para reagir, o que provavelmente foi uma sorte. Parecia que mais ninguém ouvira o que ele lhe dissera e, de qualquer modo, compreendiam muito pouco inglês. Assim, procurou mostrar um aspeto normal.

A cabina para os passageiros era pequena e nua, com um teto baixo que obrigava os homens a curvarem-se, equipada apenas com um pequeno banco fixado à fuselagem, em frente da porta. Sentou-se, aliviada. Podia avistar o posto de pilotagem, com a cadeira do piloto montada num apoio elevado, a cerca de noventa centímetros do chão, e com um degrau de acesso. O piloto estava lá — a tripulação não desembarcara — e os rotores ainda giravam, fazendo muito barulho.

Ellis acocorou-se no chão ao lado de Jane, entre o banco e o lugar do piloto, e nesse momento Anatoly embarcou com um soldado a seu lado, a quem disse qualquer coisa, apontando para o americano. O barulho não a deixou entender as palavras, mas era óbvio, pela reação do soldado, que Anatoly lhe dissera que vigiasse Ellis, pois retirou a arma do ombro e segurou-a nas mãos.

Jean-Pierre, que foi o último a embarcar, parou junto da porta aberta, olhando para o exterior enquanto o aparelho subia. Jane entrou em pânico. Para Ellis era uma coisa muito fácil dizer-lhe que se atirasse a Jean-Pierre, mas como o poderia fazer? Naquele exato instante o francês estava de costas para ela, junto da porta aberta, e se procurasse atingi-lo era muito provável que se desequilibrasse e caísse. Olhou para Ellis, na esperança de notar qualquer sinal que lhe servisse de indicação, mas este, que mostrava uma expressão tensa e concentrada, não lho devolveu.

O helicóptero ergueu-se a talvez três metros de altura, parou um momento, oscilou, fazendo os rotores ganharem velocidade, e voltou de novo a subir.

Jean-Pierre virou as costas à porta, atravessou a cabina e, ao verificar que não tinha lugar para se sentar, hesitou um pouco. Jane sabia que se devia levantar para lhe bater — apesar de não saber porquê —, mas estava paralisada pelo pânico. Nesse instante, Jean-Pierre fez-lhe um sinal com o polegar, indicando-lhe que se devia levantar, e foi isso que a decidiu.

Estava cansada, miserável, cheia de dores por todo o corpo, esfomeada e infeliz, e ele queria que se levantasse, sempre a carregar com o peso do bebé, para lhe ocupar o lugar. Aquele desdenhoso sinal feito com o polegar parecia concentrar toda a crueldade e falsidade de Jean-Pierre, deixando-a enraivecida. Levantou-se, com Chantal pendurada no pescoço, e lançou-se sobre ele, gritando:

— Meu sacana, meu grande sacana! — As suas palavras perderam-se, abafadas pelo ruído do motor e do vento, mas a expressão que Jane ostentava deve-o ter espantado, fazendo-o dar um passo para trás. — Odeio-te! — gritou Jane, atirando-se a ele com as mãos esticadas para a frente e empurrando-o pela porta aberta.

Os russos tinham cometido um erro, um erro pequeno, mas que constituía a única vantagem de Ellis — que se encontrava pronto para a aproveitar: fora terem-lhe algemado as mãos à frente e não atrás das costas.

Rezara para que nem sequer o algemassem — por isso não reagira quando Jean-Pierre esbofeteara Jane — e pensara que existiam algumas hipóteses de não o fazerem, pois no fim de contas era um homem sozinho, cansado e desarmado. Contudo, Anatoly era cauteloso...

Felizmente não fora ele quem lhe pusera as algemas, mas sim um soldado, e estes sabiam que era mais fácil lidar com um prisioneiro com as mãos presas à frente do corpo: caíam com menos facilidade e podiam subir e descer de camiões e helicópteros, sem necessitarem de ajuda. Por isso, quando Ellis estendera as mãos para a frente com um ar submisso, o soldado não pensara duas vezes no assunto.

Sem auxílio, o americano não poderia dominar três homens, quando pelo menos um estava armado, e, numa luta, as suas hipóteses era iguais a zero. A sua única esperança estava em fazer despenhar o helicóptero.

O tempo como que parou por instantes, com Jane de pé junto à porta aberta, o bebé pendurado no pescoço e uma expressão horrorizada depois de Jean-Pierre cair no espaço. Nesse momento, Ellis pensou: *Estamos apenas a quatro ou cinco metros de altura, aquele filho da mãe provavelmente sobreviverá, o que é uma pena.* Anatoly pôs-se de pé num salto e agarrou Jane pelos braços, dominando-a. Agora, encontravam-se ambos entre Ellis e o soldado, na outra ponta da cabina.

Ellis girou de repente, saltou para junto do assento do piloto, passou-lhe os braços com as algemas por cima da cabeça e cravou-lhe a corrente na garganta.

O piloto não se deixou levar pelo pânico e, mantendo os pés nos pedais e a mão esquerda na alavanca, levantou a mão direita, prendendo os pulsos de Ellis.

O americano teve um momento de receio: era a sua última oportunidade e só dispunha de poucos segundos. Inicialmente, o soldado que se encontrava na cabina recearia servir-se da espingarda, com medo de atingir o piloto, e Anatoly, se também estivesse armado, pensaria o mesmo. No entanto, dentro de momentos chegariam à conclusão de que não tinham nada a perder, pois, se não abatessem o americano, o helicóptero cairia.

Ellis sentiu que o agarravam por trás e, pelo canto do olho, avistou uma manga cinzento-escura: era Anatoly. Um pouco mais abaixo, no nariz do helicóptero, o artilheiro virou-se, viu o que se estava a passar e começou a levantar-se.

O americano apertou a corrente das algemas com toda a força de encontro ao pescoço do piloto, e como, desta vez, a dor foi muito maior, o homem levantou as mãos e ergueu-se no assento. Logo que ele abandonou os comandos, o aparelho começou a oscilar e a descer, mas Ellis, que estava preparado para isso, manteve o equilíbrio agarrando-se ao assento do piloto, ao passo que Anatoly cambaleou e largou-o.

Ellis arrancou o piloto do seu assento, atirou-o para o chão, alcançou a alavanca do helicóptero e empurrou-a para baixo.

O helicóptero caiu como uma pedra enquanto ele se virava e se segurava ao assento, aguardando o impacto.

O piloto russo encontrava-se no chão, a seus pés, agarrado à garganta, Anatoly caíra a todo o comprimento, no meio da cabina, e Jane agachara-se a um canto, protegendo Chantal com os braços. Também o soldado caíra, mas recuperara o equilíbrio e estava agora apoiado num joelho, apontando a *Kalashnikov* para Ellis.

Quando puxou o gatilho, as rodas do helicóptero atingiram o solo, o que levou Ellis a cair sobre os joelhos, conservando no entanto o equilíbrio. O soldado tombou para o lado, disparando, e as balas passaram a um metro da cabeça do americano, furando a fuselagem. Depois, para se proteger, o russo largou a espingarda e pôs as mãos no chão, a fim de amortecer a queda.

Ellis lançou-se para a frente, apoderou-se da arma e segurou-a desajeitadamente nas mãos algemadas.

Vivia um momento da mais pura alegria, estava de novo a lutar. Fora capturado e humilhado, passara frio e fome, tivera medo e deixara-se ficar quieto enquanto esbofeteavam Jane. Agora, por fim, conseguira uma oportunidade de se desforrar.

Levou o dedo ao gatilho. Tinha as mãos demasiado juntas para poder pegar na *Kalashnikov* na posição normal, mas era-lhe possível suportar o cano de uma maneira muito pouco convencional, usando a mão esquerda para agarrar no carregador encurvado, colocado logo à frente da proteção do gatilho.

O motor do helicóptero foi-se abaixo e os rotores começaram a perder velocidade. Ellis olhou para o posto de pilotagem e viu o artilheiro escapulir-se pela porta do piloto. Necessitava de dominar rapidamente a situação antes de os russos se recomporem.

Deslocou-se de maneira a colocar Anatoly, que ainda se encontrava estendido no chão, entre ele e a porta, e a seguir pousou o cano da espingarda no rosto do russo.

O soldado olhava para ele com um ar assustado.

— Sai — disse-lhe Ellis, acompanhando a palavra com um significativo gesto de cabeça, que o soldado compreendeu, pois saltou logo pela porta aberta.

O piloto continuava deitado, aparentemente com dificuldade em respirar. O americano deu-lhe um pontapé, para lhe chamar a atenção, e também o mandou sair. O homem levantou-se com esforço, sempre agarrado à garganta, e obedeceu.

Ellis virou-se depois para Jane:

— Diz a este tipo que desça do helicóptero, mas sem se afastar e com as costas viradas para mim. Depressa!

Jane dirigiu um chorrilho de palavras em russo a Anatoly, que se pôs de pé, lançou um olhar de ódio a Ellis e desceu devagar do helicóptero.

Ellis pousou-lhe o cano da arma sobre a nuca e disse:

— Diz-lhe que dê ordem aos outros para não se moverem.

Jane voltou a falar e Anatoly gritou uma ordem. Ellis olhou em volta. O piloto, o artilheiro e o soldado que se encontravam no helicóptero estavam ali perto e, por detrás deles, via-se Jean-Pierre, agarrado a um tornozelo. Devia ter caído bem, pensou Ellis, parecia estar em bom estado. Um pouco mais para lá avistou três outros soldados, o capitão, o cavalo e Halam.

— Diz a Anatoly — pediu Ellis — que deve desabotoar o capote, tirar a pistola muito devagar e entregar-ta.

Jane traduziu. Ellis fez maior pressão com o cano da espingarda na carne do russo quando este retirou a pistola do coldre e a estendeu para trás.

Jane agarrou-a e Ellis perguntou:

— É uma *Makarov?* Mostra-ma. É, sim. Então tem uma patilha de segurança do lado esquerdo. Desloca-a até cobrir a pinta vermelha. Para disparares, primeiro terás de puxar a parte de trás, por cima do punho, para ti. A seguir puxas o gatilho. Percebeste?

— Percebi — respondeu ela, branca e a tremer, mas ostentando uma expressão decidida.

— Diz-lhe que ordene aos soldados que venham aqui entregar as armas, um a um, e que as atirem para dentro do helicóptero.

Jane traduziu e Anatoly deu a ordem.

— Aponta-lhes a pistola quando eles se aproximarem — acrescentou Ellis.

Um a um, os soldados largaram as armas.

— Cinco rapazes — disse Jane.

— De que estás a falar?

— Havia um capitão, Halam e cinco rapazes. Só vejo quatro.

— Então diz ao Anatoly que tem de fazer aparecer o outro, se quiser continuar vivo.

Jane gritou, surpreendendo Ellis com a veemência da sua voz, e Anatoly parecia assustado quando transmitiu a ordem. Momentos depois o quinto soldado surgiu por detrás da cauda do helicóptero e entregou a arma, tal como os outros.

— Bom trabalho — comentou o americano. — Esse tipo podia ter arruinado tudo. Agora, manda-os deitarem-se no chão.

Um minuto depois estavam todos deitados de rosto para baixo.

— Terás de dar um tiro nas minhas algemas — continuou Ellis, para Jane.

Pousou a *Kalashnikov* e colocou-se com as mãos esticadas para a frente, na direção da porta, enquanto Jane puxa-
va a culatra da arma e encostava o cano à corrente das algemas, de modo a que a bala saísse pela porta.

— Espero que isto não me parta os pulsos — declarou
Ellis. Jane fechou os olhos e puxou o gatilho.

— Oh, merda! — rugiu Ellis.

Ao princípio, a dor foi quase insuportável, mas a pouco
e pouco verificou que não tinha nada partido... e que a corrente cedera. Voltou a pegar na espingarda.

— Agora, diz-lhes que quero o rádio.

A uma ordem de Anatoly, o capitão começou a despren-
der uma grande caixa do dorso do cavalo.

Ellis perguntava a si próprio se o helicóptero ainda voa-
ria. O trem de aterragem deveria estar destruído, era óbvio,
no meio de muitas chapas amachucadas, mas o motor e os
principais cabos de controlo eram na parte superior. Lembrava-se de que vira um helicóptero como aquele despe-
nhar-se de cinco ou seis metros de altura e voltar a voar,
e este também o deveria poder fazer, pensou. Se assim não
fosse... então não saberia o que fazer.

O capitão trouxe o rádio e pousou-o dentro do helicóptero, afastando-se de novo.

Ellis permitiu-se um momento de alívio, pois enquanto
guardasse o rádio em seu poder os russos não teriam hipóteses de contactar a base, o que significava que não lhes seria possível pedir reforços nem alertar para o que se passara. Se Ellis conseguisse levantar voo com o helicóptero,
estaria a salvo de qualquer perseguição.

— Mantém a tua pistola apontada ao Anatoly — disse,
para Jane. — Vou ver se esta coisa ainda voa.

Jane verificou que a pistola era surpreendentemente pesada: ao apontá-la a Anatoly, quis manter o braço esticado, mas ao fim de algum tempo foi forçada a descê-lo, para descansar. Então, com a mão esquerda, deu também umas palmadinhas nas costas de Chantal, que chorara intermitentemente durante os últimos minutos, mas agora se mantinha calada.

O motor do helicóptero girou, tossiu e hesitou. *Oh, por favor, arranca,* rezou Jane. *Por favor!*

O motor soltou um rugido, pegou e os rotores começaram a girar.

Jean-Pierre olhou para cima.

Não tentes nada, pensou Jane. *Não te movas!*

Jean-Pierre sentou-se, olhou para ela e depois pôs-se em pé com dificuldade.

Jane apontou-lhe a pistola, mas o francês começou a avançar para o helicóptero.

— Não me obrigues a disparar! — gritou ela, sem saber que a sua voz era abafada pelo barulho cada vez maior do motor.

Anatoly devia ter visto Jean-Pierre, porque se virou e sentou, mas Jane apontou-lhe a arma e o russo levantou os braços num sinal de rendição. A jovem virou de novo a arma para Jean-Pierre, que continuava a avançar.

Jane sentiu o helicóptero estremecer e tentar levantar.

Jean-Pierre estava agora perto, via-lhe o rosto. Avançava com as mãos abertas, num gesto de apelo, mas os olhos brilhavam com uma luz de loucura. *Enlouqueceu,* pensou Jane, mas talvez aquilo já tivesse acontecido há muito tempo...

— Eu disparo! — gritou, sem reparar que ele não a podia ouvir. — Avanças e mato-te!

O helicóptero ergueu-se do chão e Jean-Pierre começou a correr. Quando o aparelho se elevou, o francês saltou e aterrou no interior. Jane esperava vê-lo cair, mas ele equilibrou-se, olhou para ela com os olhos repletos de ódio e preparou-se para a atacar.

Jane fechou os olhos, puxou o gatilho e a pistola quase lhe saltou da mão.

Abriu de novo os olhos. Jean-Pierre continuava de pé, com uma expressão de espanto estampada no rosto e uma mancha escura, a aumentar de dimensões, no peito do casaco. Entrando em pânico, Jane puxou o gatilho uma, duas, três vezes. Falhou os dois primeiros tiros, mas o terceiro atingiu-o num ombro. Jean-Pierre deu meia volta, virou-se para a porta e caiu para o vazio, desaparecendo.

Matei-o, pensou Jane. Ao princípio experimentou uma espécie de alegria perversa — aquele homem tentara capturá-la, aprisioná-la e transformá-la numa escrava, perseguira-a como a um animal, traíra-a e batera-lhe —, mas depois sentiu-se inundada pelo desgosto e soluçou, embalando Chantal, que também começou a chorar. Não soube quanto tempo ali permaneceu, mas acabou por se levantar e dirigir-se para junto do assento do piloto.

— Estás bem? — gritou-lhe Ellis.

Acenou que sim e esboçou um fraco sorriso.

— Olha... temos os depósitos cheios! — gritou o americano de novo, com um sorriso, apontando para um mostrador.

Jane beijou-lhe o rosto. Um dia dir-lhe-ia que matara Jean-Pierre, mas não agora.

— Estamos muito longe da fronteira? — perguntou.

— Menos de uma hora e não podem enviar ninguém para nos perseguir, porque ficaram sem o rádio.

Jane espreitou para o exterior e avistou, mesmo na sua frente, as montanhas cobertas de neve que deveria ter trepado. *Não creio que o conseguisse fazer,* disse para si própria. *Creio que me deitaria na neve e morreria.*

Ellis ostentava uma estranha expressão.

— Em que estás a pensar? — perguntou-lhe.

— Gostaria muito de comer uma sandes de carne assada com alface, tomate e maionese, tudo dentro de um belo pão de trigo — respondeu, levando Jane a sorrir outra vez.

Chantal agitou-se e chorou. Ellis libertou uma das mãos dos controlos do aparelho e tocou no rosto rosado.

— Está com fome — comentou.

— Vou lá para trás tratar dela — respondeu Jane.

Regressou à cabina dos passageiros, sentou-se no banco, desabotoou o casaco e a camisa e deu de mamar ao bebé, enquanto o helicóptero voava sob a luz do Sol nascente.

PARTE TRÊS

1983

CAPÍTULO

20

Jane mostrava-se satisfeita ao caminhar ao longo daquela rua suburbana e ao subir para o carro de Ellis. Fora uma tarde bem passada. As pizas eram boas e Petal adorara *Flashdance*. Ellis parecera nervoso quando a apresentara à filha, mas esta ficara encantada com Chantal, agora com seis meses, e tudo correra bem. Ellis ficara tão bem-disposto que acabara por sugerir, quando levaram Petal a casa, que Jane fosse com ele para conhecer Gill. Esta convidara-os a entrar e brincara com Chantal. Assim, Jane conhecera tanto a filha como a ex-mulher, tudo numa só tarde.

Ellis — a quem Jane não conseguia tratar por John, seu verdadeiro nome, tendo já decidido chamar-lhe sempre Ellis — instalou Chantal no banco traseiro e sentou-se ao lado dela.

— Bom, que pensas? — perguntou-lhe, enquanto punha o carro em andamento.

— Não me tinhas dito que ela era tão bonita — respondeu Jane.

— Petal é bonita?

— Refiro-me à Gill! — explicou Jane, com uma gargalhada.

— Ah, sim, é bonita.

— É boa gente, que não merece estar misturada com um tipo como tu.

Estava a brincar, mas Ellis fez um melancólico aceno de confirmação. Inclinou-se para ele e tocou-lhe na perna.

— Não falava a sério — acrescentou.

— Mas é verdade.

Seguiram em silêncio durante algum tempo. Tinham já passado alguns meses desde o dia da fuga do Afeganistão e de vez em quando Jane ainda explodia em lágrimas sem qualquer razão aparente, mas deixara de ter os pesadelos em que se via a disparar sobre Jean-Pierre. Só ela e Ellis sabiam o que se passara — na realidade ele até mentira aos seus superiores quanto às causas da morte do francês — e Jane já decidira que mais tarde explicaria a Chantal que o pai morrera na guerra, no Afeganistão, sem mais pormenores.

Em vez de se dirigir à estrada que os levaria à cidade, Ellis conduziu o carro por uma série de ruas secundárias e acabou por parar junto de um terreno ermo, com vista para o mar.

— Que viemos nós aqui fazer? — perguntou Jane. — Marmelada?

— Se quiseres. Queria falar contigo...

— Está bem.

— Foi uma bela tarde.

— É verdade.

— Petal esteve muito mais à-vontade comigo do que o habitual...

— Que pensas disso?

— Arranjei uma teoria — respondeu Ellis. — Trata-se de ti e da Chantal. Agora que tenho família, já não constituo uma ameaça para o lar dela nem para a sua estabilidade. Creio que é isso...

— Faz sentido. Era sobre isso que querias falar comigo?

— Não — respondeu Ellis. com uma hesitação. — Vou abandonar a Agência.

— Fico muito satisfeita por o saber — declarou Jane com convicção, pois havia já algum tempo que aguardava uma decisão daquele tipo. Ellis encerrava uma página da sua vida.

— Basicamente, a missão que desempenhei no Afeganistão terminou — continuou ele. — O programa de treinos de Masud está em andamento e já receberam o primeiro fornecimento de armas. Masud é agora tão forte que negociou uma trégua de inverno com os russos.

— Ótimo! — exclamou Jane. — Sou a favor de tudo o que conduza a um cessar-fogo.

— Enquanto estive em Washington e tu em Londres, ofereceram-me outro trabalho. Além de ser uma coisa que vou gostar de fazer, pagam muito bem.

— Que é? — perguntou Jane, intrigada.

— Trabalhar com uma nova força de intervenção, presidencial, para lutar contra o crime organizado.

— É perigoso? — inquiriu Jane, de novo invadida pelo medo.

— Não para mim, que sou demasiado velho para ações diretas. Limitar-me-ei a dirigir os homens que o farão.

Jane percebia que ele não estava a ser inteiramente sincero.

— Diz-me a verdade, aldrabão!

— Bom, é bastante menos perigoso do que o que tenho andado a fazer, mas não tão seguro como trabalhar num jardim de infância.

Jane sorriu-lhe, sabia o que se iria seguir e sentia-se muito feliz por isso.

— Além disso, ficarei aqui, em Nova Iorque — continuou Ellis.

— De verdade?! — exclamou Jane, pois aquele facto apanhara-a de surpresa.

— Porque ficaste tão admirada?

— Porque também me candidatei a um trabalho nas Nações Unidas, aqui em Nova Iorque.

— Não me disseste nada a esse respeito! — exclamou ele, num ar magoado.

— E tu não me disseste nada sobre os teus planos — retorquiu Jane, indignada.

— Estou a dizer-te agora.

— E eu também.

— Mas... ter-me-ias deixado?

— Porque havemos de viver onde tu trabalhas e não onde eu trabalho?

— Durante o mês em que estivemos separados, esqueci-me de que eras tão sensível quanto aos direitos femininos...

— Exato.

Fez-se silêncio durante uns minutos até que Ellis voltou a falar:

— Bem, uma vez que ambos vamos viver em Nova Iorque...

— Podíamos partilhar as despesas da casa?

— Isso mesmo — respondeu ele, hesitante.

De súbito Jane arrependeu-se de ter sido tão brusca. Ellis era assim mesmo, não se tratava de falta de consideração.

Quase o perdera no Afeganistão e agora não era capaz de ficar zangada durante muito tempo, porque se recordava do medo que tivera de se ver separada dele para sempre e da satisfação que sentira por terem sobrevivido juntos.

— Está bem — murmurou, numa voz mais suave. — Podemos partilhar a casa.

— Bom, sabes, eu... estava a pensar em tornar tudo oficial, se assim o quiseres...

Era aquilo que ela aguardara.

— Oficial? — perguntou, como se não tivesse percebido.

— Sim — respondeu Ellis, embaraçado. — Quero dizer, podíamos casar. Se quiseres, claro.

Jane riu-se de satisfação.

— Faz isso como deve de ser, Ellis! — exclamou. — Faz-me uma proposta!

— Jane, minha querida — declarou Ellis, pegando-lhe na mão —, amo-te. Queres casar comigo?

— Sim! Sim! — respondeu. — O mais depressa possível. Amanhã ou hoje ainda!

— Obrigado.

— Também te amo, meu querido — declarou Jane, debruçando-se e beijando-o.

Deixaram-se ficar sentados em silêncio, de mão dada, vendo o Sol a pôr-se. Era engraçado, pensou Jane, mas o Afeganistão parecia-lhe agora uma coisa irreal, um sonho mau, muito vívido, mas já não assustador. Lembrava-se muito bem das pessoas — Abdullah, o mulá, Rabia, a parteira, o belo Mohammed, a sensual Zahara e a leal Fara —, mas as bombas, os helicópteros, o medo e o sofrimento apagavam-se-lhe da memória. Aquela era a verdadeira aventura, pressentia-o; o casamento com Ellis, a educação de Chantal, a transformação do mundo num local melhor para ela viver.

— Vamos? — perguntou-lhe Ellis.

— Sim — apertou-lhe a mão mais uma vez e largou-lha. — Temos muito que fazer.

Ellis pôs o carro em andamento e tomaram o caminho de regresso à cidade.

BIBLIOGRAFIA

Os livros a seguir indicados referem-se ao Afeganistão e foram escritos por autores que visitaram o país depois da invasão soviética, em 1979:

CHALIAND, Gerard, *Report from Afghanistan* (Nova Iorque, Penguin, 1982).

FULLERTON, John, *The Soviet Occupation of Afghanistan* (Londres, Methuen, 1984).

GALL, Sandy, *Behind Russian Lines* (Londres, Sidgwick & Jackson, 1983).

MARTIN, Mike, *Afghanistan: inside a Rebel Stronghold* (Poole, Inglaterra, Blandford Press, 1984).

RYAN, Nigel, *A Hitch or Two in Afghanistan* (Londres, Weidenfeld & Nicolson, 1983).

VAN DYKE, Jere: *In Afghanistan* (Nova Iorque, Coward--McCann, 1983).

Um outro livro indispensável para quem deseje referências sobre o Afeganistão é:

DUPREE, Louis, *Afghanistan* (Princeton, Princeton University Press, 1980).

Sobre as mulheres e as crianças recomendam-se os seguintes livros:

Bailleau Lajoine, Simone, *Conditions de Femmes en Afghanistan* (Paris, Editions Sociales, 1980).

Hunte, Pamela Anne, *The Sociocultural Context of Perinatality in Afghanistan* (Ann Arbor, University Microfilms International, 1984).

Van Oudenhoven, Nico J.A., *Common Afghan Street Games* (Lisse, Swets & Zeitlinger, 1979).

Um clássico de viagens sobre o Afeganistão e o vale Panisher é:

Newby, Eric, *A Short Walk in the Hindu Kush* (Londres, Secker & Warburg, 1958).

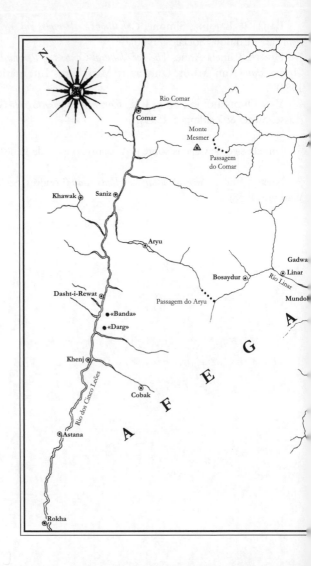

Kantiwar

Rio Kantiwar

Passagem
do Mum

Passagem do Kantiwar

S T Á O

URSS

AFEGANISTÃO

PAQUISTÃO

Estrada
Nacional N.º 2

Área
do mapa

Túnel
de Salang

Base Aérea
de Bagram

Jalalabad

Kabul

Estrada
Nacional N.º 1

URSS

CHINA

IRÃO

CABUL

Teremengal

Passagem
do Khyber

Paquistão

Índia

NR2

ÍNDICE

LIVROS NA COLEÇÃO

036 | 002 Dan Brown
Anjos e Demónios
037 | 001 Juliette Benzoni
O Quarto da Rainha
(O Segredo de Estado – I)
038 | 002 Bill Bryson
Made in America
039 | 002 Eça de Queirós
Os Maias
040 | 001 Mario Puzo
O Padrinho
041 | 004 Nora Roberts
As Jóias do Sol
042 | 001 Douglas Preston
Relíquia
043 | 001 Camilo Castelo Branco
Novelas do Minho
044 | 001 Julie Garwood
Sem Perdão
045 | 005 Nora Roberts
Lágrimas da Lua
046 | 003 Dan Brown
O Código Da Vinci
047 | 001 Francisco José Viegas
Morte no Estádio
048 | 001 Michael Robotham
O Suspeito
049 | 001 Tess Gerritsen
O Aprendiz
050 | 001 Almeida Garrett
Frei Luís de Sousa e *Falar
Verdade a Mentir*
051 | 003 Simon Scarrow
As Garras da Águia
052 | 002 Juliette Benzoni
O Rei do Mercado (O Segredo
de Estado – II)
053 | 001 Sun Tzu
A Arte da Guerra
054 | 001 Tami Hoag
Antecedentes Perigosos
055 | 001 Patricia Macdonald
Imperdoável

056 | 001 Fernando Pessoa
A Mensagem
057 | 001 Danielle Steel
Estrela
058 | 006 Nora Roberts
Coração do Mar
059 | 001 Janet Wallach
Seraglio
060 | 007 Nora Roberts
A Chave da Luz
061 | 001 Osho
Meditação
062 | 001 Cesário Verde
O Livro de Cesário Verde
063 | 003 Daniel Silva
Morte em Viena
064 | 001 Paulo Coelho
O Alquimista
065 | 002 Paulo Coelho
Veronika Decide Morrer
066 | 001 Anne Bishop
A Filha do Sangue
067 | 001 Robert Harris
Pompeia
068 | 001 Lawrence C. Katz
e Manning Rubin
Mantenha o Seu Cérebro Activo
069 | 003 Juliette Benzoni
*O Prisioneiro da Máscara de
Veludo* (O Segredo de
Estado – III)
070 | 001 Louise L. Hay
Pode Curar a Sua Vida
071 | 008 Nora Roberts
A Chave do Saber
072 | 001 Arthur Conan Doyle
*As Aventuras de Sherlock
Holmes*
073 | 004 Danielle Steel
O Preço da Felicidade
074 | 004 Dan Brown
A Conspiração
075 | 001 Oscar Wilde
O Retrato de Dorian Gray

076 | 002 Maria Helena Ventura
Onde Vais Isabel?

077 | 002 Anne Bishop
Herdeira das Sombras

078 | 001 Ildefonso Falcones
A Catedral do Mar

079 | 002 Mario Puzo
O Último dos Padrinhos

080 | 001 Júlio Verne
A Volta ao Mundo em 80 Dias

081 | 001 Jed Rubenfeld
A Interpretação do Crime

082 | 001 Gerard de Villiers
A Revolução dos Cravos de Sangue

083 | 001 H. P. Lovecraft
Nas Montanhas da Loucura

084 | 001 Lewis Carroll
Alice no País das Maravilhas

085 | 001 Ken Follett
O Homem de Sampetersburgo

086 | 001 Eckhart Tole
O Poder do Agora

087 | 009 Nora Roberts
A Chave da Coragem

088 | 001 Julie Powell
Julie & Julia

089 | 001 Margaret George
A Paixão de Maria Madalena – Vol. I

090 | 003 Anne Bishop
Rainha das Trevas

091 | 004 Daniel Silva
O Criado Secreto

092 | 005 Danielle Steel
Uma Vez na Vida

093 | 003 Eça de Queirós
A Cidade e as Serras

094 | 005 Juliet Marillier
O Espelho Negro (As Crónicas de Bridei – I)

095 | 003 Guillaume Musso
Estarás Aí?

096 | 002 Margaret George
A Paixão de Maria Madalena – Vol. II

097 | 001 Richard Doetsch
O Ladrão do Céu

098 | 001 Steven Saylor
Sangue Romano

099 | 002 Tami Hoag
Prazer de Matar

100 | 001 Mark Twain
As Aventuras de Tom Sawyer

101 | 002 Almeida Garrett
Viagens na Minha Terra

102 | 001 Elizabeth Berg
Quando Estiveres Triste, Sonha

103 | 001 James Runcie
O Segredo do Chocolate

104 | 001 Pauk J. Mcauley
A Invenção de Leonardo

105 | 003 Mary Higgins Clark
Duas Meninas Vestidas de Azul

106 | 003 Mario Puzo
O Siciliano

107 | 002 Júlio Verne
Viagem ao Centro da Terra

108 | 010 Nora Roberts
A Dália Azul

109 | 001 Amanda Smyth
Onde Crescem Limas não Nascem Laranjas

110 | 002 Osho
O Livro da Cura – Da Medicação à Meditação

111 | 006 Danielle Steel
Um Longo Caminho para Casa

112 | 005 Daniel Silva
O Assassino Inglês

113 | 001 Guillermo Cabrera Infante
A Ninfa Inconstante

114 | 006 Juliet Marillier
A Espada de Fortriu
115 | 001 Vários Autores
Histórias de Fantasmas
116 | 011 Nora Roberts
A Rosa Negra
117 | 002 Stephen King
Turno da Noite
118 | 003 Maria Helena Ventura
A Musa de Camões
119 | 001 William M. Valtos
A Mão de Rasputine
120 | 002 Gérard de Villiers
Angola a Ferro e Fogo
121 | 001 Jill Mansell
A Felicidade Mora ao Lado
122 | 003 Paulo Coelho
O Demónio e a Senhorita Prym
123 | 004 Paulo Coelho
O Diário de Um Mago
124 | 001 Brad Thor
O Último Patriota
125 | 002 Arthur Conan Doyle
O Cão dos Baskervilles
126 | 003 Bill Bryson
Breve História de Quase Tudo
127 | 001 Bill Napier
O Segredo da Cruz de Cristo
128 | 002 Clive Cussler
Cidade Perdida
129 | 001 Paolo Giordano
A Solidão dos Números Primos
130 | 012 Nora Roberts
O Lírio Vermelho
131 | 001 Thomas Swan
O Falsificador de Da Vinci
132 | 001 Margaret Doody
O Enigma de Aristóteles
133 | 007 Juliet Marillier
O Poço das Sombras

134 | 001 Mário de Sá-Carneiro
A Confissão de Lúcio
135 | 001 Colleen McCullough
A Casa dos Anjos
136 | 013 Nora Roberts
Herança de Fogo
137 | 003 Arthur Conan Doyle
Um Estudo em Vermelho
138 | 004 Guillaume Musso
Porque te Amo
139 | 002 Ken Follett
A Chave para Rebecca
140 | 002 Maeve Binchy
De Alma e Coração
141 | 002 J. R. Lankford
Cristo Clonado
142 | 002 Steven Saylor
A Casa das Vestais
143 | 002 Elizabeth Gilbert
Filha do Mar
144 | 001 Federico Moccia
Quero-te Muito
145 | 003 Júlio Verne
Vinte Mil Léguas Submarinas
146 | 014 Nora Roberts
Herança de Gelo
147 | 002 Marc Levy
Voltar a Encontrar-te
148 | 002 Tess Gerritsen
O Cirurgião
149 | 001 Alexandre Herculano
Eurico, o Presbítero
150 | 001 Raul Brandão
Húmus
151 | 001 Jenny Downham
Antes de Eu Morrer
152 | 002 Patricia MacDonald
Um Estranho em Casa
153 | 001 Eça de Queirós
e Ramalho Ortigão
O Mistério da Estrada de Sintra

Outros títulos na coleção

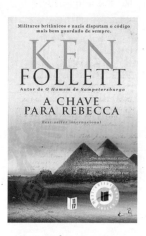